扭曲

TWISTED

史蒂夫・卡瓦納　著

吳妍儀　譯

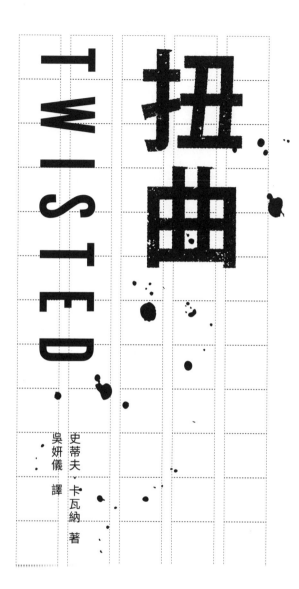

《逆轉後》J・T・勒波

作者註釋

這會是我的最後一本著作，我不會再多寫一本了。等你讀到這個故事的結尾時，理由應該會很顯而易見。故事——這是個很有趣的詞彙。這是眞實故事？回憶錄？還是小說？我不能說。你可能已經發現，這本書放在你家附近書店的犯罪實錄櫃位，或是驚悚小說區。這無關緊要，就別管它了。你只需要知道兩件事：

一、在我的特別指示下，我的出版商沒有編輯這份文本。沒有編者註解、結構性編輯或者其他外部干預。只有你跟我。

二、從這裡以後，別相信你讀到的任何一個字。

J・T・勒波，二〇一八年於加州

結局的開端

八月

在炎熱的正午太陽下，保羅・庫柏在拉布雷亞大道的一間劇院外面等待，他口袋裡有一把槍，滿腦子都是壞主意。他拿下了他的墨鏡，把他額頭上的汗水都抹到他的T恤袖子上，然後又重新想了一遍整個計畫。

他會等著劇院裡的賓客們離開。在一條從劇院通往人行道邊緣，有圍欄護著的步道上，保羅已經設法保住一個靠近欄杆的位置。弔唁者在走向大街跟等著他們的豪華轎車以前，必須從他身旁走過。這裡讓他有觀察群眾的最佳視野。目標就在這裡。他很確定。最有可能就在劇院裡，比較不可能在人群中，不過他還是掃視過他周遭那些人的面孔。他不能錯過這次機會。當他看到目標的時候，就會從他褲子口袋裡抽出那把點三八，然後朝著對方的臉扣下扳機。

劇院外面的空地滿滿都是人，兩三百人的群眾排在欄杆兩側。他們在對他們死去的偶像致敬。劇院那天並沒有戲劇演出。不，這個空間已經被訂下來，爲已故的J・T・勒波舉辦追思儀式。

儀式開始得晚了，而且進行得比節目表上公布的來得慢。就像所有追思儀式，演講拖得太長了。主辦者能怎麼辦？他們要把史蒂芬・金還是約翰・格里遜拉下台嗎？當這些作家在有空調的劇院朗讀勒波著作的精選段落時，粉絲們在室外緊抓著書，把標語舉在空中，在他們不該有的集體哀慟中一邊唱歌，一邊彼此支持。

保羅覺得噁心。要不是因爲他周遭的集體歇斯底里，成年女性爲了一個死掉的作者哭哭啼啼，就是因爲天熱。或是兩者兼而有之。或是因爲一肚子伏特加。他需要幾杯夠勁的飲料，才能止住雙手的顫抖。

他並不眞的喜歡殺人。還不喜歡。他已經雙手染血——而且是很多血。不過這回不知怎麼地不一樣。這一次很特別。

每次他在周遭的空氣中捕捉到勒波這個名字的時候，他胃裡的那把刀就多扭轉那麼一點點。雖然J·T·勒波這名字家喻戶曉，那位作者卻不是個廣爲人知的面孔。事實上正好相反，群眾裡沒有人見過那位作家。他們可能擁有勒波小說的每個版本，甚至可能擁有那本知名處女作較罕見的其中一本簽名書，他們可能自認爲透過細讀作品認識了這位作家，不過他們沒有一個人曾經見過他們的英雄。他們沒人看過勒波的照片，更別說見到他了。而現在他們永遠不會見到了。死掉的作家不可能簽名。

世界上有四個人知道J·T·勒波的眞實身分。而在這四個人中，有一個就要挨保羅·庫柏口袋裡那把槍射出的點三八特殊子彈了。

劇院門口的那一排玻璃門打開了，一群人往外湧入嚴酷的洛杉磯暑熱中。當然了，他們爲了這個場合精心著裝。淺色亞麻西裝掛在骨感肩膀上的男人們推擠出一條路來，通往他們的車子。大多數人偏愛白色或奶油色西裝，加上黑領帶就足夠當成尊重的象徵。一襲哀悼用的黑西裝，在這種熱浪下會形同謀殺。女性們裝束比較正式，爲了滿足禮儀而犧牲舒適。在她們調整帽子、戴上她們的太陽眼鏡時，顏色黯淡的絲質洋裝黏在她們腿上。

汗水從他臉頰上滑滴流下，流進他的鬍子裡。他把他的T恤底部撈進手裡，拿來擦他的臉，暫時暴露出一片蒼白的肚子。在他讓T恤落下的時候，衣服黏在他腹部。他口袋裡的槍感覺很沉重。它也讓他心頭很沉重。他再一次察看群眾，把一隻腳放在欄杆基座上，然後站直了身體，拉長脖子，越過他周遭那些人的腦袋。群眾裡沒有目標出現的跡象。他開始懷疑他的計畫。也許目標根本不會出現。

然後，毫無預警地，他就沒時間思考了。

「他」在那裡。在紅毯上，五呎之外。低著頭，走了過去。

他想像這一刻的畫面許多次了。「他」會盯著槍管，然後嚇得半死嗎？「他」會喊出聲嗎？保全人員會有時間反應嗎？

他的目標周圍有四名武裝警衛成縱列移動，緩慢而慎重。而在目標保持低頭的同時，周圍的保全人員小心翼翼地注視著欄杆兩側的群眾。

槍聲一響，警衛們就會匆匆衝向他。他知道他就要在光天化日之下，在五百名證人面前殺死某人。他知道他會逃過罪責。不會有問題。逃過謀殺罪名是容易的部分。畢竟，保羅至少要爲兩具屍體負責。可能還有更多。很容易就數不清了。

對保羅來說困難的部分會是扣扳機。這向來不容易。他用一隻手握住柵欄，另一隻手鑽進他口袋裡，然後鎖緊槍身。他告訴自己，他可以辦到。一陣漣漪傳遍他的五臟六腑，把一股灼熱的酸液送進他的喉嚨。他把那股酸吞回去，然後把嘴唇上的汗水吹掉。他的心臟讓他耳中的鼓聲變得更急了。

他想起他承受過的一切。如果有任何事情能讓他撐過接下來十秒，那就是憤怒。他需要憤怒。他必須把他的怒火構築成一具擋不住的引擎，推動他採取這個行動。因為在過去幾個月裡，他別無他念，只想復仇。為了背叛、謊言與痛苦而復仇。

動手啊，他心想。**現在動手！**

保羅開始抽出槍來。但接著他僵住了。有隻手落在他的肩膀上。

他背後的人往前靠近，保羅的脖子感覺得到對方說話時呼出的熱氣。

就算人群緊密地擠壓著他的周圍，還有血液在他全身怒吼奔流，他還是聽得到那些話語，清楚得像是喇叭的聲響。而那是一記轟鳴。一句簡單的陳述，講得平鋪直敘，保羅卻感覺那些話語把他背上的皮肉撕了個乾淨。

「我知道你是誰，」他耳畔的聲音說道：「你是J·T·勒波。」

1

四個月前

瑪麗雅最預料不到的事情，就是墜入愛河。

然而她無法再否認了。瑪麗雅愛上了達若。俊美，體貼的達若。他們一起躺在床上，陽光溫暖了他們的皮膚。來自臥房窗戶的微風，爲他們的激情熱度提供偶爾的緩解。瑪麗雅在達若頭髮上聞到了海的氣味。他的嘴唇緊貼著她的。他的雙手擁抱著她的身體。

而那天下午，除了達若，她什麼都不需要。

她把雙腿鎖在他的腰際，交叉著腳踝，緊扣著他。他閉著雙眼。在她感覺到他身體一顫的同時，他張開了嘴。

在他完事以後，她鬆開了她的雙腿，輕柔地把他推開。他滾向一側，癱倒在她身旁的床鋪上。瑪麗雅轉過身去，盯著落地窗外的大海。它是冷靜而純粹的藍。從她家走下山腳會到的那一小塊沙地海灘上，有條狗在玩耍。她仔細聆聽，卻聽不到牠吠叫。太遠了。一對年輕情侶沿著海灘散步，進入她視線範圍內。那女孩對那條狗揮舞著一根棍子，然後把棍子丟進碎浪裡，同時勾著她愛人的手臂。

瑪麗雅感覺她胃裡長出了一個洞。她的喉嚨粗糙乾燥。她翻過身去，注視著達若。他仰躺著，他腹部的起伏隨著他漸緩的喘氣而放慢了。她親吻他。那個吻裡充滿渴望。瑪麗雅知道她眞心愛著達若，知道這份愛是眞的。而她胃裡的那個洞，是因爲她知道她可能永遠無法跟他一起走在海灘上，不像外面沙地上的那對年輕情侶。她退開來，用雙手捧著他的臉。

是的，瑪麗雅愛著這個男人，但她已經跟別人結婚了。關於她丈夫的念頭感覺像是有人撞上一台唱機，讓唱針跳過唱片上的溝紋，把現實刮進一首情歌裡。她有事情要做；必須清理。她再度親吻他，輕輕一啄，比較像是一種行動呼籲，而不是一個吻。眞實世界威脅著要侵入她與達若共度的時光——把他從她身邊偷回去，然後推著她去跟現實相撞。

「妳還好嗎？」他說。

「我很好，」瑪麗雅說：「只是在想我現在必須換床單了。」

「給我一秒鐘，然後我就來幫妳。」達若說。

他起身走向臥房內的浴室。瑪麗雅在床腳的衣服堆裡找到她的衣服，穿上她的牛仔褲與上衣。她用一條髮帶綁好她的黑色長髮，然後著手把床單從床上剝下來。在有工作要做的時候，瑪麗雅動作很快。她受不了懶散。她進行的每項任務，都是用百哩時速進行。整理、洗滌、清潔、走路，甚至做愛也是。

她把羽絨被套拔下來的時候幾乎扯破了它。然後她把它收攏到懷裡，扔到她背後的浴室中。那裡有個亞麻製大編織籃。她抽掉床單以後把它揉成一球，但這次她是轉身丟過去。她朝床鋪走回去，去拿枕頭套，然後感覺到腳下有某個硬物。她踩到某樣東西了。達若的褲子。她把褲子撿起來，也扔進浴室裡。

「多謝。」達若說道。

等到達若穿上他的藍色牛仔褲，從浴室裡走出來的時候，瑪麗雅正在打開乾淨的床單，她把它們存放在床墊下的一個抽屜裡。他打開床邊桌上的收音機，它停在一個搖滾電台，這是她丈夫偏愛的。達若按下搜尋鍵，發現一個在播放八〇年代金曲的電台，然後在A-HA樂團的一首歌播放前幾拍時泛起微笑。這是瑪麗雅的最愛之一，而且他知道這點，她可以從他臉上挖苦的微笑裡看出來。達若拿著床單的一端，幫忙她把床單放到床上。他沒有折起四角就把床單塞到床墊下。瑪麗雅繞到靠近他的床鋪那一側，把床單拉出，然後把床單角折起來。達若抬起床墊，讓她把床單塞到下面。她丈夫從來沒換過床單，從來沒幫她做過任何事。她發現自己隨著節拍搖擺，讓達若露出他那種又大又輕鬆的微笑。他把雙手放在她髖部，感覺她的搖擺，把她拉向他，輕柔地親吻她的脖子。她格格笑出聲來，從他的掌握中掙脫。如果他再多親她一下，她知道會導致什麼。她會跟他回到床上去。他讓人難以抗拒。她不想那樣——那樣她就得再換一次床單了。

她是在跟她丈夫剛結婚的時候搬進這間房子裡的，下個月就是他們結婚兩週年，她並不期待。下週會是她跟達若滿五個月。她知道她最期待的是哪個日子，可不是她的結婚紀念日。瑪麗雅往後站，對這張床很滿意。她丈夫絕對不會知道的。不過，現在逐漸到達她想讓他發現的臨界點了。她按兵不動的唯一理由，是因爲她不想嚇跑達若。感情變得越來越認眞，而每過去一天，達若都變得更加寶貴。她不想搞砸這點。

從她踏進這個小鎮以後，她還沒找到工作。孤寂港對於公關經理的需求不怎麼大。這裡對任何事物的需求都不大。就連在夏天，在人行道上擠滿遊客跟度假別墅居民的時候，街頭也徘徊著一股空虛的氣氛。這個城鎮感覺像是個富有鄉下人的天堂。有幾間像樣的餐館，有一條市鎮大道，上面的十幾間店鋪裡卻沒有任何她想買的東西，再加上兩條高爾夫球道與大海，這就是孤寂港。

在鎮上過了第一年以後，瑪麗雅覺得自己滑進一個黑暗的地方。一開始，在她丈夫帶她出門的罕見場合，她挑逗餐館裡的男人們。她會跟房間裡長得最好看的男人四目相望，然後撇開視線，只要他們回報她的凝視，就立刻露出微笑。在這麼做沒激發出任何反應的時候，她想過要更進一步——也許來個一夜情，不過她從沒這麼做。她丈夫繼續出差，留下她一個人。他說行銷是建立在人際關係上的生意，面對面效果最好。然後她在去年十二月遇見達若，一切都改變了。如果沒遇見達若，瑪麗雅很確定她會瘋得厲害。

「想要我幫妳放洗澡水嗎？或者妳想先抽根菸？」達若說。

他衣服只穿了一半。他的襯衫還擺在窗邊的椅子上，而他的褲子掛在腰際低處，皮帶還沒繫上。他硬實的腹部上有薄薄的一層汗水。達若喜歡健身、潛水、衝浪跟抽菸，不必然是照這個順序排名。在他們利用鎮外高速公路旁的汽車旅館時，抽菸不是問題，不過在家裡就比較有問題了。在跟達若共度時光以後，她通常喜歡在浴缸裡放鬆一下，這樣能安撫她，讓她慢慢進入一種不同的生活狀態。

瑪麗雅覺得喉嚨很乾，但比起沐浴，她更想來支菸。瑪麗雅菸抽得不兇，只有在性愛或飲酒後才會感覺到那股癮頭。

他站在那裡，靜靜地凝視著他的指甲，同時等著她的反應。她不想回答他，且發現自己在咬嘴唇，拖延她的回應，好讓她可以只盯著達若看。瑪麗雅讓達若上他的床，並不是因爲他的談吐。他們不是那種關係。他不像她認識過的任何人。達若體內有種靜默的自由，一種英俊流浪漢的特質。他是瑪麗雅決定要留住的美麗鳥兒。這也不是說達若很笨。他對於很多主題是有了解的，或者更精確地說，他對於很多事情都知道一點。他的知識裡沒有深度，不過瑪麗雅不在乎。達若有種風度。在他的奶油金色頭髮、還有這張臉上的剛硬線條裡，有某種東西會讓人盯著他看。她最快樂的時候，就是當他們在她家門廊抽菸時，讓自己被包覆在他厚實的臂彎裡，坐在日光浴椅上輕輕搖晃。

「給我一秒鐘，然後我們就到外面去。我不想讓屋子裡有味道。」瑪麗雅說。

達若隨意地把他的襯衫掛到他肩上，領著她下樓。這間房子仍然看起來像是從房地產廣告手冊裡出來的某個品項，雖然是一處已經上市很久的地產。奶油色的油漆已經開始變得黯淡，而前一個賣家掩飾過的裂縫，已經重新出現在天花板上的某些地方。兩週之前，她問過她能不能重新裝潢。這對她來說仍舊如骨鯁在喉——她竟然必須**問**她丈夫的意思。他跟她說**不**。他喜歡這棟房子就維持這個樣子，而她應該替自己找別的事做，最好是不用花太多錢，理想狀態下是他可以控制的事。

瑪麗雅跟著達若穿過廚房，走出玻璃門，然後踏上後門廊。兩張搖椅擺在那裡。那些椅子以一種**仿古**（distressed）的風格被漆成綠色，但在瑪麗雅看來像是油漆這些椅子的**人**心情沮喪（distressed），而這點顯現在他的工作上。

「該死。」達若說道。

他已經從他的牛仔褲裡撈出一包駱駝牌香菸，正在檢視裡面的內容物。瑪麗雅注視著他把散落的菸草，還有兩根斷裂香菸的遺骸倒進他手掌裡。

「喔，抱歉。我踩到它們的時候，以為碰到你牛仔褲裡的某樣東西。」瑪麗雅帶著歉意說道。

「沒關係，親愛的。」達若說著，並把他手裡的菸盒與斷掉的菸揉成一團，把它們扔進門廊後面的長草叢裡。這跟她跟丈夫共度的時光是強烈的對比；他陰鬱的凝望不再像過去那樣深深吸引她。她已經領悟到，她丈夫無法像她想像過的那樣，變得溫暖且敞開心扉。在她遇見她丈夫的時候，他是個溫柔的男人，身上卻有種揮之不去的巨大哀傷。瑪麗雅認得出她自己身上也有幾分那樣的哀傷，而他們的關係似乎顯示著雙方都設法要修復對方。她以為她可以改變他，讓他快樂，然後修復她自己永遠不快樂的那個部分。這是開始一場婚姻的糟糕方式，就像兩個毒蟲設法要讓彼此遠離毒品。到最後，她領悟到她無法改變他，或者溫暖如傷口般深埋在他體內的冰。達若不需要解凍，他很溫暖又開放，有玩心又很體貼。也許頭腦有點簡單，但生活中最棒的事物正是如此——簡單。不知怎麼地，對瑪麗雅來說，跟達若分享那種親近感，門廊的那種寂靜，比在臥房裡進行的活動更深刻，也更讓人滿足。

「我能拿到一些菸。」她說。說完這句話，她就轉身回到廚房。她可以聽見達若的腳步聲跟在她後面，同時她走進了走廊。他們一起停在一扇橡木門前。瑪麗雅伸手去摸門框上方的木條。她的手指摸到某樣冰冷的金屬物。她拿下一把小鑰匙，然後打開她丈夫書房的門鎖。她丈夫嚴守個人隱私，會將一把鑰匙放在門框架上，是基於一個理由——他把一支左輪手槍藏在他書架上的一卷狄更斯作品裡。如果有不速之客闖進屋裡，她知道要去哪裡找槍。

在書房裡，她看到暗色的橡木鑲板。書籍排滿了一面牆。一處角落裡有個地球儀。房間盡頭有一張紮實又寬大的書桌，面對著門。有盞綠色圖書館燈放在桌上，燈的旁邊還有一台筆電跟筆記本。瑪麗雅站到一邊，讓達若進房。

「他在這裡的某個地方藏了一包菸。我知道他有時候會偷偷來一根。我偶爾能在他身上聞到味道，而且在房間裡也有。他似乎以爲我不會注意這種事。」她說。

「那他顯然對妳不是太了解。」達若說著，用他的手臂環抱著她的腰，用鼻子輕觸她的頸項。她用開玩笑的態度把他推開。如果她不立刻制止他，她知道到頭來她只會再度跟他做愛。床是一回事，在她丈夫的書桌上，在他的個人書房裡歡愛，不知怎麼地感覺有點太過分了。她丈夫不是個壞人。他可能很疏離冷漠，但她知道他愛她，而且盡他所能地表現出他的感情了。兩年前，那樣就足以結婚。現在，她領悟到她嫁給他完全是基於錯誤的理由。瑪麗雅愛上的是她丈夫可能變成的那種理想男人，她當時年輕又浪漫。她開始明白這點了。到頭來，他無法達到她的理想。

他們一起搜尋書架，還有那個地球儀裡隱藏的可掀開置物空間。達若移動到書桌那邊，同時瑪麗雅去察看他丈夫放在各個架子上的模型飛機、玩具車、還有她跟他的裱框照片後方。

她聽到木頭破裂的喀啦一響，猛然轉身就看見達若一手握著一包菸，另一手托著破掉的書桌抽屜。

「找到了。可惡，抱歉。它掉在我手上。我以爲它卡住了，所以我拉了它一下。」達若說。

「可惡！」瑪麗雅說。

紙張從抽屜裡掉出，落在地毯上，瑪麗雅可以看到一小片木頭從抽屜頂端破裂掉落，那裡本來是抽屜鎖的所在位置。

「老天爺啊，他會注意到這個。」她說。

「他什麼時候會回來？」

「星期天晚上。」

現在是星期五下午。在這段時間裡找到一個技巧高明到足以修好鎖跟抽屜的木匠，在瑪麗雅看來，機率就跟達若的履歷表一樣稀薄。

「該死、該死、該死，別光是站在那裡，幫我把這些東西撿起來。」瑪麗雅說道。

他們一起跪在地毯上，收集從抽屜裡翻出來掉到地毯上的那些散落紙張。有一些只是潦草的塗鴉，一些是爲他的客戶們做的行銷策略草案，某些粗略的筆記可能跟他的其中一個行銷活動有關，還有一些是新聞剪報——年代久遠到已經發黃了。瑪麗雅在地板上收好整齊的一小堆，就立刻轉向達若，去收攏他撿好分類的那些東西。

只是達若並沒有替任何頁面做分類。他正盯著某一張紙看，他的嘴唇構成一個完美的圓。

「我知道你們家過得滿好的，可是寶貝，我完全不知道你們這麼有錢。」他這麼說的時候，傻乎乎地咧嘴笑著。

瑪麗雅的眉毛打了結，她從達若手中搶過那一頁。她丈夫有他自己的投資，他的行銷顧問工作每年賺進五十萬以下的六位數字。他們的儲蓄帳戶裡有兩萬塊。經濟上，他們只是**還過得去**。就像她丈夫持續提醒她的，他們**並不是非常富有**。

她看著那份檔案。去年的銀行對帳單。兩百萬美元已經給付到有她丈夫名字的活期存款帳戶裡。這個帳戶的對帳單左上角有他們家的地址。她檢查了對帳單上的日期，注視著總額。再檢查一遍名字，接著又檢查了拼法。

她丈夫有個祕密銀行帳戶。

去年付款了兩次。彼此大約相隔六個月。每次付款一百萬元。前一年還付了更多錢。帳戶的結餘超過兩千萬。

一陣亢奮的洪流掃過，捕捉住她的呼吸，制住了它，然後沸騰成狂怒。她感覺脖子上有一股熱流，汗水從她臉上爆出。

她在臥房裡的小小背叛不算什麼，與此相比絕對不算什麼。這個騙子丈夫。

在那一刻，瑪麗雅說了某句其實並不真心的話。一句毫無真實性的話。盛怒中說出的無足輕重之語。然而她一把這些話說出來，她就很驚訝自己竟然就這麼脫口而出。

「我要宰了他。」她說。

2

瑪麗雅坐進達若的敞篷車，讓他開著車載他們進鎮裡喝一杯，她並不想喝，卻太過憤怒而無法反對。她不在乎風怎麼樣對付她的頭髮，她就只是坐在那裡，手肘靠著車門，手壓在嘴唇上，當車子朝著小鎮蜿蜒而行的同時，她注視著海消失在一處高聳的懸崖後面。從某些方面來說，她很高興能離開那棟房子。

他試著跟她聊天，但在引擎的怒吼與他們周圍不斷拍打的風聲中，她聽不太清楚他說什麼。到最後，達若閉嘴了。每一句話招來的尷尬沉默，到最後終於讓他放棄。

她這段短暫婚姻的回憶，像道路上的路標那樣飛快掠過。

那次她買下那雙昂貴的名牌鞋子——他臉上露出的表情；他們的結婚一週年紀念日——他對於香檳的所有抱怨。他喝得不多，而且他覺得哪種香檳都差不多，所以爲什麼瑪麗雅非得買一瓶幾乎要花上兩百塊的上等佳釀？她甚至記得他說這句話的方式——兩百美元，就好像她剛在法國南部買下一座城堡似的。

他們初次見面的時候，她覺得她未來的丈夫是個孤寂的男人。她在曼哈頓一間地下室酒吧裡對他說「嗨」的那晚，他臉上就有那種表情。在她丈夫之前，瑪麗雅有過一串自信滿滿的男友：才華洋溢的男人，很自負，喜歡摩托車，大多數都有音樂天分；麻煩也是很適合這些男人的形容詞，就是女人會想要的男人。幾乎每天晚上，她都會瞥見另一個女人充滿渴望地盯著她的男人。

這種事從未發生在她丈夫身上。他長得好看，有很好的髮型跟可愛的微笑，然而他眼中有種流連不去的哀傷——總是如此。也許那一晚就是這點讓她被他吸引。如今回顧，他們剛開始約會的時候，他還沒那麼擔心花錢。沒有擔心到讓她注意到。

瑪麗雅搖搖頭。她無法相信她竟然這麼笨。他讓她爲了錢而感到屈辱的所有時間裡，重點其實根本跟錢無關。

重點在於控制。

她已經好幾個月沒跟她丈夫做愛了。他總是很疲倦。總是在他辦公室裡工作到深夜。偶爾他會打開一瓶葡萄酒，或者捲支大麻，而他們在那些夜晚會做愛，但那些場合變得越來越罕見。

在過去這一年，她曾經感覺到她丈夫有事情隱瞞著她。在他們談到自己婚前的生活時，她丈夫幾乎緘默不語，還有一種冰冷的態度籠罩著他，就好像他在他們之間建立了一道柵欄，把他人生裡的某些部分只保留給他自己。就算他們一起坐在孤寂港新房的沙發上，她偶爾還是會在朝他一瞥的時候，發現他迷失在思緒之中。就算他正握著她的手，他還是很疏離。

現在她知道了。她一直都是對的。

她丈夫並不是他表面上的那個樣子，她的生活並不是她原本設想的那樣，而這一切看起來全都不在她的控制之下。她在一輛火車上，只有老天爺才知道目的地在哪，而她並不享受這趟旅程。她設法要做別的事情，讓自己保持忙碌。陶藝課一開始聽起來很好，然後她發現她痛恨黏土在她手指底下的感覺。鎮上沒有健身房，所以她發展出在家健身，然後去鄉村俱樂部吃早餐的習慣。她是在那裡第一次遇見達若的。他在鄉村俱樂部當服務生，而她雖然注意到他，他們卻從沒說過話。是孤寂港的無聊乏味，在一個週末終於把他們拉在一起。她拋棄了她的陶藝課，反而註冊了一堂水肺潛水課。在那個帶著涼意的十二月早晨，當她來到小艇船塢的時候，她很驚訝、而且不只有一點高興地發現達若穿上了一件潛水衣。他是她的指導老師。她喜歡他的微笑，還有他的眼神。他們在水下握著手，而事實證明他是個有耐性又細心的指導老師。她立刻就登記了另一堂課。在下一週的課程結束時，她提議他們去喝一杯，而最後在同一天晚上，他們去了一間汽車旅館。

她那時候就知道，達若是特別的。這減輕了她的罪惡感，她不只是到處找人上床——達若有某種意義。也許她結婚是個錯誤。也許達若才是她的眞愛。他們在一起的時候，他讓她自覺生氣蓬勃，覺得現在生命正在發生。她的婚姻有好大一部分是關乎未來會發生的事——等她丈夫沒這麼忙碌，等事情平靜下來，等他有時間的時候。但達若爲了她可以空出全世界所有的時間。她打電話的時候，他永遠都會接他的手機；他總是付汽車旅館的帳單，而且在她連續幾天沒打給他的時候從不抱怨。

他體內也有一把火。他們做愛時的一種熱度。他們彼此擁抱的寧靜時刻的一種連結。她同時覺得安全又危險。與達若之間的關係在滋長，他給她的是她丈夫無法再提供的東西：溫暖。他從未有所保留。他們之間有種連結；一種即時、無可否認的，幾乎宇宙性的羈絆。他讓她覺得像是只有二十一歲——傻氣、興奮、受到保護，而且被愛。

車子繞過一個銳角，懸崖頂端消失，揭露了海洋。在前方她看到了小鎭的前端。兩年前她坐在她新婚夫婿的旁邊，搭著他的瑪莎拉蒂走在同一條路上，在他們第一次看到那棟房子以後往鎮上前進。在他們開車經過小鎮邊緣的大房子、俱樂部，最後停在市鎮大道上的時候，瑪麗雅心想，她可以在那裡建立一種生活。這裡很寧靜、老派而雅緻，而且，喔，實在好安靜。他跟她十指交扣，對著她微笑，然後說道：「我們在這裡會過得非常快樂。」

有一陣子這是真的。他們很快樂。他連續好幾個月在這棟房子上動工——拒絕幾乎所有最舉手之勞的幫忙——用油漆刷沾上他選擇的顏色。然後，在房子完工以後，他開始花更多時間待在外面。爲了客戶出差。星期天跟男生們打高爾夫。在他確實到家以後，又因爲太累吃不下她準備的餐點。她不是個好廚師，但她試過，而他似乎並不欣賞成果。海濱小鎮老派又造作的寧靜，很快就失去它的魅力。這確實是一種新生活。一種孤寂的生活。對瑪麗雅來說，感覺就好像她被扔在荒郊野外的屁眼裡。

達若開車穿過市鎮大道，經過了瑪麗雅跟她的新婚夫婿曾經停下車來雙手交握的地點。她閉上雙眼，把那個記憶逼走。也許她到頭來還是該喝一杯。

孤寂港有兩家酒吧。瑪麗雅以前只各去過一次而已。

一家酒吧叫做克萊倫斯家，一杯莫希多調酒要價十二塊，店裡常駐一名年邁的爵士鋼琴手，看似想用那台鋼琴替自己挖一條出路，急切地想要逃離消毒劑與酪梨的氣味。

另一間酒吧不知道什麼是莫希多，而如果他們碰到一顆酪梨，可能會開火射殺它。他們同時提供兩種酒類——啤酒還有波本。雖然眾所周知，在淑女之夜，酒保會把龍舌蘭酒上方的灰塵吹掉。

本地人偏愛後面這家店，而在正常狀況下，他們獨佔著這家店。偶爾會有一群年輕多金的小鬼不小心進了這間酒吧，他們會撐個大約三十秒，然後他們其中一人或全部人就會怕到不敢待下去。酒吧外面的標示寫著「巴尼家的地盤」。巴尼已經死了二十五年，而從廁所的味道來判斷，他可能就埋在地磚下面。

達若在巴尼家外面停車，他們進去時，瑪麗雅挽著他的手，這裡不可能有鄉村俱樂部的人看到他們在一起；鄉村俱樂部那群在星期天打領帶的人，不會靠近巴尼家。孤寂港的本地人服務的是把這裡當第二個家的有錢人類型，他們不給太多小費，也不跟受僱的幫工混在一起。

除了幾個坐在酒吧裡的常客以外，這個地方看起來空蕩蕩的。在達若去張羅飲料的時候，瑪麗雅在角落的一張桌子旁坐下。裡面很暗，一個霓虹百威啤酒廣告牌在對面牆壁上嗡嗡作響，而天花板燈之中燈泡還在的部分，掙扎著要把多一點光線拋向她的方向。

在跟年邁的酒保磋商一陣以後，達若帶來兩杯龍舌蘭，每杯都附上一瓶米勒啤酒當醒酒水。

「我知道狀況很糟，但妳應該要高興。」達若說著，在瑪麗雅旁邊的皮革沙發上坐下。她望著他，搖搖頭然後思考著她對男人的品味。他們要不是好看而愚笨，就是聰明到足以做個厲害的騙子。在她的人生裡，她兩種都經歷過了。她的第一個長期男友帥到可以讓人轉頭回望，卻沒辦法開始賺錢或者修繕房屋。而她的新男友，她到頭來嫁的這個人是個騙子。一個好得該死的騙子。然後就是達若。有時候他會說些超奇怪的話。他有種孩子似的純真，溫柔可愛，長得好看。正常狀況下，她承認達若的天真構成他一部分的魅力。這次就有點太過火了。她的種種情緒嗡嗡作響又盤旋徘徊地攪在一起，像是繞著百威廣告牌打轉的蒼蠅。

「你認真的嗎？你不懂他對我做了什麼嗎？」她說道，她的聲音拔高了。

「好啦，我知道這很怪，但看看光明面嘛。女孩，妳很富有。」

「不，我不富有。你從哪個星球來的啊？」

達若兩手一攤，在那一刻，他看起來不確定自己是從哪個星球來的。瑪麗雅把事情解釋給他聽。

「如果他瞞著我這件事，那一定有個理由。他人生裡有某種別的事情，會付給他數百萬元——而我沒參與在其中。爲什麼？他是個罪犯嗎？他到外面出差的時候，在別處另有家庭，過另一種人生嗎？他媽的這是怎樣？而且他不讓我花一分多餘的錢在任何事情上。我有零用錢。你知道嗎？是一週三百塊。要是我超過預算，他就會生氣。喔，現在我生氣了。你現在有概念了嗎？」

他點點頭，接受責罵，然後拿起了烈酒杯。瑪麗雅跟他碰杯，硬擠出一個微笑來顯示她沒生他的氣，然後他們喝下那杯龍舌蘭。她從來不喜歡龍舌蘭。那種讓人噁心的灼熱感從她喉嚨開始，然後她環顧整張桌子尋找檸檬。達若沒帶來任何一片。作爲替代，她喝了一大口她那瓶米勒啤酒。

「抱歉，寶貝。」達若說。

瑪麗雅無法分辨他道歉是因爲沒拿搭配烈酒的鹽巴跟檸檬，或只是同情她的婚姻狀況。不管是哪樣，她都揮手叫他別講了。

啤酒瓶因爲凝結的露水而變得滑溜溜的，達若開始漫不經心地剝著標籤。他專注地剝掉了一塊，然後說道：「妳要質問他這件事嗎？」

在回答之前，瑪麗雅喝了另一口啤酒。說眞的，她其實還沒決定。她不知道要怎麼做。一部分的她想在他面前揮舞那張銀行對帳單。另一部分的她就只想離開他，然後訴請離婚。在她心靈深處的某個地方，她知道這些做法都不聰明。在做出任何激烈行為以前，瑪麗雅知道，她需要關於那筆錢的更多細節。她聽到了標籤從達若手中的酒瓶上被剝下的聲音。他還是沒看著她。

她知道達若也在擔心他自己。她可以看得出他很緊張。他不想被瑪麗雅扯進來面對那個男人。

你從哪弄到這筆錢的？喔，順便一提，我一直在跟俱樂部裡的一個服務生上床。

「別擔心，我不會告訴他……**我們**的事。」瑪麗雅說。

她差點就說，**別擔心，我不會告訴他關於「你」的事**，這改變了她的心意。這筆祕密款項在她跟她丈夫之間放下一塊水泥磚，讓她更接近達若。瑪麗雅不再害怕說出這段關係。它就在那裡，也許還因此變得更強韌些，而且無可否認——有時候他們會談到如果她離開她丈夫，他們在一起的生活會像什麼樣。她可以看出達若想要這樣，不過他很緊張。他告訴她，他能給她的不多。他當服務生，他教人怎麼潛水，怎麼衝浪——他不會把自己的未來評估成經濟上可靠的伴侶，而他對此有種羞恥感。在這種時候，瑪麗雅告訴他，她不在乎他賺多少錢——但說實話，她擔心這點。瑪麗雅想要有安全感。她需要它。金錢以前一直都是個問題，而她絕對不希望再度需要去擔心錢了，或許這是讓她緊抓著這段婚姻不放的一項理由。安全感。就算那只是一星期三百塊。

她伸手到臀部褲口袋裡，拿出了那張銀行對帳單。打開它，把它攤平在桌上。

所有付款都來自一家叫做勒波企業的公司。那個名字有某種熟悉感。勒波讓人有某種共鳴。她在腦袋裡唸著那個名字，設法要想起她丈夫是不是提過。她一時之間想不起任何事，然而她知道如果她夠努力想，她就會記起來。

「你有聽過勒波企業嗎？」她說道。

在他思索這個問題時，瑪麗雅注視著達若的眼睛在地板上搜尋。過了幾秒鐘，他輕輕地搖頭，他的前額擠出皺紋，卻沒說任何話。他閉上眼睛，咬緊牙關。

「那個名字讓人想起什麼，對吧？」他說。

「是啊，我不知道。這很詭異。我腦海深處有個什麼東西……我就是沒法想起來。也許我腦子不清楚。」

瑪麗雅環顧這個陰暗沉悶的酒吧，她丈夫的背叛是她喉嚨裡的一個結，所以在她開口時，她的話語隨著情緒顫動著。「我在騙誰啊？我知道我腦子不清楚。」

「介意再讓我看一眼嗎？」達若說道。

他語氣裡帶著一絲樂觀態度。這足以讓瑪麗雅把對帳單交給他。在細讀內容的時候，達若拿出一支手機，開始打字到螢幕上，往下捲動結果，然後檢視那張對帳單。

他露出微笑，然後說道：「狗娘養的。」

「什麼？」

「結果相符。靠，結果相符！」

「你在講什麼？」瑪麗雅說著，把她的手機拿出來。

「等一下，讓我複查一下。」達若說。

瑪麗雅等不及了。她把勒波企業這四字打進搜尋列，按下輸入。螢幕變成白色，一條藍線開始在頁面上方掙扎。看來酒吧裡的信號強度很差。瑪麗雅很想去問酒保他們有沒有寬頻網路。她瞥了他一眼，注視著他把手放到電視遙控器上，就覺得還是算了。

達若把他的手機反過來，螢幕對著瑪麗雅說道：「也許妳是嫁給這個傢伙了。」

瑪麗雅把手機從他手中拿過來。在螢幕上有個網頁，展示著名叫Ｊ．Ｔ．勒波的作家所寫的書。

「銀行對帳單上面的這些付款日期，符合最新Ｊ．Ｔ．勒波小說的出版日期。」達若說道。她按下其中一本書的圖像，封面上有一把槍跟一條蛇，然後往下捲動到書籍資訊區塊，檢視出版日。瞥一眼銀行對帳單。相同日期。對另外兩本書重複了相同的作業以後，她看出完全一樣的模式。在出版日付出一百萬元。

「這是什麼意思？這跟保羅有什麼關係？」她說道。

達若交叉雙臂，微笑的方式展現出他有多沾沾自喜。

「妳還沒搞懂嗎？這很驚人。妳丈夫，保羅．庫柏，就是Ｊ．Ｔ．勒波。」達若說道。

瑪麗雅把手機放到桌上，領悟到她張開了嘴，然後說道：「這他媽的Ｊ．Ｔ．勒波是誰？」

《紐約客》，二〇一三年五月

誰是J．T．勒波？

布萊恩・艾佛瑞特撰稿

人人都愛謎團。解謎、驚悚與犯罪小說的銷量，經常讓文學小說相形見絀。一位明顯收割了這些利益的作者，就是J．T．勒波。他（我們知道是「他」）的書累計銷售超過七千五百萬本。這世界上每五秒半就有人買一本J．T．勒波的驚悚小說。他在大多數國家都是家喻戶曉的名字。很有可能你家某處就有至少一本他的小說。對於這些一打開就停不下來的作品，讀者們有無窮的胃口。然而讓人信服又快步調的情節，加上刻畫入微的角色，還不足以說明這位作者的吸引力。讀者、銷售通路與出版商全都相信，他難以置信的成功，要歸功於一個主要因素——反轉。

你絕對察覺不到它要發生了。經歷過好幾次峰迴路轉以後，你放下這本書時想做的第一件事，就是叫你的某位朋友也來讀這本書，好讓你可以談論它！（編輯註：「讀完他的每本書，我都是這樣辦理。」）而他的出版商也知道這點。沒有公關宣傳行程，不會在CBS上《今晨》節目，沒有書店簽書會，不上NPR電台受訪。無論公關的反面可能是什麼，這就是了。J．T．勒波是個假名，一個筆名。誰的筆名？我們不知道。沒有人知道他的眞名，甚至連他的出版商都不知道。我們只知道這位作者是男性，他的出版商們知道的也就這麼多，或者也可能他們只願意說這麼多。

在寫這篇文章的時候，我設法迴避幾十篇先前揣測過這位作者眞實身分的文章，因爲那些文章就只是這樣——揣測。我想問的反而是爲什麼？

爲什麼這世界上最受愛戴、最暢銷、最富有的作家之一，持續隱姓埋名？問問你自己，要是你會嗎？我身爲作家已經二十五年了，我出版過四本書，而最令我高興的事，莫過於滿屋子仰慕的粉絲在簽書之前，等待我宣示我的天才。

曾有人說過，身爲作者是給害羞人士的表演事業。這可能是眞的。我肯定屬於內向的範疇（我在星巴克對咖啡師悄聲說出我的名字，在他們搞錯的時候從不抱怨），但拜託啦！你要害羞到什麼程度才會這樣？

我不信這是因爲害羞，也不信這是任何一種形式的長期內向行爲。在這座星球上，就是沒有任何人抗拒得了伸手接納數百萬仰慕粉絲之愛的誘惑。

我的理論——我承認它必定只是個理論——就是J．T．勒波的匿名有個更陰暗的理由。有可能J．T．勒波是個前科犯，前科紀錄會讓杭特．S．湯普森[1]都臉紅。或也許勒波這傢伙長了兩顆頭跟一身恐怖的皮膚病，他相信光是一瞥他的臉，都會把讀者嚇到一輩子不碰他的書。我的猜測是前者，而非後者。理由只有一個。

每個好謎團的核心，都有一樁犯罪。

然而我無法摸著良心指控一個不認識的人做了壞事。J．T．勒波的小說之所以成功，當然有個更商業的理由——作者本身的謎團。環繞著作者身分的揣測，就像他小說裡的步調與轉折，餵養著他的讀者群。在一本勒波小說出版的時候，你可以打賭，至少有一打紙媒文章、電視新聞內容，還有怒濤洶湧的社群媒體流量，在談論圍繞著作者身分打轉的持續謎團。如果這一切都消失了，我們看到了面具背後的男人，有可能，或許是非常高的可能，這些書的銷售會因此受害。

就目前來說，J·T·勒波，世界上最知名的不知名男子，仍然是個謎團。

1 Hunter S. Thompson是知名記者，帶起剛左新聞主義的風潮（不主張客觀性，通常以第一人稱角度記錄報導）；曾經為了報導飛車黨幫派「地獄天使」，跟他們廝混了一整年。

3

市鎮大道上的書店，對瑪麗雅來說是未曾涉足的處女地。他們很快喝完他們的啤酒，然後達若帶著她過街，往下走一個街區到了使命書店。在櫥窗右邊，瑪麗雅看到半打有著奇怪書名的基督教書籍，像是《耶穌與我》或《數位時代的基督》。在櫥窗另一邊，她猜想是暢銷書：羅曼史小說，封面上都是四肢癱軟的女人，就靠背後一名沒穿上衣的肌肉男撐著；封面上有滴答作響的時鐘或男性剪影的推理懸疑小說，還有書衣上有明亮彩色圖畫的童書。

然而在櫥窗中央，最醒目的位置，她看到幾本封面風格類似的書。書上的圖像全都不同，但封面上的名字是一樣的。粗體。一吋高的白色美術字。

J．T．勒波。

在作者的名字下面只有一句話。每本書上都是同一句，在完全一樣的位置。

狂銷七千五百萬冊。

「你不是認眞的吧，」她說：「這是保羅？保羅寫了這些書？」

「來吧，咱們進去。我需要確認某件事。」達若說道。

她跟著他進去，她一進門就感覺到吹至她頸背上的冷氣，很想在那裡的涼風中站上一會。松木地板跟漆成淡藍色的紮實木製書架，爲這個地方定下一種中性色調，讓書籍能夠成爲大膽色彩的唯一來源。店裡有幾個客人。兩位年長女士在犯罪實錄區瀏覽，其中一位肯定八十多歲了。她正如飢似渴地閱讀著某本書的書背文案，書名是《世界上最凶殘的性侵殺人犯》。

靠近櫃檯有個獨立出來的高台，上面擺著一整套J・T・勒波的書。她注視著達若抓起其中一本，然後打開它。他低下頭，掃視著前幾頁。接著，他合攏書，用他的食指夾在頁面之間當成書籤，然後招手要瑪麗雅來到他這邊。他更往店鋪深處走，走進一個全擺著基督教作品的角落。這一區沒有隨意瀏覽的顧客。她跟上他，站得很近。他打開書以後交給她。

那是一本有書衣的精裝書。他讓她看書衣內側，兩個折口都沒有作者照片。作者簡介只寫著**J・T・勒波是假名。請尊重作者的隱私**。

「這些書有一半的公關是來自自以爲能追蹤到眞正作者的記者與部落客，不過他們從來沒眞的找到人。有種種理論，但也就只有這樣。沒有人知道勒波實際上是誰。」達若說道。

他接著打開這本書的書名頁。在那一頁的另一面是些法律性內容。每本書的內頁似乎都有出版社加上的這些細小字體，雖說瑪麗雅從來沒讀過其中的任何一個字。

在她把書撐開的時候，達若說：「讓我再檢查一次那份文件。」

她伸手到她的牛仔褲口袋，抽出那張銀行對帳單，交給他。就算他什麼都沒說，他的眼睛卻說出有某種美妙的發現。他把對帳單放到她面前那本書的書名頁上。

「看看那些小字。」他說。

瑪麗雅讀了一連串讓人驚異的數字，可能跟書的印刷有某種關係，然後讀了那個法律聲明。不管達若經歷了什麼樣的領悟，瑪麗雅似乎都捉摸不到，而她緊捏著那些頁面。

她從咬緊的牙關裡擠出悄悄話：「我到底要找什麼？」

「版權。」達若說道，帶著一抹加州微笑。

她的眼睛往頁面更下方處掃去。她停下來，再讀了一次頁面上那行字，然後注視著銀行對帳單。有半分鐘她重複著這個過程，小心翼翼地檢查法律聲明頁上的小字體文字，對照著銀行對帳單上的拼字。

毫無疑問。保羅帳戶裡存入的款項是由勒波企業付的。它再度出現在這裡，在她面前那本書的頁面上。

©勒波企業。

她覺得噁心。瑪麗雅掩住嘴，轉身迅速離開店面，無視於達若喊著要她等一下。瑪麗雅不知道該轉向哪一邊、或者該做什麼，就站在人行道邊緣，彎下腰去抓住她的膝蓋。她猛吸空氣，閉上雙眼，吞下很有可能從她胃裡往上冒的膽汁。一股糟糕的味道填滿她的嘴，而她知道如果她控制不了自己，她就要吐了。

逼自己乾嚥有幫助。她的喉嚨還在灼燒，事實證明龍舌蘭是個壞主意。在某處，在內心深處很深的地方，她對達若的理論還保留著懷疑——保羅當然不會爲這種事對她撒謊。他怎麼能這樣？身價數百萬知名作家的祕密生活。他不願跟她分享的生活。

瑪麗雅成長過程很艱辛。野蠻的父親，還有愛她卻救不了她的母親。沒有錢，沒有安全感，只有偶發的間歇性小確幸：去看場電影、或者在中央公園裡野餐，瑪麗雅孩提時代記得的快樂時刻就只有這些。而就算是那種時候，快樂延續的時間也不超過一個下午，而且總是籠罩在等著她母親跟她回家的威脅陰影之下。

然後在十歲的時候，意外發生了。

從那之後，布朗克斯的公寓裡就只有她母親跟她了。直到她十七歲爲止，她們靠她母親在一間熟食店一週站六天櫃檯的薪水過活，日子過得很辛苦。她們擁有的不多，但她們勉強應付得過去。在她母親過世後，她盡她所能過好自己的人生。一個廉價的人生。她在曼哈頓一間處理公關宣傳活動的廣告公司得到一份實習工作。在實習期間結束的時候，她沒得到工作邀約——這間公司把話講白了，他們不僱用負擔不起他們那種服裝要求的年輕女子。作爲替代，瑪麗雅管理樂團，賺一點點錢，匆忙交過幾個男友，每一個都比上一個更爛。

而有一天晚上，在下東區的一間小酒吧裡，她遇見保羅。他們是偶然相遇的。瑪麗雅忽視大部分看上她的男人。她在酒吧裡看見他，而他看起來這麼哀傷，這麼脆弱。她跟他攀談起來。他告訴她，舞台上那個樂團糟透了。他們是瑪麗雅經紀的樂團。她告訴他，他則笑了出來——說他們有全國最棒的經紀人，但他們還是爛透了。他買了杯酒請她，而他們聊了一整晚。他們幾天後碰面，保羅看起來不再那樣悲傷了。她給了他一些什麼，而這樣讓她感覺很好。在她遇到過的男人裡，他是第一個對她並無所求的人。他只是樂於跟她在一起，而且難以置信的是，他也樂於讓事情慢慢發展。

他常常這麼說，但不是用瑪麗雅覺得被拒絕的方式說。

我們慢慢來。

這是他的口頭禪，也是他的免責條款。他知道關於她的一切，只有她父親的意外例外。她不曾告訴過任何人那天晚上實際發生了什麼事。她不知不覺中開始用熟練的謊言解釋她父親的失蹤：有天晚上他就這樣起身離開了，再也沒回來。壞父親遺棄家人的故事這麼常見，從沒有人質疑過。保羅肯定沒懷疑。在他們交往過程的早期，瑪麗雅對他幾乎一無所知。

他的工作是行銷顧問。他不喜歡談他的工作。工作很乏味。不，他沒有任何有趣的客戶。

唯一的好事是薪水，還有他可以在家工作的事實。他父母雙亡。沒有兄弟姊妹。沒有朋友。

在瑪麗雅逼迫他，甚至只是很溫和地要他講個故事，談他的童年或大學時代，甚至問他在紐約住多久了，百葉窗都會立刻拉下。他會三緘其口，什麼都不說或者改變話題。到最後，瑪麗雅不再嘗試。

他承諾過要給她更好的生活。現在瑪麗雅知道，他本來可以給她一種很棒的生活，讓她不必再恐懼她能花多少錢，讓她可以擺脫持續的憂慮，不再擔心到頭來像她媽一樣的那種生活。他卻選擇把那種生活保留給他自己。

瑪麗雅在人行道邊緣彎下腰，設法喘過氣來。嚥下膽汁的時候，她瞥見她值兩百塊的靴子。鞋跟在一週前裂開了，而保羅提醒她這雙靴子有多貴，叫她去修補。

在她的思緒中，這記憶來得太快又太滿——快到讓她的頭開始暈眩。她吐在街道上，斑斑點點的龍舌蘭與唾沫落到她的麂皮靴上。達若用他的手臂環抱著她，把她帶到他車上，坐進座位。她覺得頭昏眼花，兩腿虛弱無力。

「我帶妳回家。如果妳要吐了就告訴我，我會在路邊停車。」他說道。

癱坐在乘客座上的瑪麗雅蓋住了自己的眼睛。頭痛要發作了——她可以感覺到。避開陽光會有幫助，而她要求達若把敞篷車車頂拉起來。他哼了一聲，暗自嘟囔了幾句，同時跟那個古董車頂奮戰。這輛車是經典車款，意思是它是看來漂亮的麻煩玩意。

他們在沉默中往回開。整趟車程裡她都沒看達若一眼，不過她可以感覺到他的目光不時落在她身上：一個男人緊張的瞥視，他準備隨時停車，就算這表示會撞進一道溝渠或一片玉米田，也比讓她毀了他的汽車內裝來得好。

就算達若鬼鬼祟祟的瞥視讓人分心，瑪麗雅還是有時間與靜默可以用來思考。她想跟保羅對質。同時她也知道他只會三緘其口。不會有爭執，不會有否認，他就只會把自己封閉起來，離開房間，就像她每次設法要提起他的過去時，他都是這麼做。

但她並不是站在道德的制高點上。不管這個發現是什麼，都是透過侵犯他的隱私得來的。基本上是非法入侵。事關他的書房，他就可能變得防衛心奇重。現在她知道爲什麼了。沒有任何提起此事的好辦法。沒有一件事會讓權力平衡必然倒向對她有利的一方。要是他決定跟他離婚，因爲她撬開了他的書桌呢？如果嚴格說來是她偷了那些檔案，在離婚法庭上會容許她利用那些檔案嗎？

達若把車停進她家車道的時候，她在揉她的太陽穴。

「妳認爲眞的是他嗎？保羅就是J．T．勒波？」他問道。

「他書讀得很多。懸疑推理，偵探小說。那類的玩意。我不知道。有可能？他肯定不是靠著做行銷工作得到數百萬酬勞。」

瑪麗雅讓目光避開達若，設法思考。書桌是個大問題。也許她可以讓人修理那張桌子？拿著那張銀行對帳單去見一名律師，然後就這樣用那份文件對付他？

她做不了的一件事，就是再等更久一些。他還有幾天才會回來。她可以只花一晚上沉澱一下嗎？感覺上直到她跟他對質以前，這件事會在她醒著的每一刻啃噬著她。

光是想到要對質，就讓她的心跳變得更快，她嘴唇上也冒出汗水。

一定有別的辦法。

瑪麗雅下了車，把她背後的車門關上，開始朝著前門走。達若跟在她後面，他踩在砂礫上的腳吱嘎作響。她把鑰匙插進鎖孔裡，打開了門，然後直接走向書房。

她想看看那個抽屜裡的其他文件。她在地板上找到它們，再度掃視一遍。筆記跟紙條很難解讀，但接著她看到頁面頂端的某些字句，讓她停下來更仔細檢視它們。

第六本無標題書的筆記。希區考克式情節。女人在一間公寓窗口看到可能是謀殺的場面，當時她正好停在一個紅燈前。不。有人寫過了。主題？

在那些頁面上還有更多像這樣的筆記，討論角色動機、情節、時間線。她把那些紙張放到一邊，拿起了剪報。某些相當新，某些已經年代久遠到泛黃。剪報來自《紐約時報》、《衛報》、《紐約客》、《時代雜誌》。它們全都有相似的標題或主題。

誰是J．T．勒波？

站在她背後，達若越過她的肩膀閱讀內容。他說：「就是他，不是嗎？耶穌啊。我是對的。瑪麗雅，他就是保羅。這很驚人……」

瑪麗雅迅速站起來說道：「別對任何人透露一個字。我們不能讓這件事傳出去。答應我。」

她的話讓他冷靜下來，把他帶回現實。達若就像過聖誕夜的十歲小孩，他的興奮有讓他沖昏頭的危險。

「我們可以利用這件事。這可以是我們的出路。我們能夠在一起了。」她說。

現在她有機會過更好的人生，她知道她急切想要的那種人生。她只需要搞清楚，最好怎麼樣利用這個謊言來對付他，並且用某種方式解釋那抽屜出了什麼事。就算她讓人修好，他還是會注意到。保羅會注意細枝末節，這逃不過他的法眼。瑪麗雅暫時停頓，俯視著壞掉的抽屜。

這是個大問題。她不想讓他知道她開過抽屜或者看過任何檔案，在她能想出處理這個情境的最佳辦法以前還不行。

如果她跟他對質，他會做出什麼事？她思考這一點，然後認定，根據她在過去幾小時裡得知的事情，她根本不認識她丈夫。他可以離開她，把錢帶走，然後再也不見蹤影。或者更糟，告訴她這是他的錢，她一毛也看不到了。他可以消失無蹤。他已經消失一半了。她不認識這個男人，這個男人一次會離開她好幾週。他冰冷的瞪視，他的痛苦。然後還有達若，開放、充滿愛又對她全心全意，她對他也是如此。

不管她還領悟到什麼別的事情，她都知道她不適合今天晚上就跟保羅對質。然而她不能放過這件事。對於背叛的怨恨與憤怒，全部同時襲擊著她。

她走出書房，穿過廚房，然後從後門往外走向門廊。她越過沙丘俯視著海洋。風吹起來了，白色的碎浪翻滾著。沒有人在海灘上。天空開始變暗。一片飽含雨水的大片烏雲從海岸處翻湧而至。在達若來到房屋角落以前，她就聽到他在門廊上的腳步聲了。

她忽視他。她雙眼牢牢盯著地平線，就在那時，她確切知道她要怎麼處理這件事了。

「妳還好嗎？也許我該讓妳好好消化這件事。他還是妳丈夫，而我可能把事情搞得太複雜了。」

「不，」瑪麗雅說：「你沒有把事情變得複雜。你是我現在僅有的了。我愛你。」

「我也愛妳。」達若說道。

這是他第一次大聲說出來。

「我要跟他談談。今晚就談。我沒辦法再拖下去了。我需要他回家，並且向我解釋這件事。我必須讓他敞開心扉。這是他會開口解釋的唯一辦法。如果我質問他，他只會封閉起來。」

「好，妳想要我留下來嗎？」

「那樣對他來說負荷太大了。我必須獨自處理。」她說著，往回瞥了房子一眼，心中想著那個壞掉的抽屜。她需要爲那個抽屜提供一個清白無辜的解釋。某種替她解套，而且會讓保羅談論抽屜裡有什麼的解釋。

「都聽妳的。在我離開以前，妳還需要什麼嗎？」他說道。

瑪麗雅深吸一口氣。「對，」她說著轉向他，她的五官呈現出一種嚴峻的決心。「在你離開以前，我要你打我。」

4

保羅．庫柏的手指在筆電上飛舞。他很有自信地按下按鍵，每一擊都帶著力量。在接近一部小說的結尾時，似乎總是會出現這種步調。在他剛開始動手，瞪著空白螢幕的時候，他的觸鍵慢、輕、帶著試探，他的手指必須摸出一條進入故事的路。

他暫時停頓，把雙手從鍵盤上抬起，啜飲了一口綠茶。他的茶是他在位於孤寂港東側的小公寓裡泡的，他把這裡當成辦公室。他先前出海兩天，沒有寬頻，沒有網路，幾乎沒有任何手機訊號。在船上，他身邊只有他的筆電跟一馬克杯的綠茶。他的GPS系統一吐出風暴警報，保羅就儲存並備份他的作品，關上筆電，然後把船開回船塢。感謝老天，他的辦公室就在對街，他可以在相對的平靜之中繼續寫作。

在他接近完成一本書的時候，他需要的就是徹底的專注。沒有任何一種讓人分心的事物。此刻一切都靠最後的反轉了。

結尾就是難搞，他心想。

沒有兩個作家會用同一種方式工作。保羅憑直覺寫作。不知怎麼地，他總是想得出一個反轉。

對這本書來說，最後的反轉還沒自動現身。不過它很快就會出現了。他只要有耐心就好。

他放下馬克杯裡的茶，把手指擺回筆電上，以便對按鍵施加更多的懲罰。

他打到句子一半時停手。房間裡有個嗡嗡聲讓他分心。他伸手到他口袋裡，什麼都沒摸到。然後同樣的嗡嗡聲又來了。他站起來，從他的外套裡取回他的手機。一通來自瑪麗雅的未接來電。

她鮮少留下語音訊息。在他們開始約會之後不久，她在她位於紐約的公寓替他做晚餐。一次得體的約會，瑪麗雅這麼說。紅酒、烤雞沙拉，然後是在沙發上喝完那瓶酒。保羅起身去上廁所，然後經過她的家用電話，放在一張小桌子上。那是個很舊的古董電話，有圓形的撥號盤。電話下面有個看起來像是錄音帶卡座的東西，但保羅接著認出那是個錄音帶式電話答錄機。機器旁邊是一盒錄音帶，其中某些是空白的，某些貼上了清楚的標籤。標籤全都是媽媽的各種變化型，像是**媽媽，一九八五年聖誕節**，或者**媽媽，錄影提醒**。

在他回到沙發旁的時候，他問她電話跟答錄機的事。

「我看到妳的電話裝置了，很古色古香。妳知道我們現在已經有數位語音信箱了吧？還有網路？」他開玩笑地說道。

她露出微笑，但笑容背後還有更多意義。

「那是我媽的。我們用我父親的一部分人壽保險理賠金，買到那台答錄機。她很愛那台電話答錄機。那對她來說有幾分像一種人生關卡的通關儀式——能夠買得起我們自己的電話還有答錄機，讓她十分興奮。她常常在工作時打電話來，那時候我自己一個人在家裡做功課。她會確定我人好好的，而且提醒我要設定好錄影機，錄下《神探可倫坡》或者《星艦迷航記》，就是這類的事情。每次她在工作，而我覺得寂寞或害怕的時候，我就會播放答錄機的其中一卷錄音帶。除了她以外，從沒有別人打電話來。在她過世的時候，我留著錄音帶跟機器。我不時播放這些錄音帶，提醒我自己，就只是想聽聽她的聲音。」

保羅爲這個記憶露出微笑。瑪麗雅驚人地多愁善感。在他們搬到孤寂港的時候，她堅持要帶上那個該死的電話跟答錄機，跟他們一起。機器完全接好了，但沒有人打電話到屋裡來，她也從來沒用過那台舊電話，她總是用她的手機打給他。

保羅的目光回到筆電上。那通電話讓他分心，讓他陷入回憶。他嘖了一聲——他有工作得做啊。

手機上的時鐘顯示十一點三十分，保羅以爲大概才六點。他還沒吃晚餐，因爲公寓窗戶徹底拉下的遮光百葉窗，他常常忘了時間。在某方面，這是個好徵兆。他埋頭在書裡，而不是眞實世界。他把手機放在書桌上，回到筆電前。

這次手機亮起，而且在桌上發出吵雜的震動。電鑽式震動讓手機沿著書桌旋轉。又一通瑪麗雅的來電。

她這麼晚打來並不尋常。

心不甘情不願，他接起電話。

「嗨，一切還好嗎？」他說。

他先聽到她的呼吸聲。很吃力，在喘氣。

「耶穌啊，保羅，不好！我試著要打給你，有人闖進屋裡。我被攻擊了。」

「喔我的天啊！妳還好嗎？」

「他打我，而我跌倒了。我沒事，他已經跑了。我很害怕。」她說道，她的聲音因爲恐懼而破音。

「我會馬上回家。我剛把船開回來。鎖好所有的門。我的槍在書房裡一個上鎖的盒子裡。去拿槍，免得他跑回來。妳報警了嗎？」他說。

她猶豫了，然後說道：「沒有，我先打給你。我現在就打給他們。」

在保羅能說任何別的話以前，她就掛斷了。

他低聲詛咒。有某個下三濫竊賊傷害瑪麗雅的念頭讓他作嘔。

他儲存檔案，關上筆電，憤怒地把它塞進他的袋子裡。他關掉電燈，爲公寓上鎖，然後跑下通往街道的樓梯。瑪莎拉蒂在碼頭停車場等著他。船跟車是他的玩具，他給自己的小禮物。跑車在像孤寂港這樣的小鎮裡，看起來並不會格格不入。瑪麗雅的車便宜得多，但她沒那麼喜歡車子。像這樣的時候，他很高興那輛車的車蓋下面有很多馬力可用，雖然他買下它是爲了完全不同的理由——你永遠不知道你什麼時候會需要迅速脫身。

他用遙控器打開車門鎖，坐進去，把他的袋子丟到乘客座，然後發動引擎。五分鐘後他就在海岸道路上了，時速逼近八十哩，而且眞心希望他剛才在瑪麗雅來電的時候腦筋動得快一點。

保羅最不希望的就是警察在他的屋子旁邊東聞西嗅。他從車裡打電話給瑪麗雅，但電話佔線。她可能還在跟警察講電話。

他在膽量範圍內盡可能用力踩油門。他的車頭燈是唯一的指引，而馬路在露出地面的累累岩層周圍有大幅度的劇烈扭轉。一道閃動的燈光在他的照後鏡裡冒出；紅藍相間的燈光在一輛車頂旋轉著。他正好及時把時速放慢到六十哩。警察巡邏車在一陣噪音與旋轉的紅藍燈光中飛快越過他。

保羅咒罵著猛敲方向盤。

十分鐘後，他在屋子旁邊停車，就在警車旁邊。光線從屋子的每一扇窗戶裡流洩出來，前門是敞開的。他看到一個戴著棒球帽的大塊頭男子，剪影出現在他的臥房窗口。他正在注視著保羅。

等到保羅下車走到前門的時候，他看到棒球帽男站在走廊上了。警察。他五十來歲，留著警察式的鬍鬚，還有一點超重，讓他的肚子從他的槍帶上往外探。

「你是庫柏先生？」他說。

「沒錯，」保羅說著進了屋。

「我猜路上碰到的就是你。我認得那輛猛獸般的車。我是亞伯拉罕．多爾警長，」他說著掀了一下他的帽子。「你太太在廚房裡。她受了不小的驚嚇，不過她會沒事的。闖入者走了。如果你不介意，我能再多檢查一下這棟房子？」

「完全不介意。」保羅說。

在警察上樓的時候，保羅穿過客廳，沿著走廊走向廚房。當他看到他的書房房門敞開的時候，一陣寒意洗過他的脊梁。他經過的時候瞥了裡面一眼。他很快就會更徹底地檢查一遍，但乍看書房不像被翻攪過。瑪麗雅一定把門打開了，要不是進去拿槍，就是讓警長檢查房間。

他看到瑪麗雅坐在廚房櫥櫃旁的一張高腳椅上，手裡握著一袋冰塊貼著她的臉頰。她用一條廚房毛巾包裹起來，但冰塊還是滲透，弄溼了她的頭髮，還有她的左臉。她一看到他，她就放下冰塊，奔進他臂彎裡。保羅抱緊了她，親吻她的頭髮。

他對她悄聲說，現在一切都好了，她很安全。他把手放在她兩邊肩膀上，輕輕鬆開她，好讓他可以看看她的臉。她把頭歪向左邊，就好像她不想讓他看見似的。保羅輕盈細心地碰觸她的下巴，抬起她的頭。

她臉龐一側有紅色的毆打痕跡。腫脹、發炎的臉頰。她的眼睛因爲眼淚而發紅浮腫。她垂下頭，把頭放在他胸前抱緊他，什麼都沒說，但他感覺到她飲泣時從她身體傳來的輕微搖晃。保羅撫平她的頭髮，然後用雙臂環抱著她，同時再看了一遍廚房。這裡什麼都沒有被動過。除了櫥櫃上的冰塊，還有瑪麗雅擺在旁邊的手機以外，沒有任何東西不在其位。

「發生了什麼事？」他問道。

她緊抱著他，在她說話時，她的聲音因爲淚水而顯得濁重。「我看電視的時候聽到一個怪聲，像是玻璃破掉。我站起來到廚房去，以爲有片玻璃掉下來了。那裡什麼都沒有。我想或許是我想像出來的，而我回到沙發那邊，這時候我想我聽到你書房裡有什麼聲音。我用你的鑰匙打開門，就在那時，我看到了他。」

他的手在瑪麗雅身上收緊了。

「妳看到誰？」他說道。

「一個男人，穿著黑衣。他戴著兜帽，我看不到他的臉。他企圖撬開你的書桌，他看到我了。我跑向廚房的電話，而他在走廊上抓住我的頭髮。我轉身尖叫，那時候他打了我。我跌倒了，然後他一定是害怕了，就從前門跑出去。」

書桌，保羅心想。

「他有說任何話嗎？」保羅說。

「沒有，」她這麼說，然後是：「保羅，你弄痛我了。」

他放手了。他抱她抱得太緊了：他的手指都戳進她皮肉裡了。

她往後站，他再度望向她的臉。然後他轉身跑進他的書房。書、裝飾品跟紀念品都在它們該在的位置。一台筆電在面對門的書桌上擺著，沒有被動過。在他繞到書桌另一邊的時候，他看到被打破的窗戶，玻璃碎片躺在他辦公椅後面的地毯上。闖入者是從這裡進來的，爲了搆到窗戶的鎖而打破玻璃，然後開窗爬進來。他轉過身去，檢查書桌。最上方左手邊的抽屜被硬撬開，裡面的內容灑了出來。他跪下來，迅速掃視那些筆記、媒體剪報跟書評。這是他私人的書桌，在他私人的書房裡。他看著他背後那個被弄壞的窗戶。現在太暗了，看不到高聳草叢後面的海灘。一定有人在監視他，某個知道抽屜裡有什麼的人。屋裡唯一能夠暴露出他是什麼人的東西，就在那張書桌裡。

他頸背上寒毛直豎。

瑪麗雅站在桌子的另一邊。她看起來很迷惑，而且很受傷。並不是她臉頰上的毆痕讓她痛苦。有別的事情，更深層的事情不對勁。他看得出來。

「那男人沒拿走任何我看得到的東西。他並沒有去拿我的珠寶，或者我的汽車鑰匙，或是筆電。他想要什麼？」她問。

保羅覺得謊言很容易出口。甚至現在也是。對他所愛的人也是。

「我不知道。」他說。

這幾個字輕盈地從他唇邊落下。沒有罪惡感。他的良心早就放棄戰鬥了。他愛瑪麗雅，如果他能愛任何人，他已竭盡所能。謊言是其中的一部分，一直如此。

「爲什麼他撬開抽屜？如果發生了什麼事情，我有權知道。」她說道。

「他一定是在找現金，或者信用卡。我不知道他在找什麼。」他說。有一秒鐘，他可以發誓他看到她臉上閃過一絲厭惡，就好像某種不討人喜歡的東西出現在她眼前。她皺起嘴唇，打量著他，然後爆出淚水。

他走向她，但她舉起手來離開了房間，在門口撞上了警長。

「請原諒我，女士。」多爾警長說。他再度舉起帽子行禮，然後進入書房跟保羅待在一起。這大塊頭的男人動作緩慢，但他的眼睛動作很快──把這房間完全收進眼底。

「任何房間裡似乎都沒有東西被動過，就這裡例外。」他說。

他繞過書桌，跪下來察看窗戶，同時保羅站到後面觀察。警長看著地毯上的玻璃碎片，把他的注意力轉向窗口，然後站著。他檢視著窗戶的把手，把頭從壞掉的窗格探出去，然後從他的皮帶裡抽出一把手電筒。保羅注意到，警長不需要看他的腰帶就可以找到他的手電筒，手指也沒有摸索的動作，他的手用一個流暢的動作就抽出了手電筒。他想像這位警長已經這麼做過上千次了。

「如果你不介意，我早上會再看一下後面那裡。這傢伙沒在你家門廊登陸。他走那裡。泥土裡可能有些痕跡，在黑暗中太容易錯過了。」警長說道，同時關掉了光束。

「對，說得是。」保羅說。

多爾警長把注意力轉向書桌。雜亂的一堆紙頁躺在地板上。在紙張上方，抽屜是開的。

「先生，有任何東西不見嗎？」多爾警長說道。

保羅搖搖頭，說道：「我看不出有。看來像是瑪麗雅在那傢伙有機會做什麼以前，就嚇到他了。」

「有任何人會想要傷害你，或者你太太嗎？」多爾問道。保羅搖搖頭。

這名執法人員點點頭，看著書桌抽屜被破壞的鎖。其他抽屜沒有一個被碰過。保羅交疊起他的手臂，注視著警長在房間四周又看了一遍。

「你不打算採指紋什麼的嗎？」保羅這麼說。

「沒必要。竊賊戴著手套。我三十五年來從沒採集到竊賊的指紋。」

「要是這個沒戴手套呢？你不是應該至少試一下嗎？」保羅說。

多爾警長的鬍鬚抽動了，就那麼一下，而他說道：「也許我們會嘗試這一位。我明天會派個警員過來。你確定沒有任何東西被拿走？」

「我明天會再檢查一遍，但我還滿確定的。」

「那麼好吧，」警長說：「晚些我會派輛車過來，只是經過這片地產，確保一切都好。我們不會打擾你們。到時候也會做個筆錄。那樣好嗎？你們盡量讓自己過個愉快的晚上吧。」

就這樣，警長舉了一下他的帽子。保羅把他送到門口，在警長出去以後把門關上鎖好。他一聽到警長的車子從車道上開出去以後，就呼出一口氣。他轉過身去，看到瑪麗雅站在樓梯頂端，注視著他。

「沒問題了，蜜糖。我現在回家了。妳去睡一下。我要熬夜。這混蛋不會笨到還跑回來。如果他這麼做了，我會在這裡等著。」

瑪麗雅什麼都沒說。她站在那裡俯視著保羅，有史以來最長的一次。她的雙手落在兩側，她的身體完全不動。承受不住她的凝視，保羅低頭看著地板，然後轉身走回書房。

他試著去想他把什麼留在那個抽屜裡。他閉上雙眼，很努力地設法記起他有沒有把任何別的東西從他辦公室帶到家裡。他曾經把一兩張銀行對帳單帶回家，那是在他的碼頭辦公室安裝保險箱以前。他有把銀行對帳單帶回辦公室去嗎？他記不起來，不確定。

多年來，保羅一直很小心。沒有過火的開銷。唔，至少沒有任何他在報稅單上藏不了的東西。他是透過他的假商務帳號買車，而那艘船他是用沒報帳的錢買的。它們很貴，不過不是百萬富翁的玩具，而且根本比不上一般孤寂港居民車庫或碼頭裡的東西。他並不突出。他保持低調。他守口如瓶。

然而他被人發現了。

一種古老熟悉的感覺一路從泥土裡往上抓扒。他可以感覺到它爬遍他全身，要攫取控制。汗水像水壩似地爆開，他嘴裡的舌頭感覺乾燥，他的肩膀聳起，而他發現他的手指彎成發顫的拳頭。

恐懼回來了。

他抽出他的手機，開始打一封電子郵件，然後停了下來。他刪掉草稿。現在還不需要牽扯到她。要是背叛他的人就是她呢？不。他在恐慌，沒有在思考。無論如何，在這個時間她什麼都做不了。如果他發信給她，她可能會打電話過來，而瑪麗雅就在樓上。她可能會聽到。

保羅搖搖頭。他讓恐懼宰制了他。他唯一的選擇，就是等著看這狀況會怎麼發展。不管發生什麼事，他都會做好準備。他靜靜地走回書房，從書架上拿下一本厚厚的狄更斯作品集，然後伸手到那本書後面。它還在那裡，沒人動過，準備在他需要時派上用場。

一把史密斯威森點三八手槍。

5

從庫柏家的車道開出來的時候，多爾警長抓起無線電麥克風，然後按了兩次發送按鍵。

「歡迎回來，亞伯拉罕。你有抓到任何竊賊嗎？」派遣員的聲音說道。

「蘇，我到那裡的時候他們早就走啦。」他說道。

蘇再加上兩名全職警員，組成了孤寂港警局。以一個沒什麼犯罪的小鎮來說，這裡是個經費充足的警局。在旅遊季節經濟支援這個城鎮的有錢人很在乎保護，他們不希望在地人行爲失控，刮了他們的法拉利或者尿在他們的玫瑰上，所以他們透過必須穿著半正式禮服參加，每道菜要價一百美金的募款餐會、烘培點心特賣與烤肉餐會，對執法單位的預算做出貢獻，而錢堆高的速度比警長能花錢的速度還快。

蘇已經與多爾共事將近二十年。她很精明，不聽胡扯廢話，就算她不是在現場工作的警官，孤寂港大半的犯罪破案率還是要歸功於她。這有一部分是因爲她敏銳的才智，還有事實上她認識鎮上幾乎每個活人，而且從來不錯過任何八卦。

「那位可愛女士怎麼樣了？她在電話上聽起來好害怕啊。」蘇說道。

「她臉上有個傷痕。她會有瘀青，但她會好的。」多爾警長說。

「發生什麼事？」蘇問道。

「她說她聽到書房裡有個怪聲，像是玻璃被打破。她把鎖著的門打開，就發現有個蒙面闖入者跪在她丈夫的書桌後面。他跳起來衝向她，打了她一下，同時他衝向前門。」

「他是怎麼進入書房的？」蘇說道。

多爾的鬍鬚抽搐了。

「妳不會錯過任何蹊蹺的，對吧？」他說道。

「我總是分辨得出你什麼時候起了疑心。來吧，講出來比憋著好。」

「唔，那棟房子裡肯定有什麼不對勁。就在庫柏先生跟庫柏太太之間。我會說有種不和諧的氣氛。」

無線電安靜了一會，然後蘇喊回來：「現在快說吧，不只有這樣。」

「妳該去教偵訊技巧的，妳知道嗎？可能沒什麼。」

「是有什麼。別再瞞著我了，警長。」

「好吧。就只是這一切對我來說完全不合理。庫柏太太說她打開書房門鎖，驚動一個竊賊，當場逮到他。竊賊剛從一個敞開的大窗戶進來。為什麼他會奔向庫柏太太，打了她以後從前門跑出去，他明明可以轉身就從他進來的地方逃跑，快得像閃電一樣？」

「竊賊都相當笨。可能她說的是實話。」

「可能是。這還是解釋不了為何一個蠢竊賊會撬開一張老書桌的一個抽屜，同時他眼前就擺著價值兩千塊的筆電。在普蘭斯菲爾德的黑市很容易賣。他可以賺上兩千塊，輕鬆得很。」

「輕鬆得很，」蘇同意。「你明天會回去看嗎？」

「可能會。早上我會帶著布洛克跟我去做點筆錄，然後四處察看一下。別告訴她我說了什麼，讓她自己想出來。她相當聰明，而且我想確保我沒有想得太極端。順便一提，妳也別到處說前面的任何一件事。」

「講得好像我會這樣做似的？太沒尊嚴了。」蘇說道。

「妳會。妳做過。那次我在一間停車場裡，抓到彼得森老頭在他車裡光著屁股，乘客座還有個充氣娃娃。我還沒回到警察局，整間小鎮就都知道了。」

她沒爭論這點。她太容易一想起這回憶就笑出來。

「我要開車繞一圈小鎮，看看我能看到什麼。我晚點會回去。」警長說道。

蘇結束通話，巡邏車陷入寂靜。

他伸手去開收音機，但在看到他左邊的瀑布時猶豫了。

十年前多爾從瀑布底部的水潭拉出一具屍體。一名年輕女子，二十歲後半、接近三十，在一個漫長炎熱的夏末被發現。她赤身裸體，屍身被水泡得浮腫。她的傷勢跟從瀑布頂端落下相符，也跟暴力致死相符。沒有人出面認領她的屍體。沒有吻合的ＤＮＡ，剩下的牙齒不足以做齒痕比對，而就他所知，她並不符合近期失蹤人口的照片。

她就被埋在市立公墓裡，只有多爾跟蘇參加葬禮。

每次多爾走這條路的時候——這不常見——他就花點時間默默追思這個女孩。大多數執法人員會把這種死亡歸類爲不幸的意外。沒有謀殺的明顯證據。他們會放下這件事，繼續工作。

無名女屍的檔案仍然躺在多爾辦公桌最下面的抽屜裡。他每隔一陣子就拿出來一次，檢查更新的失蹤人口資料庫。這個案子仍未結案，而且會繼續保持這樣，直到多爾找出那女孩發生什麼事爲止。

6

瑪麗雅在清晨五點起身淋浴著裝，躡手躡腳穿過客廳，經過她沉睡的丈夫，從前門出去，上了她的車然後開走。在她穿過孤寂港的時候，新生的太陽打在擋風玻璃上。海岸邊的下一個城鎮只在五十哩外，但她不需要跑那麼遠。在孤寂港與希望港之間的半途，她停在一間通宵營業的餐館旁。這裡不過是一輛坐得下二十人的拖車，提供會燙掉你牙齒琺瑯質的熱咖啡，而且不介意你沒給女侍小費。

她打開進入餐館的門，吸進培根與煮過頭雞蛋的氣味。櫃檯有兩個男人，希望港來的拖網漁船船員。餐館的利潤靠的是二十四小時提供標價過高的爛食物。如果你剛好在凌晨三點從一艘船上下來，需要一杯啤酒跟一個三明治，你就會來希望港餐館。

那女侍是個四十來歲的金髮女，有個看起來五十幾歲的微笑，從櫃檯後方踏出來，給瑪麗雅一個角落包廂座，還有一份會黏在桌上，像是裹在膠水裡的護貝膠膜菜單。

「給我咖啡就好了。」瑪麗雅說。

瑪麗雅得到的全部回應，就是女侍點了個頭。她的名牌上寫著「珊蒂」，而她有幾分艱難地把菜單從桌上撬起來。到最後菜單剝離，在同時發出一聲吸吮後剝開的聲音，就像某個人撕開了一條溼溼的魔鬼氈帶子。一只杯子跟茶碟出現在桌上，而杯子裡很快填滿從保溫瓶裡倒出的熱氣蒸騰黑咖啡。瑪麗雅要了奶精跟糖，而它們姍姍來遲。瑪麗雅心想，珊蒂沒小費了。

剛過六點，達若就走進餐館，在瑪麗雅對面落座。他要了一杯拿鐵，而瑪麗雅看著珊蒂臉上的表情，忍住了露出微笑的衝動。這裡不是白咖啡、黑咖啡就是蘇打汽水，沒別的。達若決定要白咖啡。

「我整晚都沒睡。」瑪麗雅說。

「我也沒有。我覺得噁心。我從來沒有打過女人。妳怎麼樣了，妳的……」他甚至說不出口。他讓這句話不了了之，就只是在他臉頰上抹了一下手指。在他這麼做的時候，他隱藏不住他臉上厭惡的表情。他昨晚跨越一條界線，掌摑瑪麗雅在達若身上也留下了一道印記。

瑪麗雅伸手捏捏他的手臂，逼出一個微笑。「沒事。是我要你做的，記得嗎？事實上，我必須求你你才答應。很抱歉我要你做這種事，但我需要他相信我們的故事。沒有別的辦法了。沒事的，你就別再想了。」

「我不能。我從沒傷害過女人。天啊，我昨天晚上在屋裡走來走去擔心妳。讓我想打我自己的頭，妳懂嗎？」達若說。

「你感覺這麼糟，我還滿感動的。我很抱歉。我絕對不會再要你打我了。我會補償你，我發誓。」瑪麗雅說。

「妳問他抽屜的事了嗎？」達若問道。

「他什麼都沒說，但我可以看得出他很慌張。他知道他在抽屜裡留下某種祕密。重點是他沒有懷疑我。警察來了，他們把這當成竊盜案。」

「所以妳經歷了這一切，卻沒有收穫？」

瑪麗雅撫摸著她的側臉，沒意識到自己做了這個動作。腫脹消退了，但臉頰上的紅色還在。達若縮著頭，避開她的眼睛，啜飲了一口咖啡，然後瞪著桌面。逼他揍她，讓瑪麗雅覺得有一絲罪惡感。雖然有這樣的體型與力氣，達若卻是個甜心——幾乎是個純眞無邪的孩子。她壓下罪惡感，用達若溫暖的棕眼、還有她極幸運能擁有他的認知來取而代之。

「不是毫無收穫，」瑪麗雅說：「他沒有懷疑我。他認爲有人闖進來然後撬開抽屜。光這點就値得了，不過……」

她搖搖頭，陷入沉默。她的嘴唇顫抖著，而她隔著骯髒的窗戶瞪著外面的馬路。最後，她吸了口氣，讓自己鎭定到足夠繼續說話。

「我問他爲什麼會有人撬開他的抽屜，他什麼都沒告訴我。我丟下夠多的暗示，但他不願意說。該死，我想要他告訴我，這是坦白一切的完美時機，他連個屁都沒說。」

瑪麗雅雙手環著她的馬克杯，盯著杯裡瞧。在她那杯咖啡上方凝結的油脂層上，並沒有答案。她曾經愛過保羅。她曾經在這段關係的早期感覺到愛。他們花越多時間在一起，保羅成長得越多。這就像是一種坐在他肩頭的重擔，他跟她共度的每一小時，那種重擔都抬起一點點，讓他更常微笑，更放鬆，就做他自己。然而那種重擔從來沒有眞正消失過。她想像過，隨著時間過去它可能會消失，想像過愛會戰勝一切，想像過保羅終究會讓她長驅直入他的生活、他的過去、他的夢想之中。這種事沒有發生，瑪麗雅就不再試圖替他卸下更多重擔了。保羅不在身邊——他出門去參加行銷會議、見客戶、或者搭他該死的船出海。達若沒有任何會壓垮他的重擔，沒有他不願分享的祕密。他很開放，誠實，而且……自由。

瑪麗雅領悟到她不可能讓保羅自由，領悟到他必須自己解放自己。而因爲他把自己冰凍起來，一再把冰冷的柵欄擺在顯眼位置，到最後瑪麗雅直接放棄嘗試。

那天早上，她在開車到餐館的路上領悟到，她不再對她跟達若的關係有任何罪惡感了。這個關係比過去感覺起來更加正確。她丈夫根本是別人，假裝跟瑪麗雅結婚了。這一切就只是裝裝樣子。現在瑪麗雅不必再假裝跟他在一起了。她決定了，她發現自己陷入的這場爛戲碼必須結束。看到保羅當著她的面撒謊讓她噁心。她再也沒有意願參與這種表面婚姻了。

它必須結束。

達若不自在地在他座位上挪動著，說道：「妳要怎麼辦？」

瑪麗雅露出微笑。「現在我希望他相信他被人發現了。嚇嚇他，看他會做什麼。等他醒來走到外面的時候，他會大吃一驚。他開著義大利跑車到處晃，讓我開著四年車齡的老日產汽車，一星期只有三百美元持家還有打理我自己。我以前認爲這樣沒問題——你懂嗎，那是他的錢。但那不是婚姻。他一直自己獨佔一輛九千美元的車子。唔，這必須改變，達若。我在那輛車上留了點東西給他，而我希望這會把他嚇得屁滾尿流。」

7

痛楚從保羅的脖子側邊直往上衝，讓他從沙發上全身一震地醒過來。陽光溫暖了客廳，而他一睜開眼，陽光就立刻讓他看不見東西。他坐起身，眨掉陽光的光斑，同時揉著他的頸背。他旁邊的地板上有些椅墊。他一定是在晚上弄翻了它們，把它們從沙發上撞下來。這解釋了他脖子扭到的感覺。

他睡在樓下以防入侵者再次闖入，但在幾小時以後，他把槍擺回書房，就只在沙發上安頓下來，他太累了，不想面對樓梯。

他仍然穿著前一晚穿的牛仔褲跟T恤。它們皺巴巴的，聞起來有他的汗味。他前一晚沒刷牙，滿嘴糟糕的口臭。他必須去淋浴更衣，但他要先喝點咖啡跟抽菸，兩者他都需要。

他的筆電包裡有個拉鍊分隔袋，裡面有包軟盒駱駝牌香菸跟一支打火機。他用機器煮了杯義式濃縮咖啡，然後把它拿到門廊上。現在眞的很早，瑪麗雅通常十點多才會起床，他有時間在外面偷偷抽支菸。雖然瑪麗雅已經知道他偶爾還是會抽。他總是加以否認，而她從來不信他的抗議。他喜歡這樣。如果瑪麗雅覺得她已經看透他偷抽菸的事，她連做夢都想不到會發現他的另一面生活，這給他更大的安慰。他想要她相信她已經徹底摸透他了。

抽菸的時候，他重新想了一遍昨晚的事件。也許他太快跳到結論了。在陽光下，一切似乎都沒那麼險惡。有可能就只是個竊賊。而如果只是普通竊賊，就算他們眞的拿到一張銀行對帳單，他們也做不了什麼足以傷害他的事。還不行。他們肯定無法拿走他的錢，或者用那些銀行帳單細節做任何事。那帳號在開曼群島，密碼受到保護。安全可靠。

他喝完他的咖啡，上樓去看瑪麗雅，然後發現他們的床是空的。他檢查浴室，喊著她的名字，走遍屋裡的其他地方。她不見了。他這時想到，也許她是到海邊去晨泳了。她鮮少這樣做，而且只有在她睡得很好的時候才會。她很享受獨自待在海灘上。那時候四下無人，她會一個人獨佔那個地方。他從後門廊眺望海灘。三百碼外，沙地上沒有毛巾，沒有人在做日光浴，就他看得到的範圍，水裡沒有人。保羅繞過轉角走到屋子前方，看到她的車子不見了。他正要轉身回到屋裡淋浴的時候，有某樣東西阻止了他。他潛意識裡的某樣東西。他眼前的景象有某種怪異之處，他的心智接收到了，但還沒有精確處理到。

回顧車道，他看到了乍看幾乎沒注意到的東西。

一只白色信封放在他車子的雨刷下面。保羅沒有動彈，反而開始環顧四周，檢視著車道旁邊的灌木叢跟高高的草叢。有人把字條留在那裡。那不是瑪麗雅，她不留字條的。就算她在盛怒之下跑出門，她都不會用紙筆留便條給他。如果她想給他一道訊息，她會發簡訊或打電話，而且用全大寫字母表明她的憤怒。把信封留在這裡很奇怪。他們可以偷溜到屋子旁，把它塞進門內，或者留在車道前端的信箱，這信差反而把信封放在他的擋風玻璃上。保羅的心思立刻開始計算，以或然率與經驗爲基礎，然後在幾秒鐘內排除掉大多數想法。把字條夾在雨刷下面只有兩個理由。第一個是他們想要盡可能確定，只有他會看到那張字條。也許他們等到瑪麗雅離開以後，才把它塞到雨刷下面。把信封放在他車上的第二個理由是，他們在外面的高草叢裡等待，想要看他打開信封。

這個念頭讓他癱瘓。只有他的眼睛在動。緩緩地，他把每一吋草叢，每個小丘陵，每塊大石頭都看進眼裡。什麼都沒有。然後他聚焦在遠方的一點上，讓他的邊緣視野注意每個動靜。這招不管用。從海洋吹來的微風，似乎在一種輕柔的平靜狀態下，讓每根草葉顫動著。

他搖搖頭，朝著瑪莎拉蒂走去。他的腳跟擾動了圓形的石礫，那聲音聽起來似乎比應有的還大聲，就像一記警鐘。草叢在微風中搖晃，沒有人站起來或者自曝身分。他領悟到這種感受很愚蠢，他的恐懼跟焦慮在擾亂他的思考——把暴衝的恐慌與腎上腺素送進他腦袋裡發動的每個神經元。

他走到車子旁邊，瞪著擋風玻璃，抓住信封，然後立刻聽到一聲響亮的吼聲與吱嘎聲。在他能夠思考以前，他的身體就反應了——讓他趴倒成跪姿。他護著他的頭，在想法甚至都還不成形的時後就開口了。那是個自動化反應。

「那是什麼鬼？」他說道，他甚至還沒意識到他有說話。這些話語就像先前嚇著他的聲音一樣，來得很意外。

他抬頭察看，看到一輛警察巡邏車朝他開來，就在距離他腦袋幾呎遠的地方停下。駕駛最後一定踩了踏板一下，因為V8引擎在熄火之前又尖叫了一次。

保羅撐著瑪莎拉蒂站起身。警車的駕駛座門打開了，接著是副駕駛座的門。

多爾警長用力關上駕駛座門，隔著車蓋望向另一邊。一個穿著警員制服的女人，留著短黑髮，好幾個地方豎起來，亂亂的卻很有型。她看起來比警長稍微高一點點，不過那並不難，保羅六呎一吋高，前一晚上在警長旁邊顯得很高大。警長跟警員都戴著飛行員墨鏡。兩個人移開彼此注視的視線，開始觀察周遭環境。

「我們嚇著你啦？」警長說。

保羅嘟噥著說「沒有」，同時把信封塞到他的牛仔褲後口袋裡。

「看起來確實像是嚇到你了，從你看到我們來時閃躲的樣子來看。」多爾警長說。

保羅重拾足以提出像樣回應的冷靜態度，他想他最好導正視聽。

「不、不，你們只是讓我吃了一驚。我甚至還沒看到你們的車就躲了，是那個噪音的問題。還有，你懂吧，昨晚還讓我有點心神不定。」

「嗯哼。」多爾說。

那位警員大步走過他身邊，轉身從敞開的前門進屋，一句話都沒說。

「所以，呃，一切都還好吧？」保羅說道。

「當然，」多爾來到站在瑪莎拉蒂前的保羅旁邊，同時說道：「那是布洛克警員。她只是去看一眼那扇窗戶。你太太在家嗎？」

「喔，不在。她出去了。」

「我想也是。沒看到她的車。去買雜貨？」

「可能是。嗯，我們是不是應該進屋裡然後——」

「不了，」多爾說：「布洛克頂多幾分鐘就會出來了。只是走個形式。讓我弄清楚幾個細節，你不會介意吧？」他從他腰帶上的一個口袋裡，掏出筆記本跟筆。他把本子打開到一個空白頁，開始用藍色墨水寫下一個新項目。

保羅給出他的全名跟出生日期。多爾緩慢而仔細地用流暢俐落的筆跡寫下每個答案。

「昨晚你太太打電話的時候你在哪裡？」

「我剛把我的船開進小艇碼頭。」保羅回答。他不想讓任何人知道他的公寓。這可能會傳回瑪麗雅耳中。

多爾從他的筆記裡往上一瞥，他的嘴唇在他左嘴角處分開來，露出明亮的假牙。就算戴著墨鏡，保羅可以分辨出多爾正掙扎著要注視著他的眼睛。太陽落在保羅左肩上方，直接灼燒著多爾警長的臉。他可以看到太陽在那副墨鏡上反射出的明亮眩光。

「你說你的船叫什麼名字？」多爾說。

「我不確定我有告訴過你，不過沒關係，叫做克拉倫斯號。」保羅磕磕絆絆地說道。

「在什麼時間？」

保羅退了一步，讓他的影子投射到警長臉上。

「你的意思是？我什麼時間讓船靠岸，還是瑪麗雅在什麼時間打給我？」

也許是光線的關係，不過保羅認爲他看到多爾的鬍子在他嘴角抽搐著。而雖然保羅問了一個問題，多爾沒有給出答案，保羅反而看到多爾寫下了他說過的每個字。

「都問。」多爾說。他用他的手背擦了擦他的嘴，然後把筆在放回頁面上，準備好記下回應。

「我不知道確切時間。就在瑪麗雅打電話給我之前，也許才過了一分鐘左右，或者更久一點。」

「你的手機在你身上嗎？」

「在。」保羅在能想出更好的回答以前就說了。

他伸手到他的前口袋裡找手機，猶豫了一下，納悶地想這樣做是否聰明，然後決定他別無選擇，他把手機拿出來，對著多爾揮舞。

「讓我記下那通電話，還有你的手機號碼。」多爾說道。

他滑動他的手機通話紀錄，找到那通電話，給做筆記的多爾看。

「請給我手機號碼？」多爾說。

保羅靠記憶唸出來。

「你有好好看過整棟房子嗎？有發現任何東西遺失嗎？」多爾警長說。

「當然，我確實仔細看過了。就我所知，沒有任何東西被拿走。」

警長寫完他的筆記，把本子收起來，然後說道：「庫柏先生，你知道有任何人想要傷害你或者你太太嗎？」

「不。我想你昨晚就問過我了。」

「確實是。可能你昨晚還沒想清楚。」

「我的答案仍然是不。」保羅說，同時交叉著他的手臂。

「嗯哼。呃，你最近有注意到任何不尋常的事嗎？有車停在馬路上？也許是海灘上出現一個新面孔，定期出現？」

他幾乎可以感覺到那信封在他後口袋，把他的牛仔褲燒穿一個洞。他想了一會才說：「不能說我有注意到。」

從後面傳來硬鞋跟踩在石礫上的聲音，讓保羅轉過身去。布洛克警員離開了房子，一語不發地走過保羅身邊，坐進她在巡邏車裡的位置。

「唔，看來現在我們暫時沒事了。」警長說著，對著保羅輕推一下棒球帽爲禮。孤寂港的人正常來說討厭對話。他們只說自己必須說的話，然後就天殺的閉緊嘴巴了，所以這並不意外：多爾警長回到他車上，倒車下了車道，然後往東開回鎮上去。

V8引擎雷鳴似地消失在遠方。保羅從他的後口袋裡抽出信封來打開。裡面只有一張紙。折了兩次。全是大寫字母，手寫的。

我知道你是誰
勒波先生

保羅把信折起來，在他走回門廊時把它塞回信封裡。他先前把他的菸留在搖椅旁邊的小桌子上。他用顫抖的手指，替自己點了一支新鮮的駱駝牌香菸，然後讓打火機裡的火焰靠向信封，注視著它燃燒。他把悶燒著的信封丟到沙桶裡，等到它變成一堆黑灰，在微風中浮起為止。

他那時就知道這不是巧合。不只是竊賊，他被發現了。他能做的回應只有一個，他會需要幫助。有另一個人知道他的祕密，她可以幫忙。

保羅在他手機上打了一封電子郵件，按下送出。

一片羽毛似的灰燼掃過他的臉，被微風吹送著衝向大海。他想起一輛陷入火海的藍色Toyota Camry。那輛車是黑夜襯托出的尖叫紅色浮雕。他注視著油箱爆炸，還有隨著日出死滅的煉獄。到了那個時候，他的眼睛在灼燒，他臉部的皮膚因為熱度感到僵硬又緊繃。他記得那股煙味在他的頭髮與雙手上徘徊，久久不散。他最常回想到的，就是從後車廂中發出的噪音。

碰、碰、碰。

那晚他告訴自己，是火焰燒裂了玻璃跟內部裝潢的塑膠，發出了那種聲響。是，他很確定。或者，至少他說服自己相信這個解釋。不可能是有人在後車廂中。那人已經死了，一定已經死了。

他的恐懼死於那股烈焰之後的種種事件裡。

現在，它就像浴火鳳凰，飛回他體內。

如果他要倖存下來，不是殺人就是被殺。沒有別的辦法。

隱姓埋名有沉重的代價。

他的電話在他口袋裡嗡嗡作響。他瞥了一眼。他把他手機上那個聯絡號碼存成「水電工」，只是預防瑪麗雅突然起了疑心，決定徹查他的聯絡人清單。保羅滑開螢幕回電。

「你還好嗎？」那聲音問道。雖然電話上是個女人，但聲音很低沉，每個字聽起來都有點沙啞，就好像她喉嚨裡有煙。然而不知怎麼地，那聲音總是聽起來很安慰人心。

「不，我並不好，喬瑟芬，我被人發現了。」

8

「庫柏先生滿嘴屁話。」布洛克警員說道。

多爾警長從庫柏家的海灘屋開回鎮上的時候，布洛克發出的頂多只有呼吸聲。他們才剛轉進楓樹大道，就快到轉角上的警局了，這時布洛克才認定她做好開口的準備。多爾搖搖頭，舌頭頂著他的齒縫，把車停在後面的停車場。布洛克話不多。她會好整以暇地把事情想個透徹，不閒聊廢話，從來不說哈囉、再見或謝謝你，但在她開口說話的時候，你能打包票，她確實有話可說，而且大家都會仔細聽。

他拉起手煞車，然後轉向她。

「妳剛進屋裡三十秒就搞清楚這點了。快說吧，我一路開到那裡去，是爲了讓妳可以給我點東西。他**滿嘴屁話**，我早知道了。有什麼我還不知道的？」

布洛克瞪著擋風玻璃外面，避開多爾的眼睛。他毫不懷疑，她可以感覺到他在盯著她看。他是刻意這麼做——試著光靠尷尬造成的壓力，就讓布洛克開口。但布洛克不介意尷尬的沉默，她就是會走路的尷尬沉默。

「我從門廊察看過高草叢，從樓上臥室窗戶那裡又察看過一遍。如果有人躺在那片草叢裡，事先勘查那棟房子，你就會看到泥土裡的壓痕，還有壓扁的草。草地上也沒有腳印。如果有人在外頭待過，我會看到痕跡。但完全沒有。昨晚沒有人從海灘上接近這棟房子。」

「嗯哼，還有其他的嗎？」多爾說道。

「你知道書房裡那個破掉的窗玻璃，那是從外側打破的，玻璃在地毯上。那個門廊窗戶上有十二片玻璃。闖入者打破了最靠近窗門的那個。那個窗門**真的很小**。你只能從屋子內側看到那個窗門的位置。」布洛克說道。

多爾沒注意到這點，這又更證明了他去年僱用布洛克是正確的做法。他面談了從五個不同的縣來應徵工作的五名警員，梅麗莎．布洛克是最沒經驗、資歷最不足的，她的長官們給她的推薦信最差勁，只有一份來自紐約的推薦信讚不絕口，而且她跟任何人都處不來。跟多爾警長尤其處不來。在她的工作面試裡，她只給出簡短單調的答案，她不微笑，展現出的全部人格特質跟一隻死浣熊差不多。在某一刻，多爾翻了一遍她送來的簡歷，從中發現她現在任職地點的副警監寫的推薦信。她在紐約的第十四區分局工作，想要離開。推薦信的最後一句話引起他的注意。

……布洛克是個非常優秀的警官。聰明、工作辛勤又盡心盡力，只是稍微有點太安靜。

多爾暗自點頭，他跟一具死了兩天的屍體還聊得比較投契。他發現自己提早十分鐘結束面試，好讓他可以把她攆出他的辦公室。她讓他覺得不自在。多爾猜想她讓每個人都不自在。

「唔，我們會再聯絡妳。」多爾這麼說，站起來伸出他的手。

他記得有幾秒鐘布洛克就只是坐在那裡。然後她起身，紮實地握了多爾的手，然後把他拉近。她頭往前一傾，悄聲說道：「你辦公桌後面的畫上下掛反了。」

她放開他的手，點頭示意，然後離開。多爾轉過身去，瞪著那張裱了框的達利版畫。一只時鐘，鐘面上有羅馬數字，融化在沙漠中央的一張隱形桌子上，同時旁邊還圍繞著奇怪的形狀。那張畫過去五年一直掛在牆上，他住阿布奎基的姊姊送他的生日禮物。天知道他在他辦公室裡接見過多少人，其中一些人甚至對那張畫發表了意見，她是唯一一個注意到的人。而現在多爾注意到那個時鐘確實顛倒了。他被時鐘周圍那些顯眼的變形物體給震懾，而忽略了羅馬數字。他把一張椅子擺到畫作下方，站上去把那玩意拿下牆壁，倒轉過來以後再重新掛回去。往後站個幾呎，他以全新觀點凝視那幅景象。他的鬍鬚抽搐著——這該死的玩意在擺正以後，看起來甚至更怪了。不過這幅畫不重要，布洛克才重要。身為一個絕不忽視個人直覺的人，多爾僱用了她。從她開工的那天起算，她對他可能講過五百個字吧。

那五百字裡的每一個都很重要。

該死，我應該要注意到那個窗門，他心想。不管是誰闖進那棟房子裡，以前都進過那個房間。

「妳覺得瑪麗雅·庫柏的故事怎麼樣？哪些是謊話？她驚動了闖入者，被攻擊，然後犯人衝向前門？」多爾問道。

他不需要她回答。她盯著他看，搖著頭。沒有一句話是真的。

「嗯哼。」多爾說。

他們下了車，穿過直接通往拘留室的後安全門。今天沒有關在鐵窗後面的客人。他們從另一道安全門穿過囚室區，進入警局主體。蘇在咖啡機那裡，從保溫瓶裡替自己倒了一杯。她矮小、身材結實，有著寬闊的腰跟燙得很緊繃的捲髮。她有能耐顯得既溫情脈脈又難以對付，讓大多數人都對她放下戒心。她的粉紅色罩衫下擺垂到接近膝蓋。當然，多爾替她訂了一套制服，那套制服仍然包在塑膠包裝袋裡，安全地存放在她的儲物櫃。她告訴過他，她不喜歡。

「你們抓到那幻影竊賊沒？」蘇說道。

「逮補在即。」多爾說。

他掃視整排桌子，直到他走到布洛克桌前。在檔案跟郵件收發匣旁邊，他看到桌上躺著一本J·T·勒波的小說。本地書店每天都賣掉十幾本那玩意。似乎不論他到哪去，都有人埋頭在讀一本J·T·勒波。多爾不愛讀懸疑推理；他總是可以預見反轉就要來了。

警長的個人辦公室不過就是個隔起來的玻璃隔間。除了他桌上的麥肯與歐巴馬照片以外，這裡幾乎沒有其他個人性質的東西。有台筆電打開來放在照片旁邊，他的收發匣裡沒有文件，而達利版畫從桌子後面的牆上君臨一切。

一張要價五百美元的人體工學椅承接了多爾的體重，而他按下扶手上的按鈕，啓動下背部的震動按摩。除非他有客人，否則他總是讓他的辦公室門開著。多爾喜歡跟他的人馬談話，也確保他們覺得他很樂意如此。他的腳擦到他腳邊一份薄而破爛的檔案。

無名女子的檔案。

十年前她被某些健行者發現，他們注意到有具屍體在他們下方的水裡漂浮。他們繞過山脊，發現手機有訊號了，就打電話給多爾。他幾乎能徹底回想起到現場的車程。那天早晨天空烏雲密布，每過一小時左右都會下點輕微的小雨，但都沒延續很久。他想起他那輛老警長卡車的雨刷，一路唧唧作響到那裡。在他開到海岸道路上的時候，本地的廣播電台在播放動物合唱團的「日升之屋」。在車程中，他想過他到場以後可能會發現的所有事情。一具屍體並不在他的清單上。他在想的是可能出現在那裡，也許看似屍體的所有物品：垃圾袋、木頭、舊衣服、水管。孤寂港已經三十年沒有謀殺案了。順便一提，也沒有自殺案。

在他抵達的時候，他見到了那些健行者，他們把他帶到一個可以俯視水面的地方。雨再度下起，大雨在洩洪道表面舞動。雨水滲進多爾的眼睛裡，覆蓋著他的眼鏡，而且在他頸背上打著沉重的鼓點，這時他領悟到那些健行者沒看錯。

一名死亡女性的赤裸屍體在水裡輕輕地翻攪。

多爾甩開這個回憶。辦公室裡沒有人說話。辦公室裡太安靜，很容易陷入不好的回憶裡。電話沒有響。辦公室裡沒有人說話。唯一的聲音是湯匙敲擊著蘇的咖啡杯邊緣，因而發出的叮噹聲響，還有空調傳出的輕柔呼呼聲。多爾把雙手擺到頭後面，往後一靠，然後喊著要蘇進來辦公室。

她進來了，關上霧面玻璃門，然後在警長對面落座。

「沒有給我的咖啡嗎？」多爾說。

「要喝你自己倒啦。」蘇帶著耀眼的微笑說道。

「我要妳打聽一下，盡可能找出關於庫柏夫婦的事情。妳認識這個鎮上的每個人，一定有人跟這些人親近到足以給我們更多背景資料。還有別提到破門行竊的事。根據庫柏先生的說法，沒有任何東西被拿走。任何一家報社打來問，妳都要這麼說。我們最不需要的就是媒體對此大驚小怪，不然你就會發現有五百位居民在睡覺時把AK-47擺在床頭櫃上。」

「你有採指紋嗎？」蘇問道。

「沒有意義。我們只會取得屋內住戶的指紋。沒有一個竊賊會留下指紋。我們會浪費時間跟資源，結果只是回到原點。」

目光迅速射向地板，蘇喝下更多咖啡。這個動作告訴多爾，就好像她心裡藏著某件事，只好把咖啡倒進喉嚨裡，免得這件事冒出來。

「妳就講吧。」多爾說道。

他簡直就是開了起跑槍。蘇講得很快，咬字完美。連珠砲似的一連串陳述與問題，用高頻率、甜如蜜的南方慢口音講了出來。

「現在嘛，這只是一扇破掉的窗戶，不是嗎？沒有東西被拿走，也許庫柏太太說有竊賊**確實是掰的**。那又怎樣？不盡然是犯罪。也許這是浪費警察的時間，不過見鬼了，亞伯拉罕，我們多得是時間可以浪費。我想我們在這裡做的也許就是這個。從你發現那個瀑布水池女孩到現在，幾乎十年了。別以爲我沒注意到。我擔心你對這個破窗案這麼關心，只是爲了避免去想那可憐的女孩。我說我們去見牧師——」

「不不不。聽著，這跟那一點關係都沒有，」多爾說：「有些事情就是兜不攏。我不知道那棟房子裡出了什麼事。我無法確定那裡有個竊賊，甚至不確定眞有發生竊案。但我知道我看到什麼。我看到一位女士臉上被打了。蘇，那對我來說就夠了。而在我找出發生什麼事以前，我不會放下這個案子。」

9

衛星導航系統說這趟路要花七十一分鐘，但事實上瑪麗雅花了幾乎兩小時才抵達目的地。洛馬克斯市跟瑪麗雅以前去過的城市都不一樣；硬要說的話，它可能很像一個中等大小的城鎮，有一間賭場、一間金屬工廠與兩間大型浸信會教堂，在七〇年代努力爭取市的行政地位。到最後，從州議會口袋裡掉出來的賭場獻金成功影響了局面。現在這倒是不重要了。金屬工廠已經關門，因爲周轉現金短缺，賭場很快也跟著收山。然而兩間教堂在星期天仍然客滿，就算錢落在他們的捐獻盤上的聲音比以前吵雜一點。錢幣的鏗鏘聲響，取代了鈔票落在盤子上的低微沙沙響聲。

瑪麗雅在一個十字路口停下車，詛咒著告訴她已經抵達目的地的衛星導航系統。她環顧四周，能看到的就只有一間看起來已關門的加油站，還有對面一間應該要關門的帶狀購物中心。帶狀購物中心裡有一間櫥窗塗了石灰白漆的乾洗店，一間從破窗裡伸出一個停車標誌的小銀行，而她看到旁邊有個褪色的招牌，可能就是她在找的目標。

中午沒有車流，她開過了十字路口然後停車，下車走向購物中心的最後一個店面。當然，她找到了。

以西結．大衛，出庭律師。

十年前這個招牌會滿花錢的。它有一段時間沒清理過了，苔蘚跟太陽讓這些手寫字劣化得很嚴重。在招牌下面，窗戶內的百葉窗是拉上的。她分辨不出裡面有沒有任何人。門開著，她頭上有個風鈴在響，瑪麗雅發現自己人在等候室裡。棕色拼裝地毯片，塑膠折疊椅，房間中央有張桌子，在泛黃報紙與頁面捲成扇狀的雜誌重壓下呻吟。

在等候室另一頭的一扇門打開了，一個高大粗壯的男人走出來跟她打招呼。

「厄斯金太太？」這個男人用一種聽起來像從隧道裡冒出來的聲音說道。

「對，珍妮特·厄斯金，」瑪麗雅說：「你一定是大衛先生。」

以西結·大衛有個聖經式的身體，跟他聖經式的名字很搭。他的頭看起來像塊石板；他的前額很寬，皺紋很深，可以從視覺上呈現大峽谷的不同火山岩層；他前額層層疊疊的密集皮膚，通往一個平滑光禿的腦袋，圓得這樣完美，以至於強調出座落在他那對莊嚴眉毛上方的肥胖紋；他沒有脖子，只有一具身體，而這副身體多驚人啊，看起來就像有人在撞球台中央放了顆海灘球，接著讓撞球台從一端豎起，然後再用一套廉價西裝蓋住整個玩意。

套在閃亮黑皮鞋裡的細緻小腳，從他的灰色西裝褲底部逃出來。瑪麗雅隱藏不住她的訝異：這樣一雙腳，怎麼可能支撐得住她面前這個魁偉男人。

「快請進。」以西結說道。

如果說她認爲這個男人塊頭很大，她可沒準備好面對他那張凌亂辦公桌後面的辦公椅尺寸。它看起來比較像用來爲歐洲王室元首行塗油禮的王座。然而在他把相當可觀的巨臀安放在椅子上的時候，它還是吱嘎作響、哀哀呻吟。瑪麗雅坐在對面，從雙胞胎似的兩大落馬尼拉紙檔案夾之間注視著他。

「我想妳在考慮離婚。」以西結說話的語氣很實事求是，沒有一絲同情的暗示。瑪麗雅猜測他把離婚包裝成一種正面的努力來販售——是某種令人覬覦，而且會花錢去買的東西。

「此刻我只想知道我有哪些選項，資產會怎麼樣分配。」她說道。

「沒問題。我可以給妳一個概要，不過就這樣了。每個案子都不一樣，總是要爭論一番，還要做些條件交換。所以，我只需要先取得一些個人細節……」他說著，就開始寫下瑪麗雅給他的名字。

「地址？」以西結問道。

「我想先不用，」瑪麗雅說：「還不用。這只是一般性的建議，而我是個非常重視隱私的人。我可以先付你這一小時的費用。」瑪麗雅打開她的錢包，拿出兩百塊鈔票，把它們放在桌上。以西結放下他的筆，把他的雙手交疊在一起，然後俯視著桌上的現金。

「妳告訴我的任何事都是機密。受到律師客戶保密特權的保護。」以西結說道。

「我寧願先得到一般性的建議，大衛先生，如果那不可能呢？」

她讓這個問題懸在半空等以西結回答，同時她的手指朝著桌上的錢伸過去。一團胖肉，連同黏在上面的五根指頭，砰一聲落在那兩張鈔票上。瑪麗雅露出微笑，往後靠在她椅子上。

「我總是可以給一般性的建議。妳事先付錢了，所以如果我們的會議沒有延續一整個小時，需要見諒。」他說。

「那沒關係，只要我得到答案就好。」

「妳想知道什麼？」以西結說道，同時把現金收走，放進他的外套裡。

「我丈夫瞞著我藏錢。我再也不能信任他了。如果他在隱藏這個……喔，那他還藏了什麼別的？我認爲我想結束這場婚姻。我現在立場如何？」

一聲同情的低沉咕噥從以西結喉嚨裡冒出。他搖搖頭，嘖了一聲。那就是他對客戶能擠出的所有關懷了。

「有婚前協議嗎？」

律師的第一個問題就讓瑪麗雅大吃一驚。她動了嘴，卻說不出話來。在他們結婚前，保羅堅持要訂立婚前協議以保護她。他說要是出了什麼事，這樣會恰當地保護她，並且確保他無權動用她的任何收入。瑪麗雅起初加以忽略，後來爭辯著反對，最後還是簽下協議並還給他，自己沒留一份副本，此後也沒再想到那該死的玩意。事實上，直到片刻之前，她甚至都忘了協議的存在。婚前的那些日子裡，離婚是她心頭最不會想到的事。她找到真命天子了。協議保護她，而她從沒猜到它會保護他。現在她回想此事，那份婚前協議感覺像個新的傷口。一個她忽略了的小割傷，到頭來化膿了。

「對。有婚前協議。」她悄聲說道。

「妳有副本嗎？」

「沒有。我在簽字以前讀過。那是很久以前了，我不確定細節。直到你提起以前，我完全忘記了。」

「是誰寫的？妳的律師還是他的？」

「他的。」

這大塊頭男人用一條枕頭套大小的手帕擦了他的鼻子，然後說道：「我要很抱歉地說，婚前協議很可能對你丈夫有利。如果那不是特別設計來保護他偷藏在另一個帳戶裡的錢，我會很訝異的。狀況看來不妙，厄斯金太太。」

瑪麗雅不會這麼輕易被勸退。她先前交出她最後的兩百塊，而現在她希望她付出的錢值得。

「但我聽說過有婚前協議被法庭推翻。如果我知道眞相，我就不會簽字。他對我說謊。」她說道。

「言之成理。這樣可能無法讓我們爭取到太多，但我肯定能夠主張這個論點。問題可能在於讓那份婚前協議無效的影響，我不確定那樣會讓妳的處境好上多少。」

「什麼？怎麼會？」

「我認定你們都住在這一州？」他問道。

「是。」

「小孩呢？」

「沒有。」

「妳丈夫察覺到妳已經知道了嗎？」

「沒有。」

「那筆錢在他個人名下的帳戶裡嗎？」

「對。」

「我懂了。在這個州，我們對於資產分配有既定的法律。除了他藏起來的錢以外，還有什麼資產？」

「房子在他名下。他還有一艘船。當然，有個聯合帳戶。除此之外還有我們的車，不過他瞞著我的那筆錢，遠超過其他事物的價值。」

那張皮革辦公椅發出的一聲尖叫嚇了瑪麗雅一跳。以西結晃動著身體，在椅子裡坐低了些，注視著天花板，鼓起臉頰吹出一口氣。

「房子跟船是在婚姻期間買的嗎？」

「房子是。但船不是。」

「妳有工作，對婚姻有經濟上的貢獻嗎？」

瑪麗雅搖搖頭，嘆了口氣。她知道這傢伙設法要給她盡可能多的建議，但她不感興趣。她心頭只有一件事。

「我確實在婚姻早期有貢獻。但現在沒有。我好一陣子沒工作了。他付房貸跟所有帳單。聽著，我對這個其實不感興趣。我需要知道的事情，是關乎他藏起來的那筆錢。如果我們可以推翻婚前協議，離婚時我會分到那筆錢嗎？」瑪麗雅說。

「我不想知道那筆錢從哪來的。我懷疑你丈夫可能有很好的理由，不希望在離婚過程中有必要宣稱那筆錢是單獨擁有的。也許國稅局或其他官方單位可能對那筆錢有興趣。如果是這樣，那麼妳丈夫會想要讓那筆錢保持低調。就算想拿到一點點百分比，都可能足以構成威脅。根據州法律，在婚姻期間，由單一配偶取得並且在他們名下保有的任何財產，仍然是那位配偶的財產，不會落入婚姻共同財產的範圍，只有婚姻共同財產才必須公平分配。」

律師講得很快，快到瑪麗雅沒辦法跟上他說的每件事。

「很抱歉，你的意思是說如果我跟他離婚，他帳戶裡的那筆錢我完全拿不到？一點都拿不到？」

「一點都拿不到。除非妳威脅要曝光那筆錢。當然，如果那筆錢是合法持有，那麼妳打出妳的底牌又輸掉以後，妳絕對一毛都看不到了。」

「這是哪門子的糟糕法律——？」

「那就是法律。」以西結打斷她，這麼說道。「在妳結婚時，妳的配偶可以取得他們在離婚時仍舊保有的資產，就像他們也可以保留在婚前賺的所有金錢。」

瑪麗雅閉上眼睛，把手掌壓在她前額上，然後深吸一口氣。

「不可能是這樣的。」她說。

地板感覺搖晃不穩，甚至在她坐在椅子上的時候，都像是在她身體底下移動。她不知道要吐出來，還是抓緊椅子來阻止自己跌落。這一切感覺起來最奇怪的地方，就是瑪麗雅不知怎麼地開始覺察到這個狀況——就好像她站在角落裡，注視著她的身體陷入徹底的恐慌發作狀態。她可以感覺並看到她臉頰上的眼淚，她的臉蒼白如紙，而且硬得像是沉重的塑膠。發抖的腿，沒有聚焦點的凝視，乾燥翹起的嘴唇像是親吻過白麵粉。

儘管以西結的房間現在像一台雲霄飛車，瑪麗雅還是從這個看來漠不關心的大塊頭男人身上得到一點力量。他看起來覺得很無聊。他大多數日子可能都坐在那裡，看著一個又一個離婚客戶走進他辦公室裡哀嘆哭泣，然後離開。

「我會替妳拿點水。」他說道，而在付出相當可觀的努力之後，他從椅子上起身，從辦公室角落的冰箱裡拿出水來倒在紙杯裡給她。是那種看起來像個圓錐的杯子。他把杯子拿給瑪麗雅，她一口氣喝光，有一些從她臉部的一側溢出。水滴到她耳朵上的震驚，足夠讓她的聲音恢復某種程度的控制。

她用很長很猛烈的一口氣講完話。她在字句之間喘氣。

「我一直……超級……愚蠢。」她說道，更多淚水冒了出來。

「不，妳並不蠢，」以西結說道，他現在提高了聲音。「他在欺騙妳。他才是該被責怪的人。是會有些跡象，每個人都會忽略的。總是這樣。不管是丈夫還是妻子都一樣——外遇、撒謊的配偶，用對方的愛做掩護來包庇自己。我以前看過數百次了。而受害者總是責怪他們自己。馬上停止吧。聽著，我不是艾迪．弗林，不過我是個不錯的律師。在法庭上，我們可以在某些地方據理力爭，但我無法給妳任何保證。最佳狀況下，我或許能夠交涉到一點趴數，不過不會再多了。甚至可能連那樣都拿不到，我必須事先告訴妳才對。」

瑪麗雅點點頭，雖然她沒聽過艾迪．弗林，但她理解這個男人正在告訴她，她需要奇蹟創造者才能在離婚官司裡勝出。她可以感覺到她臉上又氾濫出新的一波淚水。

然後以西結說了某句話，努力想逗她笑。瑪麗雅知道男人會在她心情不好的時候設法逗她笑，這樣通常會奏效，讓她冷靜下來。以西結的笑話走歪了，變成某種黑到像黑曜石的黑色幽默。

「看看光明面，也許妳丈夫會心臟病發，然後把一切都留給妳繼承。這混蛋活該。」

瑪麗雅的腿停止顫抖。地板終於停了下來。在這個狀態下抓住她的情緒爪子，似乎像煙一般地消逝了。瑪麗雅謝過律師，起身離開。從關上以西結辦公室前門，到進入她車子駕駛座之間的幾秒鐘裡，一切都改變了。她知道她的選項了，雖然它們可能很有限。

眼前她要開回孤寂港，還有很長的車程。還有大把時間可以思考。她開車時沒有廣播當背景音樂，只有她的車胎在柏油路上發出的低沉隆隆聲響。

她讓她的心思隨著她的情緒漫遊，在兩極之間飛掠。

兩年前的中央公園，一個二月的寒冷週日早晨，她跟保羅在一起。他們在她公寓裡睡到日上三竿。舊暖氣沒散發出多少熱度，而他們沒有一個人想離開床去打開電熱器。他們反而在那天早上做愛，在彼此身上迷失自我好一陣子，什麼話都沒說，只是待在那裡。這是她有史以來跟別人感覺最親近的時候。他們穿上衣服，在萊辛頓大道的布魯姆熟食店吃鬆餅，然後搭計程車到中央公園去。他們坐在一張長凳上，注視著池塘上溜冰的人，他們戴著手套的手指交扣著。他們那一整天幾乎沒說話。不需要說。

「這是我好久以來過得最好的一天。如果我有時候顯得疏離，我很抱歉。我沒辦法談論的往事，我不想談到的往事，有時候會緊抓住我。我對這點很抱歉。我愛妳。」保羅說。他眼中有種神情，替他的話蓋上最純粹眞相的戳記。

瑪麗雅在她整個人的存在中感受到愛。她把這個男人從他的痛苦中拉起，給他一種生活。她修復了他。現在他會是她的，直到永遠。他是個好男人，還是很安靜，不過他不再看似躲避著人生，或者躲避著她。

不過她並沒修復他。根本沒有。

自從爲了建立家庭，從紐約搬到孤寂港的這棟房子以後，瑪麗雅一直是一個人。就算他跟她在一起，他的內心也在別處神遊。屋裡有一股失敗感，她的失敗感。爲什麼她沒辦法讓他敞開心扉？爲什麼他必須老是在外奔波？爲什麼他需要花那麼多時間鎖在他書房裡？那些問題現在有個簡單的答案：他有個祕密生活。他的過去沒有重大悲劇——那只是個煙幕彈，好讓瑪麗雅不會問太多問題。

保羅從一開始就對她撒謊。

她知道她身爲妻子並不失敗。保羅的疏離並不是她有某種弱點或缺陷的結果。他是在裝成別人。

然而那種傷痛還是在。這種傷痛驅使她親近達若。

「自私的混蛋。」她大聲說出來了。在車子裡，對她自己。她需要聽到這句話。

她父親一直是個酒鬼加毒蟲。他從瑪麗雅的母親身上搾取金錢買毒品，每個週末都拿走她的薪水。他會出去買雜貨，把雜貨帶回家，再把剩下的錢全都花在便宜烈酒跟海洛因上面。瑪麗雅不確切知道，但她猜想，她父親只要知道妻女不會捱餓就覺得可以接受了，而他總是會在街頭找到足夠的現金付房租。瑪麗雅的媽媽從來沒問那錢是從哪來的。然後，在他人生中的最後一年，他不再買日用雜貨了。他把整張薪水支票拿走，卻不再帶回食物或房租。她們擁有的那一點點財產開始失蹤：瑪麗雅的腳踏車、她媽媽的吹風機，他把東西從她們身邊偷走。他也會打她們，屋裡總是有暴力，甚至在平靜的時刻，暴力的威脅也還在。瑪麗雅在鄰居家、還有在救世軍廚房裡吃飯。這樣不夠，她媽媽還得去熟食店偷食物。

意外發生的那天晚上，她偷了一整條薩拉米香腸跟一條麵包。她坐在客廳裡來回搖晃，因爲這樣做的羞恥而哭泣，同時瑪麗雅躺在她腳邊，吃著麵包跟香腸，並且盯著讓她媽媽的鞋子不至於分家的膠帶。這是個週五夜晚，她媽把薪水支票藏起來了。她爸來到公寓裡，嗑某樣東西嗑嗨了，聞起來都是化學物質的味道。這是夏天，空調卻壞了，瑪麗雅的媽媽把它從窗戶上拆下來，擺在地板上。最好讓兩扇窗戶都開著，至少能讓某些微風吹進來。

他馬上就開始攻擊她母親。握緊了拳頭打。朝著她頭上招呼的硬拳，說她對他有所隱瞞。

瑪麗雅抓著他的頭髮，設法要把他從她母親身上拉開，接著他就揍了瑪麗雅，把她打到抱著肚子倒地。她往上一瞥，看到她媽媽在揮舞一張椅子。椅子砸在他頭上，卻沒破裂。然後她推了他，而他踉蹌著往後倒，因爲烈酒、黑焦油海洛因跟暴怒而亢奮酒醉。他幾乎跌出窗外，只及時抓住了窗框邊緣——他的半個屁股都到外面街上了。

他媽媽衝向他。瑪麗雅那一瞬間覺得很高興，她媽媽會救他，接著，在一秒鐘後，她感到後悔。她父親不會改的。他會站穩腳跟，然後給她們兩個都來上一頓終生難忘的痛打。

「媽咪，讓他滾！」瑪麗雅喊道。

「混蛋。」瑪麗雅的媽媽說著，然後推了他一把。

他跌落十二層樓。

而她們因此過得比較快樂。

解剖報告顯示他滿肚子烈酒跟海洛因，警方相信他跌出窗外的故事。他們根本不在乎一個遊手好閒的毒蟲。

在接下來的幾個月裡，瑪麗雅有時候很納悶她媽媽是否有意救他。如果她沒有像那樣喊出來，會發生什麼事？她媽媽告訴她，她很高興瑪麗雅說了那句話。她無論如何都會推他下去，但她還是很高興。瑪麗雅的媽媽這樣告訴她的時候，並沒有看著她的眼睛。她在編織針的喀喀響聲中，緩慢又刻意地這麼說，而且總是很快就改變話題。

用他的人壽保險理賠金，瑪麗雅跟她媽媽享受了她們人生中最棒的一年——她們不需要擔心錢。瑪麗雅想不出比那時候更快樂的時期了。

而她又重蹈覆轍，跟另一個自私的混蛋在一起。

如果她無法在離婚時拿到錢，還有另一種拿到錢的辦法。她不是好騙的笨蛋。她跟這個冷酷的混蛋槓上了，而他還不知道。瑪麗雅想要回家打包，然後跟達若一起離開這個小鎮。她可以說服他。她知道她可以說服他做任何事。她會把保羅拋諸腦後，讓他留著他的錢吧。

然而傷痛還是在。

而且不只是痛楚，還有一切要重新來過的恐懼：沒有錢，還有一個幾乎無法靠當服務生、衝浪課與駕駛課付房租的伴侶；除了在孤寂港的一間酒吧當服務生、開啤酒瓶跟倒波本酒以外，孤寂港沒有她可以做的工作。她再度開始流淚，而且覺得害怕。值得拿她的安全感去冒險，賭一個跟達若，跟真正愛她的男人過幸福生活的機會嗎？保羅不會讓她捱餓，但在同時，他藏了一大筆財富，而且本來會讓她一輩子都不知道。她很確定這點。

瑪麗雅按下她的轉彎信號燈，慢慢地停到路肩上。她停下車子。雨現在下得很大。雨猛敲著車頂的時候，聲音震耳欲聾。瑪麗雅屈服於淚水。她需要宣洩。車子隨著瑪麗雅的啜泣，還有暴雨無情的重擊而搖晃。

跟達若在一起會很快樂，卻會極端害怕下一塊錢要從哪來。充滿危險的生活方式吸引著他，她卻不知道她能不能熬得過這種生活，不管他們彼此有多相愛。另一邊則是保羅、安全感，還有可悲的孤寂。

或許有種辦法可以讓她擁有達若，還有某種經濟安全感。要求她做這種選擇，在瑪麗雅看來並不公平。

一定有辦法可以魚與熊掌兼得。

10

保羅在他位於寂寞港的辦公室二樓來回踱步。每隔幾秒鐘，他聽到外面有輛車就停下來，透過木製百葉窗凝望下面的街道。他的辦公室也俯視著小艇碼頭。短促破碎的浪，讓停泊在兩個防波堤上的船都上下浮動。廣播說有個風暴會在四點鐘抵達。風勢肯定是在變強，波浪正在增加高度，天空看起來很暗，很可能下雨。現在幾乎四點了。

一輛灰色凱迪拉克停在外面。一個留著金色長髮的女人從駕駛座下車，抬頭凝視著窗戶。喬瑟芬．史奈德。保羅從窗邊抽身，聽到對講機響起，便按下開啓樓下大門的按鈕。他從來不鎖他辦公室的門。在他下方的一樓什麼東西都沒有，只有入口跟一道樓梯。他下方的店鋪有自己獨立的入口，沒有通道可以抵達二樓。那家店早就已經關門了——是一家7-11。保羅在一年前買下那家店，把它關了。他想要安靜地工作。

喬瑟芬的靴子砰砰響著上樓。她總是穿著及膝的皮靴，那是她的愛好。籠罩在克里斯汀．迪奧的香水雲中，金髮飄飄的她穿過門口。她親吻他的臉頰，他們擁抱彼此。她的擁抱如此有力，總是讓他訝異。放開他以後，她往後站，打量著他然後說道：「甜心，你沒在吃東西。」

「我很好，喬瑟芬。呃，實際上我距離『好』相當遠，不過這跟我的體重無關。」

「喔，親愛的，眞是徹底的夢魘啊。」她說。

經過他身邊的時候，喬瑟芬把一個白色購物袋丟在他辦公室的沙發上，然後是她的手提包，接著是她的灰色喀什米爾羊毛外套。一如往常，她的打扮適合所有場合。黑裙，黑皮靴，暗色罩衫。

守住祕密就像維持體重。保羅只跟另一個人分享他的祕密——就是喬瑟芬。她不知道全部的故事，但她知道得夠多。身爲保羅的文學經紀人，她必須知道。能跟另一個人分享這個祕密有助於減輕負擔，雖然只有一點點。

「謝謝妳過來。我……我無法跟別人談這件事。」

喬瑟芬對保羅揮揮手，嘖了一聲。隔著她手腕上那些金手鐲的鏗鏘聲，他聽不見那聲音。

「親愛的，你是我最重要的客戶。而且現在狀況一團亂，我當然會來這裡。」

喬瑟芬是在曼哈頓上西區的一個富裕家庭長大的，而她聽起來也像那樣——完美的語氣，聲調底下暗藏一絲諷刺。在她說話時，她那雙手的工作量跟她的嘴差不多，粉紅色的長指甲隨著每個音節在空中閃動戳刺。

保羅在說話時，用他的食指與拇指按摩他的太陽穴。他常常這麼做。他的頭骨同時也是減壓軟球。

「就告訴我發生了什麼事。」喬瑟芬說道。

他告訴她有人闖進屋裡，瑪麗雅被闖入者攻擊，他個人的書桌被撬開——也許有重要文件不見了，是筆記，或者在最糟的狀況下，是銀行對帳單。然後還有遺留在他擋風玻璃上的紙條。

「你完全正確。已經有人追蹤到你了。瑪麗雅知道多少？」她說道。

「一無所知。」保羅說。

「一無所知？眞的一無所知？你從沒告訴過她？」

他搖搖頭。

「我的天啊，我是說，這是你的婚姻、是你家的事，但我以爲在你被套牢而且搬到這裡來的時候，你就會告訴她了。」喬瑟芬說道，她的眉毛在前額上挑得高高地。她把手伸向她的手提包，拿出一包香菸點了一根，然後也給保羅一根。

他刻意堅持不在這間辦公室裡抽菸。偶爾他會在他家的書房裡點一支菸，但他試著減量，而他知道如果他開始在這個房間裡抽菸，他就不會停了。一週內他就會讓這裡聞起來像是一九三〇年代的爵士俱樂部。但他沒有阻止喬瑟芬，還接過她給的那支菸。他需要一支菸讓自己冷靜下來。

用同一個貼了金箔的打火機替他點菸以後，喬瑟芬在沙發上坐定，等待答案。保羅抽了一口菸，然後邊說話邊來回踱步。

「我沒有告訴她是因爲我愛她。一開始我不能告訴她。我不認識她。在我們變得越來越親近的時候，我有考慮過。到那時已經太遲了，而且這樣太危險了。要是她有一天意外說溜嘴怎麼辦呢？或者更糟，刻意說溜嘴。」

「那你告訴她你是做什麼的？」

「我告訴她我是行銷顧問。這是離家寫作的好藉口。我告訴她我去見客戶，然後我可以開船出海，或者來這裡。」

「她不知道這個地方？」

「不知道。我想保持這樣。瑪麗雅擁有她需要的一切，我確保了這一點。如果我告訴她，她會想要動用那筆錢的一部分，我知道她會。那種花費會引來注意，那樣還不如在屋外掛個招牌算了。瑪麗雅也喜歡花錢，這對她很重要。她喜歡有經濟上的安全感，我猜跟她的過去有點關係，她是在貧困中長大的。」

他們陷入沉默。只有在他們嘴唇上噴出跟吸入的煙，還有保羅的鞋跟敲在地板上的聲響。

「我需要知道兩件事。首先這是怎麼傳出去的？還有第二點，我天殺的該怎麼辦？」保羅說道，在他說話時瞪著喬瑟芬。

「我誠心希望這不是在指控。」喬瑟芬說。

他心裡是閃過這個念頭。

「你不信任我？在我們經歷過所有一切之後？」喬瑟芬這麼說。

她並沒有經歷所有一切。跟保羅不一樣。

她不必為被奪走的那些性命負責，她根本不知道那是什麼感覺。基於顯而易見的理由，他沒讓她知道某些事情。

「妳有任何新僱員嗎？新的電腦系統？網路攻擊？」保羅說道。

喬瑟芬的作用不只是保羅的文學經紀人，還是個緩衝器。保羅會親自用現金提取來自勒波企業的錢，然後透過他在史奈德及合夥人事務所的客戶帳號過濾這筆錢。光是稅務上的優惠，就讓喬瑟芬的百分之十五抽成很值得了。

「不。就是不可能。你所有的資訊都存在我的筆電裡。除了我以外，沒有人有那台筆電的密碼，那是我的安全工作空間。我的工作都是透過我的辦公室電腦，那台筆電只用在我們的事務上。位於私人網路，我的機器是這個網路上唯一的設備。它徹底安全。」

「那見鬼了，到底為什麼我會在這麼久以後被發現？」保羅說。

喬瑟芬交叉著雙腿，把她的菸屁股丟進一個咖啡杯裡，她噴出一股煙，同時說道：「別問我。我在這裡是因為我們為這種日子做過計畫。我會把你弄出這裡，把你送到某個安全地點。我袋子裡有你的種子基金。兩萬美金。應該足夠讓你到別的地方重新開始。」

「如果我不知道一開始是怎麼被追蹤到，落跑有什麼意義？喬瑟芬，一定有人說出去了。妳公司裡的某個人。我不知道是誰，但一定是從某處來的。」

「那不可能。在聯絡鏈上一定有其他的破口。銀行？」

像是在桌上被人旋轉起來的一枚硬幣，保羅腦袋裡輪轉的念頭開始變慢——硬幣晃動著，然後倒下，接著靜止攤平。保羅的呼吸恢復了，他神經末梢的感受緩和下來。

可能是銀行。他不該直接跳到結論。其實只有一個辦法能確實分辨。

「我要拿妳帶來的急用現金，然後我會消失。不是針對妳，但我不會告訴任何人我去了哪裡。這樣對妳來說沒問題吧？」

「我是沒問題，但瑪麗雅怎麼辦呢？」喬瑟芬說。

「如果我走了，她應該不會有事。我才是目標。」

喬瑟芬嘆息了，給他一個讓他自覺只有十歲大的眼神。

「不，保羅。我要說的是，天殺的你要告訴瑪麗雅什麼？你跟這個女孩子結婚了，記得嗎？」

他們的婚禮日是一個小型活動。法院婚禮。只有一名賓客。瑪麗雅有位朋友充當伴娘與證人，他不認為她後來有再見到對方。事後在一家高級餐廳裡用餐，沒有演講，沒有五彩紙花，沒有大聲鋪張，就是他喜歡的方式。保羅感覺跟瑪麗雅很親近，比他跟任何其他人類都更親近，然而還是有個距離在。這是他創造並維持的距離。

「我必須離開。我不能帶著她跟我走，我們會太容易被追蹤到。她可以使用家用帳戶——裡面有大概兩萬塊左右。而且她有那棟房子。在我擺脫追蹤以後，我會找個辦法寄給她更多錢。房子值四十萬元，所以我會付清房貸，寄給她另外十萬塊。那樣對任何人來說應該都夠了。」

「她不會有你。」喬瑟芬說。

「她從一開始就沒真正擁有我。我不確定有任何人能做到這點。她也不必一輩子都擔心背後有人暗算。我對她的愛，勝過我能給任何人的愛，要是她出事了，我承受不了。她不能被扯進這件事裡，這樣太危險了。」保羅說。

「我了解，但那樣很冷酷。你應該告訴她。」

他突然對喬瑟芬發怒，現在他的聲音很尖銳。「告訴她什麼？她從沒真正認識她嫁的那個男人？然後順便一提——我們永別了？我不能——」

「她應該得到解釋。」

「我已經給她我能給的一切了。我不能告訴她。沒有人可以知道。」

喬瑟芬嘆息了。

「你什麼時候要閃人？」

「明天。我需要時間處理完幾件事，然後我就走。我離開以前會再打電話。妳需要徹底清查妳的辦公室。我知道妳不想，但就遷就我一下，可以吧？」

喬瑟芬舉起雙手投降，說道：「我會查查我這邊的狀況，但我不認爲有人透過我找到你。就是不可能。」

他要回家去，做計畫，打包。明天他要離開他的生活與其中的一切。他告訴自己，長期來說，瑪麗雅會好好的。他會留給她一張字條，說她沒有他會更安全，可能也會更快樂。過去幾個月，保羅感覺到她逐漸遠離他：一種看不見的冰冷霧氣，懸浮在他們之間。這可能是他的錯，他太常不在了。他的缺席造成的影響，不是增進她對他的感情，而是帶來反效果。或許他們雙方都不適合這個婚姻。

在他剛遇見瑪麗雅的時候，他曾經很確定她就是他一直夢想的女人。眞命天女。在她之前，他曾經把同一個帶有救世主色彩的稱號加諸於其他人。當然了，她們都證明自己只是假先知，只有一個例外，但她現在不在了，保羅的一部分也隨她而去。在他遇到瑪麗雅以前，他以爲他無法再愛人。他那時候就知道了，而他現在還是感覺到那種愛。或許他已經改變了。他知道她是改變了。搬到孤寂港造成齟齬：她愛這棟房子還有海灘，卻痛恨這個小鎭。她似乎沒辦法用保羅的方式來欣賞它，她看不出這些人豐富的個性。瑪麗雅只看到這裡沒有購物中心、沒有夜總會，所有店鋪都在十點半關門，酒吧也包括在內，而她走在街上的時候，無法不讓每個人都相信她是個外地人。

而她當然是外地人。她的歸類帶來的那種冰冷待遇，對她來說並不會增添這裡的魅力。她在第一個月就想離開，保羅不讓她如願，而在那天，他第一次在她臉上看到不可置信的神色。她不敢相信他想留在孤寂港。幾年前保羅在那裡待過一小段時間，跟他當時約會的女人一起。這裡對她很特別，所以對保羅來說也變得很特別。他在鎭上的時候，在某種程度上會覺得貼近他舊有的自我。也許在某種程度上，這讓他跟瑪麗雅失去連結。裂痕在他們搬到這裡後不久就開始了。而在接下來的幾個月裡，在他們的關係裡產生的裂痕，隨著他的工作、距離與時間本身開始拉大。也許他只是加速了無可避免的狀況。

是的，反正我們本來就不會長久，他告訴自己。

每隻異國珍禽在某個階段都得離開籠子，否則就太殘酷了。

保羅可以很殘酷。他必須在祕密完好無缺的狀況下生存下去。他會讓他的小天堂鳥自由飛翔，無論這樣對他有多痛。

就是沒別的辦法了。

喬瑟芬起身，拉直她的衣服，然後把塞滿現金的信封放在沙發上。

「我猜就是這樣了。我應該走了，你有很多事情要計畫。」她說。

他陪她走下樓到前門口。門的右側牆上有個攝影機，他檢查畫面。螢幕顯示了街道的兩側，沿著人行道邊緣停著幾輛車，一些保羅認得的車。他現在習慣本地的車子了，總是特別留意誰在附近。如果他看到街上有他不認得的車出現超過一次，他就會記下車牌。通常在一兩週之內，他就會搞清楚那輛車屬於誰，然後一切又都好好的了。

他只迅速瞄了攝影機一眼。這次街上沒有任何可疑之物。

保羅打開門，雨同時打在他們臉上。喬瑟芬從她手提包裡拿出一把傘，把它打開，然後因爲它被陣陣強風抓住，在門口搏鬥了一番。保羅捉住她的手臂，幫助她穩住雨傘，跟著喬瑟芬一起走出去，轉過一個街角，走向就停在小艇碼頭街外的出租車。

在某些方面，他覺得自己就像個小孩，在感恩節後護送一位好心的阿姨到她車上。

喬瑟芬承諾要照顧他，她也的確實現了那個承諾。她閃電般地出現在這裡，帶著急用金跟一個微笑。

雨傘在狂暴的陣雨中鞠躬又搖晃，沒提供太多掩護。喬瑟芬用遙控器打開車門鎖，雷電閃爍著穿過大雨。她打開駕駛座車門，把她的手提包扔進車裡，收起雨傘。她給保羅一個擁抱。

「小心啊。這陣子別擔心要交出下一本書的事，找個地方安頓下來，然後讓我知道你沒事。花個一星期，然後開始寫作，那是你擅長的事。」喬瑟芬說。她用一隻手捧著他的臉，輕輕親吻他的臉頰，然後上了車。保羅關上她的車門，注視著她開走，回到屋裡，遠離雨水。

11

瑪麗雅在淚水跟雨水中開車。

在她開車通過寫著「歡迎來到孤寂港」的告示牌時，她納悶地想她怎麼回來得這麼快。她心裡充滿了好多洶湧狂暴的思緒，以至於她對這趟車程的記憶少到近乎沒有。她是在自動模式下抵達那裡的。

她的喉嚨因爲哭泣而疼痛。她在加油站停車，買了些菸跟一瓶健怡可樂，然後開車到小艇碼頭。可樂對她的喉嚨有幫助，它冰涼且有撫慰效果。她讓窗戶開了條縫，點起一支菸，吸了一口，她的喉嚨後方再度感覺到灼熱。她用更多可樂洗掉痛楚。有如肥大珍珠的雨水從開著的窗戶滴進車裡，一灘又一灘暗色的水滴，在她的牛仔褲膝蓋與大腿上蔓延開來。

這樣沒有好結果。沒有任何解決方案會讓一切再度安好無恙。她的世界傾斜了，從現在開始一切都會變得不一樣。她以爲她認識保羅。她信任他。她一直覺得他跟別人不一樣，他很誠實，安靜，受過傷害，有他無法談論的情緒包袱。天知道，瑪麗雅也有包袱。以某種奇怪的方式，至少有那麼一陣子，他們讓彼此完整了。

然而世事多變。

她會離開他，她會跟達若在一起。不管她在離婚時得到什麼，都會很足夠。可能是聯合帳戶裡一半的錢。一萬塊，也許還有房子的一小部分。她會告訴他達若的事。解釋發生了什麼事，告訴他她很寂寞，而她愛上了別人。她不想要回太多，分得乾淨俐落，口袋裡裝著錢離開這個天殺的小鎮，這個念頭讓她心裡充滿一種新的興奮。跟達若公開牽手跟親吻——沒有羞恥也沒有恐懼，而且相愛。她會立刻當場拿走那一萬塊，而且永不回頭。

那足夠重新開始了。他要是拒絕，那她就出J・T・勒波這張牌，威脅要曝光他。他不可能爲了區區一萬塊冒這種險。想到那種對質場面，就讓她的皮膚起了雞皮疙瘩：興奮，而且恐懼。那是迅速脫身最容易的方式。然而想到保羅把那全部財富都瞞著她，就讓她胃裡翻攪。她放棄了一切跟他在一起，而要重建那種生活並不容易。可樂罐吱嘎作響，而她領悟到她把罐子壓爛了。可樂從她手指上奔流下來，讓手指變得黏糊糊的。

她很恐懼，也很憤怒，而且兩者互相催化。

這不公平。一點都不公平。

雨勢減弱了一些，她環顧這個城鎮，然後往外望著海。她確實知道一件事。她絕不可能會想念這個地方。她等不及要離開了。這是指如果她能說服達若辭掉工作搬家的話。

雷電閃過，有人正在解鎖一輛車。瑪麗雅不經意轉身，朝著眼前唯一有動作的地方看去。那是一輛車，可能在她前方五十呎，停在邊街上。她看到一個金髮女人跟一把雨傘掙扎著。

一個男人走在她旁邊。

那女人把雨傘收進她車裡。她穿著黑色皮靴，還有一件漂亮的外套。這座城鎮的女人知道怎麼打扮得很昂貴。瑪麗雅心想，她認得那女人旁邊的男人身上的某些地方。她按了雨刷。就一下。

一下就夠了。

那女人擁抱著保羅，觸碰他的臉。瑪麗雅的呼吸卡在她喉嚨裡。這麼親密的姿態。這是從長期關係裡誕生的，是信任還有赤裸裸的深厚感情。

她坐進她車裡，然後開走了。

保羅走到街道盡頭，轉過轉角消失。

她那時候就知道，保羅這麼常出門的理由不止一個。從那輛車的外觀來看，那是全新的。像那樣的新款運動型多用途車，要十萬塊。她不認得那個女人。她衣著昂貴。漂亮。金髮。

她耳朵裡的砰砰聲響來自她的心臟，她可以感覺到它在她喉嚨裡搏動。這是她有史以來第一次意識到她的心跳。

瑪麗雅發動她的車，直接從停車位開進路面，不顧她後面有個喇叭聲。她從另一輛車前面開出來。她現在從她的照後鏡裡看到它，那個司機晃著兩根手指，嘴裡罵著髒話。瑪麗雅不在乎。她踩下油門，衝到街底。沒看到保羅。他不可能已經開走了。實際上，她看到他的車，車裡空蕩蕩，停在對街保留給小艇碼頭的停車場裡。

她轉到十字路口，迅速地開走，並且把她的腳一直踩在油門上，直到她在四分鐘後抵達船員角的停車場爲止。那是一塊有鋸齒狀尖角的岩石，朝著海的方向突出，上面有一條被許多人走到爛的小徑，通往岩石的盡頭，還有底下怒吼著的白色海水。瑪麗雅的車是停車場裡唯一的一輛，暴雨讓每個人都離得遠遠地。瑪麗雅下了車，無視於雨水鞭打著她的衣服，浸溼了她的頭髮、她的化妝和她的腳。她伸出一條腿，跨過阻止訪客往外走到尖角盡頭的柵欄。她走了五步，感覺一道波浪衝撞岩石的流水洗刷過她，在她嘴唇上嚐到了鹽。

瑪麗雅彎下腰去，把手放在她膝蓋上，然後尖叫。

恐懼不見了。
只剩下憤怒。

12

在鄉村俱樂部酒吧值班，生意清淡地過了四小時以後，達若看到了她。他從那天早上之後就一直很不自在。他不喜歡瑪麗雅操作這件事情的方向。那天早上她告訴他，她正要上路去見律師，某個不在這個鎮上執業的人。在他開始跟瑪麗雅約會的時候，他最想不到的就是瑪麗雅會設法離婚。不過世事多變，人也在變，也許他可以引導她脫離那種心態，也許一部分的他不想那樣做。這是個很微妙的局面，達若還懂得這點。

這間俱樂部的酒吧，可能是一百間不同鄉村俱樂部的一百個酒吧的複製品。牆上的橡木鑲板、糟糕的高爾夫球球員油畫、更糟的風景油畫，點綴在酒吧旁邊的是古董五號鐵桿、鹿頭跟毫無光澤的銀獎盃被鎖在玻璃櫃裡，有皮革飾釘的長凳跟椅子擺在暗色桌子旁邊。蘇格蘭威士忌賣得很好，年份越老越好。太太們一起吃午餐——對她們的食物挑三揀四，並且抱怨她們糟透了的丈夫。丈夫們一起喝酒，講自己老婆壞話。

唯一一群有色人種，是服侍那些會員的人，一種老派的鄉下美國夢魘。而儘管會員們坐擁財富，他們並不是個個都會留下像樣的小費，就算他們的膝蓋很需要這個幫助。

達若拉低他的背心前端，從桌上收攏更多的玻璃杯，把它們高高地疊在他的臂彎裡。他彎腰靠向一張桌子，在看到酒吧入口的動靜時他轉過身去，瞥見一位女士在跟酒吧副經理亞倫說話。

他收攏的玻璃杯比他能夠輕鬆搬運的還多，所以他放下一疊杯子，然後開始用一塊布跟抗菌噴霧清潔他剛清空的桌子。在他清潔的時候，他也在觀察。她穿著一件粉紅色長罩衫，也許對像她那樣的小個子女士來說太長了。燙得很緊繃的永久燙，讓她的頭髮看起來像個防撞頭盔，她可以拿下來放在她旁邊的高腳椅上。

那名女士看起來很眼熟。他以前也許見過她，也許沒有。他有好一會想不出她是誰。直到她在吧台坐下，看到從她皮包裡露出的筆記本時，他才把事情連起來，因爲只有兩種人會用那種筆記本做筆記，並且進行那種對話——就是記者跟警察。

她不是記者。

蘇。對，那就是她的名字。蘇，或者是瑪麗·蘇。其中之一，或是兩個都有，這些名字在他聽起來都一樣。她在孤寂港警局工作。他以前見過她，從市鎮大道的那棟建築物裡走出來，坐進她車裡。她靠在吧台上，仔細聆聽亞倫說話，竊竊私語，做筆記。

俱樂部裡沒出事，沒有竊盜案。俱樂部資產沒有被損毀，酒吧裡沒人打架。蘇在那裡是要找出更多關於瑪麗雅的事，他很有把握是這樣。在某一刻，亞倫會對她提起他的名字，然後他會轉身指向達若。他的老闆從不會看漏任何私下的勾當——亞倫曾經好幾次瞥見他跟瑪麗雅說話。甚至對此開了個玩笑，但那是個暗中帶刺的玩笑。

「達若，我們為會員『提供』服務。我們在這裡，不是為了『親身』服務他們。」

甚至不是個好笑話。

他拿著玻璃杯經過酒吧，把臉藏在疊起的杯子後面，然後進入廚房，把它們擺在長凳上。他看一眼手錶，距離他下班還有八小時。他聽到酒吧經理湯姆跟廚房裡的主廚講話，講到一份叫了檸檬跟萊姆的點菜單。他彎下腰，打開洗碗機，把空杯子裝進去，讓機器進入清潔循環。

他的手機在他口袋裡嗡嗡響。是瑪麗雅。他讓它響到停。

這給他一個溜出這裡的主意。他更深入廚房，發現湯姆跟主廚站在通道上，比較著點菜單。

「嘿湯米，我剛接到一通電話，家裡出了緊急事件。如果我請個假你介意嗎？」

「我們今晚有人可以照應。去做你該做的事，我們星期一見。」湯姆說。

達若輕快地轉身感謝湯姆，然後在穿過廚房走向後門的路上拿掉他的領結，敞開他的領口。他在後門停車場裡找到他的車，好在沒有送貨卡車停在它前面，擋住他的出路。他坐進車裡，然後從停車場開出去。

他走偏僻的街道，避開大半條市鎮大道，然後終於轉進大道，接著又再度轉出來，到達一個停車場。雨現在下得厲害了，重錘著這輛車。他切掉引擎，雨像個承諾似地緊跟著烏雲。

他拿出他的手機，打回去給瑪麗雅。

「嗨，狀況怎麼——」他開口要說話，但她打斷了他。瑪麗雅一邊猛喘氣，一邊說話。她的聲音在顫抖，因爲哭泣而喉嚨沙啞。

「保羅跟別人有外遇。」她說道。

他能給的回應，沒有一句不會聽起來空洞又虛僞。他想要到她身邊，抱著她，讓她冷靜下來，告訴她一切都不會有事，他會一直支持她。

他沒得到這種機會，他能做的就只有聽她哭。他試著跟她說話，起初很輕柔，然後發現她若非不能、就是不願聽他說話，他停下來，只是聆聽。一會以後，她的呼吸慢下來了，她聲音裡強烈的顫抖減弱了。

「我想去看妳。妳在那裡？」達若說。

呼吸又變得斷斷續續。「不，我不能見任何人。我需要一些時間。我……我必須消化這件事。理解這件事。我不信任保羅。我甚至再也不認識他了。我……我需要你去……去替我做某些事。」

「任何事都行。」達若立刻這麼說。

「我需要你去跟蹤保羅。他的車在小艇碼頭停車場，不過他沒有開船出海。他在這裡，在孤寂港。跟蹤他。告訴我他在做什麼。他看到我的車就會知道是我，我需要你來做這件事。我再也受不了這樣了。」

「好，好，只要保持呼吸，慢慢來。我會監視他的車。我會跟蹤他，注意他在做什麼。只是拜託不要做任何傻事，好嗎？我……」他遲疑了，但只有一秒。「我需要妳，瑪麗雅。」

她掛斷了。達若發動引擎，開到小艇碼頭停車場，找到保羅的瑪莎拉蒂。他停在整整五十呎外，切掉引擎，然後隔著他擋風玻璃上川流而下的雨水，注視著那輛車。他想起瑪麗雅，還有她可以有多堅強。某些女人會直接掐她們老公的脖子，這麼做很理所當然。但瑪麗雅總是頭腦冷靜，她想要先累積彈藥。她想要盡可能收集材料，然後再對付那混蛋。

聰明的女士。

達若看到保羅朝著他的車走去，他的外套在他脖子周圍收攏，有把雨傘在風中彎折扭曲。達若等到瑪莎拉蒂離開停車場以後才跟上去。他保持距離，同時車子轉進市鎮大道，穿過城鎮，然後往外朝著通往房子的海岸道路開去。達若不能停在保羅的房子前面，那裡沒有地方可以掩護車子。他合理地肯定保羅是朝那裡去，所以他在海灘左轉，停在停車場裡。幸好雨勢變小了。

踏出車外，他捕捉到雨水跟海洋的氣味，夾帶沙粒的強風吹了他一臉。他從後車廂裡拿出一件擋風外套。他穿上外套，拿出一個黑色皮革行李袋，把它甩到一邊肩膀上，然後是另一邊。達若拉開他的車篷來抵擋風，並朝著海灘出發。現在很冷。在這樣暴露在外的區域裡，風嚴酷無情。

無視於天候條件，他在海灘上跋涉。半小時過去，他才看到瑪麗雅的房子。保羅的瑪莎拉蒂停在屋外。瑪麗雅的車不在車道上，那是他注意到的第一件事。他看到的第二件事，就是透過這棟俯視海洋的屋子的臥房窗戶看見的保羅。海灘看起來空無一人，達若單膝跪在一個分隔草地與沙丘的山脊後面。他伸手到他的行李袋中，拿出一副他有時候用來賞鳥的雙筒望遠鏡，聚焦在那棟房子上。保羅低頭盯著床鋪，往前傾去調整某樣東西，然後離開走向衣櫃。他回來時手中拿著一疊折好的牛仔褲，彎腰到床上，消失到視野外一秒，又再度直起身，離開了房間。

達若放低雙筒望遠鏡，掃視著房子尋找任何動靜。邊門打開了，保羅離開了房子，背後拖著一個大行李箱。在保羅走到車子旁邊以前，後車廂已自動打開。他掙著舉起箱子放進去，按了後車廂上的一個按鈕，在蓋子緩緩下降的同時，保羅回到屋裡。不久之後，廚房裡的燈亮了。保羅走向冰箱，拿了幾樣東西，把它們擺在櫥櫃上。他從一塊板子上拿了一把切肉刀，然後開始動手。

達若以前只在瑪麗雅家吃過一次飯。她說她不煮飯，不會煮，一定是保羅做飯，當然這是指他在家的時候。她唯一能設法放上飯桌而不燒焦的東西是義大利麵。他告訴她，他喜歡義大利麵。她緊張兮兮、一路咒罵地在廚房裡忙活，二十分鐘後拿出的是一盤義大利麵，上面澆了罐頭裡拿出來的番茄醬。

達若微笑著吃下麵條，然後告訴她很好吃。實則不然。

他從他口袋裡撈出他的手機。瑪麗雅來電，他接起來。

「嗨，你在哪裡？」她用一種情緒畢露的尖利聲音說話。他可以分辨出她又哭過了。

「我在海灘上。在保羅家。」他說。

就在這時，達若不想再多說了。她很受傷，而在他心目中這樣讓她變得很易怒。

「他在幹什麼？有任何不尋常的事嗎？」

他嘆息了。別無選擇，只能告訴她。沒有比較輕鬆的說法，他就是得直接說出來。

「他剛才在打包行李，而且放進他車裡了。看來妳留在擋風玻璃上的紙條嚇壞了他。現在毫無疑問了，他是Ｊ．Ｔ．勒波，活生生的本人。」他說道。

「我會在二十分鐘內到那裡。感謝你這麼做。」她用一種聽起來並不感謝的方式說道。他可以聽到那些話語卡在她喉嚨裡——眼淚與氾濫的痛苦，威脅著要淹沒每一句話。達若可以聽到背景裡的車聲，聽到車子加速，吞噬著道路。她開了手機擴音。「你沒有，嗯，跟他聊聊什麼的吧？」

「當然沒有。妳要我在這裡等候，免得出事情嗎？」

「不。不會有事情。」她說。達若可以從語調裡聽出來她並不確定。

「妳知道，妳不必回家的。我可以在我們最喜歡的地點跟妳會合。我會帶半打啤酒跟一瓶紅酒，我們可以整晚待在外面。我們應該在一起。」他說道。

他讓瑪麗雅考慮這個提議，很有耐性地等候。當她終於開口的時候，他聽到的她又是隔著一層新的淚水。

「不……沒關係。謝謝你。我好愛你啊。我會再打給你。」她這麼說，然後掛了電話。

達若伸展著他的腿，把他小腿上的痙攣處推開，然後站起來。他收起他的雙筒望遠鏡還有手機，開始走回他的車子。他開到小艇碼頭，上了他的船。這艘船不像保羅擁有的遊艇，它比較小也比較老。達若是便宜買下來的，並且修理過它，好讓他可以帶人去上潛水課，賺點額外的小錢。風暴阻止他離開小艇碼頭。把船開到這種風勢劈砍之下，會是拿他的性命冒險。他反而穿上了他的潛水衣，裝好了新的一罐空氣，從側面滑下水。警方在酒吧裡問問題的念頭讓他不安。這可能是他們調查的起點，或是終點。越是思索，他就越相信那警察只是在對瑪麗雅跟保羅做一般背景調查。他們可能想跟他說話，因爲她來俱樂部的時候，通常都是他在服務瑪麗雅。而保羅從沒來過酒吧，也許那會是一條調查路線——也可能不是。就現在來說，達若就只想待在冰冷、黑暗的水中，在海洋深處有一種完美的孤獨，所有怪物都住在底下。

13

儀表板置物箱裡的一個化妝包救了瑪麗雅好幾次。她在離家幾百碼的地方停車，停在一個沒人用的巷子入口——這裡通往一座舊農場土地，早就賣給房地產開發商了，但他們什麼都沒做，只任憑土地荒廢。過去二十四小時的哭泣讓她眼睛浮腫，而達若說出的最後那番話，讓淚水再度奔流。

她注視著照後鏡，檢查她的唇膏跟眼睛——宣布這個補救工作做得不錯。深呼吸，四次或五次。然後她開出去，上了海岸道路，在幾秒鐘之內發現自己又回到這棟房子了。她一整天都把這個地方想成這棟房子。她發現她幾乎總是這樣稱呼它，她沒有一次稱呼這個地方爲家。

她透過側邊的窗戶看到他，在廚房裡煮晚餐。更多深呼吸。她下了車，鎖上它，然後進了屋子。

他在放音樂，古典樂，不符她的品味，但她已經開始習慣了。這是瑪麗雅可以直接忽略的那種音樂——就好像它只是背景噪音。她踩在木頭地板上的腳步聲宣告了她的抵達。在她的腳跟處碰到廚房的堅硬白地磚時，保羅猛然轉身，嚇了一跳，刀握在他手中，他的臉在恐懼中變得呆滯。

「是我。」她說。

輪到他深呼吸，把一隻手放在他胸口。保羅的嘴唇彎成一個微笑，而那微笑很快褪色成一種嚴峻的表情。不是憤怒，也許是關切。

「妳整個人溼透了。妳這一整天去哪了？我很擔心。」他說。

如果他有擔心過，他顯然已經克服了，瑪麗雅心想。他沒有問她過得怎麼樣？她還好嗎？他沒有靠近她擁抱一下，或者親一下。這混蛋根本不在乎她。

沉默聽起來像是一記警鐘。

「我反覆思考過這件事了，保羅。昨天晚上屋裡來的不是普通竊賊。他真正想要什麼？」瑪麗雅說。

保羅心不在焉地在雙手之間揮舞著刀子，起初忽視這個問題。

「我很害怕，我要你告訴我真相。」她堅定地說。就算這些話很有力道，瑪麗雅仍費力掙扎，才從她慌亂跳動著的胸口直接吐出這些話。

他放下刀子，來到她身邊，然後輕輕把手指放到她肩膀上。瑪麗雅甩掉他的手指，手臂交叉著，抿起嘴，她凝視的目光鑽進他眼裡，就像在鑽透鋼鐵。

「我不知道那是誰，或者他們在追什麼。我向妳保證，我**不知道**。那只是個竊賊，而妳在他能拿走任何東西以前就把他嚇走了。就是這樣。」

「你在隱瞞某件事。」她輕聲說道。

「我永遠不會瞞著妳任何事。」他說著，並親吻了她。

她可以在他嘴唇上嚐到謊言的味道——苦中帶鹹。她退開，往樓上走去。每根神經末梢都在尖叫著要她跟他對質。

就直接告訴他妳知道了！

她打開他們的臥室門，走到她那邊床鋪的床邊桌旁，打開了頂端的抽屜。如果達若沒告訴她保羅打包了行李，她可能根本不會回家。但她必須回來。她必須檢查。一排避孕藥丸放在她的護照上方，她拿起那排藥丸跟她的護照，看到下面的抽屜底部，常態下保羅的護照會放在那裡。昨天它還在那裡，她拿她的藥丸時還有看到。現在不見了。

這肯定了事實，他要離開她。他車裡的行李箱，他的護照。他要逃跑，把她撇在後頭。那筆錢，撫摸他臉的金髮女。那個觸碰不是告別——那是意味著她很快會再見到他的碰觸，他們的分離只是暫時的。他會回到他的房子，打包然後把太太丟在後面。他有另一個生活要過。

狗娘養的。

她咬著她的嘴唇，力道太重而見血了。

對於一個像瑪麗雅這樣強悍的女人——保羅沒花多少力氣就控制了她，她的全部。

她的經濟。

她的房子。

她的感受。

她的身體。

她脫光衣服，進去淋浴。她花了很長時間讓熱水刺激她的皮膚，希望那熱度可以讓她清空心靈。並沒有。她走出淋浴間，用一條毛巾擦乾她的頭髮，接著用它來包裹她的身體。瑪麗雅回到臥房，拉開棉被爬進床裡，用枕頭蓋住她的頭。她哭了很長一段時間，對著柔軟的床墊憤怒地呻吟。她想下樓去打他，對他尖叫。告訴他，她知道他是誰，她已經看透他全部的鬼話。

他朝著樓上喊了一兩次，問她還好嗎？她想不想吃晚餐？她想要水嗎？然後他告訴她，他早上要出門，只去幾天。

這些呼喊沒得到回答，他不再呼喊了。他沒有上來看她，瑪麗雅一開始因此很受傷，後來感覺就不同了。在內心深處，瑪麗雅開始了把感情從保羅身上抽離的過程。她曾經給過他愛，他卻沒有對她付出任何自我。她必須把愛拿回來，收回最後幾絲卡在記憶、時間與物體上的感情。

她脫下她的婚戒跟訂婚戒。那金戒指在她手中感覺輕盈而廉價。訂婚戒只花了幾千美元——跟保羅真正的財富相形見絀。她在手掌心裡捏著那兩個戒指，就好像她企圖從它們之中移除最後一些快樂的情緒。

夜色漸深。

瑪麗雅等待著。在這段時間裡，她用手機讀遍她能找到的每一篇關於J．T．勒波的文章。她想知道一切。理解這個男人是誰——她嫁的這個男人，她生活中的這個陌生人。

在凌晨四點，她下了床，光著腳輕輕下樓。

保羅睡在沙發上，就跟之前一樣。吃了一半的食物盤放在他旁邊的地板上。瑪麗雅輕輕踏入走廊，從門廊桌上輕柔地拿起保羅的汽車鑰匙。那張桌子裝著一疊疊的郵件，保羅全部打開過，而且排得很整齊。她靜默地走近前門。

門鎖打開的時候只發出最微弱的喀噠聲。她溜出屋外，在她緩緩走向保羅的車子時，她的腳跟感覺到堅硬的石頭。燈光一閃，還有門鎖系統解鎖時，金屬碰撞的吮一聲。她壓下後車廂的遙控按鈕，看著它靜悄悄地升起。瑪麗雅很快地打開保羅行李箱的側邊袋，拿走他的護照。

她把側邊袋的拉鍊拉上，關上後車廂，然後鎖上車子。

她跳過石頭，走到前門口，暫時屏住呼吸。除了海的聲音以外，沒別的聲音。她彎著身體繞過前門，回到屋裡，在她把門關上時再度屏住呼吸。感覺上像是一分鐘的時間裡，她把保羅的車鑰匙放回門廊桌上的籃子裡——小心不讓它們發出聲音。在她經過開著的門走向客廳時，她聽到他響亮的鼾聲。他沒有動彈。

回到床上，瑪麗雅喚醒她的手機，打出一則給達若的文字訊息。

她一寫下來，就瞪著它看了很久，要自己相信它，讓它滲透進來。現在這是現實了——這是眞正發生的事。

她不認識她丈夫。他佔有她，把她吃乾抹淨，現在他要把她扔開了。瑪麗雅不會容許這種事，然而她花了整整半小時才有勇氣按下送出。

我的婚姻結束了。我會需要你的幫助。

回應在五分鐘後進來了。床墊上有個低沉的震動聲。

無論是什麼事，我都會做。我會為妳做任何事。

《衛報》

誰是J·T·勒波？還有你為何應該關心？

傑若米·佛蘭普頓撰文

從各方面來看，第一本J·T·勒波小說根本沒機會成功。它有個糟糕的書名——《逆轉》（Twist）。對一本驚悚小說而言，這是個菜市場名。發行他這本處女作的出版社內部匿名消息來源指出，出版社方面一點都不喜歡這個書名。他們用微不足道的小錢買下這本書，沒花半毛錢在行銷推廣上，封面看起來粗製濫造，原本買下此書的編輯鮑伯·克蘭蕭在此書首發後不久就過世了，但倒是活得夠久，足以看到後續發展的開端。

儘管先天不良，這本書開始有銷路了。這點出乎意料之外，因爲此書出版時並未大張旗鼓，首刷印量就只有一千本。

後來發生的是某種無法預料的事情。有些人買了這本書，而且他們很愛。然後他們告訴別人這件事，所以更多人買下此書。很快神奇的事情就開始穩定發生了，很少有書會這樣。

口碑。

沒有一件事像口碑這樣容易讓書熱賣。有些書會讓人想要談論它。這並不表示它是讀者會愛上的書，而是讀者一讀完就會塞到朋友與同事手裡的書，這是爲了讓他們可以在飲水機旁或者咖啡時間聊到它。要是發生這種事，書就會像病毒似地擴散。

最初銷售《逆轉》的書店寥寥無幾，但那些書確實賣光了，然後他們又進了更多本。他們的顧客談論這本書；在讀書俱樂部討論它，在線上推薦它，接下來，一個小小的死忠粉絲群緩慢但確實地開始成長。在看到銷售數字增加以後，更多書店進了書。隨著時間流逝，這本書開始有了生命。在它首刷的八個月後，第四刷印了三萬本，在鮑伯．克蘭蕭死後被迫接管此書的編輯，此時終於讀了這本書。

他們試圖聯繫作者，看看對方是否願意參與某些打書工作——也許是小型巡迴活動，或者接受線上媒體的幾個訪問。作者立馬打槍，而且表示想要保有隱私。根據那位編輯接受的一則專訪，他們當時認定那位作者是個一級混球，在這一行裡永遠混不出名堂，不想跟他有任何關係。

對於這本書的口碑繼續擴散。讀者們小心翼翼不洩露機密，但他們一旦讀完，似乎非得把這本書塞進他們的朋友手裡才行。在談到作者的時候，根本沒什麼好講的，因爲作者本人從沒有對大眾自曝身分。

在第十刷達到十萬本的時候，出版總監告訴編輯，那作者是不是渾球不重要了——出版社手上有本暢銷書，他們需要另外一本。

編輯寄電子郵件給J．T．勒波。

三個月後，另外一本書來了，有另一個驚天反轉。

勒波的第二本書，首刷起印量是二十五萬本。這本賣得比第一本還好。理由一樣。

《紐約客》上的一篇文章試圖宣稱J．T．勒波小說的眞正作者是肯．弗列特。弗列特先生遺憾地否認了這個稱號，不過這只是開端。在接下來十年裡，勒波小說一直出，合約一直簽，作者仍然是個鬼魂，銷售持續增加，媒體則炮製出更多陰謀論與偵探工作，努力想找到來無影去無蹤的J・T・勒波。

被指稱是J・T・勒波的多位嫌疑犯，包括史蒂芬・金、約翰・葛里遜、茱迪・皮考特、J・K・羅琳（她到最後被揭露是羅勃・蓋布瑞斯），甚至還有詹姆斯　派特森。

揣測繼續下去，書繼續出，一年一本。每一本要不是跟上一本一樣好，就是更好。

這就是出版黃金。

然後法律訴訟開始出現了——另一個成功的標記。

有半打作者聲稱J・T・勒波偷了他們的書、大綱、發想還有/或者角色。沒有一件訴訟進行得下去，出版社總能夠拿出有時間日期戳記的電子郵件，而那些信件永遠比聲稱被抄襲的作品來得早，萬無一失。

有一件法律訴訟在一家報紙撐腰之下，有相當多的進展。這家報紙知道這宗法律訴訟是假貨，但他們給它的資訊讓它足以撐到一場聽證會的第一天，就因爲他們眞的想要看到J・T・勒波被傳喚出庭作證。這種事當然沒發生，光靠出版社社內編輯與電子郵件的證據，律師們就設法讓這個案子被撤銷了。

在那個昂貴的錯誤之後，法律訴訟都沒了。

對於J・T・勒波眞實身分的興趣只有越來越高。

國家圖書獎、愛倫坡獎、希克斯頓老教區啤酒年度犯罪小說獎、安東尼獎、犯罪作家協會金匕首獎，甚至是普立茲獎都不足以引誘J・T・勒波現身，走上舞台來個得獎演說。

他從未出現。

所以，到底誰在乎這個神祕的隱居作者？我們有書不就夠了嗎？

是。

也不是。

你看，就我們所知，在出版界唯一見過J．T．勒波的人是已故的鮑伯．克蘭蕭。根據各方說法，這是一名有酒精與藥物問題的男子，與親友關係疏離。鮑伯．克蘭蕭的哀傷故事——在能夠看到自己徹底實現最大的成功以前，就不幸亡故——對當時缺乏經驗的勒波，或許是個有益的警告。或許他看到了他的編輯如何分崩離析，所以從那時就知道應該區隔他的個人生活與寫作生活。

我們只能猜測，但鮑伯．克蘭蕭英年早逝必定對勒波有某種影響。他在下一本小說《燃燒的男人》裡寫到了這件事。當然，事實經過變更，但那本小說裡的角色死亡方式，跟他的編輯之死有驚人的相似性。

鮑伯．克蘭蕭並未藥物過量，但紐約市警方相信他的死亡是跟出錯的毒品交易有關。鮑伯．克蘭蕭被鎖在他車子的後車廂裡活活燒死。

或許是這場暴烈的死亡，促使害羞的勒波變成一名隱士。這位受到全世界數百萬崇拜粉絲熱愛、行蹤隱密的匿名作者，他背後的真實故事，我們可能永遠不會知道。

14

在星期天早晨六點三十分離開他的妻子，對保羅來說並不會比其他時候更糟。他再三考慮過了。做這種事並沒有所謂的好時機。他就是必須咬緊牙關，一口氣撕掉ＯＫ繃。別無選擇。

如果他留下，會有更多人死。而保羅不想殺死任何人。

再也不想了。但他還是會把史密斯威森手槍帶在身邊。最好近在手邊，以防萬一。

他從沙發上起身，伸了個懶腰，然後立刻到廚房去，他在那裡找到紙筆。他昨晚一整夜都在跟自己爭論，是否要到樓上臥室裡跟她談話。她應該得到更多。她應該得到更好的對待。保羅躊躇著要在字條裡寫些什麼，甚至是到底該不該留下字條。

到最後他決定，他不能不說再見就離開。他會留字條。他會誠實以對——某種程度上的誠實。

他花了幾分鐘寫字條。他把字條留在廚房櫃檯上，筆放在紙上，在墨水乾燥以前就把背後的前門關上。遠離這一切的念頭讓人迷醉。就只是置身海上，在他的船裡，給他立即的情緒距離還有身體距離。在水上，他的大腦裡會發生某些事——就好像他可以從陸地上限制他的社會建構中脫身。海上沒有多少規則，責任則是他拋諸腦後的一個島嶼。

然而他知道，在未來幾週跟幾個月裡，他會感覺到他所作所爲的重擔。她不知道他有另一個人生，一個作家的人生，孤獨、與世隔絕、完全封閉於世界之外。她不知道錢的事，她不可能知道。

事情就是這樣。不告訴任何人，保持祕密，一切就會沒事。

沒有其他人需要死去。他只要把一切拋諸腦後。

他停進小艇碼頭停車場，從跑車裡下來。他取出行李箱，把它放在柏油路上，然後抽出伸縮拉桿，同時液壓裝置把後車廂蓋關上。喀噠一聲，遙控器把車鎖上了。通往小艇碼頭的大門周圍纏上了沉重的鍊子，用一把肨大的掛鎖固定。保羅有把鑰匙，而他重新鎖上他背後的大門，把鍊子在定位上纏了兩圈，讓它更牢固。

他找到他的船，就在他上次離開時的位置，然後爬進船裡。他必須駕著他的船離開。機票會有紀錄，如果他能避免留下紀錄，會好上許多。此外，保羅熱愛他的船。他也愛那輛車，雖然他現在必須把它留下。他在別的地方安頓下來以後，總是可以再買另一輛。現在他想繼續移動，船是消失的完美方式。

儘管保羅有過去幾年在船上消磨的時間，他絕對不是很能幹的水手。他上過一堂海上求生課程，還有一堂船隻安全與維護課程，但他早就把課程內容忘光了，現在甚至記不起右舷是哪邊。

他想他可能不需要知道這些事情——畢竟他不是眞的揚帆出海。這艘船有馬達，而保羅有錢買燃料。除了確保他的小廚房裡儲存了像是好的起司、法棍跟很多烤火腿、培根與豆類這類必要物資以外，沒多少別的事情要做。事實證明，在船上的廚房用一個小爐子替自己下廚，算是其中一項比較難上手而出人意表的雜務。他可以做出半打菜單，卻不是靠單環爐做出來。很快備餐事務就變得相當原始。他不介意，只要他記得塡滿葡萄酒架就好。

保羅完成他對船隻的檢查。做這些事比較像是出於習慣，而不是眞的有在努力分辨這艘船是否適合航行。隨著時間流逝，他刪除了幾項檢查，因爲他或多或少忘了他是在找尋什麼跡象，還有爲何這麼做。他確保了他的航行系統與無線電可以運作，而且有很多燃料。就這樣。一旦引擎啓動，而且聽起來發出該有的聲音，他就從突堤脫離，以緩慢的速度出航。在船隻之間巧妙地移動，他很快就離開碼頭，接著逐漸放開節流閥。波浪仍然很高，而他確保船隻維持一定角度，用船頭破開波浪，好讓船可以滑過水牆。這不是他在海上看過最大的浪，不過還是很大，也很有威脅性。這艘艙房遊艇彈跳著越過最大的波浪，有一兩次他聽到撞擊聲。就好像這艘船被抬得高高地，然後在某種硬物上著陸。

這是危險的工作，而他花了大半天在沒有食物、只喝了兩瓶水的狀況下與之搏鬥，他沒有一秒鐘敢放著船舵不管。天氣情況妨礙了速度，而他發現儘管做出種種努力，他仍距離小艇碼頭沒多遠。浪潮整天都把他往回打。

他切掉引擎，到下面去吃了一罐他在爐子上加熱過的豆子，配上一些麵包。兩杯酒跟一杯汽水讓他準備好在筆電上花個幾小時。航行讓他集中精神——這需要完全專注。他完全沒去想瑪麗雅或者竊賊。

這就是距離感。

他背部與肩膀的疲憊沒有阻止他寫作。某些作家有他們建立起來的例行公事，用來幫助他們寫作，但保羅唯一的要求就是孤獨。他不介意海浪輕柔的滾動，海洋拍打船殼的聲音，或者頭上海鳥的叫喊。只要他是一個人，除了他腦中的句子以外全無音樂就好。

當然，還要有反轉。有許多類型的反轉。這本書會是個誘人的陷阱，保羅知道這點。而現在他必須放線。對於最後一百頁，他在心裡醞釀一個反轉。他已經下意識留下了線索——陷阱的細微跡象，從樹葉後面偷偷往外窺看。

現在它徹底成形，降臨到他身上了。他可以在他的心靈之眼中看到全局。人物與情節坦露出來，就像一只瑞士錶的內裡。它完美地滴答作響，直到大錘落下、事成定局為止。

興奮之情扎根了，他有一股急切的需要，要趁這些話語變得模糊、或者從他的意識中冒泡消失以前，把它們寫下來。保羅就是爲此而活。

他就是愛寫好到會讓讀者失手摔書的反轉。

而有一個就要來了。

15

他眞的走了。

一個寂靜空曠小鎭裡的一間寂靜空屋。瑪麗雅比過去更強烈地感覺到生命力的缺席。不只是她醒著的此刻感覺到空虛。這就好像保羅悄悄溜進她的人生裡，然後偷走了她的過去。三年，沒有了。她從沒覺得這麼孤獨，從沒覺得受到這麼大的侵犯。她對保羅無疑曾有過的愛已經扭曲了，而且自動在她的痛苦周遭打結，變形成一個乾渴的傷口。

愛全都不剩了。她曾經愛過一個謊言。她遇見並且共享歡笑、共枕同眠，擁抱過而且愛過的那個男人——他並不眞正存在。他現在對她來說是死了。

瑪麗雅讓保羅的字條從她的手指之間滑脫，穿過沉重的空氣飄落，停歇在廚房櫃檯上。

瑪麗雅：

我必須離開，也許一去要很久。如果我不在這裡，妳不會有危險。這房子是妳的了，帳戶裡的錢也是。別擔心我。

我很抱歉。

保羅

瑪麗雅直接走向他的書房，開鎖進門，檢查他放在書架上那卷狄更斯小說後頭。他把他的手槍一起帶走了。她拖著腳步從書房裡走回來，倒了咖啡，然後在廚房裡的早餐吧台坐下。

牆上的時鐘顯示現在早上九點十五分。瑪麗雅打給達若。她必須把手機放在櫃檯上，打開擴音模式。她透過鼻子呼出的氣息很沉重，而她用雙臂緊緊環抱著她自己。

「妳還好嗎？」達若說道。

「不，我不好。他走了。他真的走了。我沒想到他真的會這樣做。」她說道，透過短促刺耳的呼吸，把這些話吐進手機裡。

「妳打算怎麼辦？妳要跟那爛人離婚嗎？」

「不，現在不是談這個的時候了……我甚至不知道他是誰。他就像我剛好在地下室裡發現的陌生人。一個睡在我床上三年的陌生人。我嫁了一個我根本一無所知的男人……」她打斷自己，把眼淚吞回去。

「沒事的，瑪麗雅。慢慢來。」達若說道，口氣很溫柔。

「不！我受夠這種爛事了。他糊弄我，他奪走我好幾年的人生，把我拋棄在這個糞坑小鎮。我失去了所有的朋友，我失去了我的工作，我的人生。我受不了這個，達若。我需要你。」

「我會盡我所能幫助妳。妳知道的。」他說。

「很好。我就需要聽到這個。我需要你。我想要一個新的人生。**我的**人生，**我們的**人生。我現在想跟**你**在一起，直到永遠。」

她仔細聆聽回應。回應來的時候，她的身心充滿了她好幾天沒感受到的冷靜與寬慰。

「我也想這樣。比什麼都想。我愛妳，瑪麗雅。」

「我也愛你。」她說道，而她這時感覺到的愛，比她過去感受到的都更深切。

「對於保羅，妳要怎麼做？」達若說。

儘管她的所有感官飽受蹂躪，她的五臟六腑翻攪不已，瑪麗雅思考過她要如何反應。她小心翼翼選擇措辭。說出來會感覺很好，感覺很對，她就是要這樣重設她的人生，跟她眞正愛的男人建立舒適又安全的新存在方式。她想像自己在遠方的海灘上，也許是在加勒比海某地。他們在一張日光浴躺椅上舒展身體的時候，她曬成棕色的腿上有斑駁的白沙。她身邊有杯飲料，太陽照在她臉上。注視著達若在海洋裡游泳，一雙Manolo Blahnik高跟鞋埋在她旁邊的沙裡。自由的人生。遠離這個陷阱，擁有她能夠想望的一切。她可以擁有這種人生，或者讓保羅跟那個金髮女擁有這種人生。他們兩個躺在沙灘上，嘲笑愚蠢的瑪麗雅，笨蛋妻子，甚至不知道她嫁給世界上最有錢、最有名的作者之一。這不只是錢。兩千萬美元不只是錢，而是一整個世界。

瑪麗雅想要那個世界。不僅如此，她還想確保保羅不會擁有它。

所以，她清楚、緩慢又自信地說道：「我需要你幫我拿到那筆錢裡的一部分。我想要理應屬於我的那一份，就這樣。你可以爲我做這件事嗎？」她說。

「無論要做什麼，我都會爲了我們動手。」

就是達若的單純，讓瑪麗雅在他身邊覺得很安全。在這個男人身上，鮮少有灰色的部分——事情非黑即白，很簡單，他要不是會做某件事，就是不會。

「我會讓他回到這間屋子裡，要求一千萬美元，否則我們就去找媒體，對全世界揭露他的身分。如果他想保住他的祕密，他要花上一大筆錢。」

她聽到他鼓起臉頰吐氣。他吸收了這個想法，然後吐出灼燒著肺部的緊繃空氣。「哇，」達若說：「要是他說不呢？或者打電話報警？這是勒索。我的意思是，他活該啦——但這是相當嚴重的事情。」

「你不希望我們在一起嗎？你不想有足夠的錢，過美好的生活嗎？」

「妳知道我想啊。有那種程度的錢，我們可以……」

「怎樣？」瑪麗雅說道，答案她心知肚明。她想聽他說出口。她需要聽到。如果她要做這件事，她必須知道達若挺她。

「我們可以**很自由**。」他說。

「我們必須非常小心。如果你受到傷害，我無法承受。」瑪麗雅說。

「妳是什麼意思？」達若說。

瑪麗雅嘆息了，說道：「他有一把槍。」

「妳不認爲他會射殺妳，或者我，對吧？他是妳丈夫，妳了解他，妳認爲他可能傷害妳嗎？」

她幾乎失笑。達若的甜美天性助長了他的天眞。或許兩者是同一件事，她分辨不出。

「直到兩天以前，我都**以為**我了解我丈夫。但今天我根本不知道他是誰，或者他有何能耐。我確實知道一件事：我們需要一個計畫。我們必須假定在我逼他回家的時候，他會有槍，而且會憤怒到前所未見的程度。我們必須做好準備。」

16

船隻上方的天空正在變暗。保羅沒有注意時間，他迷失在寫作之中。他察看了他的手機，發現他還有兩格訊號。他打了他經紀人的手機，喬瑟芬立刻接了電話。

「嘿，保羅，你沒事吧？」

「我很好。妳找到漏洞了嗎？」

她嘆息著說道：「沒有漏洞。我找了某個ＩＴ部門的人來檢查我的電腦。我是唯一能夠取得你資訊的人，它不儲存在我們的帳號系統裡。根據那位技師的說法，沒有任何被人駭入的痕跡。沒有間諜軟體，沒有惡意軟體，什麼都沒有。登入時間跟我的工作時間相關聯。我每三個月更動一次電腦密碼，我這頭沒有任何漏洞。」

保羅站在那裡，眼睛在船艙裡到處掃視，同時他在心裡反覆思考這個資訊。他又回到第一階段了。

「那我是怎麼被發現的？」他說。

「我毫無線索。你確定你沒喝醉酒，說了你不該說的事情？這種事有可能發生，你知道……」

「不。我沒發生過。從來沒有。一定有內鬼。」

「銀行。肯定是銀行。」

銀行。某個銀行行員可能琢磨出來了……

他搖搖頭——不。那就是不可能。他也不相信喬瑟芬會把他的事情講出去。一個文學經紀人的生計仰賴他們的客戶，保羅知道他是個特殊的客戶，除了把他的書賣給出版社以外，喬瑟芬還幫保羅管理與隱藏那筆錢。她幫忙保守保羅的祕密——當然，以一筆服務費做交換。相當大筆的服務費。

一定有別的狀況。

「你在哪裡？」她說道。

「我離開了。我在我的船上。」

「她的反應如何？你最後有告訴她任何事嗎？」喬瑟芬問道。

保羅抹了抹他的嘴，說道：「我留了張字條。」

一陣沉默，一聲嘆息，然後是：「她該得到的不只有這樣，我希望你有做些解釋。你知道的，有些女人會怪罪自己。就算她們沒做錯任何事都不重要，她們就是會對一切都有罪惡感。你告訴她什麼？」

「我什麼都沒告訴她。只說我要離開了，我會給她房子跟我們聯合戶頭的錢。」

「兩萬塊，加上荒郊野外的一棟房子？她要是有腦袋就會追蹤你。」

保羅往外望著波浪。

「她沒有辦法找到我的。就算她找到我還訴請離婚，她也不能碰我的錢，即使她的律師們發現了那筆錢都不行。爲了這一點，我確保了我們搬到會保障這點的州。我絕對不想讓我的錢出現在某個法庭紀錄上，這樣我肯定會被找到，乾脆插個告示牌在我家外面算了。聽著，這不重要，她不知道那筆錢的事。她不知道我的事。我寧願保持這樣。這樣至少有人恨我是因爲我是保羅，而不是因爲我做過的所有其他事情。」

「我們就別談這個了。」喬瑟芬說道。

他從沒有告訴她全盤眞相，不過他猜她已經把眞相拼湊出來了。喬瑟芬並不想談論謀殺。她發現謀殺……讓人心神不寧，令人反感。在她的世界裡，這就像是拿錯的湯匙喝湯。也許她知道的事情在某種程度上污染了她，不過只要這是個祕密，她就可以應付。而喬瑟芬是一位對個人名聲感到自豪的淑女。如果別人知道眞相，她可能就得不到正派派對的邀請了。

「書的進度如——」

保羅結束了通話，然後對著空蕩蕩的船艙提供了答案——**書進度很好，喬瑟芬。書準備好的時候妳就會收到。在那之前就不會。妳跟妳的截稿日都死一邊去吧。**

就現在來說，他有了他的跑路錢，兩萬塊。這樣撐不了太久。接下來幾週他打算到大開曼群島的銀行去。提出一大筆錢，然後把其餘現金轉到另一個不同的帳號，也許是蘇黎世的某處。這只是爲了安全起見，以防萬一銀行裡有人識破了眞相。他把手機放在咖啡壺旁邊的櫃檯上，替自己倒了一杯新的紅酒。把酒拿到唇邊時，他聽到手機微弱的震顫聲，它正隨著新訊息而震動著。

他喝盡杯中的酒，感受那玫瑰紅色、有如墨水似的酒在他喉嚨後方的感覺。

葡萄酒幫助他爲那則手機簡訊做好準備。手機文字訊息提醒再度響起，他現在有兩則來自瑪麗雅的新訊息。

她早上一定已經發現字條了，而她這大半天都在準備這則簡訊。他嘴裡所有的溼潤感都不見了。她不會理解，而保羅也不想解釋。喬瑟芬是對的。瑪麗雅該得到更多解釋，但至少她會很安全，這是他心中最主要的事情。他緊抓著這一點，像是抓著救生筏，不過他知道他正在黑色的罪疚之海中下沉。

瑪麗雅拯救過他，她應該得到更好的對待。

在燃燒的車子與J．T．勒波出版第二本小說之間的時光，保羅是在一陣朦朧的灰色霧靄中度過的。他當時在紐約生活；雖然其實不能說那叫生活。每天早上他都是基於習慣起床，而不是因爲有任何迫切需要或慾望要離開他的被窩。這也不是說他有睡覺，他的夢境都太過暴力，充滿了鮮明的紅色火焰。他著裝離開公寓，這裡跟餐館的距離是一百一十七個人行道石板，或者八個街區。第六十七塊石板破掉了，或者說有裂痕。他每天都數著那些石板。

餐館的地板是磨亮的松木，上面有咖啡、糖漿、還有天知道什麼其他玩意的污漬。女侍們全都穿著白色運動鞋。吃過飯後，要經過兩百零三個石板抵達酒吧。一旦進了酒吧，裡面總是太暗，沒辦法看清楚地板。某種被嚴重磨損的橡膠吸著保羅那雙靴子的鞋跟。他坐上一張吧台椅，注視著他的腳懸在橡膠地板上，直到他醉到數不清楚回家路上的石板爲止。

幾天變成幾週，而保羅還是無法卸下他的作爲在他肩頭留下的重擔。

然後有一天晚上，酒吧裡有支樂團在表演。他們提早進來架設他們的設備，並做音響檢查。他看到瑪麗雅以前就聞到她了，一種甜甜的柑橘味。然後他看到了她的靴子，她的腿裹在緊身牛仔褲裡，而他暗自露出一個悔恨的微笑。然後，最異乎尋常的事情發生在保羅身上。直到今天他都無法解釋，但那位穿靴子的女士伸出一根手指勾起保羅的下巴，然後優雅地把他的頭抬高些，好讓她可以看著他的臉。而她有一張怎麼樣的臉啊。極美的藍眼睛，安放在完美的骨架上。她說哈囉。保羅說嗨。他們聊起天來。那天晚上他跟著她離開酒吧，之後卻找不到回家的路。他不認得建築物或者店面，有一會兒他無法眞正釐清爲什麼，然後他領悟了，穿靴子的女士，讓他的頭從地面上抬起來了。保羅凝視著她的雙眼，卻不覺得有需要羞恥地別開視線。那雙眼睛盯著他的眼睛，沒有恐懼或者厭惡，也沒有除了仁慈善意以外的任何東西。她讓他再度感覺像是他自己。這是個他用雙手接受的禮物。穿靴子的女士名叫瑪麗雅，她拯救了他。

現在她想知道他爲何離開她。他在婚姻中沒有給她太多東西，他辦不到。她曾經愛上保羅。跟她講到那筆錢會改變很多事。她會想要花那筆錢，過奢華生活，會引起注意的那種生活。要不了多久，保羅就會被人發現。不，他本來就不可能把他的另一個生活告訴她，太危險了，他反而試著創造一個新生活，他唯一能過的生活，就是他可以掌控的生活。這也意味著控制她。

他本來相信他可以控制任何事，這是多麼愚蠢啊。他眞希望他從沒遇見她，事情複雜的程度絕對會少上許多。他仍然會一直低著頭，視線直指著街道，他本來應該就維持這樣。

保羅點開了訊息。有兩則。一張照片檔案，另一則是純文字。

照片下載到他螢幕上了。

喔糟了。

他的護照。擺在廚房櫃檯上。他點開文字訊息。

忘記什麼了嗎？

17

星期日下午的購物行程，本來對瑪麗雅來說是一種小確幸。在四十二街唱片行裡消磨幾小時，然後是一杯啤酒跟一片義式臘腸加量的鹹派。總是她自己一個人，從來不是跟朋友一起。這樣她永遠不會爲了自己好整以暇而有罪惡感，不需要顧慮別人。

這天下午不一樣。她開了一小時車到購物商場，還有商場後面超大間的五金行。她在購物中心提了五百塊，接著去了隔壁的五金行。

她手上有一份清單，雖然達若叫她把需要的品項背住，不要寫下來，她無論如何還是寫了，自知以她現在的心理狀態，她很容易就會忘記買某項重要物品。她的大腦感覺很浮躁——一個想法無法維持太久，接著另外一百個其他念頭就會撞進她的意識之門裡。

瑪麗雅穿著藍色牛仔褲、白色罩衫跟一件牛仔夾克，用一條紅色手帕綁起她的頭髮，她推著她的購物推車繞過一排排貨架，挑選物品，然後用筆把它們從她的清單上勾掉。

兩加侖白油漆。
兩把滾筒油漆刷。
兩個油漆刷盤。
一袋油漆刷（多種不同尺寸）。

四袋強韌塑膠防塵布。
大力膠帶，三卷。
束線帶，一把。
四組塑膠連身衣。
兩副油漆用口罩。
一盒乳膠手套。
三卷束線收口垃圾袋。

在塡滿她的購物車以後，她走向店員，用現金付款。她把收據收到錢包裡，把購物車一路推到她車子旁邊。把東西塡進後車廂，去得來速車道買外帶咖啡，然後回家。

這張購物清單，不管怎麼看都像是一位女士打算認眞做點重新裝潢的工作。而她確實是。

瑪麗雅回到家裡，用一把螺絲起子打開油漆罐，然後混合油漆。接著她把一些油漆倒進油漆刷盤裡，拿一支刷子往裡面沾了沾，抹掉過量的油漆，才開始在廚房牆壁上測試顏色。

她往後站，檢視差異。也許是受到此刻的心理狀態影響——她遠遠脫離常軌，活在一個過度眞實又過度不眞實的世界裡，但那油漆痕跡看起來比較像是她在揭露牆壁眞正的顏色，而不是在牆壁上添加一層新的油漆。

她的手機嗡嗡作響。

達若。

「我買到清單上的所有東西了，」她說：「我會開始鋪防塵布，然後傳個簡訊給他。過來吧，我認為他今晚深夜會回來。」

他們詳盡討論過這個計畫。

在保羅回家時，她會在廚房裡等他——護照會被藏起來。這個空間會看起來像是瑪麗雅正開始要上油漆。防塵布中央會擺著單單一張椅子，面對著後門。瑪麗雅會讓他坐下來，好讓他們可以談話。達若會從他後面走上前，抓住他的雙臂並且控制他，同時瑪麗雅會拿著束線帶繞過去，把保羅的手腕綁在椅子上，再固定他的腳踝，搜他身，接著要是他有帶槍，就替他繳械。

然後瑪麗雅會把一切都說出來：她知道他就是J．T．勒波，她知道有那筆錢。他得轉給他們一千萬元，否則瑪麗雅就去向《紐約時報》打小報告。他自己選。

瑪麗雅不知道保羅會怎麼反應。如果他變得很暴力，她希望達若佔上風，而且不怕塞住保羅的嘴。他不想這麼做，她花了些時間才說服他，他要是這樣做只是在保護她。她想過如果有肢體衝突，保羅會不會去找警察。那就是為什麼他們鋪了防塵布——如果有人被割傷了，地板會得到保護，事後防塵布會被拿起來燒掉，不會有血跡留下。這種事從沒發生過。廚房裡四散著油漆罐，防塵布放在那裡並不突兀。

瑪麗雅一再思考過這件事了。

這是唯一的辦法。

不知怎麼地，這一切對她來說很合理，儘管在她腰窩處留下某種冰冷的感覺，就像一顆冰塊，緩緩地從她脊椎上滾落。

18

在保羅決定回去拿他的護照時，太陽是血橙色，剛開始沉到地平線下。他檢查過他行李箱中的袋子，發現它是空的。他很確定他拿了護照並且裝進去了。

躺在船艙的沙發上，他瞪著天花板一小時或者更久，想過了所有可能的場景。有許多可能性，不過某些場面比其他場面更令人心慌。他不想回去。有人找到他了。要是瑪麗雅被狹持，那簡訊是要引誘他回去的詭計呢？

她可能受到傷害的念頭讓他嘴裡發酸。他閉上眼睛，詛咒著自己的愚蠢。他讓自己相信他可以躲藏。他應該抗拒瑪麗雅，壓抑他的感情。容許自己去愛她，就是把她置於險境。他的自私導致了這種狀況。話再說回來，也許傳這則簡訊的就是瑪麗雅？不管眞實狀況是什麼，都讓他更確信逃亡是正確的做法。

他決定回家，等到眞的很晚的時候再趁黑偷溜進屋裡。如果瑪麗雅在熟睡，他就不會打擾她。如果他認爲出了別的事，他會應付。他需要隨身帶著手槍。如果他在那屋子裡看到瑪麗雅以外的任何人，他就會進去開槍。這是確保安全的唯一做法。

下定決心之後，他緩慢地吸氣再吐氣。不知不覺逼近的不安傳遍他全身，讓他脖頸背後的毛髮感覺癢癢的。有某件事情不對勁。就在那個心無旁騖的時候，他注意到船感覺起來不再像是在搖晃了。

他背一挺，脫離沙發，腳一甩放到地板上，尋找著他的靴子。

他馬上就把腳往回縮到他胸口，同時一邊咒罵著。他的襪子跟腳凍僵了——就好像他剛才把腳泡進一桶冰塊裡。

不，不是冰塊。

是水。

他低頭去看，看到船艙地板上有一層薄薄的海水。

耶穌基督啊。

他帶著船全速穿過大浪時的那些衝撞聲。也許他撞到某樣東西了——損毀了船殼。

重要的事先做。保羅從桌上抓起筆電，拉向他自己。一確認原稿的最新版本已經安全上傳到USB隨身碟中，就把隨身碟退出，放進一個塑膠袋。他在桌上擺了幾個塑膠袋。他有一次犯了個錯，離船的時候把隨身碟放在口袋裡，而他跳上突堤以前在甲板上滑倒了，掉進水裡。他從水裡出來的時候沒事，但卻失去了三天份的工作。

他把袋子封起，放進褲口袋裡。

他衷心希望他對駕船安全課程還有更多記憶，同時決定他至少必須做點什麼。他忽略他的靴子，反正他的腳已經泡溼了。他站起來，而他的第一個念頭就是設法啓動引擎。失敗了。

他到下面去檢查艙底排水幫浦。這艘遊艇有個五〇年代製造的木製船殼，雖然看著漂亮，卻沒有太多比較精緻的安全設備，能在這種狀況下幫得上忙。它確實有個電動污水警報。他檢查過警報，發現它壞了。有人鼓勵他在船上安裝其他的後備安全系統，但他想這艘美麗的船航行了六十年都沒裝，他不會開始出手亂搞。現在他後悔了。

艙底排水幫浦掛了，油從幫浦外殼裡淹出，跟水混合在一起。某處有個手搖幫浦，也許是在甲板上，不過保羅的心跳比他能想像得更快，而他根本不知道那個手搖幫浦可能在哪，或者要如何操作它。

無線電。

保羅有個船用特高頻無線電。他回到舵輪位置找到無線電，把它打開，同時尋找著無線電附送的那本手冊，好讓他可以找到正確頻道發送求救訊號。但他反而咒罵起來，然後就直接開始對那玩意講話。他看著GPS系統，讀出他的座標，然後對著麥克風尖叫說他的船正在下沉。

沒有回應。

他打開註明緊急用途的箱子，拿出一件救生衣，還有一個個人定位發報器。這個設備他確實知道怎麼用。他把發報器打開，注視著小紅點閃爍，然後把救生衣套過頭穿上，這時船傾斜了，把他放倒在甲板上。保羅攤開雙手要阻擋跌落的勢頭，但還不夠快。

咚的一聲悶響，是他在燈光暗去之前聽到的最後一個聲音。

他醒來的時候在黑暗中嗆咳著。

船裡有四呎深的水，船尾已經完全沉入冰冷的黑水裡。他幾乎滑進水中，在他自己的船艙裡溺斃。他摸出一條離開船艙的路，在主要甲板上朝著船頭爬去。他在光滑的船舷上四處打滑，頭皮上的一處割傷在冒血。環顧四周，除了黑色的大海、黑色的夜，還有他眼中的血以外，他什麼都看不到。

保羅打開了他救生衣上的手電筒，然後跳下船。這條船要沉了，他要是不下船，也會跟著一起下沉。

他想會沒事的。海岸防衛隊此刻就會上路趕到他這裡了，一艘船跟一輛直升機，他會沒事的。他在探索頻道看過，一旦按下個人定位發報器，美國海岸防衛隊辦公室的警報就開始響起。有一刻他覺得他好像在做正確的事，離開那艘下沉的船會拯救他。

他再也感覺不到他的腳了，它們好冰冷，所以他一直沒注意到溫度的變化，直到他全身撞上波浪，他的頭暫時埋入水下，然後又隨著救生衣強烈的浮力衝回表面爲止。接著他就注意到那種冷了。

休克反應。

這就像是某種纏絞著他全身，同時還灼燒著它的東西。他吸不到空氣，而他的嘴打開來猛吸一口到肺裡，同時抵禦著一陣痛苦至極的冰寒爆發，像砸毀房子的破壞錘那樣襲擊著他的身體系統。但那不是空氣，只是海水。

他立刻嘔出來。但還是沒有氧氣，雖然他的嘴巴打開了，他的身體仍尖叫著要求氧氣。他的雙臂停止移動，他的雙腿停止踢騰，那種冰冷癱瘓了他。有一秒鐘，保羅覺得他剛才是一頭潛進了電池的酸液中，他的皮膚在極度痛楚中活躍起來，一種搏動著、灼燒著的劇烈痛楚，帶走他身上的一切——他的聲音、他的空氣、他的四肢。

但他的思緒沒被帶走。他可以清楚地思考。浸泡在冷水裡觸發了休克反應，就算他活著撐過去了，他在水裡也活不了多久。他知道他的體溫正在迅速滑落，他的身體系統正在冷卻、關機。奇怪的是，他開始覺得溫暖了。

在他昏過去、寒冷真正佔據他的每根骨頭之前，他就知道他會死。他閉上雙眼之前看到的最後一件事，就是他救身衣上閃爍不定的光。而他的最後一個念頭，就是瑪麗雅。

19

保羅睜眼時面對一片黑暗。

他感覺到胸口有巨大的壓力，突然之間他滿嘴都是水。水從他喉嚨裡噴出來，像個爆掉的水管，蓋住他整張臉。他咳嗽，設法吸進空氣，吸到了一些，然後掙扎著要抬起頭，卻辦不到。

他上方一片黑，而現在有別的東西了。星星。

一種噪音填滿了他的耳朵——一艘汽艇的吼聲。他的手臂落在他身體兩側，感覺到了某種紮實的東西。一張臉在他上方逼近。是一個男人，有暗色鬍渣跟一張銳利的臉，他穿著一件亮黃色防水外套，他正在說話，保羅起初聽不到他說什麼。保羅的眼睛感覺很沉重，他幾乎無法聚焦。

「嘿！夥伴你撐著！」那聲音說道。

夥伴？保羅不認得這個男人。也許這個男人認識他，也可能不認識。

保羅覺得好想睡。

有某種東西拍打著他的臉頰，刺痛了他的臉。他睜開眼睛，再度發現那男人在那裡，正對著他的臉嘶喊著要他保持清醒。保羅可以聞到魚的氣味，而他在船甲板上的雙手感覺黏糊糊的。

一個漁夫。

一個漁夫救起了他。

保羅微笑了，他笑出聲來，感覺到他雙腿上有一種尖銳的痛楚，然後他在移動了。這男人拖著他越過甲板。然後漁夫又在這裡了，現在靠得很近，把他的手臂包住保羅的手臂下面，把他拉起來。保羅可以聞到這男人皮膚上的漁獲氣味。魚腥味讓他再度作嘔，更多海水從他胃裡噴發出來。接著他就在室內了，遠離寒冷。這漁夫在他身上抓扒著，脫掉他的衣服，摩擦他的皮膚，把一條閃亮的銀色毯子蓋在他身上。這漁夫有張仁慈的面孔，他的雙手感覺很粗糙，很堅硬。保羅想像，許多年拉著繩索、拖著魚網還有替魚開膛剖腹，把那雙手磨成了石頭。

「沒事了。你會好好的，老兄。我要帶你回岸上了。你是我今天抓到最大的獵物。」他用一種純南方口音說道。他在這句話後面接上又長又響亮的笑聲。那個笑聲讓人安心。危險已經過去了，他會好好的，就像這個漁夫說的。

保羅再度感覺到暖意了，然而他知道他是安全的。他總是喜歡漁夫，他們是眞男人，用他們的生命冒眞正的風險。他們過著艱辛的生活，卻完全不會表露出來。特別是這一位。很容易就笑，而且很牢靠。保羅迷迷糊糊地陷入睡眠。

直到這時他才領悟到，他把行李箱留在船上了。他的旅遊基金，他的手機，還有那把槍，全都沒了。

但至少他還活著。

20

她聽見達若的腳踏在碎石道上的時候，她打開前門。他閃進室內，而她迅速關上門。她拉著他的手，重重地親吻他。一半是出於激情，另一半則出於恐懼。

「警察今天到俱樂部來了。也許跟我無關，但這很嚇人，妳知道嗎？我到處開車繞啊繞了一個小時。我想確保我沒有被人跟蹤。沒事啦，只是我太偏執了，蜜糖。」他說道，然後再度擁抱她。

提到警察給她另外一陣戰慄恐懼，可是就像達若說的，可能沒什麼，他很小心。不過不只是這樣，他叫她**蜜糖**，這是他第一次用這種說法，給她特別的稱呼。聽到達若用特別的說法叫她，讓她胃裡感覺像有鳥兒振翅。這感覺就像距今一年之後，他們一起住在遠離孤寂港的家裡時，他會對她說的話。

這是新生活的一瞥，她愛死了。

他一把她擁進懷裡，瑪麗雅就覺得心境平和。她熱愛他的氣味，他的觸感，他身體內的力量，被他總是會噴的柑橘香料香氣調和了。她把頭靠在他胸膛的凹陷處，感覺到他的手在撫摸著她的頭髮。

他放開她，細緻地親吻她，而她帶著他走過走廊。達若在廚房門口突然停步，打量著這個場景。瑪麗雅露出微笑，希望他會對她的工作成果感到喜悅。他跟著她進了廚房。

每個表面上都蓋著厚厚的塑膠防塵布，只有房間盡頭最遠的那扇窗戶例外。窗戶下的水槽跟櫃檯也保持沒有覆蓋的狀態，還有殘羹剩飯擺在那裡。鍋子裡的義大利麵條，一個有蕃茄醬紅色污漬的碗，還有一塊砧板，上面仍然放著一把廚房用大刀，旁邊是切過黃色甜椒跟羅勒的殘跡。

一張餐椅擺在塑膠布中央。

達若環顧四周，尋找其他的補給品。它們在角落裡整齊地擺成一堆。

「我準備好一切了。你最好快一點，現在他隨時可能回來。」瑪麗雅說道，而她抓住達若的上衣，靠過去粗魯地親吻他，然後把他推向那堆物品。

他露出微笑，轉身背對她，而她注視著他撕開裡面裝著連身衣的袋子。

瑪麗雅抓起滿手的束線帶跟大力膠帶，把它們擺在達若旁邊的櫃檯上。

「我打開了油漆，把罐子留在地板上，這樣他進入廚房的時候就會看到。」瑪麗雅說。達若先把塑膠連身衣的拉鍊拉到他胸口，用帽兜蓋住他的頭，接著再把拉鍊一路拉到喉嚨處。他用口罩蓋住他的嘴，並把鬆緊帶拉到頭後面。

「現在收手還不會太遲。」達若說。

她用雙臂環繞著她的身體，讓自己堅強起來。

「我不會收手，我只想確保我們不會受傷。我應該買個電擊槍什麼的。要是他反擊，我們卻制不住他呢？要是他進門的時候手裡拿著槍呢？」她說。

「我會在中央的櫥櫃後面。那樣我就可以移動，他看不到我。我們會聽到他的車來到車道上，妳從前面察看，然後把他帶進這裡，讓他坐下來談話。」

「要是他不願談呢？要是他開槍射我？」她說。

達若環顧廚房，看到角落裡有個敞開的工具箱，一把螺絲起子就躺在旁邊的地板上。螺絲起子尖端覆蓋著油漆，而它黏在塑膠布上了。達若走向工具箱，拿起一把起釘錘。

「如果他用任何方式威脅妳，我會用這個敲他。」達若說。

一陣寒顫傳遍她全身。

「別擔心，我不會讓他傷害妳分毫。」達若說。

他音色裡的突然變化，讓瑪麗雅猛然轉身。她眼前的景象一開始讓她很困惑。

達若就站在她正後方，只離幾呎遠。他穿著那套塑膠連身衣看起來很嚇人，但現在她看到他用他的右手拿著錘子，她馬上就知道這是個可怕的錯誤。這一切可能發生恐怖的差錯。注視著她的愛人就站在她面前，瑪麗雅在此刻卻感覺到一絲恐懼。

這個剛剛叫她**蜜糖**的男人。她最愛的男人。看到他穿成那個樣子，讓她皮膚上站起了一百萬個雞皮疙瘩。她絕對不可能把這一切進行到底。保羅嚴重地背叛了她：另一個女人、那筆錢、他不讓她過的生活。然而背叛並沒有讓這種風險變得很正當，要是有人受了重傷呢？她不能讓達若冒險。他太寶貴了，絕對不行。現在時猶未晚，她可以停止這件事。她想像出保羅射殺達若、然後是她的畫面。全世界所有的錢都不值得這樣。

對。停止這件事。**現在就停手**。

如釋重負的感覺像冰冷的霧氣一樣掃遍她全身。這件事**不會**發生了。這感覺像是從一場漫長恐怖的噩夢裡醒來，回到現實，回到安全地帶。

她張開嘴，打算告訴達若她想停止，這時她的呼吸卡在她喉嚨裡。達若的眼睛不再是他自己的了。她看到那雙眼睛裡有某種堅硬的東西——某種空洞的東西，一種她過去從未見過的眼神。他似乎變得比較高，那種衝浪小子的慵懶姿態不見了。他打直了背，抬高了頭，肩膀挺起，繩索般的肌肉從他脖子上鼓起。

「我不能冒這種險。這不值得，忘記這整件事，我們就拿起我們的行李離開吧。」

她的話並沒有讓他的姿態，或者他的雙眼變得柔和下來。從口罩後面，他說道：「當然，妳想怎樣都行。把防塵布收起來。我們把這地方清乾淨，然後離開。」

瑪麗雅轉身背對達若，拿起餐椅。她感覺到另外一波巨大的釋懷感。她母親爲了救她，把她父親推出窗外。雖然她們後來一起過得很快樂，但她知道她母親背著那個重擔，即使她從來不提。瑪麗雅無法承受她的計畫可能徹底走鐘的可能性。她要重起爐灶，離開孤寂港。那筆錢管他去死，她有達若，他們可以湊合著過。

她拿著椅子開始轉向她的左側，準備好要把它放回餐桌後面，這時有某樣東西阻止了她。瑪麗雅聽到砰的一聲，這個世界傾斜、顫動，然後黑暗帶走了她。

21

注視瑪麗雅倒在覆蓋著塑膠布的地板上，達若嘴裡咒罵著，在口罩後面咬著他的嘴唇。那一擊打中她的左邊太陽穴，把一波小但強勁的細緻血霧送進空中。他聽到血霧打中他那件白色塑膠連身衣的微弱劈啪聲，他甚至感覺到血點像海上飛沫那樣輕柔地落在他額頭上。

那一擊是用了力的，眞正的力量。然而是在她轉頭的時候落下的，錘子從她的頭骨擦過。蹲在瑪麗雅旁邊，他看到她閉著眼睛，張著嘴巴，失去意識，但沒有死。達若再度揚起錘子敲下去，她的頭部前方發出一個恐怖的破裂聲。更多血報復似地往回擊中他，而瑪麗雅的身體開始抽搐，她的四肢彈跳揮舞著。一隻眼睛睜開了，不是指控的瞪視，也不是驚恐的眼神。那是一隻可憐兮兮的眼睛，完全不再按照個人意圖運作了，然而她的身體繼續抽搐。

塑膠布在她身體下方吱嘎作響，達若痛恨那種聲音。這讓他想起學校裡的一個孩子，會用他的指甲刮黑板。達若覺得他天生就不是被設計來聽那種噪音的。

他再度揚起錘子。深吸一口氣。抽搐慢下來，然後停止了。她那顆外露可見的眼球瞪著半空，身體不再動彈。

他等了幾秒鐘，低頭瞪著她，一灘血聚集在她頭部底下的塑膠布上。錘子看起來以前沒怎麼用過。錘頭有幾道刮痕，其他地方有些刮擦痕跡。那是保羅的錘子，他在屋裡用過的，會帶有他的指紋跟他的ＤＮＡ。他把錘子丟在瑪麗雅旁邊。

他站起來，找到瑪麗雅鋪開的塑膠布邊緣，把它從黏到地板上的大力膠帶上扯下來，然後再度跪下，裹起瑪麗雅的身體，把她滾過去，跟布料一起捲起，把她當成聖誕禮物一樣包起來。在塑膠布被滾到另一側邊緣時，他停下來，起身到前門去打開它。

他用戴著手套的手抹了一下胸前，然後把一點血抹到前門上。他回到室內，小心翼翼地脫掉連身衣跟口罩，把它們放到一個袋子裡，跟手套放在一起，接著把袋子放到他的外套口袋裡。

達若在他離開屋子以前關了燈。他坐進車裡，開到車道頂端停下來。從他的後車廂裡拿出一把十磅重的錘子，然後走近車道頂端的信箱。揮一下就夠了。錘子敲到基底的木頭柱子，信箱撲倒在塵土中。對漫不經心的觀察者來說，可能是一輛車誤判了道路狀況，撞倒了信箱。他把大錘子放回後車廂，又坐進車裡。

在那一刻，他對瑪麗雅什麼感覺都沒有。死了，像繭一樣包在塑膠布裡。他相信生命中發生的一切都有理由，甚至連謀殺也是。此時，達若有兩千萬個理由要殺瑪麗雅。

22

大比爾．布坎南吃下最後一口煙燻肉三明治，並用一罐冰涼的汽水把它沖下去。他打了一次嗝，把罐子放回他的杯架，然後眺望著大海。到目前爲止，他的節食並沒有照他太太原本的計畫進行。從他的動脈裡裝了支架後至今六週，他已經掉了十五磅。無可否認，他因此覺得比較好。爬樓梯的時候不再喘不過氣，而且在剛開通的動脈與藥物的助益下，他幾乎是個全新的人了。他上週已經回到工作崗位，而他必定是又復胖三四磅了。身爲一個美國郵政工作人員，他手頭上有大把不受監督的時間。走路對他很好，而他也不再搭郵局貨車爬上柯賓街的陡峭山丘。在午餐時間，他吃他太太爲他準備的新鮮沙拉，喝瓶裝水。他每隔一天會用彼得熟食店買的三明治、一杯可樂跟一袋薯片，來爲沙拉午餐收尾。替這種樂趣辯護很容易——他覺得山丘步行與增加的活動量扯平了卡路里。至少比爾容許自己相信這個幻想。

坐在郵局貨車裡，停在一度是皮爾森農場舊入口處的地方，他把三明治的包裝紙揉成一團，然後塞到門邊的凹槽裡，他晚一點會拿去丟。現在幾乎十點半，他從早上五點就上工了。最後一站。他發動引擎，開了幾百碼到庫柏家。他停車，走出車外，打開郵遞貨車的後門。一小堆信封還留在一個郵袋底部，他把它們拿出來，一路吹著口哨走到信箱前面，突然停下腳步。

信箱不在那裡。

唔，它是在，但有人把它撞倒了。

也許是某個喝醉的司機誤判了他的速度，還有路上的輕微彎道。大比爾撿起信箱，察看過裡面是空的，就朝著屋子走去。他上一次送信到那棟屋子去是在星期五早上，那時候信箱還好好的。也許他們不知道信箱被撞倒了。他想確保他手上那三四封信安全地送到預定的收件人手上。

大比爾用嘴唇吹出的口哨小調，在他抵達前門時戛然而止。門只開了一條縫，而且門上有個奇怪的污漬。只有庫柏太太的車停在車道上。庫柏先生常常不在家，不過只要有機會，大比爾就喜歡花點時間欣賞那台流線型義大利跑車。庫柏先生一定在別處。

他按了門鈴，接著等候。毫無反應。他用指關節敲敲門。再敲一次，這次比較大聲。就在這時，他領悟到那污漬看起來像血。

「庫柏太太？」他喊道。

「庫柏太太，我是比爾．布坎南——妳的郵差。一切都還好吧？」

靜默咬進他的皮肉裡。

比爾試探性地碰了門，然後輕輕把它推開。他再度喊出聲，問她是否還好，有發生緊急事件嗎？在他跨過門檻時，一陣恐懼攫取了他。他不該在這裡。這裡沒他的事，他可能因此被開除。但要是出了意外呢？

小小的門廳通往客廳。比爾把信件擺在玄關的桌上，探頭拐過轉角。客廳裡沒有人。

「庫柏太太！」他喊道，這次他的聲音裡帶有恐慌。比爾的汗已經浸溼襯衫了，而現在他脫掉了他的棒球帽，用他的袖子去抹掉前額的汗。他喘不過氣來，他再度伸出手按在牆上，用手當成支撐基礎，好再次探頭到客廳去。那裡沒有人，而且看來沒有任何東西被弄亂。

他再度大喊，心想也許他是在犯傻，他應該直接離開。比爾幾乎下定決心的時候，他剛好往下一瞥。更多污漬。在地板上。白色毯子上的細緻小紅點。

如果這樣有任何效果，那就是讓比爾更堅信他探究下去的決定——他到屋裡來沒有問題。他再度喊人，變得急迫起來，而且現在從客廳朝著廚房走了。海岸線上一度充滿了這樣的老房子，比爾知道它們全都一樣。有兩道門通往廚房。一道門是從客廳過去，另一道門則是從門廳過去。他沿著客廳地板上的血跡模式走向廚房。門是關著的。

他碰了門把，然後握住它，轉動它。他打開門一吋，就聞到一股奇怪的味道，跟一個更加奇怪的景象。牆壁、廚房地板，或者說是他可以看到的部分，都蓋著一種悶灰色的塑膠布。這股氣味擊中了他。很熟悉，但他就是說不上來。汗滴從他鼻子上流下，掉進他的靴子裡。他想要再大喊一次，但他的氣不夠。他沒別的能做了，只能打開那扇該死的門。

他推了門，出手很重。

然後跪倒在地。

地板上有一大球塑膠布。它旁邊是血泊。

塑膠布已經被撕開了。後面通往門廊的玻璃門上覆蓋著血淋淋的手印。

其中一扇門是打開的。

痛楚貫穿他的左手臂，就好像他被人用球棒打了。

他環顧四周，但沒有任何人在那裡。痛楚從他的手臂往上遊走，進入了他的胸口跟他的下巴。他的雙手拍著他的口袋，而他找到了他的手機。撥九一一。

他告訴接線生地址，說整個廚房裡都是血，有人被攻擊了。大比爾仔細聽派遣員確認，她正要派警方跟急救人員過去。他把手機從臉旁邊放低，吸了一口他的藥物吸入器，並且叫派遣員快一點，他立刻就需要救護車。他心臟病發了。

23

多爾警長從他的警察巡邏車裡下來，跑著繞過它。他坐進副駕駛座，關上門並扣上他的安全帶。布洛克警員從副駕駛座挪過來，抬起右腿跨過中控面板，在駕駛座就位，然後扣上她的安全帶。她按了警笛跟警示燈，也踩了油門。多爾拿起無線電，確認了他們會處理，並且設法從蘇那裡取得更多資訊。

在許多方面，多爾是個很好的執法官員。他的主要美德在於他有自知之明。多爾絕對不會徒步追趕一個搶了皮包就跑的搶匪，他可以用霰彈槍轟掉一個穀倉大門，但做不了太多別的，而且他是該縣史上最爛的高速駕駛員。

布洛克則是另一回事。她每天晨跑十哩，他有時候會看到她在海灘上，砰砰作響地跑過沙地。她也能射擊跟開車。很可能同時並行，多爾這麼想。

蘇沒有關於來電者的更多資訊。這是個很艱困的情境，而她正在盡全力讓他們保持冷靜。車胎發出尖銳的聲響奔出孤寂港，上了海岸道路。多爾瞥向前方，看著時速表破百。他抓住車門上的握把，想著等他們到現場的時候他會怎麼做。

急救人員必須從縣內趕來。無論多爾跟布洛克要花多久抵達，急救人員都至少還要再過十分鐘才會到。多爾警長知道他後車廂裡有個醫藥箱跟一個電擊去顫器，他知道這些東西怎麼用。

布洛克踩煞車時叫他抓好。不需要說，多爾感覺到座椅安全帶壓著他的胸口，然後，在布洛克把腳從煞車上抬起的時候，她猛然左轉，進入一條通往停車場的小路。多爾的身體被扔向右邊，他的肩膀撞上了門。

多爾直起身體的時候，拉住了握把，避免自己被扔進駕駛座。

更多次的油門催落。車子衝過阻擋來自海灘方向車輛的狹窄鐵絲網圍牆時，發出咚的一聲巨響。

布洛克立刻失去控制，車子開始在沙上打滑。在這一刻，多爾知道如果是他，到頭來會一頭衝進沙丘裡，或者滑進海裡。布洛克卻兩樣都沒有。她放低一個檔，用扭力來找到抓地力。在蛇行一陣、與方向盤博鬥一番，還把多爾甩來甩去以後，車子回正，布洛克則指向擋風玻璃。

「他們在那裡，在前方。」她說。

瞇著眼睛透過擋風玻璃看出去，多爾只能看到遠方的沙地裡有一組黑點。看來布洛克視力也更好。要不了多久那些黑點就變得更大些，以至於看起來像個岩石結構了。它們距離越近，進入多爾視野中的細節就越多。

車子停下來，距離前方那些人形三十呎。布洛克關掉警笛，卻留著閃燈。多爾下車的時候，終於能夠把這幅景象看清楚了。

一個把手機貼向耳朵的男人朝他們的方向小跑步過來。在他後面，有人躺在海灘上。一個金髮女孩靠向沙地上的身體。

「急救人員在哪？」拿手機的男人喊道。

布洛克朝那男人的方向走，已經走到半途了。多爾直接走向後車廂，把它打開，然後把急救箱跟電擊去顫器拿在身邊。有這麼多東西要拿，多爾只能慢跑到附近的那人旁邊，布洛克卻已經在那裡了，冷靜地對那具身體旁邊的金髮慢跑者說話。

「她剛剛朝著我們跑過來。她在尖叫。那裡好多血……」金髮慢跑者說道。

多爾的腿鎖住了，而他一看到是誰躺在那裡，就在細沙上滑動著停下來。

瑪麗雅．庫柏的臉孔一側因爲血跟泥土而發黑。那張臉的一邊眼睛上有泥狀物，讓那隻眼睛閉了起來。她的嘴巴張著，而她在尖叫。右眼大睜，而且很恐慌——滿懷恐懼，到處搜索著某種新的、看不到的攻擊來源。她在沙地裡扭動，她的叫喊現在是從喉嚨裡傳出的原始嘶吼。

多爾叫布洛克過來他這邊。他打開醫藥箱，交給布洛克一些紗布，叫她持續加壓在瑪麗雅頭部側面的深刻創口上。在她這麼做的時候，多爾握著瑪麗雅的手。她蒼白得像骨頭。她大量失血。

他溫柔但迅速地用繃帶把紗布包在她頭部側面，全程她都把指甲戳進沙裡，閃躲、扭動又尖叫。

在此同時，多爾輕柔地對她悄聲說話，跟她說她不會有事的。紗布一就定位，他就開始檢查她的生命徵象。

她在呼吸，她處於休克狀態，多爾摸不到脈搏。要不是脈搏太過紊亂讓他偵測不到，就是她的抽搐扭曲動作讓人不可能找到。

「瑪麗雅，出了什麼事？」他說道。

她忽略他。他把雙手放在她臉頰兩側，設法讓她集中注意力、讓她冷靜下來，並稍微理解發生了什麼事。她右眼的瞳孔幾乎消失在虹膜中。那是個細微的小黑點，在他的臉靠近她的時候並沒有移動。多爾捏起她的左眼皮，透過血塊把它撥開。他的雙手立刻垂下。

喔耶穌啊。

瑪麗雅的右眼瞳孔淹沒了虹膜。它看起來就跟一顆八號球一樣大。多爾不是醫療人員，但他知道這是什麼意思。瑪麗雅受了某種腦部創傷。

「瑪麗雅，我是多爾警長。出了什麼事？」他對她說道，比先前更急迫。遠方有救護車警笛聲。急救人員隨時會到。

「瑪麗雅！」他吼道。

她不再動彈，注視著他然後開口說話。她的喉頭因為不停尖叫而毀掉了，她嘴裡跟喉嚨裡都有血，然而透過這一切，多爾從她口中聽到了五個字，清楚如白晝。那五個字就像冰冷的針刺穿他全身，就像注射了一劑液態氮那樣確實。

「誰是瑪麗雅？」她說。

在急救人員抵達的時候，他們在多爾告訴他們她的生命徵象數字後接手。瑪麗雅處於休克狀態，她心跳正在變得過快，而他們把她固定在擔架上，用很快的速度送進救護車裡。

多爾聽到無線電喀喀作響，蘇帶來更多消息。

大比爾·布坎南送信到庫柏家。他發現一個血淋淋的犯罪現場，打電話通報了。

等急救人員趕到屋子那邊的時候，比爾已經死在地板上了。

24

保羅感覺到他臉上的陽光。一股暖意在他臉頰上展開，並且往下流遍他全身。陽光很強烈，他閉著眼睛都可以感覺到那顆熾烈的球體，透過他的眼皮燒出一個光圈，朦朧而和緩，但還是在那裡。

在陽光之後來的是身體感覺。他感覺不到他的舌頭。黏在他的上顎，乾燥，而且像個外來異物。他吞嚥著，幾乎作嘔，但不知怎麼地，一絲口水讓它恢復了生機。他的手臂很沉重，而他發現他抬不起來。他轉動他的頭，感覺就像是他在旋轉。暈眩感換成了作嘔感，但他的胃在呻吟，裡面空空如也，沒有東西可以吐。

記憶慢慢回來了。房間。漁夫。船。

他睜開眼，然而天花板上沒燈罩的燈泡散發出的光，把一股尖銳的痛楚刺進他腦袋，他很快就再度閉上眼睛。燈關了。他聽到動作，又再度睜眼。他似乎花了很長的時間適應黑暗，亮點在他的視野角落裡閃動。接下來出現的是一股腐臭味，汗水與嘔吐物。他領悟到，他聞到的氣味來自他自己的身體。

「哈囉？」他說。

一盞燈在房間角落裡喀噠一聲打開。燈罩蒙住了刺眼的光線，而他發現他可以環顧房間，腦袋裡不會有那種灼燒似的痛。

一個陰暗的地下室。他試著要彎起雙臂，從下方支撐自己坐起身，卻發現他辦不到。有人制住了他。他瞥向左邊，然後是右邊，接著咒罵起來。

兩隻手腕都被繩索綁在床邊。他把手臂拉向自己，測試繩索，感覺到它咬進皮膚。一會後他停止掙扎，筋疲力竭。那時恐懼佔據了他。他已經有很長一段時間不讓恐懼淹沒他了，但在這裡別無選擇。他的身體顫抖著，而在淚水爆發出來，落在他臉頰上的時候，充滿了鹽的眼淚灼燒著他的眼睛。

他盡可能抬起頭，看到一個男人坐在床的前方。他無法分辨他的五官。而那張小檯燈桌上的兩樣物體，讓保羅落入恐懼的懸崖邊緣，進入原始的、本能的……

恐慌狀態。

他的雙腿捶著床墊，他尖叫咒罵，拉扯著他的縛具，直到他手腕滴血、他的嘴唇上有厚厚的泡沫爲止。

在那張桌上，他看到一台筆電跟一把槍。

一隻手伸進光線裡，敲打著鍵盤。筆電亮了起來。事實證明螢幕上炫目的光起初很讓人痛苦，但保羅現在很歡迎它。痛楚是好的。痛楚意味著他還活著。

螢幕畫面閃爍變動，保羅發現他在看一個新聞頻道上的直播內容。

「記得我嗎？我是把你從水裡拉出來的傢伙。你在我家。在這裡待兩天了。」男人說道。

男人身體往前靠，而在筆電螢幕的炫光裡，保羅能夠勉強分辨男人的臉。暗色的鬍渣，蓬亂的頭髮，強壯的下巴，還有清澈明亮的眼睛。在這種光線下很難猜測這個男人的年紀，也許三十五歲左右，或者是四十出頭。保羅上次看到此人的時候，他穿著亮黃色的防水衣，他的雙手放在保羅胸口，把水從他肺裡壓出來。

那個漁夫。

「我會叫你冷靜下來，不過此刻我不太想理你。伙計，他們在新聞上說了一大堆跟你有關的事。我要你看看，然後我要聽你這邊的說法。如果我不喜歡我聽到的內容，那麼我要不是把你交給警察，就是會自己射殺你。如果我救了一個人的性命，我想我就有權利知道我救的是哪種人。」

保羅的恐慌平息到足以明白他有很大的麻煩，而他如果想要從中脫身，他必須留神。他把焦點轉換到螢幕上。

新聞主播講到總統的外國之行，風暴襲擊紐奧良，然後，終於到了本地新聞。警方仍然在呼籲任何在兩個晚上前看到保羅·庫柏的目擊證人出面。他的照片出現在螢幕上。一張保羅在他船上的照片，是他們剛搬到這裡的第一個月，由瑪麗雅拍下的。主播繼續報導，同時保羅的照片塡滿了螢幕，他說保羅·庫柏的船在海灣裡沉沒，此後就沒人看到他了。海岸防衛隊已經停止搜救。然後他看到多爾警長受訪，要求可以說明瑪麗雅·庫柏同一晚有何行動的證人……

保羅屏住呼吸。

她在海灣市醫院裡情況穩定，在她自己家裡受到惡毒的攻擊，承受了威脅性命的腦部創傷。孤寂港警長不相信這是民宅入侵事件，並且敦促孤寂港居民保持冷靜。多爾警長相信攻擊受害者的人是她的丈夫，失蹤的保羅·庫柏。

保羅相信他的感覺不可能再更糟了——不過他發現自己滾落到一個黑暗洞穴裡。瑪麗雅受傷了，受了重傷。他的心思朝著一千個方向運轉，每個念頭都受到恐懼與憤怒驅策，完全無法清晰思考。如果警長相信他就是攻擊者，那麼瑪麗雅的狀態顯然無法告訴他們實際發生什麼事，也可能她以爲是保羅，或者她陷入昏迷了？

現在他冒出新的眼淚。保羅的身體放鬆了，他把自己交給疼痛。他導致了這種事。瑪麗雅可能是因爲他才被人殺害。

因爲J・T・勒波。

在主播繼續報導其他新聞的時候，一隻手蓋上了筆電蓋子。同一隻手接著放到擺在桌上的一把點四五手槍槍托上。

「天殺的，告訴我。我會數到五。」男人說道。

保羅對瑪麗雅還有不管是什麼樣的感情，都在他體內扭成一團。這種事經常發生。人會因爲恨意做出異乎尋常的事情，但他們會爲了愛做出甚至更偉大的事。

「五。」男人說道。

保羅對瑪麗雅保有的愛，餵養著他的憤怒——在他體內堆積成腎上腺素。傷害她的不管是誰，都會吃盡苦頭。保羅會確保這一點。

「四。」

爲了做到這點，他必須思考，他必須放鬆並且開口說話，現在就說，否則一切都會結束。

「三。」

保羅把他的手指戳進床墊裡，緊緊抓住它，讓他自己專注於現在。接下來他嘴裡冒出的話最好很動聽，而且最好是實話。

「二。」男人說道，同時拿起了槍。

「我沒有傷害她。」保羅說。

「一。」

「我愛瑪麗雅。這就是爲什麼我會離開她。」

槍停在空中，然後它瞄準的目標從保羅對面往下落。那男人用緩慢優雅的動作，把槍擺回桌上，保羅仔細地考量那個動作。這不是個會照本能行動的男人。

「我不懂。」漁夫說道。

保羅的嘴巴再度變乾，他的喉嚨灼燒著，而且在收縮，然而他不知怎麼地還是說話了——他的聲音破碎粗啞。出現在他心頭的第一件事是眞話。他必須說些能取信於人的話，否則餘生可能都要在監獄牢房裡度過了。

「我有個祕密。不知怎麼地……有人發現我的祕密了。我想他們可能會傷害我，或者我身邊親近的人。」

他設法吞嚥，把某些溼潤感帶回他嘴裡，溼潤到足以說出：「這就是爲什麼我會離開她。」

有一段時間，保羅聆聽著他的呼吸在他喉嚨跟肺臟裡呼嘯，並且用他的雙眼牢牢盯著房間對面、燈光之下的男人。保羅注視著他摸著自己的下巴，然後往前靠，把雙手擺在他的膝蓋上。

最後，男人點點頭說道：「我不喜歡祕密，保羅。如果你要待在這裡就不行。如果你說的是眞話，那麼外頭就有人企圖殺你。他們可能在你船上挖了個洞，而他們該死地差點就殺死你老婆。就我所知，警察除了你以外沒在找別人。你是頭號嫌犯。如果你沒傷害你老婆——而從你告訴我的內容來看，我想你沒有——那麼你會需要幫助。信任是雙向的，保羅。這是你的最後機會。告訴我這個祕密是什麼，還有它為何這麼重要，而且別撒謊。如果你撒謊，我會把你扔到街上，親自打電話給警察。」

最後的推動力。最後一句話。那男人的眼神就像雷射光，保羅無法撒謊。他從未比現在更脆弱——被綁在床上，在一個持械陌生人的屋子裡。一個眼神可以切割岩床的陌生人。

這樣做讓他用盡全力，而他一做到就幾乎吐了出來。保羅設法從床上稍微坐起來一點點，至少讓他的肩膀抬離床墊，然後在他說話時，承接住男人的凝視。

「我有錢——很多的錢——我在開曼群島的一個帳戶裡有兩千萬元。有人發現了那筆錢。他們想要那筆錢。」他說道。

漁夫再度拿起槍的時候，保羅知道他剛犯下一個巨大的錯誤。

「你是毒販嗎，保羅？」

「不不不，絕對不是。不是表面上看起來那樣。」

「表面上看起來，這不合法。沒有一個我認識的老實人在境外帳戶裡有兩千萬。現在你想告訴我眞相，還是要我打電話給警察？因爲就現在來說，我認爲我需要打電話給他們。」

沒別的選擇了。嚴格說來有兩種進行方式，但說眞的其中一個完全不是選項。保羅能說的只有一件事，可以把他從這個處境裡救出來。繩索扯著他的手腕，而他肩膀的緊繃感在咆哮。儘管有這一切狀況，保羅還是說出了這些話——他以前從沒說過的話。

「我是J・T・勒波。」

這名字一消失在他嘴唇上，他就發誓再也不說這些字眼了。

「那個作家？」

「對，那個作家。我跳下船的時候，把我最新的一本小說存在一個隨身碟上了。我有很多錢，有人猜出我實際上是誰，而他們來追殺我了。一切都是爲了這個。」

漁夫彎下腰去，拉起他的牛仔褲腿，再起身的時候手上拿著一把刀。刀鋒反射著燈光，像火焰似地閃爍。邊緣有些微弧度，銳利得像惡魔。

他開始朝著保羅走來，靜默無聲。一種死亡行軍。他是個魁梧的男人，高大，而且有很厚的肌肉。保羅無法解讀這男人的眼睛。在他靠得更近的時候，保羅可以聞到海洋的味道，還有微弱的魚腥味。保羅感覺冷靜得奇怪。他已經做了他能做的一切，他無法再說更多了。他現在能期望的唯一一件事，就是在痛楚盡可能少的狀況下快點失血過多。最後的淚水塡滿了他的眼角。他顫抖著閉上雙眼，感覺到眼淚如血般流下他的臉頰，然後等著刀子的冰冷觸感。

但他反而感覺到手腕周圍的繩索綳緊了，然後自由了。

保羅抬頭看著俘虜他的人，剛才切斷了他手腕周圍的繩索。他接著切斷了保羅其他的束縛。

「我道歉，但看了那些新聞，還有其他一切……我就是得先確定。我很抱歉，保羅，還是說我應該稱呼你爲勒波先生？可能不用。我已經讀過你的書了，就像大多數人一樣。如果我可以幫助你，就會幫你。那裡有個水槽，你可以盥洗，皮箱裡有乾淨的衣服。睡一會。早上我會來找你。放輕鬆，你在這裡很安全。很歡迎你住在我屋裡。」

25

從瑪麗雅的房子開車回家讓達若暗自捏了把冷汗。他後車廂裡有個袋子，裡面裝滿了血淋淋的連身衣、滿是血的手套，而且瑪麗雅還屍骨未寒。直到第二天早上郵差發現壞掉的信箱而靠近房子爲止，不太可能有任何人會發現屍體。然後郵差會注意到開者的前門，注意到達若抹在門上的血，這足以誘使他進屋去，發現瑪麗雅裹在塑膠布裡的屍體。

放輕鬆，他有的是時間，他告訴自己。

重點是當晚安全地開車回家，並且確保他不會被截停。在每個紅燈前他的腿緊張地在油門踏板上彈跳，如果他不緊緊握著方向盤，他的手指就會顫抖。經過警局時，他可以感覺到他脖子上的肌肉繃緊了，但他沒瞥向那棟建築物。一次都沒有。他終於穿過小鎮，走了那條從孤寂港另一邊往下延伸到海洋的舊海岸道路。二十分鐘後，他到了海邊。他的船停在私人突堤上，他的房子安靜而漆黑。達若停車，在離開車子的時候把他的後背包一起帶走。他在後面有個燒東西用的大桶。後背包進了大桶，接著是打火機油跟一盒火柴。達若注視著火焰穩定下來，就讓大桶去做完剩下的工作。

前門的門閂滑開，然後是圓筒彈簧鎖。達若打開走廊上的一盞燈，站在那裡沉默地聆聽。他具備的每個感官，似乎都變得更敏銳了——在他對瑪麗雅的頭敲下第二錘時暴增的腎上腺素，眞的搞亂了他的思考過程。

達若從口袋裡拿出另一把鑰匙，打開了地下室的門。他以穩定、安全的速度下樓梯。地下室角落裡的燈投下的光線，剛好足以讓他看到台階。在他的靴子觸及地下室地板時，他暫時停步。

在達若朝著床腳走去的時候，地板吱嘎作響。睡夢中的保羅・庫柏就躺在那裡。達若還沒有收緊對保羅的束縛。時候到了他就會這麼做，在保羅多睡一會以後。

「嘿，你還好嗎？」達若說。

保羅動了一下，轉過身來，眼睛半張。

「我在哪裡？」保羅說道，他的聲音因爲睡眠而變得濁重。

「你很安全。」達若說道。

保羅設法聚焦在達若身上，然後在他再度睡著以前，他說：「你救了我。你是那個漁夫。謝謝你。」

「別提了。我只是很高興我捕獲了你。」達若說道。

在保羅滑入另一個夢境時，達若在一支新的注射器裡塡滿一劑他的特製混合劑，小心翼翼地注射到保羅腰際一個新的部位。達若太擅長打針了，在他把針推進保羅靜脈中時，保羅的眼皮甚至沒抬一下。鎭定劑與嗎啡的混合，達若炮製的一種特殊混合藥劑。

「睡吧，」達若說：「你的麻煩才剛開始呢。」

在那一針之後，保羅不會記得這番對話。

這兩天達若一直讓保羅處於鎭靜狀態。達若吃著麵條，清他的槍，並且看新聞。他給保羅幾小口水。還有打很多針。

來自本地新聞主播的最新報導給他某些希望。腦部受創的瑪麗雅・庫柏處於穩定然而危殆的狀態。他知道如果他的運氣維持下去，她什麼都不會記得。他也咒罵自己。她不應該活下來的。醫院的媒體聯絡人員揭露消息，說瑪麗雅做了緊急腦部外科手術，移除一塊嚴重的蜘蛛膜下腔出血。

警方在一場媒體記者會裡補足了遺落的空白。孤寂港警局的亞伯拉罕・多爾警長確認了她有部分記憶喪失，並呼籲證人出面。警局也很急於跟任何可以確認保羅・庫柏行蹤的證人談話。美國海岸防衛隊在星期天傍晚接到保羅・庫柏發出的緊急求救訊號，那是在瑪麗雅・庫柏在海灘上被人發現的前一晚。他的船沉了，而他的救生衣在船難地點之外數哩處被人發現。潛水專家仍然在檢視船難殘骸。

保羅・庫柏在海上失蹤了。警局拒絕把他排除在嫌犯名單外。

達若關了電視，喝完一杯牛奶，把它放在咖啡桌上。他很小心處理保羅的船。他在小艇碼頭潛水時在船殼上弄出的洞，邊緣不整齊到足以看似意外造成。他連結到污水警報與艙底排水幫浦本身的電池，就只是讓電路短路。無論如何，海難調查隊必須用上螺絲起子才能看到內部電路，因此就會移除他留在螺絲上的任何工具痕跡。不，完全不可能從保羅的沉船事件追溯回他身上。

只有瑪麗雅給他惹麻煩。他唯一沒收乾淨的尾巴。如果她在他完成一切以前離開醫院，他就可以收掉這個尾巴。他想到錘子再度落下之前，她臉上的表情。她嚇壞了。他在眼前保留那幅景象，仔細回味。

這幾乎補償了他叫她蜜糖時打擊他的那種噁心感，那在他嘴裡留下一股糟糕的味道，像是膽汁。他搖搖頭，用舌頭掃了一遍他的口腔，嚐到麵湯的餘味。任何能洗掉那種味道的東西都好。

瑪麗雅的生還是個顯著的挫敗，但現在他相信他能夠處理。值得感謝的是，她什麼都不記得。如果她告訴警方事實，他們就不會把保羅列爲嫌犯，不，那樣警報就完全會落到達若頭上。

到目前爲止，他持續走運。這運氣需要再維持久一點。這會需要一些調整，而他必須加速他設定的時間框架，不過達若知道他可以繼續他的計畫。

他檢查他的手錶。現在已是星期二下午近四點十五分了。他拿著他的空玻璃杯，在水槽裡洗淨，然後放著晾乾。他打開另一袋麵條，把它們放到一鍋水裡，打開瓦斯開關。一條毛巾擺在廚房櫃檯頂端。在毛巾上鋪開的是一排武器：一對獵刀，其中一把有一呎長的刀鋒，一側尖銳而成弧狀，另一側有鋸齒。它的雙胞胎與它一模一樣，但小得多。達若把較小的刀放在腳踝刀鞘裡，然後扣在他的右腳踝旁邊。較大的刀他沒有拿出來，仍擺在他腳邊的上鎖盒子中。

這樣剩下手槍。他把柯爾特手槍拿起來，填彈，填滿一輪並且關上保險以後，把它滑進他的牛仔褲腰帶之間。另一把刀他收藏在盒子裡，用他鑰匙鍊上的一把鑰匙鎖上。他把廚房櫃檯底下的踢腳板拿掉，把箱子滑進那個空間，再把板子裝回去。

他的筆電就躺在桌上。

他打開筆電，按下電源鍵，轉身去煮咖啡。在液體冒泡滴進保溫咖啡壺裡的同時，達若在廚房餐桌前坐下，打開一個空白的Word檔案。

他已經好一陣子沒坐下來打字了。

起初，他的手指頭沒能找到正確的按鍵。他有點笨手笨腳，而他手指的不精確動作影響了出現在螢幕上的字句，語言裡沒有流動感，感覺生硬造作又斷斷續續。

他注視著螢幕。

他打了幾段。就現在來說已經夠好了。

他從新煮好的這一壺裡倒出他的第一杯咖啡，然後想起瑪麗雅。她是從背後被打的。如果她的記憶改善了，他可以怪到保羅頭上。餵給她謊言，保羅先攻擊她、然後攻擊他，而他就只能逃走，救自己一命。不管發生什麼事，他都會應付過去。

他那天晚上睡眠斷斷續續，到了早上他會跟保羅談話，因此他削減了針劑藥量，知道到藥效會在黎明時退去。在星期三早上，他穿上他的舊漁夫毛衣，帶著點四五手槍跟筆電到地下室去，叫醒保羅，並且做了他那套漁夫的例行公事。他很享受聽到保羅扭動不安、陷入恐慌。就算保羅對眞相避重就輕，達若至少設法讓他講到那筆錢了。這就是他需要的一切。

兩千萬是超大一筆錢，達若知道他必須爲此努力。他擬定了一個計畫，到目前爲止除了幾個例外以外，這個計畫證明了自身的價值。他唯一沒料到的事，就是他有多享受這個計畫。

26

多爾警長站在侵襲著每個極端暴力場景的空虛之中。這棟房子的空虛並不只是因爲少了其中的居民，而像是生命本身都離開了這個地方。這種沉默鋪展到每一處，就像一種感染。免不了的是，盆栽會死掉，血漬會被洗掉，但這棟房子整體質地上的洞會留在那裡。

警局的人已經檢查整棟房子好幾次了。他安排了從洛馬克斯市來的技術人員帶走保羅・庫柏的筆電，等到他們破解密碼，把那該死的玩意打開以後，就會把它帶回來。他不期待有太多發現，但試試看無傷大雅。布洛克警員在現場花了半天時間，用觀察、想法、理論與批注詳細描述她認爲奇怪的任何事，填進筆記本裡。

布洛克忠於本性，很不情願討論她的想法。庫柏家房子裡的證據極多，然而其中又有很多項目引起的問題比回答的問題還多。多爾堅持他們一起造訪這棟房子，然後談話。情緒有些激動的布洛克同意了，但補上一個警告：他們的對話不該留下紀錄，免得他們的理論被辯護律師當成某條辯護路線的材料。多爾接受這點。

現在，在一個明亮的星期三早上十點半，多爾站在庫柏家的客廳裡，瞪著一具大號屍體的輪廓線；本地郵差的身形在地板上用黃色膠帶被標示出來。可憐的比爾。等到救護車抵達的時候，比爾的心臟已經停了。急救人員在他身上工作了四十五分鐘，但注射血栓溶劑、電擊板與CPR都沒能救活大比爾・布坎南。

可憐人，多爾心想。一個無意中的受害者。然而多爾知道，在每個暴力犯罪中，總是有更多的受害者。朋友、家人、愛人、路人。事件越暴力，影響其他人的創傷壓力影響越大。創傷透過他們的眼睛、感官進入他們的身體。在更致命的例子裡，會把心與靈魂當成目標。多爾在其他城鎮、其他城市裡見識過這種事：一個孩子死了，或者被帶走，父母在不久之後跟著過世。死亡證明上不會這樣說，但多爾知道確實有所謂的死於心碎。

他知道，因為他是個從中倖存的人。他從沒結過婚。他還在美國南方腹地的年輕時代，有過幾個女人來了又去，後來他搬到紐約，他在那裡碰到了某位確實曾經非常特別的人。她的名字叫伊甸，而她死於一種罕見癌症的時候才二十五歲。多爾第一次見到她就愛上她了，那是個週六夜晚，她跟她的朋友們在曼哈頓鬧區的一間酒吧裡跳舞。他們共度了極其美妙的一年，然後她就生病了。她承受化療、其他治療與疼痛的那幾個月，是他人生中最難熬的時刻。他知道他會失去她，而她不肯嫁給他，不肯讓他在二十六歲就做鰥夫。沒多久以後，她過世了，他花了一晚上跟一瓶威士忌相伴，而他數不清有多少次把他的槍放進嘴裡。他從沒有扣下扳機。

在孤寂港，他發現自己不時凝視著海洋，搜尋著地平線上有沒有船隻，同時準備好走進水裡消失。工作讓他克制住自己。尤其是那具無名女屍。他沒辦法放下那個案子。他需要找到殺她的人，也需要給她一個名字。直到那天之前，他會繼續活下去。

到目前爲止，瑪麗雅．庫柏也還倖存，不過她處於醫療昏迷狀態，而她活下來的機率是百分之五十。

外面有腳步聲。多爾打開庫柏家的前門，對布洛克打招呼。鑑識調查員已經造訪過這處地產，不需要穿防護衣。布洛克套上一雙黑色乳膠手套，跟多爾戴上的同款，然後她點點頭。

準備好了。

他們花了些時間檢視門上的血漬。一抹乾掉的血，在鎖上方三吋高的地方。跟瑪麗雅是一樣的血型——他們在等待DNA鑑定確認那的確是她的血。就現在來說，多爾與布洛克按照那是她的血的假設工作。

「凶手從前門離開。血液轉移是透過手還是手套？」多爾說道，他站在屋裡，門微微敞開，而他把手伸向有污漬的區域。很容易看出如果某人要迅速逃離，如何能夠抓住門的一部分，把它甩開。

布洛克點點頭。

現在外面沒有更多值得注意的東西了，他們進入室內。

地板上的血滴。血漬看起來是圓形的，外側環繞著一圈形狀很均勻的點狀尾巴，這代表血滴是垂直落下，可能呈九十度。

「真不尋常的老電話答錄機。」布洛克說，指著放在室內電話旁邊的黑色錄音卡匣。

「我以前很喜歡那些機器。如果有人留言給你，你不想回電，你總是可以說錄音帶卡帶了。」多爾說道。

那機器裡的錄音帶是新的，而且沒用過。沒有留言。另一個角落裡也有個唱機，下面還有一疊黑膠唱片。多爾猜測瑪麗雅或保羅．庫柏喜歡他們的復古設備。他從客廳轉身離開，望著走廊。

廚房掌握了所有祕密。

先進去的多爾在廚房裡走動，朝著冰箱走去，好讓布洛克有空間檢查他們猜測中瑪麗雅被攻擊的區域。被扯破的防塵布裡包含了大多數凝結的血，如今已經被移走，並當成證物保存。多爾先前盯著它被拿走。就在那時他發現了錘子，它從塑膠布裡滑出來。手柄上有一組指紋；比較了屋內的指紋，還有保羅車子門把上的指紋，他們合理地確定錘子上的指紋屬於保羅·庫柏。跟錘子一樣，瑪麗雅的兩片指甲也從塑膠布裡掉出來，技術人員拿走了。多爾堅持也把它們擺在證物袋裡。

在沾了血又被扯破的防塵布被拿走的時候，他們在後面覆蓋著後牆的布上找到了一些霧狀血漬、一些在地板上的污漬，還有在門廊門上的血，但除此之外，這是有人剛開始重新裝潢的場景：角落裡有一罐罐的油漆罐，其中一個打開了，牆上有試漆的痕跡，還有油漆滾筒、油漆刷，你可能預期會看到的一切。有個工具箱擺在廚房角落，旁邊有一把尖端沾了油漆的螺絲起子。

在布洛克花了幾分鐘環顧廚房以後，他們兩個都上樓。他們翻過衣櫃，檢視過床底，察看過每個抽屜。滿意以後，他們回到廚房。

滑開門廊的門，布洛克到外面去，在她朝著海灘凝望時遮著眼睛避開陽光。她回到屋裡，點點頭說道：「我想保羅·庫柏就是我們要找的人，但我不喜歡這個狀況。」

「幾乎總是某個跟受害者很親近的人。錘子上就是他的指紋，這種情況很常見，一塊錢就能買到兩個了。ＤＮＡ檢驗應該會確認這點。」多爾說道：「妳不喜歡的是什麼？」

她搖搖頭。「我知道在家暴案裡其實不是真的需要動機，但這感覺上是有計畫的。」

多爾交叉著他的手臂，靠在廚房櫃檯上說道：「嗯哼。」

「我們從她錢包裡的收據裡得知，她買了所有這些東西。而且我們有她放在櫃檯上的購物清單。這可能是重新裝潢，但這實在是巧合過頭了。防塵布會避免讓油漆沾到表面，它們也會讓犯罪現場保持乾淨，沒有可以鑑識的跡證。這太……方便了。」

「我不喜歡方便。」多爾說。

「我看得出來。」布洛克說。

「那邊有個工具箱。也許他們在爭吵，吵到失控，而他拿起了錘子？那樣不算有計畫吧？」多爾說。

「塑膠布讓這成爲完美的機會。而他利用了這些布。用一塊布就把她跟武器包起來。」

「爲什麼把她留在這裡？」多爾說。

她嘆息了，眺望著窗外清澈的藍色海洋，然後說道：「他遭人伏擊。他沒有計畫要把她留在這裡。如果他要擺脫屍體，只有幾種確實做到的辦法。他把她帶到外面車上去，把她推進後車廂，然後開到某個遙遠的地方去。很冒險。就算有防塵布，也可能會滲漏到後車廂裡，留下更多鑑識證據。看看外面。你想要棄屍——在你家門口就有百萬哩的汪洋大海。」

風暴已經過去了，水看起來很吸引人。

多爾說：「如果他把她放進後車廂裡，然後開到小艇碼頭去，他還是必須把她從車上弄到船上。可能出錯的地方太多了，只要有一個路人就完蛋。很容易把船開出來這裡，陸棚只突出大概三百碼，那裡還有條很深的海峽。他可以游上岸，不過他要怎麼把她弄上船？」

「死人會浮起來，」布洛克說：「如果他不想冒險帶著防塵布上船，他可以把她的屍體拖在船後，把她丟進深藍色的虛無之中。除了魚以外沒有人會找到她。」

「如果他在晚上動手，沒有人會看到他。屋子很乾淨，而這只是個海上意外。」

小艇碼頭沒有保全攝影機。他們對於保羅．庫柏何時乘船離開、或者船爲何沉沒，都沒有任何資訊。

「沒有緊急求助的無線電通報，」布洛克說：「如果你的船開始下沉了，要做的第一件事就是打電話。庫柏沒有。他啓動了一個緊急信標，但可能是他穿上救生衣的時候意外觸發的。再加上樓上衣櫃裡，有個行李箱從三個成套的行李箱組裡消失了，而他的護照擺在櫃子上。瑪麗雅的護照還在樓上抽屜裡。只有一個人要離開。」她說。

「所以在他的船沉沒、瑪麗雅醒來的時候，計畫嚴重崩壞了？」多爾問道。

「就像我說過的，我們在這裡看到的東西很合理，可是……」

「可是怎樣？」多爾問道。

「比爾．布坎南。」布洛克說。

多爾低下頭。他本來想要了結這個案子。丈夫攻擊妻子，丈夫在海上出了意外，被發現已死。沒有審判，沒有媒體報導——一種形式簡單的自然正義，沒有別的事情能給他更大的滿足感了。麻煩的是，他禁不住看到這個故事裡的缺陷。現在布洛克也看到那些缺陷了。或許那就是他需要的。如果一個人有某個想法，它可以保持在一種不成形狀的腦內雲霧狀態。在兩個人有相同理論的時候，它就開始有更實質的形狀了；它很實際，而且更可信得多。

多爾用雙臂把自己推離櫃檯，朝布洛克勾了一下手指，她跟著他到屋外去，沿著車道往上走到信箱旁。他沒有等著布洛克講出來，就直接吐出他腦袋裡那團霧似的想法，然後注視著那些念頭在她眼裡凝固成實體。

「比爾．布坎南把這個案子徹底炸開了。信箱柱子被撞倒了。一輛經過的車害的，對吧？

不，我不認為如此。要這麼俐落地撞向那根柱子，這一擊要不是針對信箱，就是針對柱子。柱子低處的木頭碎裂了，這只可能發生在車子筆直開向它的時候。這種事時時刻刻都在發生，只是草地上沒有車胎痕跡。」

他注視著布洛克眼睛後面有個燈泡亮起，她的凝視接著落到草地上，掃視這片區域。沒有胎痕。

「前幾天我們在這裡的時候，你跟庫柏講過話，信箱那時沒壞。」布洛克說。

多爾把她帶回前門。

「比爾怎麼進去裡面的？這點讓我很困擾。」她說。

「就是這個。他不是穿過後門廊的門進去的，因為他鞋子上沒有血。急救人員發現前門大開。如果信箱沒有壞掉，比爾就沒有任何理由要靠近前門。」多爾說。

「如果保羅．庫柏他殺了他老婆，而且要回來移動她的屍體，他大概會關上那扇該死的門，這樣就不會有任何人能晃進來發現她。門的狀況很好——沒有強行進入的跡象。書房的窗戶還是破的，但第一時間抵達的人發現書房門是鎖住的。比爾不是那樣進屋的。他能進屋的唯一方式，就是穿過前門，而前門上連個刮痕都沒有。」布洛克說。

多爾把他的重量轉移到一條腿上，雙手叉腰，然後說道：「凶手會弄壞信箱、而且把前門開著的唯一理由，就是因為他們希望瑪麗雅的屍體被人發現。」

有一會兒，他們什麼話都沒說。唯一的聲音來自吹向草地的風聲，微弱的碎浪翻攪聲，還有車子偶爾從他們上方的海岸公路經過的聲音。

「我們的攻擊者可能還活著？」布洛克說。

「嗯哼。我已經請一支海灣市鑑識隊伍去察看那個信箱。我很懷疑他們會有任何收穫可言，不過他們今天早上的某個時候會來這裡，把它帶走。咱們在裡面等吧。就現在來說，保羅・庫柏還是我們的主要嫌犯。我們只需要敞開心胸，接受也有可能是別人。也或許是我們過度解讀這件事了。」多爾說道。

「也許。今天剩下時間的計畫是什麼？」

「海灣市團隊一離開，我們就去見瑪麗雅吧。老天爺啊，我希望她能挺過去。也許她可以告訴我們一些事。」

27

保羅從來不太喜歡麵條。它們肯定從來不是早餐菜單的主角。但在虛弱狀態下，他沒有抱怨。

那天早上，那個漁夫做了自我介紹，他叫達若。他問保羅餓不餓，然後在他面前放下一碗在淡棕色清湯裡冒煙的泡麵。他甚至沒嚐到第一碗的味道。它們很熱很軟，而且太快就滑進他喉嚨裡。第二碗幾乎也是這麼快地跟著第一碗消失，但這次他嚐到清湯裡的雞肉味。他花了點時間坐著吃第三碗，享受那個滋味。四杯水甚至沒能稍減他的口渴。

「慢慢來。你頭上才被重重敲過一記。如果你不慢點，你會吐出來。」達若說著，把空碗從桌上拿走，再倒了一杯水給保羅。

的確，保羅感覺到他內臟有股不自在的感覺。飢餓的痛已經消失了，比較溫和的噁心感還在。他把注意力轉向筆電，在他前方的餐桌上打開著。達若讓他以訪客身分登入筆電。保羅按了退回鍵，然後讀了下一則關於他跟瑪麗雅的新聞報導。Google搜尋已經吐出超過一千篇相關文章。他縮小搜尋範圍，正在看第五頁結果。

他讀的每一篇新文章，都讓他覺得內臟縮得更緊些。

他試探性地觸碰他腦袋側邊的繃帶，感覺到一股尖銳的刺痛。沿著地下室樓梯往上走的全程險象環生。直到他設法站立的時候，他才體認到他變得多虛弱。隨著幾次深呼吸，還有在梯級半途中的一次休息，他才成功走到餐椅、麵條、筆電跟水的旁邊。

他穿著一條鬆垮的運動褲，還有一件洗過太多次所以磨到變薄的舊白T。到頭來他會有必要問起他的衣服，但那天早上他還無法面對這個。

要是隨身碟從他牛仔褲裡掉出去呢？

他懷疑發生了最糟的狀況。直到他感覺像個人以前，保羅不想面對另一個打擊。失去為一部小說做的一年份工作，是很不容易的事。但這仍然是他現在最不擔心的事。他沒再去想這個。

在讀到瑪麗雅發生什麼事以後，就沒去想了。

其中一些文章刊登在比較低俗的八卦新聞網站上，更詳細地描述了她的傷勢。頭骨骨折。據信是一隻錘子的鈍器。嚴重腦創傷。

被裹在塑膠布裡，留在廚房地板上等死。

其中兩篇文章聲稱在孤寂港警局內有匿名的消息來源，而消息來源說保羅的指紋就在錘子上。當然了，他心想，那是他的錘子。

讀到這內容，讓他感覺自己像是要溺斃了；他落入黑暗的水中，無論轉向何處，黑水都填滿了他的嘴、他的喉嚨、他的肺臟跟他的心靈，一種讓他窒息的冰冷黑暗。他心想，也許他活該。或許他從來不該離開那艘船，也許他最好埋在海洋深處，在黑暗之中。這就是為什麼他想要保持安靜，保持隱遁。而在他被暴露出來的時候，他就知道他必須逃跑。

要是我早點走就好了，他心想。

達若打斷了他的思緒。「介意我問嗎，對這一切你打算怎麼辦？也許跟警方談談不是太糟糕的主意。」

喔，以保羅的立場而言，這眞的是很糟的主意。他是頭號嫌犯。他會被捕，可能還會被控一級謀殺罪。

對活在美利堅合眾國的人類來說，他們對某三件事的恐懼超越其他一切：恐怖攻擊，校園槍擊案，還有美國司法體系。不一定照這個順序排。因爲保羅失蹤了，就算他自首，他可能都沒辦法申請保釋。他甚至在看到法庭內部長啥樣以前，可能就要跟美國最暴力的罪犯們一起關個兩三年了。而長期刑事審判的代價，就算是請一家普通程度的法律事務所，可能都高達七位數字。最棒的法律代表可能救得了他，但要付出什麼樣的代價？他必須跟一個謀殺犯一起坐在牢房裡多久？同時他的律師靠他吃午餐，每小時向他開價六百美元，還加上小費。如果活著撐過了拘留期間，他可能在兩年內恢復自由之身，而傷害瑪麗雅的人早就跑了。

「警察認爲我對瑪麗雅做了那種事，我不能去找警察，這樣風險太大了。我需要靠自己找到這樣對她的男人。」保羅說。

「你要怎麼做到這件事？」達若說。

「我有相當多錢。我可以買到資訊。我付錢給一票律師，就只能設法讓我不要因爲謀殺未遂而被判無期徒刑，但僱用私人調查公司只需要花費其中一部分的錢。」

咖啡機上的計時器喀噠一響，達若爲保羅倒了杯咖啡，替自己也用了一杯。他把咖啡放到保羅面前的桌上，然後往後退，靠在櫃檯上說道：「我想你忘了某件事。」

「什麼事？」保羅說。

「你**沒有**任何錢。再也沒有了。」

起初保羅以為這是某種爛笑話，或者某種更陰險的東西，可能是一種威脅。他動都不動地坐著，注視著達若消極的表情。靜默開始變得讓人不自在了，保羅不敢打破。這是個幾小時前手中握了把槍，而且很願意使用的男人。

「你沒搞懂嗎，保羅？」達若說道：「你基本上是死人了。他們已經停止搜救。你會被宣告死亡，天知道你的錢會去什麼地方。」

起初他放鬆了那麼一下下，因為他領悟到達若不是在發出威脅。然後現實滲透進來。如果他沒去找警察或者海岸防衛隊，避開被逮捕，他會讓自己被宣告死亡，這樣會有後果。達若是對的，而且保羅無法遠距轉帳：帳戶有嚴格的安全規範，沒有親筆簽名加上在銀行裡手動輸入十二位數密碼，一塊錢都動不得。

「如果我去銀行，我可能會被逮捕。警方在找我。如果他們發現那筆錢的事，我就完蛋了。警方會對那個帳戶設立警示，監控它。我一涉足那個地方，銀行就會告發我。他們必須這樣做。」

「警方相當聰明，」達若說：「你可以假定他們會找到那筆錢。」

保羅把咖啡推到一旁，雙手放到腦袋兩側，然後對著他現在的人生，對這一片荒謬該死的混亂露出微笑。他做的每件事都有後果。

公開出面——保住金錢，在法庭上冒險。

保持隱遁——瑪麗雅繼承了她一無所知的兩千萬元，而他必須信任瑪麗雅可以給他夠多訊息，去追蹤到那個攻擊她的混蛋。這個計畫會有很多地方出錯，變數太多，他給她的傷害也已經夠多了。不管發生什麼事，他都必須跟瑪麗雅保持距離。她太寶貴了。他出現在她人生裡，是個黑色的印記——一個幾乎殺死她的印記。

第三個選項——保持隱遁，放棄那筆錢。

不，不成。選項三根本不算任何一種選項，照事態發展的方向來看——有人在盯他的哨，某個願意殺戮的人。如果他要藏起來，然後設法找出是誰傷害瑪麗雅，他就需要那筆錢。那筆錢是命脈。對他，對瑪麗雅都是。在攻擊者回去了結這件事以前，她還會活多久？他必須結束這件事以便拯救瑪麗雅，還有他自己。他不能再讓另一個人爲他而死了。拿到那筆錢是最重要的事。少了這筆錢，就不可能比執法單位搶先一步了結此事。

「你陷入某種困境了，伙計，」達若說：「很難知道要怎麼做。」

「我需要拿到那筆錢，我知道這點。」保羅說。

達若啜飲著他的咖啡。保羅用他空蕩蕩的雙手合抱著他的腦袋。沒有人說話。外面拍打著海岸的水聲變成一種時鐘，有節奏地滴答作響。一個用水與水泥、還有時間構成的節拍器，比這節拍更高亢的鳥囀，像是起始樂章裡的單簧管。

「你知道嗎，可能有辦法繞過這個。」達若說。

保羅的手從他耳朵旁邊落下，輕柔地放在桌上，同時他把全副注意力擺在達若身上。

「只有一個問題，就是這不盡然合法。」達若說。

「繼續說。」保羅說道。

無論本來要從達若唇邊吐出的是什麼，在他猛然咬牙搖頭的時候，都突然地終止了。

「不，再想想這樣可能不會奏效。太冒險了。」達若說道。

「我以前也冒過險。不管是什麼，先說出來聽聽。我現在需要一些選項，我有的選擇不多。」

「不，我的意思是這對我太冒險了。」達若說道。

「拜託，就告訴我吧。」保羅說道。

兩個男人交換了一個眼神。達若充滿疑慮的雙眼，對上保羅熱切又充滿懇求的凝視。

「好吧，不過我告訴你，這行不通的。」達若說。

接下來五分鐘，達若講出一個讓保羅擺脫現狀的可能辦法。照這個辦法，保羅會拿回他的錢。達若講完的時候，保羅重新評價了他。他心想，這裡有個聰明得不得了的混蛋。

「這滿有可能行得通。」保羅說。

「不，就像我說的，風險太大了。老兄，我在這裡過得很好，沒人打擾。我賣我抓的東西，剛好可以付帳單，沒有人會來找我麻煩，我也不欠任何人，所以……你知道……我對於發生在你身上的事情眞的很遺憾，但我不打算拿我擁有的一點點來冒險。我無意冒犯，可我其實對你認識不夠多，不足以讓我自己陷入那種處境。」

保羅點點頭，然後說道：「我理解。我不是要求你出於好心來幫我做這件事。我會付你錢……」

保羅才講到一半，達若就制止他，揮手揮掉這個提議，然後說道：「不，你聽著，我不能——」

保羅不接受不。他中途打斷達若的抗議。

「我會付你兩百萬現金。」保羅說道，立刻對他開口的時機感到後悔，因爲達若噴泉似地把咖啡噴到保羅身上跟桌上。

「你認眞的？」達若一邊說，一邊抹著他的下巴。

「我認眞的。」保羅說道。

「我加入。」達若說。

28

醫院不讓多爾警長跟布洛克警員進入瑪麗雅的病房。多爾站在走廊上，透過玻璃盯著裡面，鼻腔裡都是酒精基底的消毒劑氣味。這股臭味對布洛克似乎不構成困擾，卻總是讓他的眼睛有那麼一點刺痛。在玻璃另一邊，瑪麗雅躺在床上，她的頭被包覆在大到不可思議的繃帶裡，讓她的頭骨看起來就像是蛋的形狀。

一個瘦骨嶙峋、顴骨線條銳利的護士對他們說明現況。

瑪麗雅的大腦在外傷與外科手術之後產生的腫脹已經消退了。她的生命徵象很好，頭骨裡的鐵板不會有排斥現象，沒有發炎跡象，除了外科醫師從她頭骨頂端拿掉的地方會在她頭上留疤以外，她恢復以後不會有明顯可見的傷害痕跡。

現在說不準她醒來的時候會發生什麼事。他們不知道她是否記得任何事、每件事、或者大部分的事，或者她的記憶會不會再度起作用。她的語言、平衡、性情，甚至是她的人格可能全都受到負面影響。在接下來幾小時裡，醫療鎮定措施的影響就會退去。

她會在接下來六到十二小時、明天、下週或接下來六個月內醒來，或者永遠不會醒，或者在從現在到永遠之間的任何時間醒來。

這種事就是無從預測。他們必須等著瞧。

當多爾站在布洛克旁邊，凝視著瑪麗雅·庫柏平靜的臉孔時，所有這些訊息一次又一次在他心頭奔流而過。

「我們能做的不多。」布洛克說道。

他沒看她就點了點頭，然後轉過身去，他們一起沿著走廊朝著護理站走去。如果她的狀況有任何變化，多爾想要知道。她醒來的時候，他希望自己在場。護理師們已經有他的手機號碼，還有孤寂港警局的號碼，不過再提醒她們一下也無傷。

多爾停在護理站，再度看到瘦骨嶙峋護理師骨骼畢現的五官。她的名牌上寫著「麥卡琴」。

「請你立刻讓我們知道任何——」

「當然了，警長，我們已經有你的聯絡電話了。在她醒來以前，我們能做的不多。喔，你想要拿走她的衣服嗎？今天早上我來值班的時候在置物櫃裡看到它們，到現在還沒有人來拿。」

「當然，我們會拿走。」

「上面有相當多的血。在她被送進來的時候我們不知道她出了什麼事，所以護理師把她的衣物放進一個乾淨的袋子裡。你懂的，爲了當證物。我們必須把衣服從她身上剪開拿掉，不過它們都在這裡。我馬上就把衣服拿給你們。」麥卡琴護理師說道。

這種新程序，多爾以前碰過一次。如果醫院懷疑創傷發生是攻擊造成的結果，他們就會把衣物保存在消毒過的袋子裡，以防它有任何證據上的價值。在這個例子裡，多爾無法排除這種可能性。回警局以後他會看看那些衣服，然後把它們封在證物袋中，送到海灣市的鑑識實驗室去。

護理師進入護理站後面的一個隱蔽房間，去了幾乎整整一分鐘才帶著一個黃色大塑膠袋回來，頂端用一個束線帶封起。

「就在這裡。還有別擔心，一有任何變化，你們會是第一個知道的。」她邊說著邊把袋子遞過來。布洛克伸出手，從護理師那裡接過袋子並且向她道謝。

「咱們走吧。」多爾說道。

在孤寂港警局其中一間偵訊室後方，布洛克在桌上攤開一塊塑膠布，戴上一副乳膠手套，同時多爾仔細地注視著她。她把他們從醫院帶回的袋子擺在塑膠布上，然後拿出她的筆記本，開始記下一條項目。記錄證據鏈，多爾心想。他把公用相機從它的皮革收納盒裡拿出來，拍了幾張確立過程的照片——只是爲了保險起見。

可能沒有什麼很重要的東西，但他必須小心。每個警察都聽過這種故事，某個罪犯安然脫身，就因爲一個一小時收五百美金的辯護律師大刀一揮，砍掉了警方證據。他放下相機，戴上他自己的手套，要布洛克爲袋子頂端的封口處拍一張照，並且拍一張多爾打開封口的照片。

她放下她的筆記本跟筆，接著對每個行動都拍了兩張照片。

在多爾把袋子打開的時候，他要布洛克拿出第一件衣物。一度是白色的T恤，現在看起來是灼燒過的血橙色。棉布上色調深暗的血，這種顏色他以前看過，看了許多次。布洛克用她的指尖抓著那件T恤，緩慢而恭敬地把它擺在塑膠布上，並且拉著邊緣，直到它照著自己的形狀攤開來爲止。相機在T恤上一閃，而他注視著布洛克彎下腰去，爲最暗沉的血漬拍下特寫，那是在右肩。她把T恤翻過來，照了後面。檢查得滿意了，多爾就把T恤放進一個獨立的證物袋裡，把它封起來，然後在布洛克做筆記的同時把證物號碼登記到袋子上。

他們爲每個項目進行這個程序。胸罩、襪子、內衣。多爾仍然發現自己注意到布洛克小心翼翼碰觸每個項目時的恭敬與肅穆。藍色牛仔褲是袋子裡的最後一個項目。同樣的程序。一張確保證據鏈的照片，拍下衣物從袋子裡拿出來，在桌上攤開，正面朝上，血漬的特寫，然後把這件衣物翻過來。這一次，在布洛克把牛仔褲翻過來照背面的時候，她叫停了。

她瞥見某樣東西。多爾靠過去瞇起眼睛。後口袋裡有很多血，可能是因爲瑪麗雅曾被捲在塑膠布裡所留下的。身體上沒有多少區域像頭皮那麼會流血，血就從她的背後往下流。多爾感覺到他的嘴唇在抽搐。

「她褲子口袋裡有東西。」布洛克說。

不需要進一步指示，多爾就輕柔地從左邊的褲口袋頂端往裡掏，同時布洛克在旁拍照。他的指尖抓到某樣東西，而他用另一隻手幫忙，用食指進一步撬開那個口袋。乾涸的血碎裂的聲音清晰可聞，壓過了他們的呼吸聲，但除了相機偶爾的數位式快門聲以外，就聽不到別的聲音了。

多爾極其小心地讓一張紙從口袋裡滑出。它摺成兩半，而有一小角先前從褲口袋頂端暴露出來，被染成暗紅色。多爾把紙張放在塑膠布上，往後站拍下確立證據鏈的照片，然後在相機一閃之後視線回到那張紙上。

染紅的角落把這張紙黏在一起，用血液連結它們。多爾非常緩慢地試探那張紙，一次拉開一公釐，聆聽著它分開的嗶剝破裂聲。

他打開那單單一張紙，把它放在塑膠布上。布洛克照了照片。他們兩個人都靠過去看。

一張屬於保羅・庫柏的銀行對帳單。

29

那個計畫。

有一個小時，保羅躺在帶霉味的地下室床上，在他心裡過濾著更細微的枝節。他常常這麼做。在他的小說裡，他的角色採取的行動必須可信，是某種絕對**可能**發生的事。換句話說，一旦進入現實世界可能發生嗎？行得通嗎？

如果答案是行得通，那麼他就必須從不同角度再看一次。如果眞的可能發生，那麼有什麼地方可能會出錯？一切就剛好適時各就各位，旁人在那個情境下的行動就跟你預測的一樣，這種機率有多高？每個場景中都必須計算到人爲錯誤。沒有人是完美的，隨時都有事情在出錯。

保羅在他腦袋裡玩這個遊戲，徹底計算所有的優點與缺點、疏漏錯誤、假設情境、可能的結果與連帶影響。

天啊，這真的可能行得通。

他起身，走上樓梯到了這棟舊木造房屋的一樓，發現達若在講電話。保羅什麼都沒說。達若對他揮揮手，叫他保持安靜。

「晚些時候我會到，」達若說：「十點鐘。知道了。我會帶現金。就只要把所有東西準備好讓我帶走。」他說道，然後掛了電話，並且對保羅比了個讚。

「你找到人了？」保羅說。

「當然。我住城裡的哥們認識很多走歪路的人。前陣子他在州立監獄關了五年，在裡面交了些朋友。你去過牢裡嗎？」達若說。

「沒有，感謝老天。希望我永遠不用去。」保羅說。

「我也沒有，但認識一些吃過牢飯的人很值得。我的朋友說某個傢伙有必要技能，他可以幫我們牽線。我今晚會去見他。你如果繼續待在這裡，可能是最好的。」

保羅知道他是對的，當然了。新聞上到處都是他的照片，已經好幾天了。孤寂港警局在屋裡找照片，肯定找得相當吃力。保羅總是對拍照的事小心翼翼，網路上沒有任何他的照片。到最後，警局給了媒體保羅的照片。只要有一個人注意到他坐在一輛車裡，一切就結束了。

「好，我會留在這裡。你知道，我認為這會成功。」保羅說。

達若露出微笑，說道：「我知道會的。」

30

多爾警長不常失去他的冷靜。有幾件事情可能惹毛他，但沒有一件比得上手機貼著耳朵，聆聽著「等待音樂」。

他把腳抬到桌上放著，用他的滑鼠往下捲，在他的螢幕上顯露出更多文字。全都是列在保羅．庫柏銀行對帳單上的存款紀錄，由勒波企業存入。公開的公司資訊範圍之寬，足以讓這間公司承接從永續漁業到水力壓裂鑽油法在內的各種業務。

網路搜尋勒波只導向一個地方。J．T．勒波的維基百科條目讀起來很有意思，他知道他會需要再讀一次。他一邊耳朵裡聽著一首蘇格蘭民謠的某種電子版本，不怎麼能夠吸收。

多爾一邊看他的錶，一邊說道：「我在這通電話上花了該死的十八分鐘，卻只跟某個客服中心的傢伙講過話。我不認爲那間銀行裡有任何人。如果有人，他們一定全都聾了，因爲他們該死的就是不會很快接起那見鬼的電話。」

布洛克沒有從她的iPad上抬頭看。她用小指掃過螢幕，讀了更多的資料。他們兩個人都注意到進入保羅．庫柏帳戶的付款是來自勒波企業。

「妳認爲事情跟這位推理作家有某種關係嗎？」多爾說。

布洛克聳聳肩。她恢復她那「活潑」的本色了。

「妳會看書，不是嗎？有讀過這傢伙的書嗎？」多爾說。

「讀過大多數。他相當不錯。有很多反轉，但我比較喜歡李・查德跟麥可・康納利。」布洛克說。

把熱氣吐出他的嘴巴，多爾試著放鬆。塞爾特民謠撫慰人心的曲調用電子合成器演奏出來，讓他想在牆上砸出一個洞。

他桌上有一疊報告，是他的團隊在過去兩天裡彙整的。他不能再花更多時間拖著不讀了。任何重要的事情都已經轉達給他，但他還是想讀這些報告——確保包括他在內，沒有人看漏了任何有潛在重要性的細節。

等他結束這通電話，他就會讀這些報告。沒別的辦法了。

音樂停了，多爾警長把他的腳從桌上放下並且坐直身體，就好像電話另一頭的人剛走進他辦公室。

「您好，請問我能爲您服務嗎？」有個聲音說道。

「是，多謝你救了我，讓我不必繼續聽等待音樂。我等了很久要跟你說話——老實說，我沒這時間。我的名字是亞伯拉罕・多爾，是美國孤寂港的警長。你們銀行有個帳戶跟一件重大刑案的調查有關，我需要你的幫助。」多爾說道。

「當然，我們會盡全力提供協助。我的名字是艾倫，是這裡的客戶經理之一。您需要的是？」

多爾找出一份銀行對帳單影本，然後讀出帳戶號碼、銀行代碼跟個人資訊。

「這個帳戶裡有很多錢。我需要知道錢是如何到那裡的。此外，這個帳戶裡的錢有可能會被轉到別處去。我相信帳戶持有者可能已經死亡，如果有一分錢從這個帳戶裡被移出去，我們需要立刻知道。要是沒有我事先授權，就沒有任何一塊錢可以離開那個帳戶。」

「我會需要對這個轄區有效的扣押令。」艾倫先生說。

「只要你給我你的郵件地址，我們就會從我們警局發電子郵件過去。」多爾說。

「恐怕我們不用電子郵件工作。本設施沒有裝設寬頻網路系統，安全風險太大。我們用傳眞機處理緊急事務。」

多爾發現他很渴望在開曼國際銀行工作——沒有電子郵件，沒有寬頻網路，只有他覺得用起來比較自在的低科技玩意。

「OK，我們會傳眞過去。扣押令會由一位州法官開出，但我從領事館那邊得到保證，我們的法律在兩地都受到尊重。」多爾說道。

「這是理所當然的。安全是我們的第一優先。」艾倫說道，然後掛斷了電話。

多爾打給蘇，要她傳眞一封授權信給開曼國際銀行。他在電話上口述信件，還有扣押令，然後要求蘇跟卡普蘭法官安排一場會議，好讓扣押令得到授權。

「你讀了我的筆記沒有？」蘇問道。

多爾用手指按摩他的前額，說道：「不，還沒。妳認爲裡面有任何我應該知道的要事嗎？」

「我這麼不辭辛勞把我的筆記打出來，可不是爲了讓你光用電話問我就好。如果你想跟我說話，我在前面的桌子，你記得在哪裡吧，亞伯拉罕？」她說完就掛了電話。

「該死。」多爾說道。

「咖啡？」布洛克說道。

那聲音嚇了多爾一跳。大多數時候布洛克太安靜了，以至於他都忘了她在那裡。

「當然好。事實上，我會自己去倒。妳應該把衣服跟那張對帳單拿到海灣市實驗室去。我們佔著它夠久了。」

在多爾站起來的時候，他的膝蓋提醒他，他已經超過五十五歲了，而且並非處於指揮重要刑案調查的最佳狀態下。

現代化廚房擴建區裡的膠囊咖啡機，在一只特製玻璃馬克杯裡吐出義式濃縮咖啡，多爾接著把它交給布洛克。她把咖啡倒進一個隨身杯裡，然後離開。多爾又多煮了兩杯義式濃縮咖啡，把它們全部倒進一個壓印了孤寂港警局浮凸標誌的瓷馬克杯裡。他走回自己的辦公室，在他的椅子上坐定，在蘇準備扣押令的同時，開始讀他書桌上的一疊報告。

兩小時後他讓報告堆削減了相當多，而且跳過了幾份以便找到蘇的報告。它是線圈裝訂，大約十頁長，有行距密集的打字文本與紅酒色的卡紙封面。布洛克回到辦公室了，而且直接去喝咖啡。她手臂上抱著某樣東西，一個包在保麗龍箱裡的包裹。他打開蘇的報告，開始閱讀。讀到第五頁底部，他分心了。多爾拿掉他的閱讀眼鏡，讓它們落到他胸口，靠一條掛在他脖子上的廉價金鍊固定在那裡。

多爾站起來。他繞過桌子，打開他辦公室的門。

多爾看到布洛克在她桌上放好一台筆電。那一定是保羅·庫柏的筆電。洛馬克斯市的技術人員肯定能夠繞過安全措施，讓布洛克進入電腦。她讓另一台筆電連結到庫柏的筆電，而她正站在她桌子後面，手插著腰，眼睛盯著螢幕。她的椅子在她後面整整一呎，就好像她剛才突然起身，讓那張椅子從她背後滾遠了。

「我想你需要看一下這個。」布洛克說。

「這是什麼？」

「更多關於J．T．勒波的訊息。」

多爾拉了張椅子到她桌前，好讓他可以看清那個筆電。布洛克警員解釋，她找到了幾千個影像。起初多爾不理解電腦裡怎麼能夠存這麼多影像。最後她告訴他，一旦一個影像出現在螢幕上，它就會被拷貝下來儲存在硬碟裡，就像個鬼魂。那影像會永遠在那裡，就算電腦的操作者並不是有意複製它。

布洛克解釋，她用一個司法部的程式來提取這些影像。它們接著被分解成指甲大小的方塊，好讓她可以在螢幕上一次迅速掃描五十個。很容易分辨出大多數影像是新聞網站與搜尋網站上相當普通的圖庫影像。

有一個影像立刻引起布洛克的注意。在她點擊這個影像時，她就知道它很重要。這是一張螢幕截圖；事實上有兩張，超過十年前拍下的。那是某種網路私訊服務裡的對話——也許是臉書或類似的東西，影像被儲存在標記爲「J．T．勒波」的檔案裡。電腦程式把這些照片標記成證物。

證物WS3
二〇〇九年一月八日螢幕截圖

我知道你是誰……

抱歉，你一定把我跟別人搞混了。

我讀了你的WIP[2]。記得嗎？

不。

社團。想起來了嗎？你分享了你的部分WIP徵求意見。

你把我跟別人搞混了。

不，我沒有。我知道你其實是誰……勒波先生。

你錯了。我要去檢舉這個對話。

我有琳西的訊息。我會打給CNN或《紐約時報》。

你是誰，你想怎樣？

你知道我想怎樣。告訴我她在哪裡……

證物DB4
二〇〇八年十一月十一日螢幕截圖

我知道你的名字。

不管你認為你知道什麼，都是錯的。別試探我。

我的名字是琳西。

所以咧？

我是臉書社團的管理員。我幫過你。

我想你搞混了。我不認識你。

我幫你寫那本書。我認識你。我想為我的服務取得報酬。十萬。現金。

不，你根本沒幫到我。不聲張我就會付錢。

在孤寂港的南嶺跟我會合。星期五午夜。

你在做的事情非常危險。

付錢給我，要不然我就告訴每個人你是誰。

多爾的嘴唇抽搐著。他在他椅子上往後靠，等著布洛克開口說話。他交叉著手臂，注視她在心裡琢磨種種可能的場景。就算她話不多，她仍有張表情豐富的臉。她的眉毛輕微一揚。一個點頭。她已經下定決心。

布洛克站起來，走到咖啡機旁邊，再煮一杯回到外面去，穿過安全門進入停車場。多爾跟著她。他發現她坐在一輛巡邏車的車蓋上，望著夜空。

「妳知道如果這項調查要有任何進展，妳會有必要跟我講話。」多爾說道。

她點點頭，把她咖啡上的熱氣吹掉，啜飲了一口。

「如果我跟妳很不熟，我會認爲妳怕說出某件事，就怕萬一妳到頭來說錯了。不過妳知道妳幾乎總是對的。提出一項理論沒什麼好可恥的。」他說。

布洛克走向她自己的車，打開後車廂，手裡拿著一本精裝書回來。「我還沒讀過這本書。」她說著，用單手替它翻了個面。

書封折口文案上寫著：「《吊人樹》：暢銷數百萬冊作家J．T．勒波最新作品」。

「爲什麼這位作者的名字在這場調查裡出現兩次？在談到犯罪的時候，沒有巧合這回事。」

「沒有人知道J．T．勒波眞正的身分。這是一個匿名作者的筆名。沒有人知道爲什麼。來吧，妳自己都這麼說的。」

「你認爲琳西破解了這個謎團？」他說。

某種程度上這本身就是謎團。」她說道。

「第一則訊息是來自琳西。我最有把握的猜測是，她傳訊息給保羅．庫柏，說她知道他是J．T．勒波。她想要錢。他們安排會面。然後，第二則訊息——來自某位不知名人士。不管那個人是誰，都認得琳西，可能是從他們提到的作家社團裡認識的。琳西失蹤了，而這個人知道她去見勒波，他想要找到她。」

多爾點點頭，說道：「所以琳西跟那個不知名人士，跟保羅・庫柏在同一個作家社團裡。保羅用J・T・勒波這個假名爆紅，而琳西揭發了他。她說她幫忙他寫這本書，也許她在他把書賣給他的出版社以前批評過它。她想要一筆封口費。勒索，骯髒事。」

「也許她拿到錢然後消失了？」布洛克說。

「我已經在加緊閱讀勒波的書，」布洛克說：「如果這兩個人知道他是誰，爲什麼他們在此之前沒出面去找報社？他們可以把這樣的故事賣個好價錢。肯定超過十萬塊。」

多爾注視著天空。雲層帶來另一場風暴的威脅。他看不到星星，月亮有一部分隱蔽在迅速流動的雲後面。

「我們會用琳西這個名字搜尋失蹤人口。看看會冒出什麼，」他說道：「有一件事情很清楚——這號名叫勒波的人物有更多內情，而我不喜歡這種感覺。那些訊息裡有別的東西，某種陰險的東西。某種我現在看不清的東西。」

「不管發生什麼事，都是在很久以前，幾乎十年了。」布洛克說。

多爾僵住了，他轉身跑回室內。

剛才兩件事情在他腦袋裡對撞。

---

2 譯注：正在進行中的作品（work in progress）。

琳西在南嶺的會面。十年前。他猛然打開通往他辦公室的門，然後找到無名女屍的檔案。他把檔案打開，檢視裡面的日期。他不需要檢視，他早就熟記在心。這不重要——他就想要檢視日期。他想要確定，需要確定。他拿著檔案，小跑步到布洛克的筆電前，往上捲動，再讀一次第一則訊息。布洛克跟上他，當他再度打開無名女屍檔案的時候站在他後面。

「十年讓它跟無名女屍案的時間很接近。妳看，從時間線上來說是對的。第一則訊息。庫柏要在孤寂港的南嶺見琳西。看日期。二〇〇八年十一月十一日。在十一月十六日星期天，我們把無名女屍從南嶺底部的瀑布水潭裡拉出來，她在水裡待了幾天了。耶穌啊，如果他是在十四日星期五跟她見面，那個人就是她。那是琳西。那混蛋殺了她，並且把她扔下懸崖。」

多爾無法再看清螢幕了。即時通對話的截圖模糊成白色與藍色的污點。他感覺到布洛克的手握著他的肩膀。直到那時他才領悟到他正在哭。

31

保羅打開塑膠袋，摸了摸裡面。隨身碟是溼的。袋子的下緣角落有個小裂口。

「你有米嗎？」保羅說道。

「我想在咖啡機上方的碗櫃裡可能有一盒。」達若說。

「多謝，我會去換衣服，然後去看一下。」

太陽已經下山，溫度持續居高不下，保羅終於設法鼓起勇氣問起他的衣服，還有那個隨身碟。謝天謝地，達若在把保羅的牛仔褲丟進洗衣機以前檢查過褲口袋，隨身碟躲過了洗衣機裡的折騰，卻還是接觸過海水了。他根本不知道它還能不能運作。他拿了他疊好的牛仔褲、T恤、內褲跟襪子進了浴室，換下屬於達若的運動褲。

他接著回到廚房去察看碗櫃。有一盒已經開過的舊超市品牌米。保羅在另一個碗櫃裡找到一只碗。在這間屋子裡不難找到一個乾淨的碗——麵條似乎是每一天的「本日特餐」。保羅猜想對一位不愛吃魚、而且靠著漁獲勉強維生的漁夫來說，這是一種便宜的食物來源。

碗裡很快塡滿了乾燥的米，保羅把隨身碟埋進米粒深處。在這一切發生之前幾個月，他曾經讓手機掉進馬桶裡，然後在reddit找到一個討論串，在講如何讓碰到水的手機乾燥。沒煮過的米似乎是大家偏愛的辦法。可以確定的是，一天後他把手機打開了，還運作得好好地。

保羅不知道這招對隨身碟會不會有效，他只能再等一天。他有更大的事情要擔心，不過寫作是他的生命。在他周遭一切都很混亂的時候，寫作讓他保持神智健全。

達若打開筆電，保羅瞥了一眼。他正在察看某個地點的街景，對保羅來說那裡看起來一點都不熟悉。數位鈴聲在電腦上響起——一個要確認某項更新的提示，可以選擇重開機或關機。達若按了輸入鍵，關了電腦，穿上他的黑色丹寧夾克，戴上他那件連帽運動衫的兜帽，看著周遭找他的鑰匙。

「在櫃子上。」保羅指著鑰匙說道。

「多謝，」達若說：「我不會去太久。四小時，也許頂多五小時。放輕鬆，只要別到外面去就好。」

「相信我，我沒有意願踏到這棟房子外面去。不值得的。」

「說得對。如果有問題，我的手機號碼已經設定在室內電話裡了。是第一個聯絡人。沒問題吧？」

「沒問題。」保羅說道。

達若從玄關桌上拿起一個棕色大信封袋，踏進門廊，然後關上他背後的前門。一分鐘內，保羅就聽到一輛排氣管有洞的車子發出的隆隆聲響，一路轟隆著離房子越來越遠，開上了泥土路，進入樹林——前往文明地區。前往某個可疑之地會面，以便替保羅買下一條出路，脫離他現在的大規模問題。

電視上什麼都沒有。福音派傳教士、抗焦慮藥劑還有護脊折疊床墊廣告，三百個以上的頻道全都在播放沒人想看的垃圾。

他關掉電視，嘆了口氣，然後站了起來。他心裡有太多事情騷動不已——瑪麗雅、錢、警察、有人已經找到他的確知事實。有人想置他於死地。他感覺好像滿腦袋都是黃蜂，用閃過他眼前的每一個影像螫刺他的大腦，大多數場景都包括了瑪麗雅。

他感覺到寫作的衝動。逃避這個人生幾小時，鑽入別人的世界、別人的問題裡。這對保羅來說永遠沒有宣洩淨化效果。也許對其他人有，但在保羅闔上筆電，或者放下他的鋼筆時，他的人生就像浪潮一樣衝了回來。它總是會回來。

他在達若屋裡消磨的時間中，他從沒注意到有筆記本擺在附近，甚至連張碎紙片都沒有。他想用老派的方式開始一個故事：筆、紙、檯燈跟一壺咖啡。

至少有咖啡。他把磨好的豆子填進機器，加了水以後打開。咖啡在煮的時候，他瞄了一眼屋裡。一棟上了漆的兩層樓房，樓下是廚房跟客廳。這房子建立在遠離水域的地方，地基上灌了厚重的水泥牆，以確保海灣不會透過牆壁滲進地下室。樓上是浴室跟兩間設備齊全的臥房。沒有一件家具看起來像是在千禧年過後才製造的，這點很明顯。

他在地下室裡看到兩排書架，客廳裡還有一個。保羅走向書本。他打開了門，走過靜默的電視，然後打開放在一把扶手椅旁邊的桌燈。那張扶手椅擺在靠近一個書架的位置，那書架可能是房子當初興建時就做好嵌在牆裡的。

從扶手椅與小桌、檯燈的安排來看，這裡似乎是閱讀用的角落。保羅手插著腰，把整個書櫃看進眼裡。安排看起來沒有任何順序，沒有一本書是照字母順序排，從小而發黃的紙本到相當新的精裝書都有。缺乏安排造就出一個雜亂無序的書櫃，而保羅知道如果他必須在這房子裡待上更久，看到高高的精裝書跟平裝書並排放著的景象，會把他逼瘋到足以重排整個書櫃。

掃視著書名，他看到了傳記、驚悚小說、羅曼史、歷史小說、三本珍·奧斯汀、幾本狄更斯、冷硬派犯罪小說，其他則是零星的非小說收藏。非小說似乎有某種特定傾向，有半打書講的是警察與ＦＢＩ鑑識學；更多本談ＦＢＩ歷史，有大量關於連續殺人犯的犯罪實錄，另外還有更多連續謀殺的學術面探討，很多樣化，作者包括犯罪學家、心理學家、ＦＢＩ側寫員以及更多其他人士。

在為他的小說做研究時，保羅翻過幾本談連續殺人犯的書，在ＦＢＩ網站上檢視過資訊，並額外讀了一些線上文章。他以前沒看過這些書。他伸手要拿中央架位上的一本大本精裝書，書名是《鄰家殺手：社會病態者與現代生活》，但突然間停住了，他的手懸在半空。他那時領悟到他不夠專注，沒辦法閱讀。他其實需要寫作。

笨啊。這裡沒有紙也沒有筆，但他有次佳選項。

筆電。

保羅回到廚房，倒了些咖啡，然後打開筆電。這是他第一次自己打開電腦。螢幕亮起，達若已經登入了。達若肯定是在更新啓動前按了錯誤的提示，他沒按到重開機或關機，筆電反而持續開著，還保持登入狀態。有個選項是轉換使用者，保羅這麼做了。都已經待在達若房子裡了，他不希望更進一步侵犯達若的隱私。

他點擊了微軟視窗的圖示，卻沒有可以打開Word檔案的選項。保羅轉換使用者，再度按了那個圖示，這次他看到打開Word的選項了。他點擊它。螢幕改變了，顯示程式正在啓動，然後打開了。

保羅移動游標到圖示上，要開個全新空白檔案。但他停手了。

系統裡只有一個檔案。它在前一天開過。保羅在他腿上擦手。他想著他是否應該點開那個檔案。

他猜想這樣做沒有任何傷害。那檔案看起來很吸引人。標題寫著「逆轉後」。

保羅點擊了檔案。

它打開了。他讀了檔案。

然後他飛快站起身，撞倒了椅子。

他開始顫抖，無法控制地，他感覺到溫暖的尿液沿著他的腿內側涓滴流下。他的身體無法動彈，就好像液態氮在他的血管裡氾濫。

困在純粹的恐怖之中。

這混蛋找到他了。

逆轉後

J．T．勒波著

作者註釋

這會是我的最後一本著作，我不會再多寫一本了。等你讀到這個故事的結尾時，理由應該會很顯而易見。故事——這是個很有趣的詞彙。這是真實故事？回憶錄？還是小說？我不能說。你可能已經發現，這本書放在你家附近書店的犯罪實錄櫃位，或是驚悚小說區。這無關緊要，就別管它了。你只需要知道兩件事：

一、在我的特別指示下，我的出版商沒有編輯這份文本。沒有編者註解、結構性編輯或者其他外部干預。只有你跟我。

二、從這裡以後，別相信你讀到的任何一個字。

J．T．勒波，二〇一八年於加州

十年來保羅必須跑路，躲避一個男人。無疑殺死了琳西的男人、曾經企圖殺他的男人。他看著這個男人把鮑伯．克蘭蕭活活燒死。

而現在，他就在這個男人的屋子裡。

達若就是攻擊瑪麗雅的人。保羅現在知道了，就像他知道的任何其他事情一樣清楚。

達若不是他自稱的那個人。

而且達若知道保羅對他撒謊。

但現在保羅知道達若眞正的名字了。他知道達若對全世界使用的那個名字。

達若就是J．T．勒波。

32

高速公路在達若背後延伸，就像一條霓虹河流。

海灣市的車流卡在前頭。他一有機會就下了州際公路，開過港區。色彩鮮豔突出的貨櫃塔襯托著後面的夜空，給人這個城市有某種生命力的虛假印象。沒這回事。失業率很高，犯罪率在上升，各種生意以有史以來最快的速度關門，而且似乎任何人都束手無策。他接著到了工業用地，除了幾個商家以外，大型廢棄工廠的鬼影陰森地籠罩此區，像是對任何亂入訪客的警告：這裡沒有活物。在這後面是郊區，然後終於到了城市本身。達若確保自己繞了遠路，閃過紅燈照相機跟人口比較稠密的區域之後，終於穿過了主要街道跟街上那些空虛的遊客陷阱，來到城市最古老的部分。

城鎮這一邊的建築物沒那麼漂亮。大多數店鋪都用木板封起來了，而除了毒販的小團體擠在角落裡燃燒著火焰的汽油桶旁以外，街道幾乎是荒廢狀態。這很適合他的目的。

他毫無困難地找到那個老香菸工廠。對面的建築物孤零零地站著。一間早已關門的烈酒鋪，上面有間公寓。達若看到公寓裡有盞燈亮著。他得到的指示很管用。

他想起保羅，在孤寂港那裡躺著等待。

白痴。

他想起保羅對他撒謊的時候，便露出一個微笑——保羅告訴他，因爲他是J．T．勒波，所以帳戶裡有兩千萬。

這男人還眞有種。

達若在開始使用J・T・勒波這個名字以前，曾在作家社團裡讀過保羅的作品。達若那時候有別的名字，一個他很久以前就已拋諸腦後的名字。保羅的作品不錯，但不是很棒，頂多就是二流推理作品，它們缺乏了……達若透過他的研究帶進他作品裡的那種眞實感。

兩千萬代表很多事情——勒索黑錢，陷害保羅的一種手段，還有麵包屑留下的小徑，讓達若花了十年才跟到盡頭。保羅知道達若的眞實身分，而達若因爲找不到他，就付錢給他。過去十年裡，他一直在搜尋保羅，設法透過錢、透過他的書追蹤他。這是個漫長的奮鬥，一個終於值回票價的奮鬥。現在他要把他的錢要回來了，而且要藉此寫出他的新書。

達若一直都知道保羅永遠不可能去找警察，聲稱他知道J・T・勒波實際上是誰，而且那位懸疑作家是個殺人犯。不可能。不可能證明其中任何一件事。達若不會放過保羅，他需要一種辦法確保他不會惹麻煩，確保有一條長長的繩子牽制著他。這是個好故事——達若準備好要全部寫下來了。

然後保羅就要爲他做過的事受苦了。

瑪麗雅本來是一條路徑，一名人質，一個藉口，用來讓保羅爲了瑪麗雅的謀殺案跑路。只是她活下來了。

他幾乎對此感到欽佩。她很強韌，也很聰明。她需要一些小心翼翼的慫恿，把她推到正確的方向。藉由攔截保羅在城內祕密辦公室的信件，他已經設法拿到保羅的銀行對帳單了。他影印這些對帳單，把它們放回信封裡，重新封好投遞。就像辦公室一樣，他知道保羅也會在他書房裡藏放某些祕密物品，否則沒必要讓房間上鎖。保羅出門的時候，達若曾經在那棟房子裡過夜幾次。他趁瑪麗雅睡覺的時候下樓，用鑰匙進入書房。桌子抽屜鎖著，而且鑰匙不在附近，保羅一定隨身帶著。這讓達若有了主意——他要如何讓瑪麗雅跟保羅彼此對抗。他在星期五把銀行對帳單隨身帶去，瑪麗雅沒注意到他在弄壞抽屜的時候，把對帳單塞進了保羅的文件裡。然而他對瑪麗雅的操縱，對他的兩重目的都有幫助：把保羅嚇到逃亡，也讓他成為警方心目中的嫌犯；逼他陷入需要拿到錢的處境。這是達若會加以利用的處境。

不管有什麼別的事情逐漸從調查中增生，都是養分，到最後都會出現在新書裡。或者，至少是其中一部分。他喜歡這個書名——《逆轉後》。

就現在來說，達若專注於手上的任務。他需要把他的錢從保羅的銀行拿出來。為此，他需要讓保羅活著，而且他需要某些檔案。

他把他的車留在香菸工廠的廢棄停車場，走向磚頭上用剝落白漆寫著「卡爾烈酒」的建築物的邊門。

在建築物的這一邊沒有街燈，他讓眼睛適應黑暗之後，才去敲那冰冷的鋼門。

他可以聽到遠處的汽車引擎聲，可能至少隔了兩個街區。在這條街上，有輛車正要經過他。像這樣的安靜讓他緊張。他很習慣必須融入街頭人群之中，保持低頭閉嘴。不知怎麼地，他覺得在人群中更安全。鄉間生活的安靜是不同的，因為他預期中這種生活就是很安靜。

城市並不安靜。至少不該如此。

他等待著。另外十秒。樓梯上沒有腳步聲。他再度敲門，等待，瞪著窺視孔。

金屬彼此碰撞的鏗鏘聲響。門被猛然打開。

起初，達若以爲門打開只是他的想像。或者也可能裡面有另一扇門，因爲只有在門框最上方的角落裡，有一點光照耀到黑暗中。他遮著他的眼睛，眨了眨以後再看一次。

這次他眼前的景象變合理了。

門是被達若生平見過塊頭最大的男人打開的。他的腰圍延伸到超過門檻；這個男人必須側身才能走到外面來。他抬頭看，然後重新調整他的想法。這個男人不只是必須側身鑽出來，他還必須往下閃。他的頭頂被門框頂端擋住了看不到，達若只能看見巨大的下巴。

這座山彎下他的膝蓋，注視著達若然後說道：「你達若？」

直到那時達若才注意到這男人握著某樣東西。那個可以包住達若整顆頭的拳頭裡，握著一把鋸斷槍管的霰彈槍。在這男人手裡，霰彈槍看起來像小孩的玩具。

「是──是啊，我是達──達若，」他這麼說，同時確保在句子裡注入一些緊張感，用裝出來的結巴來打斷節奏。達若不想讓這個男人認爲他有任何威脅性。

「那他媽的快進來，你遲到。」這男人說道。

他往後退並且讓到一旁，達若設法從他身邊擠過去。當他這麼做的時候，他看到那男人眼中的歡快。這男人很享受激發別人身上的恐懼。就現在來說，達若迎合他，他會假裝害怕，讓這種男人放心。

在男人後面有通往一組樓梯的短短走道。光禿禿的一個燈泡高掛在樓梯上方。他在上樓梯的時候聽到門被猛力摔上，而在一會以後，他感覺到那個巨人走上樓梯時每一步帶來的振動。每次腳步落下的咚咚悶響都讓樓梯顫抖，搏動也送進達若體內──搖晃著他腳裡的骨頭。

在樓梯頂端，他在右邊找到一扇打開的門，用一個簾子遮著。他把簾子推到一邊，踏進一團煙雲裡。在他前方，他看到有人坐在一張沙發上——一個留著骯髒長髮的男人，穿著一件敞開的骯髒絲質浴袍，暴露出他胸口的一塊汗溼部位。他在袍子底下穿著帆布短褲，蒼白的腳上套著夾腳拖。大麻、汗水跟烈酒的味道，對達若來說幾乎超過負荷了。

他想過要在簾子後面退一步，只是爲了多吸口氣，這時他感覺到有隻汽車輪圈蓋那麼大的手放在他背上，推著他更深入房間裡。環顧四周，他看到有台數位相機架在三腳架上，指向一張空凳子。一個大螢幕電漿電視，則指向沙發上的男人。達若真希望沙發上的男人稍微更常用淋浴蓮蓬頭指向自己。汗水的惡臭再度襲來，這次更重了，同時這個男人從沙發上起身，走到房間最遠的角落裡。在這一頭，除了眺望外面街道的大窗戶以外，還有一排顯示器跟四五台直立式電腦。黑色的電纜線蛇一般地蜿蜒到地板上，其中一些跨越房間通到另一張桌上，在上面他看到半打印表機跟兩台掃描器。

「我是兔仔，你遲到了。」這個穿著絲質浴袍的男人說道，同時開始敲著顯示器螢幕。

「我——我很抱歉遲到了。」達若急匆匆地說道。

「坐下！」他背後的巨人尖叫。達若驚跳了一下，舉起雙手，接著立刻走向沙發。

「不，不是那裡。在凳子上。」兔仔說。

達若停下腳步，走向凳子，然後坐下來面對照相機，同時兔仔跟巨人交換了一陣低微的笑聲。他知道有些人認爲激起他人的恐懼很好笑，這種事從沒取悅到達若，他從不覺得這好笑。

「脫掉你的外套。坐正一點，別微笑，注視著照相機。」兔仔說。

達若遵照指示，把他的外套放在腳邊。照相機頂端的閃光燈喀嗞一響，蓄電，然後喀嗞聲再度響起。

「很好。」兔仔說。

兔仔在電腦上工作的同時，達若環顧這個房間，設法忽略那個巨人龐大又充滿威脅性的瞪視。每次他的眼睛掃視著房間的那一邊，他就看到那巨人注視著他，像是大白鯊在看一隻海豹。

達若身體往前傾，把他的目光鎖定在地板上。

在幾分鐘之後，其中一台印表機開始呼呼作響，喀喀有聲，一小片塑膠從後面吐了出來。兔仔起身走向印表機，然後開始破開那塊塑膠片。在達若看來，像是那片塑膠中間有個打孔的撕開處，兔仔正在推那塊地方，要弄斷它。一等他把粉紅塑膠卡片的中央弄下來，他就拿出一把剪刀，把任何凹凸不平的角落剪掉。他把卡片擺在一個黑色皮夾中央，然後轉過來面對達若。

「付錢給那個人。」兔仔一邊說，手一邊指向巨人，巨人在提示下走上前來，站在達若旁邊，拿著那把放低的鋸斷槍管霰彈槍，居高臨下逼近他。

達若起初猶豫了，接著他在凳子上往後傾，手探進他口袋裡，拿出一捲用一條橡皮筋捆著的美元，把它丟進那隻巨手裡。大塊頭男人攤開那捲錢，點數檢查過鈔票，然後再把它們捲起來，才對兔仔點了點頭。

兔仔打開一個抽屜，拿出一份美國護照，把它跟皮夾捆在一起，交給達若。他檢視著兔仔的作品，從中找不到一點瑕疵。

「來到這裡，你很有種啊，」兔仔說：「你最好別再回來。不管你認識哪個能把你弄進門的人都不重要。別再回來了。你聽到沒？再讓我看到，就會宰了你。」

「好。」達若應著，把錢包跟護照放進他的牛仔褲前口袋，然後舉高他的雙手，讓逼近他的男人們放心。巨人跟兔仔彼此微笑。權力很醉人。達若往前傾要站起來，在他這麼做的時候，他讓手往低處掃過去，就像要拾起他的外套似的，但他的右手反而掃過他的腳踝，把自己的重量放在腳上，他站起來了。

他抬頭盯著巨人，等了半秒鐘。剛好長到足以讓那大塊頭男人跟他四目相望。很快那雙巨大的眼球就跟他自己的眼睛相對，達若的右手臂往前一閃。大塊頭男人的表情變了，他的微笑死掉了。他的眼睛變得更大，洞窟似的嘴默默打開。用他的左手，達若很隨意地從那巨人手上拿走了霰彈槍。

兔仔沒時間反應達若突如其來的動作。直到那巨人圓滾滾的肚子打開，第一團灰色的腸子從傷口裡冒出，像異形那樣從巨人的襯衫裡噗通掉落以前，他都不知道發生了什麼事。

這幕景象太恐怖、太血腥直接，讓兔仔瞬間癱瘓。他凝視的目光死盯著大塊頭男子爆發的肚子，甚至沒看到達若把霰彈槍指向他的頭。

「你在幹什麼？」兔仔說道，他的眼睛仍然盯著從他同伴傷口裡滑出來的腸子。這似乎是個蠢問題。

「做研究。」達若說道。兔仔沒有看著達若，因此沒看到達若扣扳機時臉上那種木然的表情。兔仔的臉消失了。

達若把槍掃向他右邊，另一槍射進巨人的尖叫裡。

他丟下霰彈槍，把他刀鋒上的血擦掉，然後將刀子放回他腳踝上的綁帶裡。他的上衣、牛仔褲跟靴子上有血，整體而言，這樣不算太多。他穿上他的外套，它洮過了噴濺的血，然後踏過兔仔抽搐的屍體。

霰彈槍裡的兩發槍響，在這個社區裡就像鳥鳴一樣是規律的例行公事，沒有人會報警。就算他們這樣做了，達若懷疑警察不會現身。

雖然他可能有全世界所有的時間，他工作速度還是很快，把桌上型電腦的鋁製外殼拆掉，然後拿走了每個硬碟。他一完工，就發現廁所裡有三瓶顯影液跟其他的易燃化學物質，就不慌不忙地把整間公寓都弄得溼透。接著他找到一只打火機，躺在角落裡的大麻菸斗旁邊。他點燃了一些列印紙張，把它扔出去，注視著房間陷入火焰。

他離開前拿的最後一批東西，是那台相機跟他剛才給兔仔的五千塊。

他在車子後座換裝，把他的血衣放進一個黑色垃圾袋。後車廂裡有個輪胎扳手，他用來摧毀那些硬碟。他把殘骸跟他能找到的相機碎片一起放進垃圾袋裡。相機裡的記憶卡被他掰成兩半。這些東西全進了垃圾袋。

達若在二十個街區外找到兩個圍在汽油桶旁邊喝酒的遊民。他給他們一人三十塊，叫他們去找別的地點。他們離開了，達若則把垃圾袋丟進汽油桶裡，待了幾分鐘，確保它真的好好燒光了東西。他想到他剖開巨人肚子時，他臉上的那種表情。有些人會因爲這種景象而變得情慾勃發，其他人則會爲了野蠻行爲中的榮耀、取人性命的權力而有此反應。大多數心理學家都把這一切歸諸於性慾——尤其是暴力、色情刊物或青春期受虐的影響。

達若從沒被虐待過，他的父母是好得不能再好的人。他曾是個很好的足球選手，總是拿A的優等生，還是在學校很受歡迎的乖順兒子；他會跟女生約會，去參加派對，製造回憶，並且做任何年輕男子可能想做的事。飲酒除外，達若從沒看出酒精的吸引力。他現在確實會喝個一兩杯葡萄酒，但從來不超過那個程度。不能完全掌控一切的想法，在達若看來實在太令人厭惡了。

他感覺到臉前面的火焰，設法不要吸進太多燃燒塑膠的惡臭，然後想著他那天晚上殺死的男人。

說實話，達若在謀殺那些人的時候，徹底無感。

這就跟他第一次殺死某人的時候一樣。在好多年前。

十五歲。他每週都去地方上的圖書館。他父母從他小時候就一週帶他去一次，而他立刻就愛上了那裡。他可以從兒童圖書區帶走書，任何他喜歡的書，閱讀它們，兩週後再帶回去。免費。他到九歲已經讀遍整個兒童圖書區的書。在十五歲，他第一次很有興趣地閒晃到非小說區。

他對太空或科學不感興趣。人——那是他熱愛的。他有時候覺得就像福爾摩斯一樣——如果你付出足夠的注意力，人的行爲跟舉止可以被檢驗、確定與預測。他停在一個書架前，上面標著「犯罪實錄」。他從書架上挑了第一本書，封面上有張女人的照片。她很害怕，被綁在一張椅子上，束縛她的繩索很緊，伸展開來越過她的腹部，就在她的胸部以下。

他打開書，找到更多照片。男人。女人。死人。被肢解。被槍殺。被刺殺。被毆打。除了照片以外還有罪行的描述，來自警方與心理學家（或者腦袋醫師，這是他媽的說法）的分析。他不喜歡腦袋醫師。他媽堅持他應該去看，她說他偶爾會很難做出正確的選擇。在媽媽的命令下，他去過幾次，去談論他做過的事。那年夏天稍早，他在後院把一群螞蟻從牠們的窩裡趕出來，然後用一小團火灼燒牠們，並放火燒了蟻窩。

他媽媽警告過他別這樣做，說他不該傷害任何生物。不是他不聽話的事實，讓他媽媽這麼生氣。不，問題是他對此毫無感覺。他爸發現鄰居的狗被埋在後院，這成了送他去看腦袋醫師的導火線。他的名字是卡森醫師，他很容易愚弄，達若就只要說他對螞蟻們很抱歉，對那條狗也很抱歉。悔恨，卡森稱之為悔恨。他假裝感覺到那一切。在他離家以前，他父母繼續送他去那裡，而他繼續假裝，繼續對卡森醫師撒謊，從沒揭露眞相，尤其是關於伊莎貝拉的事。

伊莎貝拉在他十六歲生日前一週到他們學校來。老師把她介紹給全班學生，告訴他們她父親在軍隊服務。他經常到處轉調，這是她在美國讀的第三間學校。他喜歡她長長的金髮跟她的微笑。他那天晚上寫了一個關於她的故事，這是他的第一篇故事，而他瞞著父母，把故事藏在他床墊下。其他女孩都嫉妒這個新同學。她到校後一週，他很偶然地遇見了她，一個人在舊醫院旁的廢棄停車場裡。他告訴她，他在找一隻貓。社區裡到處都有在地人貼的走失貓海報，貓在這裡走失似乎是種流行病。有個貓主人承諾要是她的貓安全歸來就會給賞金，那是隻叫做伯納德的公橘貓。他說服伊莎貝拉跟他一起來到舊醫院，這樣他們就可以一起找貓。在舊醫院的地下室焚化爐裡，伊莎貝拉發現了伯納德，還有許多其他的貓，都處於腐爛的不同階段。她比他稍微大一點點，她沒有像他預期中那樣尖叫，就只是厭惡地瞪著它們，然後轉身注視著他，那種厭惡的表情仍然在她臉上。

「我寫了個關於妳的故事，伊莎貝拉。」他說道。

「我們離開這裡，這個地方嚇死我了。」她說。

「妳不想知道故事裡發生什麼事嗎？」

她從焚化爐旁走開，神經緊張，處於恐慌邊緣，說道：「當然想，我們先離開這裡吧。」

「不過那故事發生在這裡。妳不能離開。永遠不能。」

整個社區搜尋伊莎貝拉好幾星期。大多數搜索都是在公路還有周遭的沼澤地展開，因爲他告訴警方他最後一次看到她是在那裡，在跟一個把紅色卡車停在路邊的長髮男人說話。

他們從沒找到她，而社區裡的貓不再失蹤了。至少有一陣子是這樣。

33

過了午夜，警察局終於空了。多爾告訴派遣職員雪莉留他一個人清靜，在任何狀況下都別打擾他。他說完就覺得後悔，又回到前台，再度跟雪莉說話，告訴她如果這棟建築物被攻擊或失火了，也許她應該爲此來打擾他，但除此之外幾乎所有事情都可以等，而且最好可以靠目前在外巡邏的晚班人員來處理。

在過去十二小時中，調查產生了很多新資訊，而多爾還沒完全吸收一切。這些資訊要花點時間才能滲透進他的大腦。要是有任何發現可言，那就是他現在有的問題比答案還多。

一個哈欠把他的下顎拉開，讓他閉起眼睛，而打完哈欠以後，他繼續閉著眼睛，在他的椅子上往後靠。他可以睡在這裡，沒問題，這不會是他第一次在早上六點被清潔婦的眞空吸塵器叫醒。

「回家吧。」他告訴自己。

他點頭同意，站起來走出建築物，到他自己的私人車輛去——一台十七年歷史的Toyota皮卡車，哩程表上已經走了二十萬哩，而且還沒打算放棄。

要是他更像他的Toyota就好了，他心想。

等到他停進自家車道的時候，他的右膝眞的在狂吠了。他緩慢地讓右膝脫離踏板，然後離開車子。春之丘上的小房子，一個忙於工作的男人在孤寂港郊區的房子，一片黑暗、被人忽略地躺在那裡。這棟房子需要新的油漆與熱水器，而要不是他的鄰居們替他割草坪，他就必須拿著大砍刀一路奮戰到他家前門了。

他的鑰匙滑進鎖孔，然後他用肩膀推著門，以便打開它。木頭在夏季的熱氣中膨脹了。用砂紙把門的一側磨掉四分之一吋還在他的優先事項清單上，就像去年夏天與前年夏天一樣。

他把他的鑰匙丟到廚房桌上，打開電燈，替自己做了一份有著醃牛肉、泡菜加美乃滋的三明治。一罐啤酒幫忙，讓它下去得稍微快一點點。他太累了，無法打開電視或者看書，就直接到樓上去，刷牙、脫衣服，然後爬進他冰冷的床。

半小時後他還是很累，也還是無法入睡。

他伸出一隻手臂，在床邊桌上找到他的手機。拔掉充電線以後，他在床上翻身，叫出布洛克警員從保羅．庫柏筆電上取得的影像。先前她跟多爾提過的那兩項證物，即時通訊息。

他把內容通讀過，讓電話落在床上，然後在他心裡把每項證據跑過 遍。

來自琳西的訊息讓人心寒。他的無名女屍在這裡跟保羅．庫柏線上交談，安排好會面，這場會面將會殺死她，並且把她的屍體推下山嶺，落入多年前他找到她的那池水裡。他還是對琳西一無所知。布洛克跟他耗掉這一晚剩下的時間，搜尋資料庫裡的失蹤人口。每個資料庫都有不同的搜尋方式；有些資料庫你可以用「琳西」來搜尋，有些則必須用頭字母「L」來找，但她們沒有一個看起來像是他發現的死亡女性。他們會繼續尋找。

布洛克說明天她會搜尋臉書。琳西跟勒波是透過一個臉書社團相遇的，也許是某種創意寫作類的東西。給勒波的第二則訊息是來自某個知道琳西失蹤，也知道勒波眞名叫做保羅．庫柏的人。這個人爲什麼不通報琳西失蹤了？這人還活著嗎？

而保羅・庫柏爲何覺得有需要藏在一個筆名後面？

他感覺自己好像逼近了某種眞相。他只需要往前做個小小的跳躍，答案就會在那裡。

布洛克警員搜尋過筆電，而除了那些影像以外，她沒發現任何跟勒波有關的檔案證據，沒有原稿、沒有社群媒體，沒有任何東西暗示他正打算謀殺他太太，沒有任何能讓他入罪的東西，而且肯定沒有任何非法物品，但網路瀏覽紀錄讀起來確實很有意思。

保羅・庫柏對社會病態者與精神病態者做了很多研究。他定期檢視FBI頭號通緝要犯清單，而且讀了很多關於聯邦調查局行爲分析小組的東西——那是負責追蹤獵捕連續殺人犯的部門。

多爾這時認定了保羅・庫柏還活著。瑪麗雅從她口袋裡的那張銀行對帳單上，發現她丈夫是J・T・勒波。她跟他對質，他則攻擊了她，事情就是那樣發展，就算有那個壞掉的信箱要解釋。保羅對於FBI如何追蹤通緝犯知道很多，而僞裝自己的死亡，尤其是在你太太幾乎被殺以後，算是一種消失的好辦法。FBI不會追緝死人。

「孤寂港警局卻會追緝死人。」多爾大聲說道。

34

達若關上他家房子的前門，走到廚房去打開電燈。他喝了一杯水，然後環顧四周。除了廚房的燈光以外，這房子靜默又黑暗。他聆聽著，設法捕捉到最微弱的一絲噪音，以便確定他的客人還在家裡。

什麼都沒有。

他放下水，走向門廳，看到地下室門開了一兩吋。他極其小心，緩慢地打開了門，並抓住了放在裡面架子上的手電筒。他把手電筒打開，指向樓梯，然後爬進地下室。

往下一步。等待。聆聽。

再下一步。等待。聆聽。

什麼都沒有。

老舊的樓板在他的重量下吱嘎作響，但聲音傳不出去。他走到最後一個台階，坐了下來。

他把光線角度轉向置於水泥頂端的木頭地板。傾斜手電筒，讓光線打在床底。

達若猶豫著。如果保羅決定跑路，那麼他的一切努力就付諸東流了。如果保羅．庫柏離開了，達若就必須追獵他再殺了他，而他永遠拿不回他的錢。

他把燈光往上照，看到保羅在床上熟睡。他動彈了一下，然後達若把光束轉向房間角落。光線落在保羅的牛仔褲上，它用一個衣架撐開了。

「喔，老天……」保羅說道。

「抱歉，我沒打算吵醒你。」達若說道。

「你嚇得我靈魂出竅，」保羅說：「你拿到我們需要的所有東西了嗎？」

「當然。你的褲子怎麼了？」

「喔，我就是這樣，好笨拙，把一杯咖啡整個灑到我褲襠上了。感謝神，那杯咖啡幾乎冷卻，要不然我就川燙我的蛋蛋了。」

兩個男人都笑出聲來。達若感覺到保羅發出的笑聲並不眞誠，這點讓他心煩。

他關掉手電筒，說道：「抱歉吵醒了你。晚安。」

「晚安。」保羅說。

達若上樓去，用來自廚房的燈光找到台階。他把手電筒放回它的架子上，走進走廊，然後關上地下室的門。他等不及要回到他的筆電前，回到他醞釀了十年的故事上。也許是他會說的最後一個故事。他知道付給保羅的所有金錢，到最後都會導向一本好小說。

現在是好好開始寫的時候了。

他從固定在他牛仔褲上的鍊子上拿了一把鑰匙，鎖上了門。在早上他會需要早起打開門鎖。不能讓保羅懷疑任何事。

回到廚房，他把手伸到廚房碗櫃上方，找到一盒藏在碗櫃頂端遮板後面的藥丸。他拿了其中一顆，用更多水把它吞下去，然後把那盒子放回藏匿處。藥丸讓他冷靜——平衡、掌控一切。抗焦慮藥幫助他緩和激烈的情緒。少了這些藥丸，他發現更難以管理他的衝動，也更難在殺戮後讓腎上腺素降下來。

他發現他瞪著地板，在尋找保羅把咖啡潑出來的潮溼處。他的髒馬克杯放在水槽旁邊，所以他猜想事情一定是發生在廚房裡，而他再看了一遍。

沒有任何痕跡。他檢查了走廊、客廳。乾得跟骨頭一樣。他往廚房的廚餘桶裡窺看，看到一些用過的紙巾。

他試著把這件事從他心裡排除。煮些咖啡，打開筆電。他按了電源鍵，等著它開機，然後鍵入他的密碼。他點開Word檔，然後選擇他進行中的檔案。他重讀作者註釋的時候，露出微笑。他沒打算把這當成自白——他想要混淆視聽，好讓讀者們不會知道什麼是眞實，什麼是虛構，他喜歡這樣——讓他們一直猜個不停。作者註釋不像他前一天認爲的那樣差，他放著不改。這會是他最偉大的作品，他一直都知道，一等他追蹤到保羅．庫柏以後，他的故事裡就會生出一本書，這會造就出一個極棒的反轉。他想過書名——他喜歡《逆轉後》，讓人回想起他的處女作，那本書叫做《逆轉》。出版商可能會討厭這名字，但他們不會改它。《逆轉後》聽起來效果很不賴。他認爲這本新書到最後應該有超過一個反轉。這可能會是他的收山作。在這本書之後，可能會有很多人來找他。那沒關係。

他們永遠找不到他。不像保羅。達若花了很長的時間，但現在他逮到保羅了。

達若無法確定，但他覺得保羅今晚有某件事對他撒了謊。

他知道他必須更小心。保羅．庫柏是個不可小看的男人，他逼自己想起保羅有很多面向。一個曾經長期躲過他的男人。一名作家，有想像力跟某種程度的才智。一個工於心計的丈夫，甚至對自己的妻子都守住他的祕密。最重要的是，他告訴自己，保羅很聰明。

達若知道他只需要保持專注，小心背後。保羅不是個可以信任的男人，他走投無路了。

而走投無路的男人可能痛下殺手。

35

保羅躺在床上，整個人很清醒，聆聽著達若在他上方的腳步聲。到最後，他一定是上床睡覺了，靜默籠罩著整棟房子。保羅的心跳慢了下來，而他閉上他的眼睛。他犯下的罪過回來糾纏他了。

這一切全起於紐約的一個作家社團。他們每個月會見一次面，批評彼此的作品，喝啤酒吃披薩，然後回家的時候覺得他們寫的眞是爛東西。他就是在那裡遇見琳西的。他們很快就變成朋友。她來自愛荷華州，搬到紐約想成爲作家。她父母雙亡，有一小筆積蓄、有動機也有才華，她也發現她有指導作家的天賦，而在社團裡，她的意見是最値得重視的。很快大家就不再來參加社團聚會了，他們逐漸各走各路。要取得出版機會很艱苦，放棄的人越來越多。保羅沒放棄，但在這個階段，他去參加聚會是爲了見琳西，這比其他事情都重要。他們有過很短暫的一段，但琳西叫停了，不希望這樣毀了他們的友誼。她不確定她對保羅的感覺，想要保持距離，好好想一想。琳西搬到海灣市去，因爲那裡比較便宜，她的積蓄快要見底了。她想繼續經營寫作社團，而她很喜歡有保羅參與其中，所以她決定在臉書上成立線上作家社團。作家們可以付錢得到琳西與保羅的回饋，他們在這段時期都已經出版過一本小說，得到少量的稱讚，實質上完全賣不動。在她搬到海灣市後六個月，他們在孤寂港見過面。那是保羅第一次到孤寂港來。琳西造訪過幾次，而且很愛這個地方。他們共度那個週末，聊天、大笑並且擁抱彼此。在保羅回到紐約的時候，他知道他是跟一位眞正的靈魂伴侶共度時光。琳西還是不確定要不要交往，但他們同意現在先維持朋友關係。這個作家臉書社團在六個月期間裡有所成長，得到約二十來位成員，他們大多數根本屁都寫不出。

只有一個傢伙例外。他交出一本小說的前半部給保羅與琳西，而它好得難以置信。第一次閱讀的記憶讓保羅留下深刻印象。那是個保羅已經讀過一千次的場景：警方發現一位謀殺受害者的遺體。這不像他讀過的任何東西，就好像你身歷其境，視覺、氣味、刺激情緒的細節——全都灼燒到他的靈魂裡去了。保羅跟琳西兩人都有給那個作者回饋，只是某些改善作品的簡單建議——調換某些句子的位置，在這裡或那裡縮短一個段落，沒什麼重大改變，儘管如此，還是讓作品有所改善。

不久後，寫出那幕場景的作者就離開了社團。大約一年後，保羅出版了他的第二本小說，而他剛好拿到J．T．勒波小說處女作的一份書評用試讀本。他的經紀人喬瑟芬讀過了，而她把書轉給他。第一章就是他一年前從臉書社團那個人手上讀到的相同場景，一字未改。一個經驗豐富的警察在一棟荒廢舊建築物的地下室焚化爐裡，發現一個失蹤女孩的遺體，周遭圍繞著死貓的骨頭。他打電話給琳西，把書寄給她，她讀了以後確認就是同一本。他們設法要聯絡那個人，想恭喜他，但他不願回覆他們的任何訊息。

保羅沒多想，直到那本書出版、開始暢銷爲止。書的銷售持續成長再成長，在它終於紅到出圈的時候，《紐約時報》出現第一篇文章，討論的不只是這本書驚人的成功，還談到飄忽不定的作者J．T．勒波。起初這是個全國矚目的謎團，接著變成世界矚目了。

似乎只有保羅跟琳西知道眞相。他們無止盡地談到這件事，思索著要怎麼做，還有他們是否應該跟媒體談。保羅透過他上傳到社團裡那篇作品的Word檔案授權追蹤他，企圖得知他的眞名。

琳西破產了。她打電話給保羅，想向他借錢。他沒有錢可借。保羅開玩笑地建議她，去找J・T・勒波揩油，他負擔得起。在琳西說她會這麼做的時候，最初的笑話就不好笑了。她幫助過他，對於丟點小錢給她他負擔得起，然後保羅就叫她試試看，這樣做無傷，再加上他們知道他的眞名，他可以付錢買沉默。

琳西發訊息給勒波，安排好會面。

他們兩個都幫過他的書，他們建議的改變進入了定稿。勒波注定要賺進數百萬，琳西卻捉襟見肘。在那時琳西住在海岸邊，而她安排要在孤寂港見他。保羅等了一整夜，急切地想聽到發生什麼事。他有給她一些錢嗎？到最後他厭倦等待了，就打電話給她。沒有回音。好幾天過去了，然後是好幾星期。他試過發簡訊、發電子郵件、臉書，留了無數的語音留言訊息。什麼都沒有。

保羅擔心到要生病了，發訊息給勒波，告訴勒波他知道他的身分，而且問起琳西發生什麼事。勒波要了保羅的電話，保羅給他手機號碼。他立刻打來。

他用了某種變聲設備。保羅聽到一個電子語音——冰冷而沒有人性。

「你跟琳西講到我的事，不是嗎。你知道我是誰？」

「對，我知道。那不重要——她在哪裡？」

「她犯了個錯，保羅。她威脅我。我在孤寂港的懸崖上跟她相會。很棒的小鎮，靠近海灣市。我給她錢，然後她說這只是頭期款。她可以從媒體那裡得到更多錢。說CNN要給她五十萬做獨家報導。那就是她的錯誤——貪婪。我用一顆石頭打凹了她的頭，把她衣服剝光，然後把她從懸崖上丟下去。」

他講得很隨意，就好像在描述天氣。

「她應該拿那筆錢的，保羅。到最後她哀求我，她領悟到她犯了個錯。她講到有一天要跟你一起住在孤寂港。建立家庭，生個寶寶。她現在做不到前述任何一件事了。」

「你這邪惡的狗雜種，我要去報警。」保羅說。

「別那麼做。我要向你提個建議。我不知道你住在哪裡，或者如何找到你，但總有一天我會知道的，而且我會殺了你。唯一的脫身之計，是讓我不必擔心你，保羅。這裡是我的建議。我在出書以前就是個有錢人了，我現在甚至更有錢了，所以這樣——前三年先給一百萬，然後是一年兩百萬。這樣的錢足夠讓你不受報警的誘惑，或者媒體的誘惑，而我也不會太在意那筆錢。我們成交了，對嗎？」

「去你的。」保羅說著掛斷電話。保羅打給警察，但沒有先前的電話紀錄，也沒有任何人失蹤的證據，他很快就碰壁了。他們認爲他瘋了。他打電話給勒波的編輯，鮑伯．克蘭蕭，跟他說他知道J．T．勒波眞正的身分。

保羅安排在曼哈頓大橋底下會見鮑伯．克蘭蕭。鮑伯說他會開一台綠色Toyota。保羅發現那輛車陷入火海，而鮑伯還在後車廂裡。也許活著，也許不是。他試著把他那部分的記憶封印起來。他不可能救他，火焰太炙熱了。他站在那裡，而幾秒鐘後油箱就著火。保羅那時就知道，他要爲鮑伯．克蘭蕭之死負責，就像他知道他人生中的其他事情一樣確切。勒波殺他，是爲了讓自己的祕密安全無虞。琳西也是。保羅是這一切的肇因。

這祕密是J．T．勒波的奇特人生。保羅在去見克蘭蕭以前做了他的功課；對於勒波，他知道了他能得知的一切。勒波周遭的人有失蹤的狀況：同班同學、鄰居、工作同事，甚至是他的父母。

那天晚上在橋下，他試過要殺保羅。勒波一定不知怎麼地追蹤到他了。他知道保羅要見克蘭蕭，就解決了這個問題。

保羅從遠方看到過他，一個暗影。保羅跑過那片空地，藏在裡面都是老鼠的一個老舊垃圾子母車裡。他透過子母車側面的一個洞，注視著那輛車整夜燃燒。到了早上，他在消防隊抵達前爬了出來。橋上的通勤者看到了煙，打電話給警察。沒有人會在半夜爲了一塊空地上的火災打電話叫警察。如果只是在一塊老舊空地上的一輛車，消防隊也不會感興趣。沒有危險。他們會在早上撲滅它。

那天早上保羅知道他必須跑路。他猜想勒波已經知道他在哪工作，知道他所有朋友的名字——甚至可能知道他住哪裡。保羅跑了，藏在曼哈頓，但他不能工作。

他需要結束這件事，他只知道這麼多，警方永遠不會相信他，勒波設法躲過懷疑了。唯一的辦法要不是殺了他，就是讓他相信保羅不是個威脅。

就在克蘭蕭死後那天晚上，他接到同一個匿名號碼的電話。

「你聽到鮑伯燃燒時的吶喊了嗎？拿錢，然後我就不必再擔心你。事情幾乎結束了，保羅，你要變成有錢人了。」

保羅確實拿了錢。他知道對勒波來說，這麼做有兩個目的。

首先，如果勒波被抓了，他會告訴警察保羅知道一切，而他付錢要他保持沉默，讓保羅成爲事後從犯。那筆錢必須夠豐厚，這套才說得通。警方會認爲一年超過一百萬元的付款，隱藏的肯定是某種比作家眞實身分更重要的事。這就是有人會付來掩蓋謀殺的那種錢。第二個理由是，勒波會嘗試透過錢來追蹤保羅。數位銀行交易有太多陷阱，所以保羅僱用了一個因爲洗錢坐過牢的人來幫助他轉移現金，唯一的目的就是把錢藏起來，避開原來的收款人。這招只會暫時有效，而他必須在每次付款前預先改變系統。然後他對他的經紀人喬瑟芬坦白此事，她成爲他跟勒波企業之間的屏障，並且透過她的帳戶過濾那筆錢，不過付款仍然會進入保羅的銀行，其中扣掉了喬瑟芬的佣金，付款人的名字則出現在存款上——勒波企業。

一陣子以後，保羅覺得安全了。錢定期從勒波企業流入。他確保自己不炫耀這筆錢，任何大額採購都會留下痕跡，大多數的錢他都存著，而他藏身紐約。

隨著時間過去，保羅不再感到恐懼。保羅知道勒波的眞名，但他從沒見過他，而且哪裡都找不到任何照片。保羅不知道他長什麼樣子，街頭的任何男性都可能是勒波，他能做的就只有隱藏。到最後他告訴自己，他不可能被發現。

一年年過去。保羅再度開始寫作，他的經紀人知道他在躲藏。他告訴喬瑟芬眞相了，而在收費狀況下，她保守著他的祕密。勒波繼續出版；每本書都是一樁眞實謀殺案的夢魘式重述。

就算他可以花掉所有那些錢——保羅永遠都不想，那是染血的錢。然後，他遇見了瑪麗雅。他不認爲他可以再愛任何人，但她證明他錯了。他們在結婚後搬到孤寂港。保羅猜想這會是勒波察看的最後一個地方。琳西已經死了，這讓他心碎了極長的一段時間，但他想滿足她的最後願望，他想要在孤寂港生活，只是那必須是跟瑪麗雅一起，而不是琳西。從某方面來說，保羅告訴自己，這樣會幫助他翻開人生新頁，幫助他處理他的罪疚感。在某些方面，這樣做讓狀況變得更糟，而他讓自己埋首工作。

保羅知道破門而入的是勒波。他直奔那張私人書桌，保羅在那裡保存了關於勒波的文章與媒體剪報，設法要追蹤他的行動，並且把小說裡的謀殺案跟眞實案件連結起來。在破門行竊事件的第二天，保羅看到他車上的留言。

我知道你是誰。那他媽的混蛋甚至還署名，**勒波先生**。

保羅被發現了，他必須再度跑路，他害怕勒波會傷害瑪麗雅，那就是爲什麼保羅從來不告訴她眞相。最後一個聽他告知勒波之事的人在痛苦中死去，他不能用那種知識毒害她。喬瑟芬需要分一份勒波的錢，而她永遠不會說出去。他現在知道，他本來應該帶著瑪麗雅跟他一起走，但他原本料想他要是留下她，她會比較安全，畢竟勒波想要的是保羅，而不是瑪麗雅。他弄錯了這點。然後勒波愚弄了保羅，讓他以爲他把他從沉船中救出。保羅猜測勒波很有可能就是一開始破壞船隻的人。

他奮力壓下痛楚。他會以後再處理這點。

不知怎麼地，勒波已經透過錢找到他了。可能是銀行。而現在勒波想把錢要回來，這點很清楚。他想出了計畫，要幫助保羅把錢拿出銀行。如果這完全只關乎殺死保羅，保羅早就已經死了，勒波可以輕鬆殺他五六回。

懦夫。

他讓這個字眼坐在他心靈的最前方。保羅是個懦夫。

他讓別人死去，以便保護他自己。保羅知道勒波不會停止殺戮；他不可能去找警方談琳西的事，或者講他對勒波眞實人生中的謀殺有何理論。沒有眞正的證據。最有可能的情況是，一位嫉妒的作者提出天馬行空的指控。他知道他現在不可能去找警方。他們爲了瑪麗雅遭受的攻擊而通緝他，他還是共犯——有價值兩千萬的證據能說服任何法庭這一點。

保羅決定了，只有一條可行的行動路線。他不會再逃跑了。他會先拿到錢，至少他會有機會補償瑪麗雅。他會告訴她一切，把她眞正應得的生活給她。

在錢離開那間銀行以前，勒波不會嘗試殺他。保羅知道這一點帶來的優勢。他接著領悟到，他一直都知道這一天會來——他不能永遠逃亡。總有一天，勒波會找到他，也許那就是爲什麼他無法完全投入跟瑪麗雅的生活，總是有某種黑暗恐怖的東西在地平線邊緣。

他在床上坐起身，睜開他的眼睛，對瑪麗雅許下一個諾言。

他會拿到錢。

他會把錢給她。

他會殺了勒波。

36

在日出之前徹底清醒地躺在床上，對多爾警長來說不算是少見的事情。隨著年齡增長，他發現睡眠變得越來越困難。從未結婚，也鮮少跟伴侶同床，意味著他養成了某些壞習慣。他喝太多咖啡，他打鼾，他有時候讓房間角落裡的電視開著。而且他沒有睡前例行公事，也不太想開始建立一個。當然，喝些溫牛奶，放點撫慰人心的音樂，讀本小說，甚或是靜坐冥想——他知道所有可以幫助他入睡的事情，但他就是沒辦法掌握其中任何一項竅門。冥想絕無可能，他也不可能讓醫師開藥給他，哪怕只是安舒疼止痛藥。小鎮上消息傳得很快，要不了多久，大家就會說警長年紀大到不行了。不，他告訴自己，他不需要任何藥丸或例行公事，而他肯定不想冥想。

做這份工作，等你死了再睡。

他是這麼告訴自己。漸漸地，他認為他的建言爛透了。

他再度想到布洛克從庫柏電腦上取得的訊息，然後決定起床。他容許自己享受的一點小奢侈，就是一台好到不行的咖啡機。它比他的車子還老，在早上會發出驚天動地的聲響，要是咖啡沒讓他猛然清醒，那台該死機器的噪音肯定會。

太陽開始從他的房子後面升起，而他坐在前廊上喝一杯義式濃縮。他這天早上的第三杯。他通常會坐在那裡，同時想著無名女屍案。現在她有名字了，卻沒有過去，也沒有身分。

多爾感覺到一股熟悉的罪惡感在拉扯，這是一種他套在自己脖子上的重擔。有時候他能好好撐著，其他時候這股重量卻會把他直接拉倒在地。

多爾已經知道琳西是被謀殺的。他不相信醫檢官的結論——自殺。

誰會把衣服脫掉藏起來，好讓它們不會在山嶺頂端被發現，然後才跳下去？

他那時就不相信是自殺，後來也從沒有更趨近於相信這種說法的想法。

他怪自己沒更快接近眞相。保羅．庫柏就是J．T．勒波，他殺死了琳西，接著在多年後搬到孤寂港。多爾告訴自己，他應該要看出保羅有些蹊蹺之處，他應該要有能耐發現眼前有個殺人犯。這說法很荒謬，儘管如此，他還是感覺到那股罪惡感，而這種感覺讓這個說法變得很眞實。

在他的前廊長椅旁邊的一棵盆栽下面，他塞了一箱小雪茄。他移開花盆，從箱子裡拿出一支，用火柴點燃它。不像他父親總是把雪茄放在嘴裡點燃，多爾就只是拿著一支火柴靠近雪茄，然後轉動它。菸草一開始燃燒，他就吹熄火柴，接著吸一口雪茄。一個來自紐奧良的撲克牌玩家教了他這個技巧。他說，這樣做確保你不會吸入直接火焰燒出的化學物質，而毀掉了雪茄的風味。

他喝著他的義式濃縮，抽著他的雪茄，注視著天空，聆聽著對街房屋群的簷溝與灰泥牆被剛升起的早晨陽光照暖了，恢復生氣時發出的吱嘎聲響。

他聽到遠處輪胎的磨擦聲。

然後是一具引擎，在高速運轉。

警局的車以五十哩時速來到上坡，浮上半空然後咚一聲落在柏油路上。它在輪胎的一聲尖叫跟一陣煙霧中，停在他的屋子外面。布洛克警員下了車，跑上他的前廊台階。

「我穿上褲子以前不值勤。」多爾說道，抽了他最後一口雪茄，然後讓它飛過他家前廊欄杆，進入隔壁鄰居的玫瑰花叢裡。

布洛克望著雪茄頭的飛行軌跡，皺著眉頭轉回來面對多爾。

「他的貓在我的草坪上拉屎。妳要怎麼辦？逮捕我？耶穌在上騎著祂的摩托車，布洛克，現在才早上七點啊。」

「如果你肯接該死的電話我就不會在這裡了。」

他把手機留在床邊了。但無論如何，他距離警局就只有十分鐘車程。

「有人現在就身陷險境嗎？」多爾問道。

一時之間很困惑的布洛克說：「不，但你有讀到——」

「那就可以等。我的大腦至少九點半才會開始工作，而且是要在我喝過更多咖啡，吃過一些培根加蛋以後。」

「這個不能等。」布洛克說。

他們走進屋裡，多爾啓動咖啡機，就在這時布洛克開始說話了。一會以後，咖啡進入了多爾杯子裡，他爲布洛克煮了另一杯，然後機器安靜下來。他轉身面對她。

「妳在早上總是這麼健談嗎？」他說道。

「我們有個新嫌犯了。」布洛克說。

多爾用一隻手摸著他的臉。

「這件事在蘇的報告裡。瑪麗雅．庫柏跟鄉村俱樂部裡的一名服務生過從甚密。」

「就是這個。那是我們的新嫌犯？某個跟她過從甚密的服務生？」多爾說道。

「不，不只是某個服務生而已。我今天早上打電話給俱樂部，那個服務生已經好幾天沒上班了。他在保羅・庫柏失蹤前一天提早回家，此後就沒人見到他。他的名字叫做達若・歐克斯。」

37

保羅從來看不出靜坐冥想有何意義。

在夏天，孤寂港開的瑜伽課比酒吧還多。他讀過一些文章，甚至去過某些課程，還買了線上影音的超覺靜坐大師班。這一套背後的概念似乎夠紮實了，而他熱切渴望這種修行的平靜、心靈安寧與抗焦慮性質。

這一套對他從來無效。他無法關掉他的大腦。在一個作家的大腦裡，每則訊息都會被餵給意識與潛意識，而且很容易在任何時刻，以故事概念或者紙上對話的形式被吐回來。唯一被證明稍微有用的事情，就是呼吸練習。保羅學過如何掌控他的呼吸，有時候這幫忙緩和他的焦慮，但他一閉上雙眼，他就會看到燃燒汽車的景象。他無法改變他腦袋裡的頻道——無論他多努力嘗試。

站在達若家地下室的床鋪邊緣，保羅打開他的雙手，展開他的雙臂，吸了一大口氣，屏住，讓它緩緩吐出。重複他的眞言，然後再度重複。在十分鐘以後，他能看到的就只有車子，還有從窗戶舔舐出來的火舌。即便如此，他的心跳率還是下降了，他發現他可以講話，不至於每個字都結巴，而且不再顫抖了。

這並沒有把恐懼帶走，但確實有助於讓他的身體慢下來，這是能夠控制恐懼的第一步。他覺得好些了。他會需要覺得好些。

他心想，也許冥想到頭來沒那麼糟。這是他第一次取得像這樣的成果。這可能是因爲事實上他在達若身邊要是不舉止正常，他麻煩就大了；也可能是因爲沒有刺激物——達若的河畔宮殿裡沒有酒。

他告訴自己，他很冷靜。他必須冷靜。

如果他不冷靜下來，他就會死。

他那時就知道，被謀殺的立即威脅，提供了他有史以來唯一一個眞正嘗試冥想的誘因。他的生命有賴於此。

即使他的處境如此，這個念頭還是讓他露出微笑，但他料想，如果有更多人有被謀殺的立即危險，他們可能都會抱著開放心態嘗試新事物。那天早上有種解放的性質，對此他心存感激。

他穿上牛仔褲的時候還有點溼，不過他可以忍耐。襪子也仍是溼的，但他不需要襪子；達若前一天有給他幾雙了。他穿上新襪子，然後慢慢爬上樓梯到地下室門口去。門是開的，就開了條縫。他靜靜地把門拉開，在他聽到有人敲了一下前門的時候停下腳步。

前門座落在距離地下室門六呎遠的地方。他聽到達若的靴子在走廊上的聲音，本能地關上了門，只留下一兩吋的縫。達若的臉出現在那個空間中。

「有人在門口。保持安靜，別出來。我會擺脫他們。」他低聲說道。

「是誰？」保羅說道。

達若轉過身去，從門廳窗戶往外瞥。

「警長。別擔心，就保持安靜。」

在達若轉身的時候，保羅注意到塞在他牛仔褲後面的槍。達若伸手到後面，把槍拿在手裡，檢查過以後把它放在玄關桌上的一條廚房抹布下方。

保羅握著門把，把它拉向自己，這樣收窄了他的視線範圍，但同時也容許他在不被觀察的狀態下看到達若。

沒有任何一種狗屁冥想，能夠制止他心臟在胸膛裡重擊的節奏。他感覺到汗水在他前額成形，而他咬緊了下顎，不讓那股震顫傳遞到他的牙齒上。

達若開了門，靠在門縫上塡滿了它，還用他的靴子擋在另一邊，阻止警長把門進一步推開。

「嗨您好，歐克斯先生？」警長說道。

保羅看不到，但他認得出多爾警長慢吞吞的語調。

「我就是。」

「介不介意我叫你——」

「歐克斯先生就可以了，」達若說：「我能幫您什麼忙？」

「我們希望可以。介意讓我們進來嗎？」

「無意不敬，但此刻我不想接待任何人，警長。過去幾天我感覺不太舒服，沒怎麼打掃家裡。」

靜默。然後是多爾的靴子踩在外面地板上的聲音。

「嗯哼，」多爾說：「好，我想我們可以在這裡談。看來不用擔心打擾鄰居吧，現在有鄰居嗎？」

「沒。」

「可以告訴我們，你過去幾天在哪裡嗎？」

「在這裡。我也許有出去買一兩次日用品，不過就像我說的，我病得滿厲害的。」

「孩子，我可以看到你嘴唇上的汗水。發燒，是嗎？」多爾說著，語氣看似暗示達若臉上的汗水是爲了某種整體而言沒那麼清白無辜的理由。

「類似那樣。」達若說。

另一個暫停。這是故意的。就算保羅無法看到警長，他也知道這個男人若要憑空想出問題，不會有任何困難。

「你認識瑪麗雅．庫柏嗎？」多爾說道。

「我在新聞上看到了。可憐的女人。她不時會到俱樂部來。我服務過她，打發那段時間，你懂吧——我不願看到一位女士自己一個人坐著喝酒。而且她總是給很豐厚的小費，不像那些小氣鬼，不願意從他們的辛苦錢裡分半點給你。」

「你們都聊些什麼？」

「聊得不多。我們聊天氣、新聞，我不知道還聊啥。我想就是閒聊吧。」

「你們有在俱樂部以外見過面嗎？」

現在輪到達若停頓了。一股鈍痛從保羅的下顎傳來，而他的牙齒吱吱作響。他放開了門把。保羅要費盡全力才不至於攻擊達若。這個謀害他人的狗雜種幾乎殺了瑪麗雅，把她的腦殼打成紙漿。他叫自己冷靜下來，保持鎮定。他想起了那筆錢，把他的指甲埋進掌心裡，隨著體內沸騰的憤怒全身顫抖。這是確認了他內心深處已經知道的事情。他咬著嘴唇，制止自己尖叫搥牆。

達若瞪著地面，手指幾乎碰到他的嘴唇。這樣看起來像是他正在盡全力回想——對自己提出的答案小心翼翼。

保羅知道達若現在有麻煩了。如果達若說他從沒在俱樂部外見過瑪麗雅，多爾警長卻知道不是這樣，達若差不多就等於當場替自己上銬了。

「我相信沒有。」達若說道。

達若在等著他的答案塵埃落定的時候，他的左手滑出去，翻開那條廚房抹布，放在檯面上的那把手槍上。警長還有跟他在一起的無論什麼人，都無法看到這一幕。在事情太遲以前都看不到。

保羅彎下膝蓋。如果達若移動那把槍一吋，保羅就會衝出門撲向他。他可能在第一槍之前到達那裡，也可能不會。不過，如果達若豁出去了，他還是必須試試看。保羅不能再讓別人因爲達若而死了。

或者因爲他而死。

「你確定你們從沒在俱樂部之外見過面？」多爾說。

「滿確定的。」達若說道，同時保持手臂打直，準備好在狀況不對的時候，把槍揮向多爾的臉。

保羅的血液在耳朵裡怒吼，他無法捕捉到警長的回應。

達若的手臂繃緊了。保羅轉移他的重心，準備靠他的右腳往前跳出。

鳥鳴。松樹林裡的風聲。另一個房間裡電視機微弱的低語。還有腎上腺素在保羅體內攪動的輕柔嗡嗡聲響，沒別的了。

他再度評估他跟達若之間的距離。他肯定來不及。

保羅更進一步蹲低，打開了門。

38

多爾站在前廊上的時候，全程注意著布洛克的動態。當多爾讓歐克斯的注意力分散到足夠程度了，她就會轉過身去，舉起她身旁的相機，替房屋側面、還有屋子後方的那個部分拍下一些照片。

她有夠長的時間拍照，而歐克斯什麼都沒告訴他們。在此同時，多爾一看到這個男人就渾身不自在。以一個鄉村俱樂部服務生來說，歐克斯看起來身材健美得不可思議。這個男人幾乎沒脂肪，而在毛巾布底下，他的二頭肌突出得像個壘球。

這是個努力維持健康的男人。

讓多爾不安的不是那種體態。不，是那雙眼睛，那副表情。這個男人顯然在隱瞞某件事。他的行爲舉止把這點說得很大聲。

這時多爾並不知道歐克斯確切在隱瞞什麼。他肯定不喜歡在俱樂部外跟瑪麗雅私會的問題。不，長官。他慢條斯理地回答——可能是在權衡多爾後口袋裡是否藏著什麼殺手鐧，像是一份供述，說瑪麗雅・庫柏跟歐克斯每星期二下午在餐館裡會面，一邊喝脫脂拿鐵一邊打橋牌。

多爾重新調整他的姿勢，設法讓自己避開他膝蓋上突然活過來的鈍痛。他手撐著髖部，伸直他的另一條腿，轉移他的重心，卸除那邊壞掉膝蓋上的壓力。

多爾的手一移向髖部，就在他的槍套後面，他就看到達若繃緊了手臂。

多爾就在那時感覺到歐克斯有某種極端不對勁的地方。門口這個男人準備要攻擊了。他可能在前門口旁邊的桌上放了把二乘四吋的木條，也可能是一把槍。就算沒有那雙鯊魚似的死亡眼神，這個念頭都很驚悚。

他問歐克斯是否確定。歐克斯思考了一下。或者他是在思考要揮出一把刀或槍來替代答案？到最後，歐克斯說他相當確定。

多爾放過很多事情沒做。他從未設法加入數位革命，他的樓梯上有壞掉的樓板，他的鞋子應該擦一擦，但他推遲了這些事情——他說他到頭來總會去做。到頭來他也會放過這些事。

有一件事情他沒放過，就是用槍。多爾每兩週就練個五十回，所有子彈到頭來都去了他要它們去的地方。每個月他都做開火訓練，這得回歸他加入警力的早年，當時他受過嚴密保護訓練，他會從槍套裡抽出他的武器，連開三槍，全都在三秒內完成。他年輕的時候可以在剛超出兩秒的時間裡完成。現在他平均能達到二點五秒就滿足了，布洛克差不多也一樣。

如果歐克斯眞的要採取行動——多爾準備好了。

多爾沒問更多問題，現在不是時候，他就讓這個時刻呼吸。對於任何其他潛在嫌犯，多爾會仔細地搜尋他們的臉，尤其是眼睛。歐克斯有雙死氣沉沉的眼睛，在這種光線下幾乎是黑的。

多爾在大半對話裡保持安靜警醒，他可以感覺到布洛克的不安，她挪動著她的腳，然後往前踏了一步。

「你認識瑪麗雅·庫柏的丈夫保羅嗎？」布洛克說。

「不，不能說認識。」達若說道。

「也許我們應該回去了。」布洛克警員說道。

多爾凝視的眼睛沒有一刻離開歐克斯，他退後一步，說道：「也許妳是對的。歐克斯先生，您一直很幫忙。就現在來說，我們會讓您清靜一下。」

在多爾跟布洛克安全地回到車上，歐克斯也關上他家前門的時候，他們兩個人都如釋重負地嘆了口氣。

「那傢伙很緊繃。」布洛克說。

「肯定是，妳有看到後面那艘船嗎？」多爾說道。

「當然有，也用我的手機偷偷拍了一張。靠服務生的薪水要維持那艘船，天殺的不容易。」

「我們會回到局裡，做點文書工作，然後送去給法官。妳認爲這樣足夠申請搜索狀，搜查達若的房子嗎？」

她點點頭，倒車以後回到馬路上。

39

達若關上前門，用門閂鎖上，然後轉身看到保羅四肢著地跪在走廊上。

「他們走了？」保羅說道。

拉開百葉窗，達若注視著警長的車在車道上倒退，回到外面的馬路上，停頓一下，往鎮上開了回去。

「他們走了。」達若一邊說，一邊把抹布從槍上拿起來。他拾起那把武器，把它放回他的牛仔褲腰帶裡。這次擺在前面。

「你應該要待在地下室。」達若用一種平淡、不經意的語調說道。

保羅站起來說道：「我以為你會開槍。你可能需要多一雙手才能快速退場。」

達若搖搖頭，說道：「不，那會是最後手段。無論如何，多謝了。你有聽到我們在講什麼嗎？」

在達若問這個問題的時候，他花了點時間仔細端詳保羅。如果這個男人開始懷疑達若了，他必須知道。他們正要冒大得不可思議的險，而達若知道要是不能信任保羅，他就不可能成功。在保羅聽進這個問題的時候，達若看到他的脖子脹紅了。或許這是對警察來到這裡的反應，也可能是別的。

「我聽到一點點。我不知道你在鄉村俱樂部工作。」保羅說。

喔，也許是這個，達若心想。

「我在那裡兼差。沒辦法光靠捕魚付房租。我在那裡看過你太太幾次，我告訴警察的是實話——這就是爲什麼他會離開；我只跟她交談過幾秒。只是打發時間。就這樣。我不認識她。」

達若再度把他所有的注意力與集中力聚焦起來——鎖定保羅的每個動作、手勢跟話語。

「說得通。我的意思是，你爲什麼會認識她呢，對吧？」保羅說道。

達若點點頭。「對。」他說。

達若知道保羅心頭總是有點懷疑的陰影。必定如此。唯一不確定的，是那點陰影會不會大半隨著時間過去而消弭，還是會變得越來越大。這不在達若控制之內，他就是必須走著瞧，沒辦法猜得準。他唯一能做的事，就是更密切監視保羅，確保他在想著別的事情。

有很多事情可以想。

「我想我們必須把我們的行程表提前了，」達若說：「那個警長是個傻瓜，他的手下也是。他們找不到你，所以追著自己的尾巴團團轉。他們想確定他們已經抓到他們要的人了。」

「所以我們什麼時候離開？」保羅說道。

「我們現在開始做準備，目標是在兩小時整以後離開這裡。」

「這麼快？」

「是啊，你的錢不會永遠等在那裡。如果你被宣告死亡，你就再也看不到它了。咱們去拿錢吧。」

40

在大多數小說跟電影裡，從昏迷中醒來的人會從床上突然坐起來尖叫。這樣很戲劇化，有視覺效果。

只是瑪麗雅．庫柏剛好也是這樣醒來的。

不過瑪麗雅其實沒醒來，沒有完全清醒。

她的眼睛在眼皮之下顫動著，她的心跳數竄高，呼吸頻率加快，胸膛裡塡滿空氣然後呼出，跟著她的心跳同時變得越來越快，到最後她變成在喘氣了。如果護理師剛好在房間裡，就會看到她的生命徵象數字飆高。在護理師忙於其他活動的時候，他們知道她是否醒來的唯一辦法，就是警報。

心跳率逼近讓警報響起的地步了。

到頭來並不需要。護理師在聽到尖叫的時候跑了過來。

瑪麗雅的眼睛睜開了，被噪音驚嚇到。那嚇壞了的尖叫。她花了幾秒鐘才領悟到就是她發出那種噪音，然後她眞的放開來叫了。

一個資淺醫師被呼叫過來，在護理師壓住她的同時，他替她打了鎭定劑，讓她冷靜下來。她一個字都沒說。她就只是尖叫。

瑪麗雅的心靈重設了。她模糊地記得，紐約有個善良的婦人光著腳在一個熟食店櫃檯後面工作，有個臉孔哀傷的男人輕柔地對她說話，並且把她拉近，還有海灘上的一棟房子，有風抽打著房子周圍長得很高的草。

她不知道這是她的人生，還是一場夢境。

就在瑪麗雅感覺她頭上有一種火燒似的痛楚時，鎮定劑生效了。

她看到的最後一件事，就是一面塑膠布牆，浸飽了鮮血。

41

在孤寂港警局，有一張通常被塞得滿滿的桌子，上面擺了一排精裝書。十本小說。J．T．勒波的完整作品集。布洛克去過書店。

「請確定妳報了公帳。」多爾說道。

「我已經讀過大多數的書。我們必須進入保羅．庫柏的腦袋深處，看看他是怎麼思考的。」

「達若家的搜索票呢？」

「蘇在打字。」布洛克說。

她花了近十分鐘向多爾簡報勒波的作品，每本都是不同的驚悚小說——不同的角色、不同的背景設定、不同的情節。這些小說全都是全球暢銷書，而沒有人眞的確定爲什麼。

「爲什麼這個星球上最成功的作者之一，受到數百萬讀者愛戴，卻不想出面接受這種肯定？」多爾說。

多爾坐在他的椅子上，專注地聆聽J．T．勒波的濃縮版歷史。這是他聽布洛克持續講話時間最長的一次，他沒有打斷。他可以分辨出來，在她的迷你簡報期間，在不同的時間點上，她開始覺察到自己講了很久。多爾什麼都沒說，他的專注與靜默要她繼續說。布洛克開始打開話匣子了，而他希望這種狀況多一點。他喜歡她，甚至景仰她。假以時日，她會是很好的警官，比他對自己能期待的更好上許多。

要跟布洛克腦力激盪不是那麼容易。把點子丟給她，通常會擊中她的前額，然後像果凍似地從那裡滑下來。她根本不太講話，不過在她確實說話的時候，你絕對可以保證，她有值得一說的事。

「來吧，妳一定想過這件事了，不是嗎？爲什麼這傢伙要保持匿名，明明全世界都愛他愛得要死？誰能抗拒這個？」多爾說道，他終於打斷她的演講。

「我就可以。」布洛克說。

多爾點點頭，說道：「我可以相信這點，但妳——」

「我怎樣？」布洛克說。

「妳不是那種愛講話或常社交的類型，對吧？」

「我會社交，只是不在孤寂港。你是在開我玩笑嗎？如果我想找人約會，我偏愛找沒撐拐杖，不用換新髖骨才站得住的對象。」

「是啊，我懂。我們全都老摳摳了。但這裡有些人跟妳同個年齡層。保羅．庫柏跟瑪麗雅沒比妳大多少。」

「說得是，但他們不是我喜歡的類型。無論如何，我會出門見人，我也會跟他們講話，所以咧？我很安靜，我知道這點。」

「跟我講個理論沒什麼不對。」多爾說道。

「我不喜歡揣測。我喜歡看到證據——我喜歡**確實知道**。」布洛克說。

「我們**知道**的不多，但健康的猜測沒什麼不對。用上妳的想像力。咱們就說勒波不是個啞巴隱士，他是個普通人。爲什麼他不舉手承認，取得所有的讚揚跟崇拜？」

她扯著她下巴上的肉，說道：「那是錯誤的問題，警長。」

多爾用手指敲著桌上那些書的書脊，說道：「他寫了所有這些書。我沒時間讀它們，所以如果妳知道什麼我不曉得的事情，妳最好直取重點。正確的問題是什麼？」

布洛克拿起一本標題是《逆轉》的書，交給多爾。他用兩手接過。

「這是他的第一本書。我在書剛出版的時候就讀了，但我不記得情節，我需要再讀一遍。第一本書通常是自傳性質的，無論作者有沒有這種打算，某種程度上自傳成分就是會冒出來。這本書裡可能有線索。你看，眞正的問題是爲什麼庫柏殺死琳西，好讓他的勒波身分持續保密？在她被謀殺的時候，這本書賣得眞的很好，但還不是全球暢銷書。那要到後來才會發生。」

「他已經有某些事情要隱瞞了。他從一開始就不想讓任何人知道他是誰，成功在這裡面並不是重點。庫柏身上有某種東西從一開始就爛到骨子裡。那可能是什麼？」

「我找不到任何把琳西或保羅．庫柏連結到臉書作家社團上的東西。我會說所有那些帳號都已經刪掉了。我的感覺是庫柏企圖隱瞞他的過去，然而他的紀錄是乾淨的。」

打開《逆轉》的第一頁，多爾搖搖頭說道：「不管他在隱藏什麼，爲此都值得殺掉琳西。至少對他來說是這樣。」

「肯定是某種大事，不是嗎？」布洛克說。

「當然是。」多爾說道。他掃視了《逆轉》的第一行，然後讓十年前寫下的那些字句滲透進來。

這個世界上鮮少有比屍體更迷人的事物。尤其是一具頭扭到錯誤方向的屍體。

42

保羅注視著達若打包一個小袋子。一件襯衫、牛仔褲、他前一晚帶回來的東西、一頂棒球帽，一把點四五手槍跟兩把刀，還有他的筆電。

全準備好了。

他們在船上裝了瓶裝水、一些香腸三明治，還有那個小袋子。保羅帶了兩樣東西。首先是那個隨身碟，摸起來是乾了，但他不知道還能不能用。在他把它想成一本小說的時候，它似乎不太重要。它跟保羅的行事動機比較有關係，他打算做某種可能害他被捕或被殺的事情；他必須相信這一切結束以後，他還有個人生。

隨身碟是個未來生活的象徵。他想要保有它。

下午他們在水上出發。達若導航，保羅坐在船的後方，在船艙後面。在一小時左右的靜默之後，達若說：「我們再過三小時就會到邁阿密。我們加油，然後從那裡出發。應該會在黎明時抵達開曼群島。」

瞪著達若的頸背好幾小時，讓保羅集中了心神。他需要達若才能拿到錢。沒有達若，他就不可能拿到。在此同時，他偶爾也會讓身體往前傾，感覺到他牛仔褲後口袋裡的水果刀。他的第二件物品。對於他從其他方面看來很稀少的行李，是一個祕密的補充物。他在廚房裡動作快又安靜，悄然打開抽屜，選了一把鋒利的小型刀子，可以輕易且服貼地放進他口袋裡。達若什麼都沒看到——他在外面的船上做他的檢查。

保羅想到達若破壞了他寫作用的船，然後以拯救者的身分現身。他想到他本來可以跟琳西共度的人生，還有她在世界上的最後幾分鐘。他咬著牙，發出吱嘎作響的噪音，他的下顎肌肉在搏動。他想到瑪麗雅，想到她當時有多恐懼，一切都是因爲這個男人。他想過把那把小刀從他口袋裡抽出來，用力插進達若的頭骨底部，扭轉那把刀。

然後再扭轉一遍。

感覺溫暖的血流過他的手指。

在想著這個的時刻，他嘴唇上的鹽嚐起來就像血，眼淚接著流下。他把它們擦掉，動作很快。

錢阻止他殺死達若。還有他要是失手，會發生什麼事的恐懼重擔……！

不，保羅決定他要等下去。再等一天。很快他們就會有錢，而他們會回到船上，保羅會找到辦法殺死達若。

他必須如此。

因爲錢一離開銀行，到了保羅手中，達若也會設法殺他。達若有槍、有刀，還有體重與身高優勢。再加上他是個聰明的狗雜種。不過等錢到手以後，達若會鬆懈下來。他不曉得保羅已經知道他的眞實身分了，這讓保羅有優勢，他可以故作鎮定。拿到了錢，等到達若分心開船的時候，他就會出擊。如果達若要攻擊保羅——他顯然會這麼做——那他就會等到他們拿到錢，船也航行到開放水域的時候。那會是拔槍的時間。只要保羅在那之前先撂倒達若，就不會有事。他不可能不帶那筆錢就跑——那樣他絕對沒辦法成功。

船乘著來自貨運船與郵輪的波浪，沿著海岸線飛掠。來自引擎的呻吟，船殼在波浪之床上濺起的水花，海洋的嗅覺與味覺，對保羅來說全都帶有一絲黑暗色彩。

明天這艘船上的其中一個男人，就會殺死另一個男人。取人性命不是小事。保羅從沒經歷過這種處境；現在他最想要的莫過於阻止這個殺人犯。他想像自己跪在達若的屍體前方，生命力緩緩從這個凶手眼中流失。到時候他會俯身靠向達若，悄聲對他說，他一直都知道他的計畫。他知道他是誰，也知道他會殺了他。

爲了瑪麗雅，也是爲了他自己。

還爲了琳西。

這個念頭雖然怪異陌生，但也讓他覺得很強大。如果他要倖存下來，他就需要那種信念的力量。在他們離開之前，他問過達若是否可以做最後一次新聞搜尋，看看瑪麗雅的病情是否有任何新的發展。達若最後同意了，保羅搜尋了一番，卻沒有更多發現。

他需要瑪麗雅度過這個難關。在這一切黑暗之中，必定會產生某些好事。保羅再度瞪著達若的背。

高大，精實。達若背上肌肉發達的谷地是個完美的目標。保羅開始做計畫，他應該如何動手。

他需要在哪裡下刀。

太陽開始下山，遠處的燈光亮起。邁阿密。中途休息站。

等到船接近停泊處的時候，保羅有了個計畫。

43

格里菲斯法官，這名七十四歲老人會簽下執法單位擺在他面前的任何東西，他授權了多爾警長擺在他桌上的搜索令與其他命令。他在法官的房子裡，在法官的個人書房中，佔用法官的私人時間，而法官大人甚至沒讀多爾寫下的任何一個天殺的字。

他也沒看布洛克在達若家照的照片。

法官也沒在聽他說話。在帶他進屋、進入書房以後，法官似乎只是太高興能夠得到一些遠離他太太的喘息時間。多爾見過她幾次，而他每次都很高興能擺脫她的陪伴。格里菲斯太太很愛講話，她很健談，永遠不是在跟你說任何事，只是對著你自說自話，而且她這麼做的時候音量超大。以一位嬌小輕盈如鳥的女士來說，她身上有條好比工業級風力機的舌頭。

感謝老天，格里菲斯太太此刻人在樓上。

「好啦好啦，不需要這樣，警長。我確定這一切全都絕對必要，而且恰如其分。交給你啦，全都簽好了。」法官這麼說道，把執行文件交回去給他。就在那一刻，多爾納悶地想，如果他發現自己站到法律錯誤的那邊會發生什麼事。格里菲斯對他的專業責任沒表現出任何想法，甚至也沒有一刻朝法規的方向思考，多爾警長想像著，在這位法官面前接受審判，對任何被告來說可能都是個難題。除非你被控謀殺格里菲斯太太——在這種狀況下，你可能會得到意料之外的從輕發落。

「多謝了，法官。」多爾說道，同時走向書房門口。

「你這麼快就要走啦？我還希望你可以多待一會，喝點咖啡，還有跟格里菲斯太太打聲招呼。」法官說道。

多爾加快了腳步，實際上是奔出書房直衝前門，轉頭對法官回答道——「抱歉，法官，我現在就得走了。緊急警方事務。」

他把背後的前門關上。在這一刻，他為法官感到有些遺憾。

回到警局，多爾把搜索狀鎖進保險箱裡。他把開曼群島的保羅．庫柏帳戶凍結令，傳眞並且發電子郵件到銀行去，要求他們立即回應。兩小時後一封從銀行首席法務長的電子郵件抵達，確認了他們承認銀行遵守國際洗錢防制規範下的法庭命令。那個帳戶裡沒有一分錢可以被領取或移走；兩千萬會留在帳戶裡，誰都不准碰。到了早上，他計畫帶著搜索令去突襲歐克斯。多爾關上他的辦公室，同時看到蘇坐在派遣桌前，在這麼晚的時間，用一種令他驚異的專注程度磨她的指甲。

「我讀了妳的報告。」多爾說道。

「我很榮幸。」蘇回應，忽視他到甚至沒把視線從指甲上抬起。

「現在別急著拿翹。那是很棒的工作成果，全部都是。我想問妳某件事。」

這次她看向他了。

「妳對這整個J．T．勒波事件是怎麼看的？妳認為是庫柏攻擊了他太太嗎？或者是另一個傢伙，歐克斯？也許他跟庫柏的沉船事件有某種關係？」

她拿下她的耳麥，交叉雙臂然後說道：「歐克斯從攻擊當晚之後就請病假，這肯定很可疑。在你可以把罪名釘在他頭上以前，你還需要更多證據。更多上許多的證據。我想庫柏是在害怕什麼，也許他害怕你會發現他是那個作者，勒布什麼的。」

「勒波。」

「隨便啦。不管怎麼看，庫柏先生都不希望警局攪和到他的事情裡，這是可以肯定的。」

「妳爲什麼會這麼說？」

「親愛的，你可能是警長，不過是我在接電話。我們過去三年裡有過四件入屋行竊案。他們每一個對我來說都麻煩得很。那些人不停打電話來抱怨，**為什麼你們還沒抓到那個竊賊？什麼時候我可以把我阿嬤的項鍊拿回來？**現在我知道庫柏家的竊案沒掉任何東西，但庫柏太太因爲她碰上的麻煩而挨了一巴掌。這個縣的任何男人都會捏碎你的蛋蛋，好抓到那個闖進他們家裡、攻擊他們老婆的人——」

「庫柏卻沒有。」多爾說道。

「對。如果他清楚知道是誰闖進來，我不會感到意外。」

多爾的腦袋緩緩轉動著。對於瑪麗雅的攻擊還有琳西之死，一切似乎都指向庫柏。

「多謝。」多爾說道。

「這話有這麼難講出口嗎？」蘇說道。

在回家路上，多爾把車靠在路邊，停頓下來，閉上雙眼，在他心裡重複那個思維模式。

庫柏的僞裝身分被揭發了。有人闖進來，而他們要不是發現了庫柏的勒波身分，就是早已知道這一點。很合理的是，闖入者也知道庫柏一開始爲什麼會躲在勒波這個身分後面。

是歐克斯，他不知怎麼地搞清楚了。可能是他攻擊了瑪麗雅，也許還弄沉了庫柏的船。也許他是要拿到開曼群島的錢。多爾只需要歐克斯、庫柏與勒波之間的紮實連結。

他打開手機，打電話給布洛克。他要提前突襲的時間，叫她在早上五點跟他在局裡會合。早上五點三十分，他們就會趁著歐克斯還在睡覺的時候突破前門，逮捕他、搜索他，然後搜索整間屋子。達若·歐克斯有很多問題要回答。

明天這個案子會整個炸開來。

他可以感覺到這點。

44

事實證明邁阿密是個比達若預期中更久的中間休息站。

他花了大半天在心裡複習計畫，設法找到弱點，探索種種可能性。保羅那天話很少，但在他們接近邁阿密的時候，他打破了沉默。

「我需要一套西裝。」保羅說。

「爲什麼？近期內我們不會去吃豪華晚餐。」達若說道。

「我去過銀行也許八九次，我總是穿得很體面。那裡就是那種地方。別認爲我不知感激，而且我絕對不是存心侮辱，但這條牛仔褲跟這件襯衫，在某種程度上讓我看起來像在跑路。」

轉頭回望的達若，上下打量著他。

「我們只有一次機會。在大開曼島登陸的時候，一切都必須完美。」

「好吧。」保羅說。

他們把船停在小艇碼頭，然後達若給港務長現金付停泊費跟燃料費，甚至爲延後抵達多花了五十塊。保羅站在他後面，什麼話都沒說，他的臉隱藏在達若的一頂棒球帽下面。

十分鐘內，他們就在一條充滿酒吧、餐廳與夜總會的街道上。在邁阿密暑熱更糟糕，海岸吹來的風似乎對溼度沒有分毫影響。汗水滲出他們的衣服，疲倦又飢餓。甜甜的香料與雪茄的煙霧沾染了每間餐廳外面的空氣，露天桌位擠滿了食客；他們會晚點再吃。

達若招了一輛計程車，帶著他們到一間整晚營業的購物中心。在太陽下整日曝曬，又經歷每個空氣粒子都充滿水氣的邁阿密氣候之後，有空調的購物中心眞是妙不可言。他們一起找到了一間百貨公司——不會太高調，但也不會太粗陋。保羅慢條斯理地選了一件藍色棉質襯衫，淡灰色的單排扣西裝，還找到一雙乍看相當貴的廉價棕色亮皮鞋，用一雙灰色襪子完成了整套搭配。不需要領帶。時髦的隨性打扮剛剛好。

他把這些衣物拿到更衣室去，試穿每一件。在鏡子裡他瞥見自己的臉。幾乎一星期沒刮鬍子。幾個月前他設法留了點鬍子，追隨現在的流行趨勢。瑪麗雅說他看起來髒髒的。他會需要挑把剃刀跟某瓶刮鬍泡沫，或許也需要整髮產品。

對西裝感到滿意以後，他脫下衣服，小心翼翼地把這些衣物重新掛好，然後離開更衣室。

達若坐在外面的一張凳子上，看起來像在等候一位伴侶。

保羅拿起一條黑色牛仔褲、一件黑色運動外套、一頂史泰森牌帽子跟一件白襯衫給達若，達若把所有品項拿到櫃檯去，用現金付款，然後一起離開。他們在麥當勞沉默地吃了一頓飯，他們的購物袋就擺在腳踝旁邊。他們沒搭計程車回船上，而是用走的，讓保羅可以在一間藥局暫停，買一包拋棄式剃刀、髮膠，還有些刮鬍泡沫。

在他們靠岸後九十分鐘，他們搭著達若的船離岸進入夜色，同時邁阿密的光流在水上反射著。他們會在中午之前抵達大開曼島。保羅讓自己待在船的後方，蜷縮在長椅上設法入睡。他筋疲力竭，而每走一哩路，他就覺得更遠離他自己。這個現實看起來既像個夢，也超級眞實。他所有的感官都處於高度警覺狀態。他可以聞到一切，他的眼睛逐漸習慣黑暗，而他的身體也漸漸適應船捕捉到每道海浪時的翻滾衝擊。這不是保羅的生活，這是一個測試，一種奇怪、致命的遊戲，他發現他正在其中。他不敢想搞砸的後果。

他的思緒漂向瑪麗雅。現在獨自在黑暗之中，知道所有發生過的事情，這時他明白了，他過去錯待了她。她是他人生中的一項寶物，只是被他的謊言所污染。他無法再跟她在一起了。沒有辦法跨越這種困難。如果他活過接下來的二十四小時，他會設法做出補償。他發誓會，他是眞心的。如果瑪麗雅沒有遇到保羅，就不必經歷那場攻擊。保羅過去二十年裡甚至沒有想過要祈禱；然而他發現自己緊握雙手，低聲唸著主禱文，這是爲了瑪麗雅，也爲了他自己。

他納悶地想，他是否能夠祈求讓掌舵控船的人死去。

如果有神存在，他祈求祂是個會報復的神。

45

多爾知道他不需要先給警告。

這對多爾來說無關緊要。他照規則辦事，就算它們是毫無意義的例行程序，你永遠不知道什麼時候最小的一點閃失，會回過頭來咬你屁股一口。

「達若．歐克斯，孤寂港警局，我們有搜索狀可以搜尋這處地產。開門，否則我們就要進來了！」多爾喊道。

他等候著。數到十。點頭。

布洛克拿起「大黑鑰匙」，這是多爾爲這隻三十五磅鋼鐵破門槌取的名字，警局購入後只用過一兩次。每次都是由布洛克使用，多爾沒那個力氣。她把破門槌甩離她的身體，上前一步，逆轉動能，把衝擊球面導向就在前門門鎖旁的那一點上。

木門棄守了，門鎖衝出去，撞上了後牆。準備好個人武器，多爾與布洛克進去了。他們已經探查過房屋周圍。沒有後門。船不見了。

他們肅清了一樓，然後是樓上的臥室跟浴室。沒有人在家，只剩地下室。整間屋子最危險的房間。沒有輕鬆出路，在你發現自己站在房間中央，變成容易攻擊的目標以前，沒有辦法確定角落無人。

布洛克跟多爾打開了口袋手電筒，慢慢沿著地下室樓梯往下走。他們每走四個台階就暫停一下，讓布洛克蹲下來，檢查那一段台階上的木條後面與下面的區域。在她用手電筒照亮那些裂縫，探頭到低處以便看得更清楚的時候，多爾也會蹲下來，持續移動他的手電筒，希望能捕捉到布洛克背後的任何動靜——掩護他的搭檔。

用這種方式下樓是唯一的安全選項。他們花了三分鐘下樓。多爾不介意，他有三分鐘的時間可花。

他們檢查了地下室。那裡沒有人，不過有近期活動的跡象。覆蓋桌面的灰塵裡有環狀的溝紋，有人在那裡放過一杯咖啡。床單聞起來相對新鮮，同時其他一切都有淡淡的霉臭味。布洛克的本性就是鉅細靡遺，而多爾發現自己在注視她工作。她檢查了多爾已經搜查過的地方，就爲了保險起見。他們慢慢來。感覺上屋子裡有某種東西，某種在這裡等著被發現的東西。這是一種奇特的感覺，但對執法單位來說並不算陌生。

他們在地下室裡沒發現什麼有重大意義的東西，而在半小時後，他們回到地面。

布洛克沒有交代一聲，就從地下室離開左轉，走向廚房。多爾猜他應該檢查客廳。客廳的門開著，透出一道光線。多爾不記得他有沒有關上他背後的門。他知道他是在布洛克之後離開客廳的，所以一定是他留的。

就算如此，他還是再度抽出他的武器，用他的腳把門推得更開。

他呼出一口氣，放低了他的葛洛克。就只是他的想像而已。

布洛克從他背後進來，說道：「有給電腦的多餘充電線，不過如果這裡有一條，我猜他隨身帶走了。在廚房櫥櫃下面有個槍櫃，但沒有槍。我找到擦槍油跟某些刷子，還是溼的。他最近清潔了一項武器。裡面有任何東西嗎？」

客廳在多爾看來沒什麼東西。書櫃似乎是唯一有意思的東西。多爾走向窗戶，瞪著外面的水，就好像他還能看到達若的船留下的漣漪。沒有任何痕跡，他錯過他了。

他轉身，看到布洛克在研究書架。

「有很多犯罪實錄書籍，大多數是談連續殺人犯的。其他的大半是警方辦案程序還有鑑識學的手冊。」布洛克說。

「我確定他在某處也有一盒《CSI：邁阿密》的套裝DVD。」多爾說道。

「我不這麼認爲，」布洛克一邊說，一邊伸手到第二個書架上的一卷厚書上。「這是本談FBI行爲分析小組側寫的書。這不是回憶錄，也不是那個地方的犯罪實錄血腥歷史書。這是學術性著作。這本書也被讀過好幾遍了，你看。」

她拿起那本書，捏起一張本來被黏在那一頁上做記號的黃色自黏便條紙。在她翻到那一頁的時候，那一章是在談透過連續殺人犯的簽名特徵來側寫他們。這意思不是分析他們的筆跡，而是檢視犯罪現場跟受害者，以便建立每宗謀殺案裡的暴力模式，FBI稱呼這是簽名。在頁面邊緣有個註記，是手寫的。

武器，受害者選擇，受害者類型，地點，過度殺害／暴怒傷口。

「如果你是個連續殺人犯，而你知道聯邦調查局的人在你的受害者身上尋找模式，最容易的辦法就是改變武器、策略，改變你選擇受害者的方式，並且變化你在受害者死前與死後施加的暴力分量。如果你這麼做，他們就幾乎不可能把兩宗謀殺連結起來。」布洛克說。

多爾點點頭，翻過這本書的其餘部分，尋找更多被做過記號的頁面。他什麼都沒找到。

「對於一個服務生兼潛水教練來說，是很奇怪的閱讀材料，你不覺得嗎？」布洛克說。

多爾沒應聲。他不怎麼聽得見她的聲音。他的心思都在消化這個書架，還有從架上那些書裡凸出來的小小黃色旗子。

達若在做某種認眞的研究。

多爾的電話開始震動。他接了電話。這通電話來自海灣市鑑識單位。

「我是多爾警長。」他說。

「嗨，這裡是麥克斯·麥克阿利斯特，鑑識人員。我得到某種可能有意義的結果。我們設法駭進瑪麗雅·庫柏的手機裡了，我拿到了通話歷史跟簡訊。我會盡快用壓縮檔寄過去。」

多爾謝過他，然後結束通話。直到電話結束之後，他才想到他根本不知道壓縮檔是什麼。他瞪著手機，打算再回電給麥克阿利斯特。

他沒回電給麥克阿利斯特。在他按下回撥鍵以前，他的手機便開始震動。一個他不認得的號碼。

他接了電話，聆聽，謝過來電者，然後說：「我們會馬上到場。」

布洛克很期待地等候著，抱著從達若書架上拿下來的滿手書籍。

多爾說：「我們會收到一個壓縮檔，裡面是瑪麗雅手機裡的紀錄。更好的是，剛才是醫院打來的——她剛剛醒來。」

46

保羅去大開曼島的時候，從沒有一次是搭船抵達的。這樣要花的時間比跳上一架飛機要久得多，卻低調得多。他很明智地利用時間，在小小的船艙水槽裡洗過他的頭髮跟身體，然後刮了鬍子，在他溼溼的頭髮上抹了髮膠。

從他的船沉沒以後，他第一次看起來跟聞起來都人模人樣。他等不及要穿上那套西裝，在他們靠岸時補上畫龍點睛的最後筆觸。在那之前，他先欣賞風景。儘管情況如此，他仍忍不住對這個地方的美感到驚嘆。對保羅來說，這就是天堂——五彩繽紛的島嶼鳥類在頭上盤旋，一群群看似在護送船隻進港的海豚，還有就在水邊烤架上的鮮魚與烤肉香味。

他們在喬治城上岸，保羅感覺到一抹熟悉的興奮感。

保羅在船艙裡換了衣服，同時達若把小船栓好。到外面來，遠離從他那個致命同伴身上冒出的臭氣，感覺很好。他心頭總是記掛著達若。就算更衣的時候，他都透過船艙窗戶確保達若時時刻刻在他視線範圍內。他把小刀放在他的外套口袋裡。

達若一把腳踏回船上，保羅就從他的袋子旁走開，遠離他透過船艙窗戶看到的畫面。這一定被注意到了，因爲達若後來的舉止似乎有變。看來他對保羅的動靜，就像保羅對他的動向一樣感興趣。

他們對著彼此繞著圈子打轉。每一方都不願讓另一方脫離視線範圍。保羅現在整個人打扮好了，西裝跟全部扣好的襯衫，還有堅硬的皮底鞋子。他走出船艙，給達若一點隱私。

保羅走路繞過船艙，握著艙頂的安全扶手，走到船的左舷。他背靠著船艙，這樣達若就無法從任何一扇窗戶看到他。他聆聽著達若的靴子踩在地板上的沉重聲響，隨手把他從那把點四五手槍裡拿出的子彈全部扔進水裡。它們沉到水面下的時候，發出輕柔的噗通聲。在清空他的口袋以後，他回到艙內。

正好趕上。

達若拉開他的袋子，抽出那把柯爾特點四五，抓住手槍滑套，準備好往後拉，並且從槍膛口檢查填充的子彈。

「等等，把槍留在這裡。」保羅用很權威的聲音說道。達若僵住了，注視著他。

「你不能拿著它進銀行，外面也沒有安全地點可以藏它。把它留在這裡。」

達若嘆了口氣，像個臭臉青少年那樣把槍塞回他袋子裡，然後站起來調整他的外套。

「我看起來如何？」他說道。

「你看起來……很完美。」保羅說。

他們搭計程車到愛爾金大道的大開曼島第一國家銀行。島上的政府單位知道銀行旅遊業是他們的主要吸引力之一，所以大多數銀行都在愛爾金大道開分行。這是條寬闊的街道，有四線車道，還有棕櫚樹在下方奔馳的賓利與法拉利之上悄聲細語。吹過棕櫚樹葉的風聲讓保羅想起一疊千元鈔票呈扇形攤開來的沙沙細語，那種聲音有種甜美的乾燥感，某種讓人冷靜，然而卻又充滿異國風味的聲音。

保羅先上樓梯，達若落後幾呎。

大理石柱框著玻璃門。就算人在外面，保羅都可以看到裝飾性的馬賽克地板展開形成這島嶼的形狀。他想他可以聞到香草味的空氣芳香劑，皮椅，還有似乎滲透到這個島嶼每個部分的甜美腐敗帶來的微弱香氣。

許多年前，保羅謹慎地選擇了這家銀行。現在當他推開玻璃門，還爲達若撐開其中一扇的時候，他想起了這件事。

他的新鞋在地板上響起回音，讓他回想起他第一次踏進這間銀行的時候。他那時就知道，他的選擇很明智。

大開曼島第一國家銀行有多樣化的客戶群：好萊塢電影大亨、房地產開發商、避險基金經理人、世界上百分之二十的毒梟、大部分的非法武器商人，還有全球最大的三間慈善機構。

完全隱私。徹底安全。而且稅率零。

給超級富豪的銀行業三大魔豆。

除非你存進五百萬，否則你開不了帳戶。銀行收取合理費用，作爲回饋，你不需要對任何人解釋任何事。一輛加長禮車會去機場接你，把你帶來銀行，然後聽你吩咐，直到你決定離開爲止。這次保羅沒有加長禮車。

這次他自願窮酸點。

這裡沒有出納櫃檯，只有一個接待處，有個經理站在後面等著招呼你，還有五個荷槍實彈的警衛駐守在房間四周。

他忍不住注意到這些男人的黑西裝被戰術背心撐開來，手臂裡抱著突擊步槍。他們很顯眼，就算站在角落裡也一樣。他知道達若也會注意到他們。保羅抬起頭，環顧著圓頂狀，鋪著金葉子的天花板。

對於這間銀行，他熱愛的一件事情是它信賴以突擊步槍保護安全，而不是靠攝影機。任何地方的牆上都沒有保全攝影機。保羅必須老實說，他看得出這種邏輯。一把AR-15步槍的保護力比柯達相機更強，而銀行的顧客渴望在所有交易中維持他們的隱私。他聽到達若在他背後的腳步聲移向左邊，朝著靠牆的皮革沙發而去。

保羅走近經理。她很高，外表看起來很嚴厲。她的黑髮從前額往後拉緊，加上她的棕色大眼，看似整張臉都被那條髮帶拉成一個瘋狂卻愉悅的微笑。她穿著一件紫色的花呢西裝，底下是紫丁香色的襯衫。銀行的代表色。

「您好，我可以幫您什麼嗎？」經理說道。

「是，我想提款。」保羅說道。

「當然好，先生。請在輸入盤上鍵入您的安全密碼。」

在保羅面前出現的是一個iPad打字裝置。他用觸控螢幕鍵盤輸入了他的安全密碼。他的帳戶資訊出現了。

保羅試著吞口水，卻發現他辦不到。他的喉嚨鎖住了，他背上冒出源源不絕的汗。

「恐怕這裡有個問題，先生。我必須打電話給客戶經理。他會來見您。」她說著，並拿起電話。

三十秒過去了，保羅沒有發現全程他的腳都在地上打某個節拍。他無法再強逼自己保持鎮定了，他的神經在逼他發狂。

他知道他必須冷靜。這招要奏效，這是唯一的辦法。

一名銀行經理穿過接待處後面的一道橡木門，走近桌前。

「先生，現在有個小問題，」客戶經理說道。他介紹自己為艾倫先生。「恐怕我們接獲一道扣押令，要求凍結這個帳戶。在這種情況下我們有時候可以通融，但這次不行。我做不了任何事，幫不上任何忙。」他說。

「喔，但有一件事可以做。」保羅說道。

在轉身招手要達若過來幫忙時，內心深處的他在尖叫，但從表面上看，他卻比略帶笑意還更開心一點點。

安全警衛們的眼睛都像火熱的雷射光那樣，熔進他皮膚裡。

他回想起在他非常年輕的時候，很多事情似乎都要用上永恆的時間。一台電梯要花兩年才會到下一層樓；他躺在床上睡不著的時候，他數秒數到一小時了，但在他察看時鐘的時候，只過了十分鐘。而花在做功課的時間似乎用上了一整夜，而不是半小時。

但沒有一件事，絕對沒有一件事，花的時間比達若從沙發走到接待處的二十呎路還長。而保羅的性命，就掌握在全世界他最恨的男人手中。

47

「這次有點失敗。」布洛克把巡邏車裡的警笛與閃光燈打開的時候說道。他們正朝著海灣市前進。

這是她在一小時內說的第一件事。

而多爾警長知道這點根本不用說。

他們把那棟房子撕成碎片了。他們的收穫是零——除了書籍以外，啥都沒有。沒有任何一絲證據，甚至也沒有一條線索，可以把歐克斯連結到保羅或瑪麗雅．庫柏。那些書是很有意思，多爾可以看出布洛克還在心裡反覆思索。她拿了半打書放進證物袋裡，當然了，光憑它們本身，不算任何證據，或許只證明了壞品味或者不健康的執迷。如果他們得到某種實質證據，一個像樣的檢察官就可以用這些書來操縱陪審團的看法。

「也許瑪麗雅的手機上有些什麼。」多爾說。

他的想法很牽強，他自己也知道。在布洛克踩煞車的時候，多爾把手放在儀表板上。紅燈。她慢了下來，然後在刺耳的汽車喇叭聲中奔過強史東大道上的車流。

醫院在他們面前逐漸變大。多爾不知道瑪麗雅從醫療上來說是否適合接受訪談。

倒不是說這對多爾有任何重要性。醫生不能阻止他跟瑪麗雅說話。身爲警長有些優勢，其中一個是他在海灣市同等級的同事給他的專業禮遇，而他們絕對不會阻擋他進入醫院。

多爾不想逼迫瑪麗雅。他知道她會很脆弱，也可能處於譫妄狀態。她對攻擊的記憶可能永遠不會恢復，多爾接受這個事實。他以前聽說過，有些事情就是太過痛苦，以至於人類心靈無法留住，它們必須被驅逐，否則它們的毒素就會散播開來，毀滅宿主。人類記憶是被設計出來記得與忘卻的，多爾警長從未或忘這個事實。他不再記得伊甸被疾病帶走以前的臉了，然而他記得醫院地板的磚塊排列圖案、他們打進她體內的化學物質氣味，還有她注意到他在她床邊時，她蠟黃凹陷的臉頰會把她的嘴唇拉成一個微笑；他無法忘記琳西骨白色的浮腫屍體在水裡漂浮，還有他耗在搜尋她的那些夜晚。記憶可以是一種詛咒。

他們停在醫院對面的停車場。這裡繁忙得要命，沒辦法嘗試弄到一個更近的停車空間。而就算恰巧在多層停車場找到停車位，如果他們打算在換班的時候離開，也可能困在裡面。停在對街然後走過去比較安全，他們就是這麼做。

有一群人在醫院一樓的電梯區外面等候，而儘管多爾急於見到瑪麗雅，他還是決定等電梯。八層樓會讓他一整個星期都要冰敷膝蓋。他需要保持機動性。至少再撐一陣。

等他們來到正確樓層的時候，訪客開始抵達病房了。布洛克跟前幾天對他們很友善的護理師談話，她則帶他們兩個去瑪麗雅的個人病房。他們讓護理師先進去。布洛克接近玻璃窗，窺探裡面，多爾也這麼做。讓他們不至於嚇到她是很重要的。對創傷受害者行事溫和緩慢，是好警察的第二本能。布洛克與多爾兩人都是如此。

房間裡的天花板大燈已經被關掉了。唯一的燈光來自裝在床鋪上方牆壁的伸縮檯燈，光線指向牆角，免得直接照到瑪麗雅的眼睛。除了那盞光線柔和的檯燈以外，瑪麗雅周圍的機器皆發出一種微弱的光芒。來自走廊的燈光足夠照到她的臉，但這個燈光也經過有色玻璃窗的遮擋。

瑪麗雅坐在床上。她的頭骨頂端周圍纏著一大塊繃帶。她正在跟護理師講話，護理師則撫摸著她的手背，讓她冷靜下來。瑪麗雅的另一隻手遮著她的眼睛，擋著檯燈的光。

護理師舉起手，把檯燈從牆壁那裡往外移動兩三呎。這樣增強了房間裡的光線，而瑪麗雅收緊了遮著眼睛的手指。多爾可以看出瑪麗雅正咬緊牙關對抗這種入侵，她的下巴肌肉鼓起，在她猛吸一口氣的時候，發出微弱的氣音。這肯定是因爲昏迷，或者是頭部外傷，多爾不確定是哪種。以瑪麗雅現在虛弱的狀態來說，光源是個問題，而多爾知道他就是必須盡他所能地臨機應變。

護理師離開了房間，同時說道：「你們可以進去了，但拜託別讓她太激動。」

多爾點點頭，問起她是否曾告訴瑪麗雅她出了什麼事。

「不，還沒有。她已經被告知她有創傷性腦損傷，就只有這樣。請慢慢來。」

多爾爲布洛克撐開門。她先進去，只走了幾呎遠，好讓多爾進來並且關上門。他們在自己跟瑪麗雅的床鋪之間留下一段距離。瑪麗雅注視著他們進來，卻什麼話都沒說。很難解讀她臉上的表情。起初看起來像是茫然，但在多爾的眼睛開始適應微弱光線的時候，他看到她前額上的皺紋，還有眉心的皺摺。她的瞳孔大小仍然左右不平衡，她的右眼瞳孔又大又黑，另外一邊瞳孔是一汪電氣藍淺水中的一個小點。

「瑪麗雅，我是亞伯拉罕．多爾警長。這是布洛克警員。妳覺得怎麼樣？」

「痛沒那麼難熬。他們有給我藥。」她輕聲說道，而就像是要解釋，她舉起了自己的右手，給他們看通到她靜脈的蝴蝶針管，還有一條軟管從她的手通到床外，往上延伸到掛在她上方的透明液體袋裡。

「我們可以跟妳談談嗎？」多爾說道。

她沒有點頭，她閉上又睜開她的眼睛，臉上掛著稍縱即逝的勉強微笑，出現跟消失一樣迅速。

多爾把這看成好的意思。

他們恭敬地走近床邊，然後兩個人都坐在安置於房間左側的低矮塑料椅子上。

「妳要是在任何時刻希望我們停下來，直說無妨，我們可以下次再來。這樣好嗎？」多爾說道。

「可以。」

多爾跟布洛克交換了一個眼神，不太篤定。多爾不想抱著太大的期望。

多爾舔著嘴唇，想著一個問題。某種會讓她打開話匣子的問題，開放性的問題。他不想直搗核心。

「妳記得什麼？」他說。

瑪麗雅閉上又睜開她的眼睛，轉向多爾，小心翼翼又充滿信心地開口，她的聲音像是一根乾燥樹枝在森林裡發出的斷裂聲響。

「有些事情含糊不清。有些不是。」她說。

多爾點點頭，但沒再多說。他想讓瑪麗雅暢所欲言。沉默的刺激奏效了。

「我發現關於我丈夫的某件事。」她說道。

「妳發現什麼？」多爾說。

「這個很模糊。他有錢。我記得這樣。」

布洛克拿出她的手機。她輪著看了一遍她的電子郵件，找出她存起來的銀行對帳單照片，拿給瑪麗雅看。

「J．T．勒波，他是個作家，」布洛克說：「我們認爲妳丈夫可能是寫下那些書的人。這樣似乎可以解釋那筆錢。」

「對。對，他對我撒謊。我們吵架了。我記得這個。」

「你們因爲他對妳撒謊所以爭吵？」多爾問道。

她的眼睛開始對外物視而不見，搜尋著答案。

「一定是那樣。我記得我在廚房裡。我在想他的事。我想到我曾經有多愛他。然後他一定傷害了我。」

多爾吸了一口氣，等了一下，然後發問：「妳認爲妳跟妳丈夫正面對質了？發生的就是這件事嗎？」

「他打我。從背後打，」瑪麗雅說：「一定是他。只可能是他。我在廚房裡。在等待他。我沒看到那是誰。我感覺到有某樣東西打到我的頭後方。他一定是從前門溜進來的。」

多爾不知道她是在說明記憶，還是在說服自己發生的就是這樣。

她暫時停頓，然後絕對自信地盯著多爾說：「我丈夫打我的頭。他企圖殺我。」

48

讓人大汗涔涔的二十分鐘。

全部就花了這麼長的時間。

達若對艾倫先生講了三分鐘的話，給他看身分證明。保羅也給艾倫先生看身分證明。艾倫先生露出微笑，接著要他們等候。

十七分鐘後，兩個皮革大行李袋出現在兩個大塊頭安全警衛的沉重肩膀上。

一千九百三十萬美元。有些地方稅跟銀行手續費要付，加總起來是九萬八千六百元，兩千塊是安全運送的服務費用。保羅簽了個帳單，認可了七萬元的扣除額。警衛帶著現金來到外面停泊的一輛加長禮車上，把現金放進後車廂，護送達若跟保羅到後座。這輛車裡滿載著香檳、無氣泡水、威士忌跟琴酒。無論前座的警衛告訴他們多少次，喝一杯放鬆一下，保羅都不敢碰任何一樣。銀行的警衛團隊開車載他們到小艇碼頭，把行李袋裝進船裡。達若給港務長一萬塊小費，以確保他的短暫停泊不留紀錄。

保羅覺得他從走進銀行以後好像就沒吸過氣了。達若一發動引擎，把他們帶離港口，保羅就跪倒在地，喘息著呼吸，感覺他的心跳加速，他的眼球都要從他腦袋裡爆出去了。

他們辦到了。達若的瘋狂密謀成功了。他預期到銀行會凍結帳戶，而他很漂亮地處理了這一點。保羅坐在達若後面笑出聲來。

掌舵的達若也開始大笑。他脫掉他的外套，捲起他的襯衫袖子，然後讓引擎更加足馬力。飄飄欲仙的感覺延續到他們進入開放水域，把島嶼拋諸腦後爲止。達若讓衝刺緩和下來，把他的手放在他的那袋衣物上，他把袋子放在他旁邊的地板。他們沒人說話，這股興奮激動就這樣無言地過去了。胖大的皮革行李袋躺在下方，安全，保險。如釋重負之情像輕柔、冰涼的海霧，掃遍保羅全身。

但這並不持久。現在就是時候了，沒有回頭路。保羅讓怒氣累積起來。他在他握緊的拳頭、緊張的肩膀，還有脖子根部的緊繃中感覺到它。有一段時間，他不知道有多長，他非常清楚地看到琳西的臉，那幅畫面連接到瑪麗雅的模樣——躺在醫院裡，她的頭幾乎凹陷。他看到火焰舔舐著一輛車的後車廂周圍，而他可以聞到某物或某人被煮熟的味道。他不知道那噪音是來自吞噬車子的火，還是來自後車廂中被火焰吞噬的人發出的尖叫與捶打。這些影像與聲音來得迅速也去得飛快，揭露出背對著保羅的那個男人。這個即將爲他造成的所有傷害付出代價的男人。當達若眺望著地平線時，在他背後，保羅讓刀子從自己的外套裡滑出來。碼頭仍然看得見，但很模糊。他們正朝著深水區前進。開曼群島一變得遙遠，只剩下他們的時候，達若就會行動。保羅不能再等，現在就是時候。

起初他不確定他應該如何拿刀，它在一隻手上感覺小而單薄。他靜靜地站起來，感覺雙腿底下的船。他緩慢地往前移動，像拿匕首一樣握著刀，他告訴自己，他可以做到這件事。

這是美麗的一天，幾乎沒有風。海是壯麗的藍色。他們頭頂上沒有雲。

保羅往前移動。這個男人毀了他的人生。保羅要讓自己永遠擺脫勒波。

在船艙外面，一隻軍艦鳥沿著船隻旁邊滑行，捕捉到一股上升暖氣流，還有兩隻有白色尾巴的熱帶鳥類在牠下方，以彼此相連的螺旋線飛舞。

再走一步。安靜。緩慢。他打開了船艙門，移到裡面，同時達若仍然專注於前方的航路上。

船隻經過了一群棲息在水面的海鷗。保羅把刀子高舉過頭，往後彎著腰。燦爛的太陽，把銀色珍珠般的光灑在漣漪起伏的浪潮尖端。

唯一的聲音是來自引擎，還有海打著船殼的夢遊式節拍。

他伸展背部，緊咬牙關，瞪大眼睛，聚焦在達若的頸背上。

一隻海鷗叫出聲來。

保羅盡他所能迅速又用力地往前揮出他的手臂與軀幹，像打樁機似地把刀子捅進達若的背部。

他本來瞄準的是達若的脖子。在他的肩胛骨中央。用他的核心、他的背部肌肉跟他的肩膀，給予這一擊額外的力量，他希望讓刀子戳穿達若的頸椎，切斷中樞神經系統，讓達若像斷線的木偶那樣倒下。

他施展的速度與力量晃動了他的手臂。在脊椎右側半吋處，刀子插進了達若的皮肉中。這樣一擊朝下的動能力量，刀子進入皮膚，滑進肌肉直到刀柄處，接著繼續下去，往下切穿肌肉，在達若背上打開了一個三吋的創口。

放掉了舵，達若的雙臂往外揮舞，他的背往內彎，他的腿軟掉了。

他跪倒在地。

他沒有喊出聲。

保羅把刀子從傷口裡拔出，而在他把刀高舉過頭要戳下第二擊的時候，他感覺到他脖子跟下巴上有一陣細緻、溫暖的血霧。他往後傾，準備好出擊，而這次刀子落下的時候，他的目標是達若的頭頂。一陣不由自主的高聲怒吼從保羅口中逸出，在他往前跳，把刀子往下戳向達若的時候還變得更大聲。

他失手了。

達若的雙臂猛然往上，而他倒向他的左側。這樣就足以擋開那一擊，而刀子撞擊著椅背，保羅的手腕撞到了頭靠處。

保羅無法呼吸。刀子在他手裡感覺滑溜溜的。達若幾乎把刀從他的掌握裡撞下來。他知道他必須採取下個行動，而這會是決定性的。他不是個鬥士。

他往後站，一手抓住達若的左腳踝，開始把他從座椅跟操控台拖開，拖進開放空間，這樣他就可以跳到他身上，用他的膝蓋壓制住他，然後把刀子戳進達若眼裡。

起初達若抵抗，在保羅試圖拖走他的時候抓住了椅子。

「放手。」保羅說著，並用刀劃過達若的腳踝。

達若放手了。保羅往後傾，移動他的腳，拖著達若，在他後方留下一條血淋淋的痕跡。保羅放掉了達若的腳踝之後往前衝，刀子在前，準備好把他的受害者胸膛裡的空氣擠出來，然後了結這件事。

他沒看到達若的鞋跟踹過來了，他只感覺到它在他下顎上爆開，然後他的身體就撞上了甲板。他手忙腳亂地起身，腳在地板上打滑。他弄掉了刀子。他環顧四周，卻看不到刀子。一定是滑掉了，滑到一張椅子底下。他四肢著地，往左右看。

刀不見了。

他抬起頭，看到達若站在舵後面，打開了他的袋子。他手中拿出一把槍。保羅站起來，站著面對槍管。

喀噠。

達若的表情變了。他臉上的表情從痛楚但沒有感情，垮成了困惑的臉。保羅有個決定要做。抓住機會衝向達若，用雙手掐住他的脖子用力壓，或者後退。打或逃。

保羅總是在納悶，讓那股原始的腎上腺素上湧徹底浸透他的血流是什麼感覺。他會向前衝，還是跑掉？從他讀過的所有資料裡，他得出結論：確切來說這不是個選擇。在某方面來說，你的身體幾乎接管了——是它決定要打還是逃，有意識的決定根本沒份參與。

只是這並不是發生在保羅身上的事。他的身體在顫抖，他感受到那股腎上腺素洪流，但它沒有刺激他行動，反而讓他當場腳底生根。就好像他的身體是個引擎馬力過強的Camaro跑車，還有某個瘋子站在油門踏板上，讓輪子狂轉，卻速度過快、扭力太大，以至於無法施展那股力量。

達若拉開後膛，檢查了彈匣。

空的。

保羅站在那裡——他的輪胎吱吱作響，在柏油路上撕裂自己。

達若彎腰再度探進袋子裡，手中拿出一把刀。保羅失去了他的機會，恐懼與猶豫不決爲他選擇了他的路。他不可能單挑一個持械的男人，即使是受了傷的。而且他不是普通人，他是個殺人凶手。

在上天大發慈悲，讓他恢復片刻神智清明的時候，他只剩下一個選擇。他轉身跑向船艙門，在他過去的時候同時舉起兩個行李袋。他把兩個袋子換到同一隻手上，好讓他可以開門，但那太重了。

他放掉一個袋子，打開門然後踩到後甲板上。他等著達若，在他要過來的那一刻對他用力摔上門。達若早料到這招，他抬起了腳，準備好把甩過來的門踢回去。達若那一踢的力道讓門往回撞上保羅的臉，使他踉蹌後退，血液從鼻子裡湧出。保羅的腿踢到了欄杆，他翻了過去。他就要倒栽蔥跌進水裡了。

然後，他感覺到他肩頭有人用力一扭，阻擋了他的墜落。

達若用一隻手握住了行李袋。他用另一隻手，把刀子舉過頭頂，準備把它埋進保羅肚子裡。

保羅放掉了行李袋，讓自己往後倒，猛吸一大口氣，然後撞進水裡。就在他的頭往下沉的時候，他看到達若把刀子當成匕首那樣揮舞。刀鋒本身嵌進了船的外側。他沒戳中。

在水裡翻轉，保羅往下游開，踢著腿，用他的手臂打水。他的身體在呼喊著要求空氣，但保羅不在乎。他知道他需要盡可能遠離那艘船，要不然一切就都不重要了。溺水可能甚至比讓達若逮住他還要好。

他的眼睛因爲鹽水而刺痛，他的肺部在燃燒，他的腿、他的胃、他的肩膀都開始抽筋，而他踢得很用力，轉身朝著水面去。

他破出水面，張著嘴巴，眼睛瞪得鼓凸。

他已經遠離船隻三十五呎，也許四十呎。他沒在後甲板上看到達若。他預期任何時候引擎都會開始高速運轉，船會改變方向，朝他追來，在水面上輾過他。

他轉過身去，不顧疼痛再度動用全身肌肉，再一次下潛。

他要花上至少一小時才能上岸。如果他持續下潛，而且左右游動，以某個角度朝海岸前進，也許達若就會錯過他。

他搞砸了，砸得很慘。

沒錢。沒人幫助。沒有船。

他現在不能想這個。有件事情讓他活下去，驅動他的手臂跟腿。

恐懼。恐懼自己游不到岸邊。保羅不怕溺死——他怕的是如果他沒活下來，那麼就沒有人能阻止達若了。必須有人阻止這個男人。這個男人必須被殺死。保羅無法容許達若再度傷害瑪麗雅。她是目標，因爲她從他的攻擊中倖存下來。她要是醒過來，他就會企圖殺她。

保羅必須阻止他，所以他游泳，忽略疼痛、筋疲力竭，還有讓自己沉到海底的那股衝動。

49

達若拉著卡在船隻欄杆後方的刀子。他已經把裝著現金的袋子從船的側邊拉回船裡，沒讓它失手落入大海。

這把刀整體而言似乎更難處理。它沒卡住，刀子在玻璃纖維欄杆上面上下移動，而他無法理解爲何他沒法乾淨俐落地抽出它。

這次他設法好好用力猛拉一下，但他發現他甚至抓不穩刀柄。他的身體垮在欄杆上。達若突然間暈眩，他的腳設法找到施力點，好讓他可以站起來，但他的鞋跟在甲板上到處滑動。他設法拉正自己，往下一瞥，看到他靴子底下的血。他的背部浸飽了汗水跟血。

達若嘔吐了一次，吐在船外側。然後，他緩慢又小心地，一路喘著氣，回到船艙裡。

他想現在馬上殺死保羅。替他開膛剖腹，慢慢給他千刀萬剮，讓這過程痛不欲生。但達若知道這些事他都不能做。他感覺虛弱、頭重腳輕，而且非常、非常口渴。醫藥箱在駕駛座下面，達若把箱子拉出來，打開箱子，找到一些紗布跟繃帶。

他猜測從保羅戳他一刀到現在，也許過了一分鐘，或者一分半鐘。這讓人感到放心。如果保羅戳中動脈，達若現在早就已經死了。

如果他沒戳中動脈，就還有機會。達若知道他必須動作快。他拿出箱子裡所有的紗布，用右手伸到他的頭後面。很快他的手肘就越過水平線，痛楚上升了一級，而且隨著達若把他的手臂往後伸得更遠，疼痛程度就繼續增加。

這傷口的位置不可能更尷尬了。

他緊閉著眼睛，咬緊牙關，試著吸氣的時候胸膛起伏不已，同時他設法藉著身體往前傾來把紗布敷到傷口上。他抓住繃帶的一端，把整捲繃帶扔到他的肩膀後面。他用他的左手繞到他的腰窩處，找到那捲繃帶，把它繞過來往上拉到他的肩膀，接著再把它往後扔。靠這個方式，他能夠讓繃帶纏在紗布上繞個兩圈。他拉緊兩端，壓住再度嘔吐的衝動，綁緊了繃帶。

紗布上的壓力幫忙阻止流血，但無法將血止住。達若加大了船的動力，朝向邁阿密前進。

他感覺到血浸溼了座位，還有他的褲子。

沒別的辦法了。

他會很樂於調轉船頭輾過保羅，不過那樣會浪費時間。他沒有時間。回到大開曼島沒機會成功。有關單位毫無疑問現在已經知道他造訪的目的了，如果他回到那裡，他們會在治療他以後扣留他——盤問他。

不，邁阿密是他唯一的希望。四或五個小時，靠著像現在這樣從他背後吹來的順風，他可以辦到。在邁阿密多的是密醫會幫他縫傷口，給他抗生素跟止痛藥，並守口如瓶。

這是指他成功抵達的狀況。

達若把他的背壓在椅子上，設法要在傷口上加壓。他再度感覺到血的流動，抗拒著尖叫的衝動，專注於開船。

他可以做到的，他告訴自己。

他有錢，而現在這才重要。他以前曾經追蹤到保羅．庫柏的下落，他可以再做到一次。抓緊舵輪，達若逼自己睜開眼睛，把注意力集中在地平線上。

他感覺到前額一陣尖銳的痛，然後領悟到他剛才昏過去，把頭撞到舵輪上了。他不可能昏過去太久，只有幾秒鐘吧，但這嚇著了他。

他不可能活著抵達邁阿密。不可能縫合那個傷口。他在開放水域，而如果他回到大開曼島，會有質問、警察與監獄。

他必須思考。沒有犯錯的空間。思考或者死。

達若降低動力，讓船緩慢巡行。他切掉引擎，起身走到船艙後面。因爲使力產生的汗水滴進他眼裡。他一到達那張長椅，他就舉起座椅，露出凹槽裡的SOS緊急求援裝備。他把裝備拿出來，放在桌上打開。

達若選擇了照明彈，走到外面的後甲板上。他拆開繃帶，然後脫掉他的襯衫。他站在甲板上，兩腿岔開。讓他的身體找到海浪的節奏。他伸手往上，超過他的肩膀。這樣施力讓他哭了出來。在他放低手臂時，眼淚從他臉頰上滾下。閃光彈會吸引任何附近的船隻，而他們看到了就會過來。那就是海上的運作方式。無論如何，每個人都彼此幫助。

「幹，管他的。」達若說著，弄掉閃光彈的蓋子。

視線範圍內沒有任何大小船隻。他不是要求援。

明亮的鈉火焰開始燃燒。他再度伸手到超過他的肩膀，然後盡他所能，把燃燒閃光彈的頭部貼上傷口。他必須止血，而灼燒傷口是唯一的選項。他的皮膚滋滋作響的聲音，還有皮肉灼燒的氣味全部一起湧向他，他對著太陽尖叫——只有一個垂死之人才能夠叫成那樣。

50

「以全能上帝之名，妳要怎麼打開一個壓縮檔啊？」多爾說道。

他從他的桌子後面起身，布洛克取代他的位置。多爾交叉著手臂，一邊搖頭一邊呼氣鼓起臉頰。適應某些型態的科技，就是不像適應其他科技那麼輕鬆平順。布洛克給他一個譏諷的眼神，抓住了滑鼠，她快速地點擊幾下，接著說道：「在列印了。」

他桌子旁邊的印表機呼一聲活了過來，開始吐出頁面。多爾撿起第一張，看著它，然後把它丟到布洛克面前的桌上。

「我甚至無法理解這是什麼。這是啥鬼？」他說道。

布洛克拿起那張紙，掃視一遍。

一張SMS訊息清單，全都是瑪麗雅傳給另一個號碼的。你看不到兩邊的對話。只有傳給那個號碼的訊息，還有訊息傳送的日期與時間。

布洛克站起來，在印表機持續把更多頁面吐出來的時候，把機器上的紙張清出來。她飛快翻過去，找到另一頁。

「好。所以他們過濾手機跟電腦程式，取得送出的這些訊息。然後另一部分的程式找到了接收的訊息。我們必須把它們全部拼起來，像拼圖一樣。」布洛克說。

多爾翻了個白眼，兩手舉向天空，然後說道：「我以爲科技應該是要讓這一切鳥事變得更容易。我討厭玩拼圖。」

布洛克忍住一個笑。他們等待印表機完成工作，這花了二十分鐘與兩次重新填充紙張，不過在列印完成的時候，他們有了一整疊紙頁。也許有六百頁吧。

他們一起清出多爾的桌子，分配那些頁面。瑪麗雅的手機被細心分析過——他們必須把它拼回去，才能看到全盤的故事。

在整捆資料後面的一大疊頁面裡揭露了通話紀錄。多爾選擇的是破門行竊事件前一天到瑪麗雅被攻擊爲止的通話，然後把這些頁面另外放成一堆。

他們共同合作，整理出整齊的一堆訊息日期，根據對應到的回答把它們拼在一起。分出那些證據沒花太長時間。

又過了十分鐘後，多爾說道：「我沒辦法讀這個。它的表現方式——就是一團混亂的訊息跟號碼。爲什麼我們不能就直接看一眼那該死的手機？」

布洛克點點頭，說道：「我們就先檢查最近的東西，趁現在有得看的時候。我們可以晚點再取得手機。」

多爾不情願地同意了。他再度設法看懂那些訊息。某些頁面上有聯絡人名稱，那必定呼應到瑪麗雅手機上的聯絡人清單。乾洗店。慈善勸募專線。他忽略那些訊息，一路跳過，直到他找到一個文字訊息紀錄，是跟一個不在聯絡人清單上的手機號碼進行的。起初他以爲那裡什麼都沒有，然後他看到了一則單一訊息的日期與時間，用較小的字體印出。

那是在破門行竊後一天寄出的。

我的婚姻結束了。我會需要你的幫助。

「看看這個。檢查妳那疊回應，看妳有沒有一則訊息是來自手機記憶清單之外的手機號碼——就只有號碼。」多爾說道。

過濾了幾分鐘之後，布洛克找到了。

單單一則文字訊息。唯一被記錄下來的。

無論是什麼事，我都會做。我會為妳做任何事。

日期跟時間是相應的。這是對那則訊息的回答。在多爾可以說任何話以前，布洛克拿起他的電話打給海灣市的鑑識小組，要他們追蹤這個訊息交換裡的手機號碼。

「他們要我等候。」她說道。

「看在耶穌之愛的份上，」多爾說：「我還是痛恨這個駭客式的鬼把戲。」

「我看得出來。」布洛克說。

「我比較喜歡眞正的警察工作。挨家挨戶敲門，盯著某個人的眼睛。」多爾說道。

在焦慮的幾分鐘以後，布洛克活了過來。她抓住一支筆做了筆記。問了幾個問題，然後掛斷。

「這是用完就燒的那種。」她說道。

「用完就燒？我還以爲我們在講手機？」多爾說。

布洛克搖搖頭，說道：「用完就燒的手機還是手機，就像拋棄式手機，你用卡片加值，這種電話在某種程度上是匿名的。我們就只知道一兩年前這台手機在曼哈頓的一家店鋪賣出時，上面加值了兩百塊。它後來可能轉手過。這類手機在國內的任何二手商店裡就賣十塊錢。」

「她是傳簡訊給誰？」多爾說。

「從口氣來看，是某個設法對她示愛的人。她沒有家人，沒有我追蹤得到的。聽來瑪麗雅似乎在誤導某個人，或者也可能她有婚外情？」

「達若？」

「那可能是我們要找的連結。」

多爾的下唇抽搐了，而他說道：「妳說，這拋棄式手機是在曼哈頓買的？」

「是啊，我拿到地址了。你要我打給他們，看他們有沒有紀錄嗎？」

多爾看了一下他的手錶。

「不，咱們去敲他們的門吧。我們今天下午可以到紐約。我們可以查清楚幾件事。」

「像是什麼？」布洛克說道。

「像是勒波企業的地址。像是那間手機店。像是……」

「像是什麼？」

多爾站著，轉過身去拿起一本勒波的小說。打開寫著法律聲明的頁面，說道：「像是J・T・勒波的出版商。紐約市，熨斗區。」

十分鐘後，蘇已經替多爾跟布洛克訂好下一班到約翰甘迺迪機場的班機，而布洛克用八十五哩時速上路去機場。

現在有時間思考了，多爾就想到他應該事先打電話給曼哈頓當地的警察。這只是禮貌性照會。他打給蘇，請她完成這個任務。

「打電話給七十一區分局的米克・隆警探。告訴他這是禮貌性的通知——我得去跟某些人談談，而我不希望起任何司法管轄衝突。他會理解的。米克跟我，我們滿久以前就認識了。不過不管妳怎麼做，都別先打給出版社，我不想讓他們拒絕我。這事太重要了，不能讓某個穿西裝的怪胎端著架子計較有沒有預約。」

他掛斷電話，叫布洛克油門放鬆點。多爾知道他死在通往機場半路上的可能性，比死在飛機上還高。尤其是在布洛克開車的時候。

「我很高興你在紐約還有朋友。我離開之前就自斷後路了。」

「眞的？妳的警佐不這麼想。他在妳離開後給妳很棒的推薦。我在妳的檔案裡看到了。」

「那是因爲他想擺脫我。」布洛克說道。

一種不悅的表情爬滿了她的臉，就好像她嚐到某種酸掉的東西，想把它吐掉。她確實用她的方式這麼做了：她改變話題。

「你想瑪麗雅在法庭上撐得住嗎？」布洛克說。

多爾認爲她可以，只要不是布洛克載她去法庭——那可憐的女人如果必須花時間當布洛克的乘客，只會變成一個抖個不停的病人。

「那女人很強悍。她的回憶並不是處於最佳狀態，不過我會說，等到她要站上證人席的時候，她會很堅定。隨便哪一天我都會賭瑪麗雅．庫柏勝過辯護律師。」

「她會需要一份醫療意見背書。」布洛克說。

「那要由地方檢察官決定。她一開始聽起來不太確定，可等到我們離開的時候，我想她相當確信了。我知道我們在海灘上看到她的時候，她整個人亂七八糟，但她那時候有腦出血。她每天都變得更好些。」

「所以歐克斯解套了？」布洛克說道。

「看來像是這樣。我們在他屋子裡什麼都沒找到。他有幾天沒去上班，而他說他病了。就這樣。不足以逮捕。也許我們會在他身上找到別的。可能那支拋棄式手機是屬於他的，我不知道，我不信。我不認爲歐克斯是浪漫的類型。瑪麗雅認爲她的婚姻結束了，只是在對她丈夫施加壓力，不過……」

「不過怎樣？」布洛克說。

「也許歐克斯沒有攻擊瑪麗雅，但有可能是他在幫助庫柏嗎？」

「他爲什麼會幫助庫柏？」布洛克說。

「我想一個銀行帳戶裡有兩千萬美金的男人，如果變得有必要求助，他肯定就能得到，妳不覺得嗎？」多爾說道。

布洛克點點頭，說道：「即使有錢，還是有電視報導等等的要命風險。」

多爾在布洛克轉過一個轉角，並且在左轉擦過人行道邊緣的時候抓穩了車子。

「我有個印象是，如果報酬恰當的話，歐克斯不反對冒點風險。」多爾說道。

「報酬？等一下，萬一我們把這件事整個看錯方向了呢？」布洛克這麼說。

他辦公室裡的畫作稍縱即逝的畫面掃過他眼前。布洛克在她的面試時告訴他，畫上下掛反了，而布洛克一會後就離開了，他則重新掛了畫，把正確的那邊朝上。

「如果是瑪麗雅跟達若．歐克斯有段露水姻緣呢？然後她發現她丈夫是勒波，而他銀行裡有兩千萬。她告訴達若。也許他慫恿她當面質問保羅，然後拿一份錢？也許他答應跟瑪麗雅、還有保羅的幾百萬元一起私奔？而事實上達若是在利用瑪麗雅拿到那筆錢。那樣聽起來比較像是我們去他家談過話的那個人。」布洛克說。

「好，就算是這樣。但誰傷害了瑪麗雅。看起來還是庫柏，不是嗎？」

布洛克沒說話。她增加了油門上的壓力，雙手扭著方向盤。

布洛克在三十分鐘內到達機場——停在一個最靠近非停車區的空位裡，就是要挑戰誰敢開單，然後他們一起走進海灣市第一航站。他們的機票在櫃檯上等著，而他們把身上的武器透過警察航空旅行系統放進托運區。

運輸安全管理局沒有去打擾多爾或布洛克，他們直接穿過安檢，在隊伍之前首先登機。到紐約的飛行時間是三個半小時。布洛克隨身帶著手機紀錄，她會在飛行期間讀完全部。多爾帶了別的東西：他打算讀他的第一本J．T．勒波小說。這本不是處女作，在布洛克推薦後他本來打算要讀那本；也不是最新的作品，而是他從過往作品中隨機挑的——是一本叫做《天使墜落》的小說。飛機機輪離開跑道的同時，他打開了書。在讀完第一頁以前，多爾已經睡著了。

51

在兩個困惑的漁夫面前，倒霉鬼保羅．庫柏把自己拖上一個海灘。當地人檢查著他們的漁網，準備要搭著雙體船出去做今天的工作。保羅在白沙上躺了一陣，讓自己喘過氣來，讓他工作過度的肌肉休息一下，但不會太過頭。如果他讓自己待在原地更久些，他就會全身抽筋，接下來幾小時都沒辦法動彈了。

他逼自己站起身，從他潮溼的衣服上掃掉沙粒，然後對漁夫們揮手，同時通過沙灘，往上朝著公路走。他可以看得出來，本地人以前從沒看過一個白人被沖上岸來。凡事總有第一次。

這不是保羅第一次從頭開始。他人生裡曾有幾次徹底失去一切。有一次他因爲付不出貸款而失去公寓。他的車子曾被收回，甚至必須送走他的狗，因爲他失業了。

當然，J．T．勒波的出現改變了這一切。

海灘直接通往一段兩線公路。在右邊他可以看到遠處的一座帶狀商場，側邊黏著一個加油站。他轉向那個方向，並在途中脫掉他的上衣。熱氣有幫助，而太陽解決不了的問題，溼氣會加以偽裝。

等到他抵達那個加油站的時候，他看起來不會比其他整天待在戶外的人糟糕太多。只是他聞起來有海的味道，而他的鞋子每走一步都吱嘎作響。加油站的後牆上有一排公共電話。第一台電話從牆上被扯下來，連結話機的線從擺在支架上的話筒裡鬆垮垮地垂下。第二台電話根本就沒有話筒。第三台是幸運符。保羅拿起電話，撥號給接線生，要求打接聽者付費的電話到紐約。他把他經紀人的電話給了接線生，然後等候。

過了一兩分鐘他才聽到一聲喀噠，接線生告訴他，他的電話接通了。

「耶穌啊，保羅！」喬瑟芬說：「我以爲你死了。新聞上說你失蹤了。你懂嗎？你沒看到那個嗎？你在哪裡？我擔心得快要失心瘋了。我打電話給那裡的警察，要他們跟孤寂港聯絡，然後……你知道那些警察多沒用嗎？他們什麼都沒做。瑪麗雅也受傷了。電視上有個警長說是你幹的，但我不相信。拜託告訴我你沒事，這一切都是個大錯誤。」

「我沒傷害瑪麗雅。我晚點會解釋，但妳得幫我。我需要妳電匯一些錢給我。在大開曼島的遊行街上有一間西聯電匯。妳可以張羅到五千塊嗎？」

「我當然可以做到這個，可是……我幾乎不想問。保羅，我給你的旅費出了什麼事，還有你帳戶裡的錢呢？」

保羅抱著他的頭，說道：「那些錢沒了。全都沒了。我對此束手無策。狀況變了，喬瑟芬，我是對的，勒波找到了我。」

「喔我的天！你在哪裡？我會去接你，然後我們可以去找警察，把這一切都糾正過來。」

「不。我不能去找警察。我因爲謀殺未遂被通緝，而且我沒有證據。一直都是這樣，那傢伙不留痕跡。我必須自己解決這件事。」

「你沒辦法一個人做到這件事。」

「我必須如此。我很久以前就應該解決了。我必須現在了結它。」

52

以一個小而安靜的警局來說，服務這個社區的孤寂港警官們效率高得嚇人。多爾發現蘇已經訂好了租車服務，而在多爾跟布洛克下機的時候，有位接待人員在等候他們。接待人員是個不超過二十五歲的年輕男子，手上舉著一台iPad，螢幕上顯示「亞伯拉罕・多爾警長」。起初多爾以為紐約市警局在給他的調查下馬威，然後他才仔細看清楚這個拿著平板電腦的年輕男子。他不是警察。他們走近他的時候，他介紹自己是來自艾維斯租車的馬丁。他領著多爾跟布洛克到行李提領處去取回他們的槍，帶著他們到外面去，坐上一台電動車。十分鐘後，他把他們送到他們租的那輛車前。一台灰色房車。多爾簽署了文件，給馬丁二十塊小費，然後揮手送別他。

等到布洛克把車子倒出停車位置之後，多爾才坐進乘客座。車子聞起來有炸雞跟檸檬空氣芳香劑的味道。

「這一定是他們配給所有來訪警察的車子。」布洛克說。

布洛克以前在紐約市開過車。她曾暫住過紐澤西，而且曾經派駐在曼哈頓上西區幾乎一年。住在城裡太貴，她每天通勤。多爾知道她父親曾經在同一轄區服務過；他從來沒問過她為何離開，說真的他不想知道。他猜她跟人合不來——這全都太常見了，她要求調離紐約市，在哪都待不住，直到她來到孤寂港為止，而這裡起初像是個中途站，另一個她用來找到下個落點的地方，只是她待下來了。多爾對她的紀錄知道得一清二楚。他希望她永遠留下。

他們走大中央快速道路到蘭德島，接著是羅斯福東河公園大道，直到通往公園的出口坡道為止。布洛克要多爾再跟她講一遍地址。他從筆記本裡唸出地址，她點點頭，然後上了第二大道，前往鬧區，直到他們走到八十五街為止。

布洛克停好車，他們下了車，在八十五街上往東漫步，到最後他們站在一座磚造建築物前面，上面有寬大的玻璃窗，還有一幅美國國旗在門口上方飄揚。

布洛克又問了一遍地址。多爾複述一遍，然後注視著布洛克檢視她手機上的一個應用程式。她在「地圖」程式裡鍵入地址，這程式告訴他們，他們就在正確地點。

「天殺的。」多爾說。

「你不認為事情會有那麼容易，對吧？」布洛克說。「我很確定沒那麼容易，不過我本來有更高的期待。」

他們抵達的地址，就是勒波企業註冊的相同地址。曼哈頓區東八十五街兩百二十九號。只是這裡不是個商業區地址，大大的鋁製字體從門上方的磚造結構上凸出來，寫著：「美國郵政服務，葛雷西分局」。

他們走了進去，多爾讓布洛克負責講話。就算他們兩個人都穿著執法人員制服，皮帶上還繫著隨身武器，在他們走到隊伍前方，布洛克要求跟主管講話的時候，還是阻止不了五個人對他們大喊大叫。

多爾想念紐約市。在他剛從阿拉巴馬鄉村的老家搬到這裡、加入警力的時候，他以為他永遠不會離開。到最後，他因為伊甸的關係離開了。在她死後，他們兩個人沒機會過的那種人生開始像鬼魂似地糾纏著他。他到處都看見她的臉：在他們以前常去的咖啡店靠窗桌子前，在時報廣場雨水窪的霓虹燈反光裡，而晚間在地鐵上，另一輛列車轟隆駛過的時候，他會在玻璃上看到她的倒影。然後還有她的氣味。那氣味仍然在他的公寓裡，在他的床單上，在他的衣服上。他在他的警用配槍，點三八史密斯威森明亮的表面上，看到她的臉。他必須走出來，而他也知道這點。回到這裡，感覺像是踏進別人的生活裡。記憶不盡然是他自己的，不盡然那麼痛苦了，但還是很熟悉。他領悟到他想念過這個城市。這裡也有他喜愛的記憶。

在郵局短暫等待一會以後，一個穿著緊繃襯衫的蒼白禿頂男子上前跟他們說話。他確認了郵局有一些商務用的郵遞住址。勒波企業的專屬信箱在這間郵局裡，每個月都會有不同的快遞服務帶著授權書抵達，清空信箱。就這樣。一場空。

「你還是認爲挨家挨戶敲門是正確做法？」布洛克說。

「撲空是常有的事。至少感覺上我們有進展了。咱們去試試店面吧。」多爾說道。

二十分鐘後，多爾跟布洛克走進一間看起來像是7-Eleven便利商店的地方。

「妳確定這就是正確地址？」多爾說。

「這裡就是。」布洛克說。

在裡面，他們領悟到他們是對的——這就是一間小七。櫃檯後面的店員五十來歲了，蒼白、渾身冒汗，留著糾結的鬍子，穿著一件陳舊的黃色阿諾・帕瑪毛衣，底下還有一件馬球衫。他看起就好像即將在一條位於車諾比的高爾夫球道上開球。

「不好意思，我們是警官，」多爾說著，亮出他的警徽，不過沒有快到讓店員看出他們不是紐約市警局的警徽。「不知道您是否可以幫我們一個忙。這裡以前是手機店嗎？」

「你不是紐約市警局的。」店員說。

「不，我們不是。我們是從外州來的警官，但我們在這裡得到紐約市警局的授權與合作。所以，這裡幾年前是一家手機店嗎？」

「不，這裡一直是小七。從我在九二年買下這裡的時候就是了。」

「你是店主？」多爾說道。

「對，我是。」

布洛克盯著這男人的毛衣，說道：「你應該替你自己加薪。」

「我這位同僚的意思是，這家店顯然經營得很好，因爲你在這裡待了這麼久。跟我講講手機的事吧，我們有紀錄顯示你幾年前賣掉一隻拋棄式手機。」

「我們現在也還在賣。」男人說道，同時指向櫃檯桌面下方的玻璃展示區。

多爾往後站，注視著展示櫃，看到幾隻眞空包裝塑膠袋裡的小手機。

「你想必沒有留下任何紀錄，顯示你把這些手機賣給誰吧？買家可能就是用他在這間店裡買的預付卡，在手機裡加値兩百塊。」多爾說。

「不可能有紀錄。有太多人在他們買手機的時候順便買預付卡。沒有紀錄。」

布洛克環顧這家店，指向男人背後的安全攝影機，說道：「你會有任何那時候留下來的安全攝影機影片嗎？」

「不，它故障了。那台攝影機壞掉好幾年了。」

「那信用卡收據呢？」多爾說。

「這是一間只收現金的店。」男人說著，指向櫃檯右邊的一個告示，上面寫著「只收現金。不收信用卡」。

這是最後機會了，多爾心想。「你記得有個男人進來你店裡買支手機，還有兩百塊預付卡嗎？」

「我不記得上個顧客是誰。抱歉。毫無線索。」

多爾跟布洛克交換了一個眼神。

「如果你們沒要買任何東西，你們可以帶著你們的屁股滾回塔拉哈西了。」男人說道。

「我本來還懷念過紐約呢。」布洛克說。

四點三十五分，多爾跟布洛克進入熨斗區的一棟辦公大樓。門廳是淡色松木搭配石材，再加上正面朝外、擺滿精裝書的書架。接待人員坐在一張大理石桌後面，她背後的板子上有一張公司清單。那裡只有幾個名字，這是他們來訪的眞正理由。不過他們在城裡的時候，忍不住要去查一下先前那個商務用地址。畢竟順路。

一名接待人員打了通電話，叫他們坐一下，很快就會有人來見他們。幾分鐘後，一位穿著牛仔褲與黑色運動衫，掛著虛假微笑的高個子金髮女士來到接待櫃檯，說他們可以跟富樂頓先生談十分鐘，但首先她需要知道這是關乎什麼事。

「J．T．勒波。事情很嚴重，女士。」多爾說道。

這個名字讓她臉上的虛假微笑消失了，然後她說：「我叫莎拉。請跟我上樓，你們可以私下跟富樂頓先生談。」

她領著他們走向一台電梯，電梯把他們帶到十四樓。一個開放式空間，到處都有桌子、一疊疊原稿跟書本。大多數僱員似乎都是年輕女性。在樓層的另一端，在角落裡，有個玻璃隔間辦公室。莎拉替他們開門。布洛克先進去，多爾跟在後面。坐在花崗石板書桌後面的是個非常高䠷的六十出頭男子，俐落地穿著海軍藍工裝褲、一件藍色襯衫搭炭灰色背心。他有著灰色波浪捲髮跟輕鬆的微笑。等到他們都進來以後，他就從他那疊紙張後面站起來，繞過書桌來與他們握手。

「西奧．富樂頓，出版商。很榮幸見到你們兩位。我知道孤寂港。以前孩子還小的時候，我太太跟我帶著他們在那裡過夏天。美麗的地方。是什麼事讓你們兩位來到這裡？」

「我是多爾警長，這位是布洛克警員。我們希望你可以在一個案件上幫助我們，」多爾說道。「有個名字出現了，而我們需要找出一些相關資訊。先生，那個名字是J．T．勒波。」

多爾仔細地注視著富樂頓，注意到他一提到那名字，富樂頓的前額就出現了微微的皺摺。富樂頓看了莎拉一眼，接著看向多爾，然後那皺紋就用一個紐約微笑給燙平了。

「多爾警長，他是我們的金雞母。我猜想你已經做過你的研究，所以你對這位作者的了解可能跟我一樣多。請坐。」他說道。

多爾讓自己在一張皮革扶手椅裡坐定，咬牙掩飾從他膝蓋竄上來的痛楚。富樂頓在桌子後面坐下，人往後靠，同時把頭偏向一邊，準備好聆聽。

「我們無法說明調查中的每個細節，請您體諒這點，但我的單位掌握到一些資訊，很可能指認出某位孤寂港居民就是J．T．勒波，我們相信是這樣。」

「你知道他的名字？」富樂頓說道。他說話時坐直了身體，並往前傾，把手肘放在桌上，雙手交扣在一起。他看起來像個打算接受生日禮物的小孩。

「我們有個名字。不幸的是，那個人目前是失蹤人口。我必須告訴你，這個人可能死了。我可以給你更多資訊，但我需要知道您跟勒波的關係。」多爾說道。他想最好別對富樂頓提起這件事：如果多爾確實找到保羅．庫柏，那麼他會被逮捕，而且會因為謀殺未遂被起訴。富樂頓如果認為多爾準備把他的金雞母關到監獄裡三十年，可能就不會這麼幫忙了。

「我的天啊，如果我能幫得上任何忙當然幫。嗯，呃，我從沒見過勒波。公司裡沒有任何人見過他。我們對他認識不多。他付現金，用快遞送他的原稿，信封是寄給我個人的。書一編輯過，原稿就送回他的信箱。他會做些修改，然後把稿子送回來。我們跟他的接觸就這麼多。」

「那麼合約、付款這類事項呢？」多爾說道。

「電子郵件。他會寄加密郵件給我。而在你發問以前，我先告訴你，這是死路一條。我們的某些ＩＴ人員有一次試圖追蹤電子郵件的ＩＰ——它經過好幾個國家中轉。無論如何，我一拿到草稿，我們就進行協商，在我們達成協議以後就寄出合約，他簽名然後寄回來，然後我們就把第一部分預付款付給那間公司，勒波企業。」

「那間公司的銀行帳戶開在哪裡？」布洛克說。

「沒有搜索令，我恐怕不能洩露那個資訊。你可以想像，在合約裡有很嚴格的機密條款。就算我想給你那種資訊，我也不能給你，雖然我看不出來那會有什麼幫助。」

富樂頓的眼睛被布洛克還有她在筆記本上挪動的筆給吸引了。

「為什麼那不會有幫助？我們正試圖追蹤這個男人。」

「那個銀行帳戶的地址跟公司地址是一樣的——就是郵政信箱。」

「對，不過除了單純的帳戶地址以外，可能還有更多資訊，」多爾說道。「聽著，富樂頓先生，這間公司裡一定有誰曾經見過他。就試試看……」

「不，眞的沒有。再也沒有了。」

「但曾經有過某個人。我現在想起來了，也許是他的第一個編輯？」多爾說道。

「對，鮑伯．克蘭蕭。他離開我們了。」

「不過你檔案上一定有些什麼——跟這個男人有關的住址，或者某樣東西。」多爾說道。

富樂頓看著莎拉，同時用他的手指一邊敲著桌子，一邊點頭。

莎拉一看就離開了辦公室。

「我會讓你看看我們手邊唯一跟勒波有關的情報。」富樂頓說道。

莎拉回到辦公室的時候，手上握著兩張美式信紙尺寸的頁面，把它們交給了多爾。

剛從印表機裡印出來，還是溫熱的。

那是張簡單的問卷。地址的部分，勒波給的是郵政信箱號碼，多爾跟布洛克才剛造訪過。出生日期、個人歷史、如果用筆名寫作，眞名是什麼——全都留白。

「如你所見，這個男人從來不是很主動提供資訊。」富樂頓說道。

「還用說嗎，」多爾說道。「第一個跟勒波合作的編輯，鮑伯．克蘭蕭，你說他離開了公司？」

「是的，這是非常悲哀的事。」

「他有任何家人、任何同事，可能跟他談過關於勒波的事情嗎？」

「沒有，鮑伯不太愛跟人往來。他離婚了，沒孩子，而且跟他前妻沒任何聯絡，我不知道他在工作時間以外做些什麼。當時我已經跟警察把這一切都講過一遍了。」富樂頓說道。

布洛克的筆在她筆記本上移動過去的輕柔刮擦聲突然間止息。這是新資訊。

「你說你當時就已經告訴過警察，是什麼意思？」多爾說。

「當時他們告訴我們鮑伯的事情。」富樂頓說道。

「當時他們告訴你什麼？你沒有講清楚。」布洛克說道。

富樂頓轉過頭去，瞪著窗戶後面的曼哈頓天際線。多爾跟著富樂頓凝望的視線，把這個場景看進眼裡：熨斗大廈的頭部向船似地航行在第五大道上，後面還有麥迪遜廣場公園。這就像是富樂頓在回答這個問題的時候，希望眼前有個鮮明的視覺影像，代表他下方充滿的生命力。多爾心想，或許富樂頓是用這種方式，降低他話語中的陰鬱重量。

「鮑伯·克蘭蕭在曼哈頓大橋下的一個廢棄停車場裡，被活活燒死在一輛車的後車廂中。鮑伯是被謀殺的。」

莎拉低下頭去。多爾什麼話都沒說，他就只是聆聽布洛克的筆再度開始在頁面上移動。

「勒波是這個謀殺案的嫌犯嗎？」多爾說道。

「不，當然不是。爲什麼會是？鮑伯有很多問題。這個案子一直沒破，但勒波跟鮑伯之間沒有過節，或者說勒波從沒換過出版社。聽著，我已經設法幫忙了，但我能告訴你的事情不多。」

「你跟這個人合作至今多年了。關於他，你一定有些我們不知道的事能告訴我們。」多爾說道。

富樂頓垂下視線，說道：「你知道要在一本小說裡寫出一個反轉有多難嗎？」

「我不能說我知道。」多爾說道。

富樂頓將身體往前傾，把他的全副注意力都放在多爾身上，然後說道：「就我看來，這是一位作者所能辦到最困難的事情。勒波在每本書裡，都擊出全壘打。你永遠不會發現反轉要來了。現在我編輯他的草稿，只做輕微修改，但就算是稍微碰一下我都會遭遇抵抗。這傢伙熱愛他的匿名性，不過從某個奇怪的方面來說，我認爲他對自己的作品非常自豪。」

「自豪？」

「我知道這很瘋狂。但除非我認眞提出理由要更動草稿裡的任何東西，否則他就是不會接受。我有種印象是，他對自己的作品很保護。他確實應該這樣。他知道他有多棒。我知道這是個悖論，但我得到的就是這個印象。如果你創造了某種眞的很棒的東西，你爲什麼會不想爲此得到讚譽呢？」

「最後一個問題，保羅．庫柏這個名字對你來說有任何意義嗎？」多爾說道。

「我想我聽說過他。他是個普通程度的推理小說作家。我想他是喬瑟芬．許奈德的客戶之一，她幾年前推銷一本他寫的書給我，我拒絕了。」

53

達若第二次坐在船裡經過他家的時候，太陽出來了。他的肢體沉重如鉛，而要不是因爲在他體內漂浮的腎上腺素與嗎啡，他知道他會在到家以前就失去意識。

他一看到他家前門開著，就按下節流閥，掠過那間房子。門不是整個大開，而是開了一兩吋，足以看到門沒有跟門框靠在一起。

警察到過屋內，他知道，但他還是需要察看一下——要絕對確定。如果他引火上身，會影響他的行動。只有一種辦法可以發現事實。

他只想躺下來睡覺，他已經兩天沒闔眼了。他在邁阿密一位友善醫師的辦公室裡過夜，用溫的蘇格蘭威士忌吞下抗生素，然後在醫生替他縫合的時候咬著他的皮帶。等到他到醫師那裡的時候，他的狀況已經很糟了，蒼白、渾身發燒，仍然覺得那把刀就插在他背上，沒時間等嗎啡眞正生效。那醫生照慣例先收錢，而一等到醫生數過鈔票、把錢鎖到保險箱裡的時候，他就覺得得立即行動了。

達若的背部用外科用酒精清潔過——破開傷口的痂，讓新鮮的血流出來，然後醫生著手縫合傷口，蓋上一個紗布墊，並且用一條繃帶固定紗布墊，綁在達若身體上。想吐的感覺橫掃他整個人，而就在那位好醫師拉緊繃帶時，嗎啡輕輕敲掉痛楚。太少也太遲了。達若昏厥了幾分鐘，而在他醒來的時候他人在地板上，醫師掙扎著要把他抬起來。

他還是設法回到船上，把船開進孤寂港港口，努力對抗暈眩、噁心跟高燒。他吃了滿肚子抗生素，而他知道如果他吐出來，到早上他就會有嚴重的問題。純粹憑著意志力，他奮戰克服了夜晚與海浪，回到了孤寂港，回到他的房子。

以及那扇開著的門。

達若在他家西方半哩處，在屬於一棟私人住宅的另一個突堤關了引擎。那是一間度假住宅。值得感謝的是，屋主們沒在那裡打擾他。要是那樣可能會很尷尬。

他不願把錢留在船裡，他拿起皮革行李袋，爬到木頭碼頭上，走向地產邊緣的樹木。這些該死的袋子在拉扯他的縫合處，他可以感覺到傷口在飲泣。一條血流從他背上留下；至少他希望是血。邁阿密的醫生看起來不像是最講究衛生的醫療人員，達若覺得從他肩胛骨之間流下的也有可能是膿。

達若沒去想最糟的狀況，反而強逼自己集中心神去相信很可能爲眞的事實。行李袋在拉扯傷口。那只是血。他決定不要把信心放在醫生身上，而是放在用來清潔傷口的酒精、還有大劑量的抗生素上。

縣內這一塊區域的樹木提供了很棒的掩護，足以讓他在無人看見的狀態下從路旁經過，回到自己的房子裡。不過事實證明這裡的地形很難走，要花上很大力氣，才能提著行李袋越過崎嶇不平的地面，而那兩個袋子一直卡到較低的樹枝，在他往前移動的時候扭絞著他的背部。

二十分鐘後，他抵達了樹木線的邊緣。他可以看到他的房子了。前門。他放下行李袋，蹲下來等候。

休息。

聆聽。

附近的馬路上沒有車。在他的地產上沒有任何一處有車輛停放。一切都很安靜，只有鳥兒跟牠們的歌聲。

達若找到一棵大橡樹，而他看到樹後面有根中空木頭。沒有人會看到他把袋子放在那裡，而且現在不會有人過來檢查一根老木頭。他想，比放在船上更安全。他小心翼翼地把行李袋放在裡面，然後沿著樹林邊緣走，直到他在掩護之下盡可能靠近屋子爲止。達若靜靜坐著，聆聽與觀察，並認定屋子是空的。從窗口看不到任何可見活動，裡面沒開燈，沒有從爐灶煙囪冒出的蒸氣，顯示有任何事在發生。

達若起初小步前進，蹲低身體走到屋子旁。他一進入開放空間，就領悟到自己有多容易受到攻擊。他的腎上腺素發揮作用，他咬緊牙關抵禦疼痛，小跑步跑向屋子跟前門。

釘在門上的是一份法院拘捕令副本。他的紀錄、他的手機、他的房子——孤寂港警局全都可以檢視。

天殺的。

他一想到警察一湧而上亂碰他的東西就恨。在拘捕令後面是他們取走的物品清單。就只有書。這不重要。他不需要書。他正要咒罵警察放任他的前門敞開——接著他就看到門鎖被撞爆了，他們當然不可能關上那該死的門。他們在搜索以後，沒有採取任何步驟確保房屋安全。

當他踏進屋內的時候，他發現空氣裡充滿了他們在場的氣味。不，不是他們在場的氣味，而是他們造訪的餘緒：一股淡淡的塵土味道，地板上破碎的木片，從廚房門口散落出來的盤子跟杯子。看向另一邊，他看到擺在地上的書。他們用警察慣用的那套方式洗劫了這個地方。地下室的門是開著的。他感覺嘴巴發乾。他把門稍微再打開一點，每走一步臉就皺一下，往下進入地窖的黑暗之中。一把手電筒躺在樓梯底部的一個架子上。他又深吸一口氣，把手電筒打開，掃視整個地下室。

床還在原位。家具移動過了，碗櫃抽屜躺在地板上。

地板。地板沒有被動過。他用手電筒照亮旁邊，找到地下室後方一角被緊壓過的土地，那裡沒被動過。他上樓，關掉手電筒。他如釋重負地嘆出一口氣，然後往上走到另一層。

在他的衣櫃裡，他發現他的衣服在底部攤成一堆，衣架歪歪扭扭、空蕩蕩地掛在欄杆上。警長搜得很徹底——而且弄得很亂。

他把一件襯衫、褲子跟新的內衣攤放在床上。達若脫掉衣服，梳洗著裝。他讓屋子開著，沿著來時路回去，抓起行李袋，迅速走向船隻。這次他大半時候讓行李袋拖在地上，確保不會拉到傷口。碼頭就跟他抵達時一樣安靜；一片低空霧氣籠罩在水上。太陽的金色霧靄照亮了霧氣，看起來就像細緻的白絲布蒙住了一根蠟燭。

他藏放好行李袋，開動引擎，脫離直碼頭，把孤寂港拋諸腦後。在靠岸前幾小時，達若本來以爲這會是他最後一次造訪孤寂港。他現在知道可能不是。

他需要離開一陣。去某個安靜的地方。安全的地方。去休息，去恢復。在他開始這個任務的時候，他以爲到現在就會大功告成了。他一拿到現金，就可以離開。然而保羅跟瑪麗雅還活著，而且現在警察在調查他。

感謝老天，他們沒去看地下室的地板下面。他現在知道，他們不會再回來進一步把這個地方大卸八塊。他們已經做完他們的搜查了，而且錯過了大獎。

不過，任務還是有待完成。

從現狀來看，達若還有很多工作要做。

54

「嗨，瑪麗雅，我的名字是查德，我是腦部外傷團隊的一分子。妳在那張床上，看起來很舒適不是嗎？喔，美眉，妳看起來**真的**是這樣。介意我坐下嗎？多謝了。好。如果我進行得太快，或者妳在我講話的時候覺得妳自己要飄走了，或者妳有任何事情希望我再說一遍，就喊一聲，**查德，我走神了**，OK沒問題吧，蜜糖？」

查德穿了一件亮黃色的T恤跟藍色牛仔褲，他上衣上面有張貼紙寫著**耶穌救世**，而在他的紅髮跟他有如空白銀幕的牙齒、他歡樂活潑的微笑跟他唱歌似的說話聲之間，瑪麗雅無法確定她是醒了還是在做夢。查德像一團模糊的顏色那樣進入她房間，裝出一副關心的樣子，現在他坐在她床上，跟她講話的方式，就好像把她當成幼稚園小朋友。

「現在呢，蜜糖，妳頭上挨了好大一錘。我確定有人對妳解釋過這個了，不過我在這裡要告訴妳，因為這狠狠的一錘妳可能經歷到的某些事，還有我們可以做什麼來幫忙。」

瑪麗雅瞪著查德。她臉上有個茫然的表情。

「妳可能經歷到某些記憶問題，某些口語表達問題，某些協調性問題，甚至是做惡夢。對。現在呢，蜜糖，藉著我們的課程，我們可以讓這所有狀況變得沒那麼麻煩。我們明天要嘗試某些物理治療，也會有一些測試。妳知道這裡的急救人員跟醫師一度以為妳已經死了嗎？結果妳有一點稱為血管炎的玩意，這是一種先前就存在的毛病。別擔心，頭上這一大錘意味著他們現在逮到這毛病了，他們會治療妳。沒什麼好擔心的，不過我們會跟醫療團隊交流，找出病因，好嗎？」

血管炎。醫師們提過。就跟查德一樣，他們說這沒什麼好擔心的。瑪麗雅並不擔心，她的血壓一直偏低，而醫師們每次想要抽血的時候，都常常戳刺她的皮膚、弄出瘀青。她媽媽也是一樣——糟糕的靜脈血管。她不需要查德用他那種迪士尼頻道腔調解釋一切。

「現在呢，別煩惱那些我們會問的討厭問題了——它們不是設計出來戲弄妳的。這不是說妳得上大學什麼的才會回答，就只是一些尋常問題——沒什麼好擔心喔。」查德說道，幾乎像是貓咪在呼嚕了。

瑪麗雅一語不發。

查德伸出手去觸碰瑪麗雅的手，溫柔地撫摸著。「喔，蜜糖，妳有好多地方讓我想起我大姊。我看得出我們會一拍即合，像著火的房子一樣熱情。現在說話吧，甜心妳怎麼啦，貓抓著妳的舌頭啦？」查德說道。

「滾出我的房間，要不然我就會給你他媽的腦外傷。雖然從你穿著的方式來判斷，你腦子早就有洞了。」瑪麗雅說。

她瞪著查德張開的嘴巴一會。他真的長了一口好牙。

「查德？」她說。

「是？」他設法擠出聲音。

「我禁不住注意到你還在這裡。你要我講慢一點嗎？有任何事情你需要我再講一遍嗎？你走神了嗎？」

「可能是。」他說。

「滾出我的房間，到別處走神。」

她想查德可能會在離開的時候爆哭。她不後悔她說了那些話。一點都不。事實上，她講得很快意。查德，還有他高亢的嗓音與積極正向，在她看來就是一副人生受害者的樣子。一個可能被霸凌、被騎在頭上、被踩在腳下的人。查德會容忍這種事發生的事實，注定了這種事就會發生，至少在瑪麗雅心裡是這樣。注定是隊伍裡的最後一人，最後一個談戀愛，總是被別人佔便宜，然後被拋諸腦後。

瑪麗雅沒時間應付受害者。她已經受夠那種爛事了。她的左側感覺很虛弱，她的左手沒有力氣，她要耗盡所有意志力才能移動她的左腿。她身體的一側感覺像是灌滿了鉛，死氣沉沉，遲鈍，麻木。

沒有任何溫柔的鼓勵會幫上她的忙。她只知道這一點。積極正向可以跟在查德背後一起滾蛋。瑪麗雅在她心裡設定了一條路線，一個清楚的目標。她會完成物理治療，她會努力復健——比任何人都努力。她會流著汗推進，在痛楚中奮戰，因爲沒有人比她更想成功。快樂笑臉跟歡呼不足以讓她到達目的地。不。

瑪麗雅那時候就知道，她的彈藥庫裡有無窮的力量泉源。某種在內心深處的東西，從她體內燒出一條路。

憎恨。

瑪麗雅有憎恨，還有憤怒。這樣就足夠了。這樣比較好。

花上幾個月以後，她不會只是回歸正常。她會變得更好，更強壯，更迅速。

她讓保羅進入她的生命，而他背叛了她，還傷害她。她應該在她有機會的時候就殺了他。在家裡，在半夜用他的其中一把他媽的菜刀。她不應該仰賴達若，他太軟弱了。她想到那把錘子的錘頭落下，保羅揮舞著錘子。她無法看清他的臉，但她知道就是他。他一定發現她跟達若的事了。

然後是一片黑暗。而在整段時間裡她鼻孔裡都是那個味道，她永遠不會忘記的味道：新鮮油漆與血的味道。

55

多爾正大步穿過海灣市機場的時候，布洛克抓住他的手臂，扯得他停下腳步。

「我們必須做點什麼。庫柏已經失蹤了。沒有線索，沒有辦法找到他。我們他媽的要怎麼抓到這傢伙？」她說。

在他們離開紐約以前，他們設法要跟喬瑟芬．史奈德，保羅．庫柏的文學經紀人談話。史奈德不願見他們。他們過不了她辦公大樓的門房。她不願講電話，她的祕書一秒拒絕接受留言。孤寂港警局在紐約市沒有管轄權。多爾在紐約有聯絡人，如果他提出要求，這個警探願意幫忙，不過他知道，如果他帶了個紐約市警局探員到史奈德的辦公室，就要付出嚴重的代價。根據富樂頓的說法，庫柏的經紀人是個重量級玩家，在市長辦公室裡有朋友。行不通。沒別的事可做了，只能回家。這對布洛克來說很難接受，而她在飛機上臭臉又沉默。現在在機場裡，布洛克的挫折感整個滿溢出來了。

多爾瞪著她充滿質疑的大眼，然後看向她背後。她後方有個漢堡店。這是機場餐廳，但多爾還是覺得要搞砸漢堡相當困難。

「我餓死了。咱們吃飯吧。」他說。

他走過布洛克身邊，感覺到她凝視著他的頸背，就像午後的太陽一樣。

「我們可以邊吃邊談。」他說道。

他們從吧台叫了起司漢堡、洋蔥圈跟烤馬鈴薯，拿著他們的配菜沙拉跟可樂到一張桌子去。布洛克看起來疲倦又生氣。她在執法機構裡是個罕見異類，聰明、誠實，而且眞心在乎。人會成爲警察的理由多的是。某些人想要幫助自己的社區，多爾見過夠多這樣的警官，他們這種人還不夠多，不過還是存在；其他人加入則是因爲他們想要施展權力，或者他們是警察世家，或者他們把這看成是通往其他事物的道路開端，像是地方政治；然後還有最後一種——多爾想到還是會全身發毛，不過他太常看到了，無法加以否認——某些人加入執法單位，是因爲這樣他們就有機會可以殺死某個人。

「妳爲什麼會變成警察？」多爾問。

布洛克嚼完一些萵苣跟番茄，用一張餐巾紙擦了她的嘴唇，又吸了一大口她的可樂。她放下飲料，然後說道：「家人。」

多爾的玻璃杯抬高到靠近他的嘴唇，他喝了一小口，放下以後說道：「所以妳是被迫進入這行？」

「我父親是警察，做了三十五年。他跟另外五個警察被逮到。他們在收保護費，然後決定自己擴大營業。他們賣女孩子、古柯鹼、槍枝，你要什麼都有。」

多爾小心翼翼地保持安靜，免得布洛克還有更多話想說，但一分鐘之後，他領悟到他必須提示她一下。布洛克有時候會做出對她來說很清楚的陳述，不過別人不見得跟得上。

「所以妳加入是爲了……什麼理由？」

「我爸跟另外五個警察沒瓜葛。他們是他的朋友，而他沒參與那個非法勾當。他們全都說我爸知情，卻什麼都沒做。這並不是說他們有收買他。我想他們嘗試過，但他拒絕了。他就只是睜隻眼閉隻眼，你懂嗎？」

「他有坐牢嗎？」

「他在審判前過世。心臟病。」

「該死，眞抱歉，布洛克。所以妳要用妳的服務來洗清家族名聲嗎？」

女侍拿著餐盤抵達，叫停了對話。

多爾咬了一口爽脆的洋蔥圈，等著布洛克回答。對她來說談論此事很艱難，一個一碰就痛的話題，他看得出來。要引她開口比平常更困難。

「起初當然是。我想讓其他人記得我爸眞正的樣子——一個好人。然而在我加入以後，我發現警察們的思考方式不一樣。上級會告訴我，我爸是個很棒的警察。一般的轄區巡警也這麼說，我爸沒有告發他的警官同僚，對他們來說這點最重要。從那時開始，對我來說重點就變了。我想知道那是什麼感覺：身爲一個團體的成員，不管你做了什麼，都會有人罩你。我經常到處調動。一直都是這樣。警察照顧警察。我爸講到他的警察夥伴時說，他們是他的家人。也許我想成爲其中一部分。我……我跟人相處得不是那麼好。」

多爾沒有回應。

「我們要怎麼抓這個傢伙？」布洛克說道，她改變了話題。

多爾嘆息了。十分鐘前，布洛克第一次提出這個問題的時候，他已經有個不妙的感覺：他知道答案，現在無從迴避了。

「錢是我們的最佳機會。他會想辦法拿到兩千萬。」他說道。

「但我們有法院命令，他不能碰那筆錢。」布洛克說。

「這不表示他不會嘗試。我會去問一下，看是不是有任何轉移基金的要求。」

多爾看了他的手錶，找出大開曼島銀行的直撥電話，然後在手機上撥打。接待人員把他轉接給艾倫先生。

「有問題嗎，多爾警長？」艾倫先生說道。

「先生，我希望沒有。只是想問問看，你有沒有接獲任何要求，要把保羅．庫柏帳戶裡的錢轉走？」

「很抱歉，我不明白您的意思，警長。」

「我們把法院命令傳給你了。你記得嗎？我們討論過這件事。我知道這不盡然是在你們的法律轄區裡，但我想銀行會遵守凍結帳戶的命令。」

在線路上一片死寂的漫長五秒鐘後，艾倫先生說：「您是多爾警長嗎？」

「是啊，當然。我以為你已經知道了。有問題嗎？」多爾說道，他感覺自己的胃在縮緊。

「我想肯定有某種誤會，警長。請再告訴我一次，我能夠如何幫助您？」

「我想知道，有沒有任何人要求轉移保羅．庫柏帳戶裡的錢。」

「喔，我懂了。唔，既然帳戶已經關閉，我們就不會保留任何跟該帳戶有關的要求紀錄。在我們的系統裡不會登記。」

「關閉？你說的是凍結，對吧？」

「不，關閉。庫柏先生提款以後就關閉了帳號。」

多爾的胃部下沉到撞擊地板了。布洛克正盯著他看。她從多爾這一半的對話內容裡，偵測到不妙的電波了。

「保羅·庫柏從他帳戶裡提走了錢?全部兩千萬?」多爾說道。

布洛克的椅子在磚頭地板上發出刺耳的拖拉聲響，她站了起來，閉上眼睛，雙手放在她的頭頂，就好像她正在目睹一場車禍。

「是的，先生。等他付完銀行手續費以後就不足兩千萬了，而且我們會收本地的稅金。」他的血液現在往上衝了，而且多爾沒有要控制的意思。「艾倫先生，告訴我爲什麼我不該現在飛過去那裡逮捕你?」

艾倫先生一點都不擔心。

「因爲，警長，我得到授權要釋出這筆錢。」

「誰授權了這件事?」

「當然是您授權的。」艾倫先生相當滿足地說道。

「我授權給你?」多爾說。

「是，您跟庫柏先生一起進來，給我們看您的身分證明，解釋說凍結令全都只是一場誤會，而爲了表示善意，您在那裡護送庫柏先生，確保他可以安全地帶著現金回家。」

多爾又講了另外二十分鐘，然後才掛斷電話。

「拜託告訴我他會從銀行送保全攝影機的錄影內容過來。」布洛克說道，她再度在多爾對面坐下。

「那裡沒有保全攝影機錄影內容。這家銀行沒有拍到顧客區的保全攝影機。」他說道。

「可惡。」布洛克說。

「在妳問起以前先回答，不，他們沒有留下我的身分證明影本。某個混蛋溜進那裡，假裝是我。這一定是很棒的僞裝。天殺的。」

「他就走了。我們永遠不會再看到這傢伙了，對嗎？」

他們在沉默中吃完他們冷掉的起司漢堡。多爾在心裡想了一遍這個案子。一步接一步。從這裡以後就無以爲繼了。他注視著布洛克，她同樣在思考。

「除非我們可以讓他來找我們。」布洛克說。

孤寂港警局的用車都維持在模範標準狀態，沒有在節省經費。布洛克停在停車場的巡邏車有四個兩週前才剛裝上的新輪胎。她用火燒的速度飆過海灣市、無速限公路還有孤寂港的狹小街道，回到辦公室，在灼熱煞車碟的氣味中，把有兩個光禿後輪胎的車停好。她在海灣市街道上留下很多車胎橡皮。

多爾與布洛克進入辦公室，發現蘇在她的筆電上拚命打字。沒有電話響，沒有人在拘留室裡，而山克斯警員還在庫柏的筆電上工作。

「妳已經準備好那份草稿了吧，蘇？」多爾說道。

「去拿咖啡，我馬上就把草稿帶進去。我沒辦法聽清楚你在車上口授的每個字。引擎太大聲了。」蘇說道，同時給布洛克一個不贊同的眼神。

布洛克聳聳肩，什麼話都沒說，就跟著多爾走向咖啡機。他們從保溫壺裡填滿了咖啡，然後多爾帶著布洛克進了他的辦公室。

他們在靜默中坐著，兩個人都在消化那杯咖啡。多爾覺得又活了過來。他需要咖啡因。他打開他的辦公桌抽屜，拿出一瓶安舒疼，乾嚥了三顆藥丸。蘇拿著她的筆記本跟三張信紙尺寸的頁面進來。她把一頁交給多爾，一頁給布洛克，並拿著她自己那一份坐下。她把她的筆記本放在辦公桌邊緣，然後拿出一支筆，準備好校正她剛打好的內容。

他們在靜默中閱讀。布洛克在她那一頁的邊緣做了幾個註記，把她的筆掃過零散的幾個字。

在他們完工後，三個人都靜默地坐了一會。

「發到紐約去。」多爾說道。

蘇起身離開。多爾打電話給富樂頓，讓富樂頓先知道他這邊寄出的新聞稿草稿。他想在電話上告知富樂頓這個消息。

並不是每天都有出版商聽說他們的金雞母死了。

他們等了半個小時，多爾跟布洛克討論了更精密的細節，然後電話響起。是富樂頓。他加入了。

蘇回到多爾辦公室裡，拿著釘在一起的三頁列印副本。她把副本交給多爾，然後說道：「富樂頓先生傳電子郵件做了這些更改。」

多爾讀了這幾頁，交給布洛克。她讀完，點點頭說道：「我們可以行動了。」

蘇抓抓頭，說道：「亞伯拉罕，爲什麼你要發出這個媒體聲明？」

「我們不想讓這傢伙溜掉。這就是爲什麼我們要發這份新聞稿。」多爾說道。

「但這不是事實啊，亞伯拉罕。我覺得誤導媒體不好。」蘇說道。

「聽著，在紐約市的富樂頓認爲我們說的是實話。他認爲勒波死了。這不是要對媒體撒謊，蘇。這是關乎要抓住一個潛在殺人犯。」布洛克說。

他把那幾頁從布洛克手裡拿回來。

孤寂港警局與世界出版集團很遺憾地宣布，美國其中一位頂尖推理作家過世了。J．T．勒波據信死於海上的一場意外。為了悼念他的去世，世界最受歡迎的作家們會受邀出席在洛杉磯舉辦的一場追思儀式，表揚J．T．勒波的生平與作品。儀式中會有他的作品朗讀，以及表揚他對通俗小說貢獻的演講，而媒體將會受邀，為他遍及全球的粉絲報導這場典禮……

「我還是看不出一堆謊話要如何產生任何幫助。」蘇說道。

「驕傲，」多爾說。「如果富樂頓的看法正確，那麼勒波就會出現在那裡的人群中。他不可能錯過這件事。富樂頓會把這場追思儀式貫徹到底，這樣應該就足以吸引他來了。這世界上沒有人會放過參加自己葬禮的機會。我知道他會到場。」

「他是對的，」布洛克說：「此外這樣給我們一些時間，進一步了解這傢伙。」

「妳是說我們應該讀他的書？」多爾說。

布洛克點點頭。多爾嘆息了。他從來不眞的喜歡驚悚小說，他總是看穿反轉何時會出現。

在多爾回家過夜之前，他跟布洛克坐下來，完成看完簡訊跟電話的作業。某些電話是在攻擊當天打到拋棄式手機上的。無法追蹤到擁有者，就不可能加以詮釋。他們決定對那支拋棄式手機發出一個警戒通報，這樣只要有人使用它，就會直接發出一個發話地點警示到孤寂港警局。很有可能這支拋棄式手機再也不會有人用，但至少他們做了該做的事。

他們確實需要詮釋的一件事，就是瑪麗雅在攻擊當天寄給保羅的那兩則簡訊。布洛克在列印內容裡看到它們。

一張他的護照的照片，然後是一則文字訊息。

忘了什麼嗎？

她在玩什麼把戲？多爾心想。他必須找出來。

56

保羅在新聞上聽到消息的時候，人在南佛羅里達的一間海鮮小鋪吃鮮蝦沙拉。地方新聞主播說，有名據信是推理作家J・T・勒波的男人，死在一場怪異的船隻意外事件裡。

他吃完那碗沙拉，用他的叉子在邊緣撥著，收集最後一點醬汁。保羅點了另一杯啤酒，一邊慢慢喝一邊看新聞，等著新聞輪播完畢，重播那則消息。

十五分鐘後，他再度看到那則新聞。他想到瑪麗雅，還有他那天早上稍早讀到的文章。她正在恢復，警方說她已經指認出她的攻擊者。新聞頻道這次聚焦在勒波的報導上，而他看到幾個人在鏡頭前開座談會。音量很低，不過他還是能跟上辯論內容。他知道瑪麗雅可能也在某處看著這個報導。

她從來不理解保羅對於絕對隱私，對於保護的需要。

他用現金付帳，離開後走到巴士站。保羅買了張票，搭第一班往西行的巴士。追思儀式會在洛杉磯舉辦，希望不只是吸引到作家，還有電影明星跟導演。全都是爲了公關。

他檢查了他的錢包，數一數他還剩多少錢。保羅納悶地想，如果沒有喬瑟芬，他到底要怎麼辦。她電匯了足夠的錢，如果他省吃儉用，可以過完接下來一兩個月，這甚至是在他付了五百塊給路易斯以後；這名海釣船船長把他從大開曼島送到邁阿密，不看護照也不問問題，他給路易斯另外五百塊，爲自己買到一把槍。

保羅有一些時間。他需要仔細計畫這件事。如果他是對的，他會多得到一次對付達若的機會。一個了結此事的機會。

在他離開之前，他還有最後一件事要做。

巴士站是少數幾個碩果僅存、你差不多可以保證找得到公共電話的地點，而且至少有一台能用。

保羅用零錢塡滿那台電話，靠記憶撥打瑪麗雅的手機號碼。在電話結束撥號前，他猛然掛斷，聆聽著他的零錢滾到公共電話底部的退幣口。他再度撥號，這次打的是家裡的電話號碼。警方很可能握有瑪麗雅的手機，他不希望他們聽到他要說的話。無論如何，瑪麗雅還是可能說出去，但他想給她這個機會。他對不起她，對她說謊，而且愛她愛得不夠。

電話開始響起。

保羅在心裡勾勒瑪麗雅的臉。她凝視裡的柔情。在他親吻她之前，在她眼裡活過來的溫柔火花。

古老的電話答錄服務啓動了。保羅想像他可以聽到錄音帶在錄音卡匣裡轉動。他開始說話。他有好多話想說，有好多話需要說。這全都在大量的罪惡感、眼淚與憤怒裡說了出來。

「我一直對妳撒謊。我對妳隱瞞了一些事，一些我從來不該保密的事情。起初我很害怕。害怕如果我告訴妳我其實是誰，他也會找上你。很愚蠢，我一直太愚蠢了。我不是J・T・勒波。達若，鄉村俱樂部那傢伙才是他。妳有聽到我說的話嗎？如果妳聽到這個訊息，我是保羅。我實在很抱歉，瑪麗雅。我愛妳，而且我很抱歉，我以前勒索達若，叫他付錢讓我保持沉默，不說出他是誰，還有他做過什麼。在我開始認識妳以後，我無法告訴妳。我無法告訴妳眞相，因爲我對自己做過的事爲恥，而且我不想失去妳。到最後，在達若找到我的時候，我必須逃跑才能救妳。我全都搞錯了。我搞砸了一切。這是我的錯。我失去了那筆錢，達若拿走了。不要信任他，不要靠近他，他是個殺手。我會設法了結這件事。這是爲了我們兩個。」他頓了一下。「我愛妳。」

保羅掛斷電話，擦掉他臉上的眼淚，然後朝著停車處走。他上了巴士，自己一個人坐在後排。他周遭沒有其他乘客。他檢查了他口袋裡的左輪手槍，裝滿了子彈。他把它收起來，陷進座位裡等待一趟長途車程。

很快，一切就會永遠結束了。不管是以哪種方式，這次保羅都必須了結它。現在沒有回頭路了。

57

瑪麗雅瞪著她的手機。上面展示著她拍下的照片：保羅的護照放在廚房櫥櫃上。

「妳記得自己拍下這張照片嗎？這是妳的手機相機拍的照片。妳把它傳給保羅，還附加了一個訊息。」多爾說道。

她再看了那張照片一眼。移開視線，閉上眼睛專注思考。她的心思感覺上像個拼圖，上面有著不太能拼在一起的線條。在她記憶裡，應該沒有任何空隙的地方出現了空白。然而瑪麗雅知道那些記憶在那裡，就在某處。沒有任何事情被抹滅，但此刻就是看不到。這就好像某些記憶跟感受就放在剛好摸不著的地方，裹在一層黑暗面紗之下。

她搖搖頭，說道：「此刻我想不起來。我不知道我為什麼送出那個訊息。」

多爾點點頭。

他用手指劃過螢幕，叫出下一則訊息。把它拿給瑪麗雅看。

「這有幫助嗎？」他說道。

布洛克放下她的筆。

「我不記得給保羅的那則簡訊，不。我很抱歉。我記得有場爭執，但我不知道是在吵什麼。」瑪麗雅說。

就在這一刻，瑪麗雅知道她會復原。她會變得更好，並且再度恢復她原有的自我。一個她很歡迎的慰藉。在她發現自己能夠對照片還有簡訊撒謊的時候，她就知道了。她絕對不想讓警察知道她跟她的愛人計畫過要跟保羅對質，要求她的那一份錢，要是他拒絕——就勒索他。而且護照是那個陷阱的誘餌。

警方不需要知道那種資訊。他們需要知道的，就只有瑪麗雅對於錘子落到她頭上的記憶。每次心中出現那幅景象，她的頭骨就感覺到一種被射穿似的疼痛——尖銳又暴力。她轉過身，錘子就從後面擊中她。一定是保羅。只可能是保羅。達若不可能做那種事——他愛她——他沒那能耐。她不懂為什麼警察問這些問題。她不是已經告訴他們她知道的一切了嗎？

多爾點點頭，說道：「瑪麗雅，在問這些問題的時候，我們不想讓妳承受任何壓力。現在就只有我們。我們只是想知道，妳是否記得任何重要的事。如果不記得，那也沒關係。妳認為也許妳丈夫要離開妳嗎？而妳發現他把護照留在後頭？是這類的事嗎？」

瑪麗雅緩緩閉上她的眼睛，然後再度睜開。這是她表達同意的方式。她有意識地不去動她的頭。那天早上頭痛的狀況很糟糕。在多爾跟布洛克抵達的時候，她正要吃下一輪止痛藥。這些藥讓她昏昏欲睡。瑪麗雅希望能完整發揮她還剩下的任何一點聰明才智，她先前叫護理師等警察離開後再來。

「也許，我不確定。我不知道。」

「瑪麗雅，妳認識一位名叫達若．歐克斯的男人嗎？」布洛克說。

「這名字很耳熟。」瑪麗雅說。這是她能想到最含糊的答案了。

布洛克拿起那隻手機，往回滑了幾下，叫出從某個號碼發出與收到的簡訊，那個號碼不是列在她通訊錄中的某個名字下面。那只是個號碼。

「這是他的號碼嗎？」布洛克問道。

瑪麗雅把手指橫放在她額頭上方，她的眼皮顫動著。「我——我感覺不太舒服，今天。很痛。我們可以下次再問嗎？我的思緒就是不太清楚。」瑪麗雅說。

她透過手指注視著警察們交換一瞥。她沒辦法發誓確有其事，不過她認爲她看到多爾的嘴唇在顫動——他的鬍子在抽搐。

「當然，下次再說。」多爾說道。

58

多爾跟著布洛克沿著醫院走廊前進。她跨著步幅很長的優雅大步。他必須加快他的步調才能及時跟上。她比他還高。而每走一步，他的膝蓋都把一記小小的酸溜溜痛楚打進他體內。

他們抵達停車場，到了巡邏車旁。布洛克打開駕駛座的車門，站在那裡一秒鐘，沒坐進去就用力關上車門。多爾站在另一邊，他們隔著車頂彼此面面相覷。

「該死。」布洛克說。

「聽著，我看不出來這樣有造成多大改變。」多爾說說道。

布洛克把手肘放到車頂上，雙手捧著腦袋說道：「這改變了一切。」

「不，並沒有。也許瑪麗雅跟達若有外遇。那又怎樣？她得知她丈夫打算離開她，她發簡訊給他，然後說他忘了帶他的護照。保羅沒預訂任何旅程，他是坐船出海了。她寄給他的簡訊有點不懷好意。她提醒他把護照忘在後頭了，並不是爲了幫忙。」

布洛克點點頭。

「她還是很堅持是保羅攻擊了她。也許現在那稍微比較有道理了。她發現他身爲作者的祕密人生——跟他對質，他企圖離開她，卻忘了他的護照，他回到屋裡，發生爭執，可能是爲了他帳戶裡的兩千萬，然後他用錘子打她的頭。那是我們現在的故事。」

「我想打她巴掌的人是達若。」布洛克說。

多爾抬頭看著藍色的天空。天氣很熱，而他很疲倦。

「可能是。我們知道那個失竊報案電話是幌子，唯一壞掉的東西就是那個抽屜。我會說她是在那裡找到他的紀錄，勒波銀行帳戶的對帳單。她利用達若掩護她，幫她製造一個故事解釋抽屜的事。在她質問丈夫這件事以前，給她思考的時間。」

「聽著，我們有時間讀那些該死的書，再多查查勒波的事，替我們自己做好準備。保羅會出現在追思儀式上的。我敢用我的性命來賭。」

布洛克點點頭，不過她臉上那種不是滋味的表情還在。

「我們有個對保羅不利的案子，卻沒有任何能針對達若的案子。通姦不是犯罪。所以妳的困擾是什麼?」多爾說道。

她注視著他，而他已經知道她要說什麼了。

「信箱。就是那個在困擾我，而我沒辦法用我們的案子解決那個問題。它就是跟其他事情兜不攏。」

59

結局的開端

八月

在炎熱的正午太陽下，保羅·庫柏在拉布雷亞大道的一間劇院外面等待，他口袋裡有一把槍，滿腦子都是壞主意。他拿下了他的墨鏡，把他額頭上的汗水都抹到他的T恤袖子上，然後又重新想了一遍整個計畫。

他會等著劇院裡的賓客們離開。在一條從劇院通往人行道邊緣，有圍欄護著的步道上，保羅已經設法保住一個靠近欄杆的位置。弔唁者在走向大街跟等著他們的豪華轎車以前，必須從他身旁走過。在達若走過的時候，他會從他褲子口袋裡抽出那把點三八，然後朝著他的臉扣扳機。他別無選擇。他必須拯救瑪麗雅。

劇院外面的空地滿滿是人，兩三百人的群眾排在欄杆兩側。他們在對他們死去的偶像致敬。劇院那天並沒有戲劇演出。不，這個空間已經被訂下來，為已故的J·T·勒波舉辦追思儀式。

保羅覺得噁心。要不是因為他周遭的集體歇斯底里，成年女性為了一個死掉的作者哭哭啼啼，就是因爲天熱。或是兩者兼而有之。或是因爲一肚子伏特加。他需要幾杯夠勁的飲料，才能止住雙手的顫抖。

每次他在周遭的空氣中捕捉到勒波這個名字的時候，他胃裡的那把刀就多扭轉那麼一點點。

世界上有四個人知道J．T．勒波的眞實身分。有兩個已經死了。鮑伯．克蘭蕭被鎖在一輛燃燒的車子後車廂裡，被活活燒死；另一個人被毆打至死——一個名叫琳西的年輕女子。還剩兩個。而其中一個就要挨保羅．庫柏口袋裡那把槍射出的點三八特殊子彈了。

劇院門口的那一排玻璃門打開了，一群人往外湧入嚴酷的洛杉磯暑熱中。當然了，他們爲了這個場合精心著裝。淺色亞麻西裝掛在骨感肩膀上的男人們推擠出一條路來，通往他們的車子。大多數人偏愛白色或奶油色西裝，加上黑領帶就足夠當成尊重的象徵。一襲哀悼用的黑西裝，在這種熱浪下會形同謀殺。女性們裝束比較正式，爲了滿足禮貌而犧牲舒適。在她們調整帽子，戴上她們的太陽眼鏡時，顏色黯淡的絲質洋裝黏在她們腿上。

汗水從他臉頰上涓滴流下，流進他的鬍子裡。他把他的T恤底部撈進手裡，拿來擦他的臉，暫時暴露出一片蒼白的肚子。在他讓T恤落下的時候，衣服黏在他上腹。他口袋裡的槍感覺很沉重。它也讓他心頭很沉重。他再一次察看群眾，把一隻腳放在欄杆基座上，然後站直了身體，拉長脖子，越過他周遭那些人的腦袋。群眾裡沒有目標出現的跡象。他開始懷疑他的計畫。也許達若根本不會出現。

然後，毫無預警地，他就沒時間思考了。

達若在紅毯上。距離他五呎之外。低著頭，走了過去。

保羅想像這一刻的畫面許多次了。達若會盯著槍管，嚇得半死嗎？他會喊出聲嗎？保全人員會有時間反應嗎？

在達若周圍有四名武裝警衛，成縱列移動，緩慢而慎重。而在達若保持低頭的同時，他周圍的保全人員小心翼翼地注視著欄杆兩側的群眾。他沒計畫到這一點，不過這不重要。

對保羅來說困難的部分會是扣扳機。他很納悶自己是否做得到。他用一隻手握住柵欄，另一隻手鑽進他口袋裡，然後鎖緊槍身。他告訴自己，他可以辦到。一陣漣漪傳遍他的五臟六腑，把一股灼熱的酸液送進他的喉嚨。他把那股酸吞回去，然後把他嘴唇上的汗水吹掉。他的心臟讓他耳中的鼓聲變得更急了。

動手啊，他心想。**現在動手！**

保羅開始抽出槍來。在他感覺到有隻手放在他肩膀上的時候，他停了下來。有人站在他背後。他僵住了。

他背後的人往前靠近，保羅的脖子感覺得到對方說話時呼出的熱氣。

就算人群緊密地擠壓著他的周圍，還有血液在他全身怒吼奔流，他還是聽得到那些話語，清楚得像是喇叭的聲響。而那是一記轟鳴。一句簡單的陳述，講得平鋪直敘，保羅感覺那些話語把他背上的皮肉撕了個乾淨。

「我知道你是誰，」他耳畔的聲音說道：「你是J．T．勒波。」

不只是那些話語。

保羅認得那個聲音。

他感覺到在他肩膀上的手施加了壓力，讓他轉過身來。

多爾警長瘦了，變得比較苗條，更加硬實。嘴上仍然留著那愚蠢的鬍鬚。那鬍鬚看來並沒減少任何重量，事實上，它看起來比以前更濃密了。他沒穿警長制服，穿著便服以便融入人群。他小而黑的眼睛聚焦在保羅身上，同時他搖著頭。

「結束了，小伙子。你現在必須跟我來。」多爾說道。

保羅吞下一種苦澀的味道。他仍然將一隻手放在槍上。如果他抽出來，多爾會一槍殺了他。他並沒有任何要射殺多爾的意圖。他心想，如果他可以抽出槍來對著群眾頭頂開槍，他就可以逃脫，在人群中消失。他從一開始就是這個計畫：開火，確保擊中達若，當頭一槍。然後閃躲逃跑，像別人一樣。人群太稠密了，塞得太過緊密，任何人都無法好好指認身分。

「不管你想要做什麼，都別做。只要給我看你的雙手。」多爾說道。保羅起初沒有注意，但他現在看到多爾已經抽出一把武器，拿在他身旁的低處。

一大滴汗水開始從他的髮線流下，往下流過他的前額，沿著他的臉頰轉彎，停頓在他的下巴盡頭。他沒有動。槍在他口袋裡又重又熱，他的手緊緊包裹在手柄上。

「別逼我把子彈埋到你身上，小伙子。」多爾說道。

保羅放開了槍。緩慢地，他舉起他的雙手。在他這麼做的時候，警長的話語在他心裡重新播放。警長沒有威脅要射他，也沒有威脅要殺他。他講話的時候，是爲他自己在懇求。多爾不想取人性命，不想讓自己的良知有這種負擔。以現狀來看，這麼說很奇怪，但保羅覺得他是出自肺腑。

既然現在他已經失去他的人生，他沒有任何活下去的理由，只剩下復仇，還有知道他繼續呼吸的時間會比達若更長久帶來的純粹滿足。這個念頭讓人很滿足。這抓住了他的想像力，讓他覺得充滿力量，幫助他重新獲得某種自信——那是日復一日活在恐懼之中，曾被一層層剝除掉的自信。

從某些方面來說，一顆子彈並不是個糟糕的退場方式。如果是另一個警察，一邊吼出種種威脅，一邊用槍指著他的頭，保羅可能會抽出那把左輪手槍，對著他的目標開火。

多爾不一樣，他提醒保羅，他採取的每個行動都會有影響。他的死亡會摧毀多爾的一部分，他身爲一位長期服勤執法警官設法要堅持的那個部分。他其實在要求那種事不要發生。保羅尊重這一點。他雖然憎恨達若，但他不會殺死達若以外的另一條生命。他也不會藉由報自己的仇毀掉一個生命。這樣的代價太高了。

「我的右邊口袋裡有把槍。我會把它留在那裡，把我的手慢慢抽出來，並把雙手放在我頭頂。」保羅說道。

他照做了，而多爾仔細地注視著他，如果保羅做了錯誤舉動，他就準備好舉槍射擊。他保持手指展開，緩緩地舉起雙手，然後把手放在他頭上。

「現在轉身，保羅。」多爾說道。

保羅轉身面對紅毯。他察覺到至少有一個在他左邊的女人，還有兩個在他右邊的女人領悟到他正在被逮捕。在人群的噪音中，沒有人聽到他跟多爾之間的言詞交流。保羅周圍開始形成一個空間，讓他變得很顯眼。他望向他的右側，看著人流離開劇院。他看向左邊，看到達若正盯著他看。

多爾抓住了保羅的左手腕。他把那隻手從保羅頭上拿下，往下繞到保羅背後。

達若身上穿著深色西裝與藍色襯衫，打著深海軍藍的領帶。他不是在哀悼。他眼裡沒有憤怒，而他如果有任何表情可言，那似乎是憐憫的表情。保羅知道，達若，眞正的J．T．勒波，不會錯過這場儀式，不會錯過這個機會，出席，在向他作品致敬的名流與粉絲之海中保持匿名。

他該死的作品。

保羅感覺到手銬冰冷的金屬，像蛇似地環繞著他的左手腕。他的右手還是自由的。他可以伸手到他口袋裡，在多爾可以阻止他以前，掏槍然後開火。但接著多爾就會在保羅後腦勺塡進一顆子彈。

在多爾在他左手腕周圍捏緊手銬的時候，手套開始喀噠作響。

達若說：「看看那是誰。大作家本人。」

達若眼中有種強烈的憤怒。保羅感覺到多爾碰到他的右手腕，而他知道多爾不再抽出槍了——多爾的一隻手正把保羅的左手腕緊貼在他背後，另一隻手則伸向他的右手腕。或許這個領悟釋放了他的身體，得以做出反應。或許沒有。他不可能知道，永遠也不會知道，接下來那些時刻他是有意識還是無意識地採取行動。他肯定沒去思考他的行動。

它們就是發生了。

他感覺到達若的眼睛碰到了他胸膛裡的一個冰冷地方。一個他生存了這麼多年的地方。一個充滿恐懼的地方。

保羅迅速把手往下伸，避開了多爾的掌握。他忍不住。恐懼抓住了他，他的身體做出反應，就好像他站在一個獵食者前方，所有的念頭都被拋棄了，大腦跟身體脫節，只有生存才重要。一種本能的、原始的模式啓動，控制了保羅的身體。他的反應不是他自己的，它們是自動化的，他沒有決定做出那個動作——然而動作被執行了。身體負起責任，要讓自己擺脫這種危險。它無法信任保羅的心智去做出這個決定。

他的手指伸到他褲口袋的袋口。

多爾領悟到正在發生的事，抓緊保羅的下臂，並且用他的另一隻手扭動了手銬。那痛楚感覺尖銳，而且來得正好。這沒有阻礙保羅，它無法阻礙他，多爾也沒有施力點可以阻止他抽出武器開火。

保羅的手抓住了槍，他的無名指找到了扳機。那是把短槍管左輪手槍，沒有擊鐵，所以在他拔槍的時候不會卡在他口袋裡。

保羅開始抽出槍。他認爲他聽到多爾警長的聲音，從遙遠的某處傳來。它似乎很微弱，就好像保羅人在一口深井井底，無法聽見、思考或感受，就只能行動。

槍從他口袋裡釋放出來。他開始舉槍。

達若沒有動，沒有退縮。保羅跟達若之間沒有任何人。現在沒有安全警衛，視線清楚。俐落的一槍。

保羅看到達若背後有某種動作。

然後保羅的前腦轉向煞車模式。他有意識的思考取得控制。這就好像他眼前的景象有開關似地的作用，立刻觸動了他的大腦。而他丟下了槍。

瑪麗雅從達若背後走出來。他轉向她，然後伸出他的臂彎。保羅注視著瑪麗雅在走近達若，同時她細緻的手指包覆在達若的外套衣袖上。

她捕捉到保羅的眼睛，把達若抓得更緊，蜷縮到他身旁。她穿著一件黑色洋裝，而且她改變了髮型。那是個短鮑伯頭，墨黑色的，捕捉到瀕死陽光而閃耀著。她看起來很蒼白，緋紅色的唇膏強調了她新的象牙白膚色。這是瑪麗雅，卻不是保羅的瑪麗雅。

那張臉上沒有情緒。在保羅看來比較像一張面具。

多爾對他失去耐性了——他在保羅耳朵裡喊著話，保羅卻無法聽見。他的兩手現在都鎖在手銬裡，而他感覺到他背上的壓力，逼他倒向地面。人群中的一個女人必定看到了槍，因爲她是第一個尖叫的。幾秒鐘內，人群像翻騰海浪一樣遠離安全圍欄，在瘋狂的手忙腳亂之中逃離劇院的空地。恐慌奪取了一切。人群在逃竄中會受傷。保羅知道這點，也接受這點。畢竟，這就是他原始計畫的一部分。

他的胸膛撞上水泥地，然後是他的臉頰。他感覺到多爾的膝蓋在他背上，把他體內的空氣擠了出來。在多爾拾起武器時，聽到槍枝金屬在水泥地上刮擦的聲響。

保羅有個含糊的想法是，多爾正在對他宣讀他的權利。他沒在聽。他具備的每一種感官，都聚焦在瑪麗雅身上。

保羅放聲吶喊。他的聲音原始而出自肺腑，但他必須叫喊到壓過人群，他需要讓瑪麗雅聽到他。而他吼出他能想到唯一一件可能拯救她的事。

「瑪麗雅！妳媽打電話了。」他大喊。

達若把瑪麗雅拉近，親吻她然後轉身。他們兩人都走遠了，保羅無法分辨她有沒有聽見他。在人群中他幾乎聽不見自己的聲音，但這沒有阻止他放聲尖叫。

保羅領悟到他甚至聽不見警長的聲音，因爲他在尖叫。他的喉嚨感覺像一只熱煎鍋，他聲音裡的力道從他身上爆發——吼叫再吼叫，吶喊到底。

60

她聽到了喧鬧聲，就知道那一定是保羅。在他們一起離開劇院的時候，達若停下腳步，轉身看著人群。瑪麗雅花了點時間，才把凝望的目光帶到騷動的源頭。她不知道在相隔數月之後第一次見到保羅，她會有什麼反應。她的心跳變快了，脖子充血脹紅，下顎開始一陣震顫，呼吸加速。

恐懼。

保羅身上沒有什麼東西可以造成身體上的恐懼。她周圍環繞著持械警衛。她的憂懼來自自我保存本能。她看到他的時候會感覺到什麼嗎？這才是讓她害怕的事。害怕光看到保羅，就會觸碰到她舊有自我的某個部分。會喚醒它。

瑪麗雅從一次針對她的謀殺未遂中生還。她為此痛恨保羅。她痛恨自己跟一個會這樣對她的男人生活在一起。

說實話，在自家廚房被攻擊的瑪麗雅沒有生還。那個瑪麗雅死在冰冷的地磚上了。

這個瑪麗雅是非常不同的人。

這始於身體訓練跟物理治療。醫院找到一位跟瑪麗雅的個性比較合拍的物理治療師。過程很辛苦，她身體左側有個弱點，她花了一星期才能夠好好使用一支叉子，恢復一般動作技能耗時更久。走路就像學習騎腳踏車，過去曾經是自動自發的事情，如今必須動腦想，用上大量的肢體努力與心智思考歷程。她必須刻意移動她的左腿：實際上去想著它，然後它才會聽話。在健身房外面有條走廊，環繞著一座平靜小花園的四方形的一側。每條走廊都有九十呎長。灰白的磚頭地板。有一堵牆，一邊漆成葉綠色，另一邊有個長窗，可以看到花園。一步接著一步，用滾輪助行器，渾身是汗的瑪麗雅在第一天設法走了二十呎。第二天是三十呎。第三天，她在走了十呎的時候跌倒了。那不是個好日子，但她沒有哭。她奮戰下去。等到那週結束的時候，她設法走完三分之二的走廊。在兩週後，她可以設法走完整條走廊，還有下一條的一半。

在她入院後一個月，瑪麗雅可以不靠輔助就走路繞完那個四方形。重量訓練有幫助，協調性回來了。新的神經通道被建立起來，而她學會如何彌補任何困難之處。不是百分之百，不過相去不遠了。

心理治療只做了一節，還太痛、太早而無法處理。治療師跟她談到腦部外傷——還有這對心智的影響，他說這就像是一場火災，短暫地沿著一塊海綿的表面燒過去。火焰會傷害海綿，在它發現氣室的地方製造出空洞，而在其他部分會把各種東西燒融在一起。他告訴她，她可能會經歷到記憶裡有空缺，且因爲創傷的關係，她的心智可能會嘗試填補記憶裡的空缺。他稱之爲虛假記憶。移情。每次那個諮商師講話的時候，瑪麗雅都會感覺到她的頭有種灼燒般的痛，所以她叫他閉上他的鳥嘴。

他告訴她，她沒準備好做諮商。還沒有。

除了物理治療以外的東西，瑪麗雅都沒興趣。那些腦袋醫師讓她牙痛。她忽略神經心理學家，他的名字叫做布萊恩。她大半時候喜歡布萊恩。他很高，而且有種運動員的樣子：瘦而有肌肉，肢體修長。他總是打著一個黃色領帶，明亮刺眼到讓她的眼睛都要跳出來了，那個部分她就沒那麼喜歡了。他在他電腦上讓瑪麗雅看她的大腦。掃瞄圖像讓人恐懼，她看不下去。布萊恩解釋說，他跟他的同僚們必須做些測試。瑪麗雅覺得大部分測試很愚蠢，或者有愚蠢的名字。有一個叫做威斯康辛卡片測試，或者類似那樣的名字，他會讓她看卡片，要她替卡片配對。這不像玩配對卡牌遊戲，她記得她跟她母親玩過這個。這些卡片彼此並不盡然成對，有些卡片根本配不起來。在他們測試她的眼睛反應時，她必須看著閃爍的燈光，還有更多的掃描，而下個星期她做了更多測試。其中一個是關於賭博的。瑪麗雅喜歡那一個。

在她第三次見布萊恩的時候，她覺得很無聊。而他又打了那個領帶。瑪麗雅只聽到他說的片段內容。

「額葉外傷……行為改變……記憶缺損……去抑制……冒險行為……衝動性……注意力疲乏……」

醫院讓瑪麗雅回家，但她不想回到那棟房子。她反而在海灣市替自己弄到一個旅館房間，先付了那一週的房錢。她就是還沒準備好為自己煮飯打掃——還沒有。事實上，她不想這麼做。警長對她很好，保持聯絡，且經常到醫院探望她。而現在她出院了，他定期寄電子郵件給她。她總是回信。必須讓他繼續站在她這邊。對，她相信保羅企圖殺她。她從沒有告訴過多爾，她一度計畫勒索保羅。

在她住旅館的第三個晚上，她接到一通電話。

達若。

聽到他的聲音感覺很好，她體內的某種東西因此被安撫了。就像是在她長途走路穿越城市而發熱痠痛的腳上，倒下冰涼的水。

達若想見面。她叫他到旅館來，而他果然在第二天晚上來了。瑪麗雅開門迎接達若，把一隻手放到他嘴唇上，然後帶著他上床。他們後來交談了，她回答了達若所有的問題。

不，她沒告訴警方他們跟保羅對質的計畫。

對，警方告訴她，他們相信保羅眞的是那個叫做J·T·勒波的作者。多爾警長在他最後一次到醫院探望時解釋了一切，講得很仔細。在那個場合，當他們坐在那個小花園裡的時候，他告訴她，雖然這世界相信保羅死了，多爾卻不相信。會有個爲勒波舉辦的追思儀式，而多爾有強烈的感覺，保羅會出現在追思儀式上。瑪麗雅得到出版商的邀請，雖然她毫無意願向曾經企圖殺她的男人致敬，可她覺得跟出版商建立關係是很重要的。對於書的版權，他們想跟她達成某種安排。她就要發財了。他們還會安排額外的保全，就爲了她。

多爾警告她，如果保羅聯絡她，她必須立刻打電話給多爾。警長稍微挖了一下J·T·勒波的背景，而他不喜歡他發現的東西。她丈夫是個非常危險的男人，很可能要爲好幾件死亡案負責，其中包括一名叫做琳西的年輕女孩。就算在平靜的花園裡，有噴泉輕柔地潺潺水聲，還有玫瑰花的香味包圍著她，瑪麗雅還是感到害怕。

在旅館的床上，瑪麗雅躺在達若旁邊，就只注視著他。她告訴他發生的一切，並因此覺得好多了。他們兩個人都赤身裸體，擁抱著彼此。瑪麗雅享受著達若的皮膚熟悉的觸感。在她的手掠過他的背部時，她感覺到某種不自然的東西，而她縮手了。

「那是什麼？」

「保羅給我的。在妳家廚房裡，記得嗎？我聽到某種動靜，到外面去檢查是什麼，而在我回到裡面的時候……」

「怎麼樣？」

「妳躺在地板上。我以爲妳死了。那時候他把拔釘錘砸到我背上。」

「我的天啊。」她說著掩住嘴。

「我把他打退然後脫身了。我不想到急診室去。一切都變得太瘋狂了，我擔心得快瘋掉。然後我發燒了，我病了，而等到我沒事以後，妳已經在醫院醒來了。我幾乎死掉。我們幾乎死掉。我眞的很抱歉，蜜糖。我有一陣子失心瘋了，我以爲我已經失去了妳。」

她靠近他，然後他們親吻擁抱了一會。

「你怎麼找到我的？」她說道。

「醫院說妳已經離開了。我想在我打電話以前給妳一些時間，因爲發生過的一切事情。我從來就不該打開保羅書桌的那個抽屜，我很抱歉。我覺得我有責任。」達若說道。

她把一根手指放到他嘴唇上，讓他安靜下來，說道：「這不是你的錯。」

「妳認爲保羅發現我們在做計畫嗎？這是爲什麼他會攻擊我們嗎？」

她陷入沉默，撫摸著他胸口細緻的毛髮，然後說道：「也許，這有可能。但不重要。你如何找到我在這裡？」

「我去了那棟房子，仍然封閉著，所以我知道妳可能待在海灣市。妳一直都討厭孤寂港，而我知道妳喜歡這家旅館。我們以前在這裡住過……唔，住過一晚。我們在樓下餐廳吃過晚餐。保羅出差去了。妳說妳想去某個我們不必躲藏的地方，我們可以坐在一起，像夫婦一樣吃一頓飯。最後我們在這裡過夜。」

瑪麗雅對此只有極其模糊的記憶。她回想起達若穿著無尾晚禮服，卻無法確定地點。那些記憶裡的空缺是某種她開始習慣的東西。她的心靈中有些黑暗的洞穴。某些事情鮮明而清楚，某些事情幾乎是包裹在迷霧中，其他記憶就這樣消失，抹消得乾乾淨淨。她可以記起她母親的香水味道——她擁有過的唯一一瓶。然而她無法記起她嫁給保羅的那一天，或者她昨天有沒有吃東西。

「我不記得。」她說，然後微抬起身體，將一條腿跨過達若，跨坐在他身上。

「我們來製造一些新的回憶吧。」她說。

在朝著追思儀式邁進的幾週裡，她的生活變得充滿了與達若共度的日子：在床上度過、一起吃晚餐、看電影，還有懶洋洋的週日早上，消磨在地方餐館裡喝著無窮無盡的咖啡。他們在一起了，而瑪麗雅感覺到某種接近幸福的東西。

現在，在達若懷裡，在從追思儀式出來的紅毯上，她轉身看到多爾警長跪在她丈夫身上。她跟保羅四目相望。而她發現自己終究還是感覺到了什麼。

憐憫。

就只有憐憫。

她聆聽他對著她尖叫，但她不太有辦法聽清楚他說什麼。某句話，講到有人在打電話……

不管她對他曾經懷有怎麼樣的愛，都屬於另一個瑪麗雅。死在孤寂港的那個瑪麗雅。

61

洛杉磯市警局比預期中更幫忙。他們完全配合多爾的要求，甚至替布洛克弄了一台沒有標記的公用車，交換的協議是要她在幾個月後回來幫忙，教他們的進階駕駛指導員一堂補習課程。他們這麼做，是因爲他們用租來的車從洛杉磯機場護送他們出來的時候，護送人員跟不上布洛克的速度。

多爾知道布洛克可遠遠不只是個有天賦的駕駛人。

他們站在審訊室外面複習他們的筆記。有一箱證物擺在地上，在多爾腳邊。布洛克爲這天做的準備顧及了最小的細節。她有超過一百頁筆記，一張她背起來的問題清單，還有滿滿兩袋證物，洛杉磯警方幫助他們製作了目錄並儲存起來。逮捕是在洛杉磯進行的，所以審訊也要在洛杉磯做。在保羅・庫柏接受審訊以後，他就會被帶上法庭。助理地方檢察官已經在高階警方人員的指示下，要求把案子轉移到孤寂港。他們全都安排好了，也設法讓這個案子處於ＦＢＩ的視線範圍外。他們的準備不可能更周全了。

「你認爲我們應該在追思現場逮捕達若嗎？」布洛克說。

「不，我支持那個決定。所有的證據指向庫柏，就現在來說如此。有些錢會流向瑪麗雅。我的猜測是達若會留下來等那筆錢。」

布洛克點點頭。

「妳準備好了？」多爾說道。

她再度點頭，像個拳擊手那樣吸吸鼻子，然後用拇指抹了一下她的鼻子。

「那好。」他說道，而布洛克打開了門，替多爾壓著，同時他抬起厚紙箱，把它帶進去。他們踏進一個房間，裡面有張桌子，還有拴在地上的椅子。在桌子中央是一個鐵環，穿過一個洞口突出來。保羅．庫柏坐在其中一張椅子上，雙手銬在那個鐵環上。洛杉磯市警局的其中一名技師在角落裡架好一台數位錄影機，它怠惰地等候著，準備好捕捉這場審訊的全部過程。

多爾把箱子放在地板上，在保羅對面的一張座椅上坐下。布洛克坐在多爾旁邊。保羅．庫柏旁邊有張空椅子。他說他不需要律師，他只想離開這裡。

布洛克解釋，她會錄下這場審訊。她起身打開數位錄影機。多爾提醒保羅，他已經聽過米蘭達警告了。

這些問題是經過細心準備、編輯又重寫過的。

「庫柏先生，我們已經解釋過你的權利，你已經知道你為何在這裡。咱們直接講重點，行嗎？你想告訴我們，你爲何打算殺你太太嗎？」

「我沒傷害我太太，」保羅說：「你們抓錯人了。」

儘管他們爲這次偵訊做足了準備，庫柏的舉止還是讓多爾感到驚訝。他顯然很害怕。這是個已知事實。他因爲幾項重罪而被捕——包括兩件謀殺未遂，還有另一個選擇性的策劃謀殺罪。多爾還有別的罪名要追加——但他現在先留中不發。策劃謀殺罪名跟第二件謀殺未遂罪名，可能會降低爲單純的非法攜帶武器；這些控罪是起於追思儀式上的事件。但就算考量到所有狀況，還有庫柏在被捕後自然的憂慮恐懼——他說話的方式裡還是有某種東西，會讓多爾停下來思考。庫柏聽起來好像真的是實話實說。

這傢伙可能有比多爾跟布洛克更多的時間，爲這場偵訊做準備。多爾告訴自己，這傢伙爲這一刻做過預演——他練習過。在這種狀況下很自然。他知道布洛克也感覺到這點了——而且暫時擱置她的判斷，直到審訊結束爲止。她不會容許自己在審訊過程這麼早的階段，就這麼輕易被嫌犯顛覆。

「庫柏先生，我們有很多證據把你連結到你太太的攻擊事件上。如果你不浪費每個人的時間，長期來說會對你比較好。你必定有個好理由要攻擊瑪麗雅，對吧？唔，現在該告訴我們了。」布洛克說道。

「我告訴妳，我沒碰她。是達若．歐克斯。」

「你爲何認爲他攻擊你太太？」

有一陣停頓。沒有回答。庫柏吸了一大口氣，在數到三的時間裡承受住布洛克的凝視，然後別過頭去，漫長而痛苦地吐氣。

這個男人有事情可以告訴我們，但他不會說，或者相信他不能說，多爾這麼想。**或者他是在引導布洛克踏入陷阱。**

「我確定你知道，庫柏先生，身爲警官我們必須仔細注意證據，這是引導我們的東西，庫柏先生，你應該知道這點。你爲寫書做過你的研究。你寫的不是謀殺跟警探嗎？」

他稍微坐直了一點，說道：「我的書跟這件事有什麼關係？你們應該談話的對象當然是勒波吧？」

對布洛克跟多爾來說，這句話像是衝著肚子來的一拳。他們不能表現出來。嫌犯常常在審訊裡說出意想不到的事情。他們能做的就只有堅守計畫，至少現在如此。有的是時間以後再聽鬼扯的藉口。

「庫柏先生，在這個房間裡是我們來發問。」布洛克說。她還不想走那個方向。但這些最初的問題，全都是要讓庫柏失去平衡——用幾個時機正好的戳刺軟化他。

「你眞的要這樣玩嗎？我們知道是你攻擊瑪麗雅。告訴我們爲什麼，我們就不必經歷這個。如果你現在招供，上了法庭會比較有利。」布洛克說。

「不是我。問她就知道了。」庫柏說。

布洛克跟多爾交換了眼神。現在是講出來的時候了。多爾交給她第一樣證物。那是個紙箱，大概十四吋長，五吋寬。箱子一邊是透明的塑膠。裡面是一把錘子。暗色的血漬還在手柄跟錘頭上，它們已經結成硬殼乾涸了。

「這是你的錘子，被用來攻擊瑪麗雅．庫柏。我們在上面找到指紋，只有一組——你的指紋。」布洛克說。

她把錘子放到一邊，拿出一個厚厚的打字檔案，上方角落用迴紋針夾在一起。

「這是瑪麗雅宣誓作證的謄本。她說她在你書桌抽屜裡找到一張銀行對帳單。」

多爾遞來下一個證物袋。一個封起來的透明塑膠袋，裡面裝著染上血漬的銀行對帳單。

「這份銀行對帳單。上面說你有兩千萬身價。瑪麗雅對這筆錢一無所知，而她跟你對質……」

「沒有。」庫柏說。

「你惡毒地攻擊她。打破她的頭骨，把她捲在塑膠布裡，準備要帶到你的船上。」

「不。」庫柏說。

多爾拿出一組照片，顯示一艘船的側面有個洞，啪一聲砸在桌上。

「你打算弄沉那艘船，僞造你自己還有她的死亡。不過有事情出錯了，那艘船太快進水了，你無法去帶她。所以你把她留在那裡，消失無蹤。」布洛克說。

「不。」

「你想要每個人相信你死了，這樣你就可以帶著錢消失。我們知道你清空了銀行帳戶。」

「那是我的錢。我賺來的。」

「所以你爲什麼不出面？」多爾說。

「因爲我知道你們會認爲我傷害了瑪麗雅。他就想要這樣。」庫柏說。

「誰想要這樣？」布洛克問道。

「達若．歐克斯。」庫柏說。

布洛克往後靠，交疊著她的手臂。多爾接在她後面問。

「布洛克警員告訴你，我們看的是證據，我們就只看這個。所以告訴我們，歐克斯攻擊瑪麗雅然後陷害你的證據在哪裡？」多爾說道。他說話時想起了信箱，壞掉了而且躺在庫柏家車道頂端的草叢裡。他對庫柏的態度開始軟化了，但他必須去證據帶他去的地方。就現在來說，沒有任何東西可以把歐克斯跟這裡的任何一件事連結起來。

「如果我告訴你們……」庫柏說道，然後搖搖頭。

多爾拉開雙手之間的距離，說道：「如果你告訴我們……什麼？來吧，這是你的機會。你不會再有別的機會了。」

「你不會相信我的。」

「試試看啊，」多爾說道。「因爲就現在而言，瑪麗雅說是你攻擊她。如果她錯了，告訴我們爲什麼。告訴我們眞相。」

「我不能。」庫柏說道。

「你爲何不能？」

「因爲這樣你就會死。」庫柏說道。

布洛克受夠了。她彎下腰去，拿起一疊書，開始把它們堆在桌上。用力把一本疊在另一本上面，發出某種噪音強調她的重點。書越疊越高。J・T・勒波作品全集。布洛克拿起一本《燃燒的男人》，猛然摔到庫柏面前。

「你第二本小說裡的人物。受害者在一輛車裡被活活燒死，因爲他知道太多了。聽起來非常像是發生在你第一位編輯——鮑伯・克蘭蕭身上的事。」

庫柏搖搖頭。

「我們想知道你第三本小說《天使墜落》裡那個女人的事。她在一個瀑布底部的水潭裡被發現，全身赤裸，身分一直沒被辨識出來，而在你書裡，你說她是被她的前任愛人謀殺的。她知道一個關於他的祕密。他其實是個生活在假身分掩護下的連續殺人通緝犯。」

庫柏什麼都沒說。

「她的眞名叫琳西，不是嗎？」

眼淚在庫柏眼裡形成了岌岌可危的水池。帶來刺痛的是名字。

庫柏用雙手捧著他的臉，身體前傾，把手肘放在桌上。他手腕上的鏈條繃緊了。

「然後是你的第五本小說，一個男人——」

「停下。」庫柏說。

「喔，我可以繼續說，庫柏先生。只是我們已經讀過這些書，而某些謀殺案跟眞正的謀殺懸案有驚人的相似性。我想你是個殺人凶手，而我認爲你在你的書裡寫下你的犯罪。我們已經看過你電腦上的訊息了。琳西弄明白你其實是誰。他們發現你是J・T・勒波，而你讓自己身分保密的理由，是因爲你是個殺人犯。我想你會成爲死囚，庫柏先生，除非你現在就開始跟我們合作。」布洛克說道。

有一陣子沒有人說話。他們在等待一個反應。慢慢地，庫柏的肩膀開始顫動。他把臉藏在他的雙手裡，他們看不見表情。然後一個聲音出現。

笑聲。然而那聲音裡沒有任何暖意，那笑聲空虛又滿懷恐懼。

庫柏把他的雙手抽走，露出一個又大又絕望的微笑。

「你們全搞錯了，」庫柏說：「我現在沒有選擇了。我會告訴你們眞正發生的事。我會爲了我的參與去坐牢。爲了我保持沉默，爲了我拿錢而去坐牢。我是個懦夫，我活該。可是至少你們會知道眞相。我不是J・T・勒波。達若・歐克斯才是勒波。」

「咱們休息五分鐘。」多爾說道。

庫柏往後靠，吸了一口氣。多爾跟布洛克暫停錄影，離開了審訊室，把他們背後的門關上。

多爾背靠著牆，注意力集中在天花板的磚塊。

「別告訴我你相信這種屁話。」布洛克說。

「那個信箱。」多爾說道。

「他媽的信箱怎樣？」布洛克說。

踢開牆壁，多爾開始沿著走廊前進。

「你要去哪裡？」布洛克說。

「我要去見瑪麗雅。我想跟她說話。反正我說過，我會在我們審訊保羅以後打電話給她。也許我會乾脆就去她旅館一趟。妳繼續問庫柏。妳比我更擅長這件事。」

62

達若很訝異瑪麗雅對於那天的事件應付得有多好。她真的是不同的人了。強悍，不受約束。

跟他自己更相像得多。

他現在比過去更享受她了。以前她只是棋盤上的一個卒子，現在她則是皇后。

他們搭電梯到十樓。旅館正在進行大規模翻修。那天早上，在他們離開房間的時候，達若跟瑪麗雅注視著工作人員小心翼翼地從走廊牆壁上拿下畫作，把它們包在細棉布裡，然後交給服務生，服務生接著把畫堆疊在行李推車中。

那天晚上，在電梯開門的時候，達若聞到了新鮮油漆的氣味。那天那一層樓的走廊被重新粉刷過。一種有益身心的深綠色。瑪麗雅也聞得到，她用手指蓋著她的鼻子。

他們到了門口，瑪麗雅找到她的鑰匙卡片。停下腳步。深深嗅聞了一口空氣。後面那裡的油漆味似乎更強些，在走道盡頭。她望著達若，而他不喜歡她看他的樣子。她眼裡有某種沒說出的話。她刷了房卡，進入房間，然後說道：「我需要洗個澡。」

這裡與其說是個房間，看起來更像個套房。加大的浴室，兩個水槽，大浴缸跟非分離式浴室。在另一個獨立房間裡有書桌、沙發跟電視，就在臥房外。玻璃滑門通往一個小陽台，裡面有張小桌子跟兩把椅子，可以用來吃露天早餐，在洛杉磯霧霾允許的狀態下，還看得到那個好萊塢字牌。

瑪麗雅直接走進浴室，把她的錢包丟在浴室地磚上，轉開了水龍頭。他坐在床上，注視著她在浴缸注水時脫下衣服。達若起身走到書桌前，打開他的筆電，啓動了它。他鍵入旅館的寬頻網路密碼。房間裡沒有其他聲音，沒有電視，沒有背景音樂，只有浴缸注水的聲音。

達若想起在最後那一天，孤寂港那棟房子廚房裡的味道。瑪麗雅打開一罐油漆，把一些油漆塗到牆上去，就只爲了讓狀況看起來更有說服力一點。那種味道跟走道上的味道一樣。臭味可以觸發記憶，就像任何感官知覺一樣，或許比視覺或聽覺更強勁。

她在走道上給他的那個眼神。感官記憶是種很強勁的東西。對某些人來說，那可能是某種熟悉香水的氣味，對其他人則是某種特定品牌香菸的味道，或者一種花香——要把心靈推進回憶與懷舊之中，就只需要這個。

她知道了。

他在他的筆電上檢查他的電子郵件。在麥地納的房產購買交易完成了，鑰匙在他的房地產經紀人辦公室裡等候。

完美的時間點。事實證明瑪麗雅很有用，不過讓她活下去不再明智也不再安全了。

達若起身檢查他的過夜行李包。他已經打包好一切，除了一件新襯衫以外，它還在衣櫥裡。他拿了襯衫，把它摺好放進他的袋子裡。

準備好走人了。

他可以聽到浴缸繼續在注水。瑪麗雅在他沒聽到的時候已經關了門，現在聲音悶住了。她總是很享受長長的熱水浴。通常在那些祕密約會中，在他離開她之前，他會替她放好熱水，讓她洗熱水澡，並注視著她滑進水裡。他知道浴缸什麼時候注滿，而她會進入浴缸，在溫度低到她會想出來以前，他至少有半小時。

他隔著門對瑪麗雅喊道：「在妳離開浴缸的時候，我會拿些酒來等著妳喝，可以嗎？」

「當然。請拿紅酒。」瑪麗雅說。

達若沒去拿紅酒，他反而忍不住用這個時間來寫作。他就要寫到第一稿的結尾了。他打開他筆電上的Word檔案，裡面有他進行中的作品——J．T．勒波的最新作。他開始打字。這是個新場景，設定在就跟這裡一樣的旅館中。在他寫完這個場景時，他讀了一遍他的作品，在閱讀的同時做出小小的調整。他之後會改變名字，這樣對於可能讀到此書的有關單位來說，事實眞相就不至於太過明顯。他想讓眞相就在那裡，卻籠罩在雲霧中，就是爲了預防他們有一天會逮到他。

十分鐘後，達倫聽到水在攪動，滴落在浴室地磚上。瑪莎提早離開浴缸了。她在他後面踏入臥房。他轉過身去，看到蒸氣從浴室裡冒出。她穿著一件白色浴袍。潮溼的時候，她的髮色看起來是更深一層的黑色，而現在她洗掉了她的唇膏，她蒼白的臉只是進一步襯托出她的髮色——白百合與黑玫瑰的對比。

兩者都很美。

「我會去拿酒，好嗎？」瑪莎說道。

「抱歉，我忘了。」達倫說。

這間套房標榜有庫存完整的吧台，藏在一個衣櫃裡。

她選了一瓶里奧哈，還有兩只玻璃杯。她從一個抽屜裡拿起開瓶器，用邊緣小小的刀鋒切開塑膠外殼，然後她用放在迷你吧台的自動開瓶器替紅酒拔掉塞子。她把酒瓶留在衣櫃上，讓酒呼吸。

達倫轉回他的筆電螢幕前，儲存檔案。那時候他感覺到瑪莎碰觸著他的肩膀。

「你現在在寫的這個是什麼？」瑪莎說道。

他起身，把椅子轉過來，說道：「坐下來，我會讓妳讀。」

瑪莎回到衣櫃前，把酒倒進兩個玻璃杯裡，將其中一杯拿給達倫。她倒退著坐進辦公椅裡，一手拿著酒杯，達倫溫柔地把她轉過來面對螢幕。在她閱讀的時候，達倫站在旁邊，好讓他可以注視著她的表情。

她的眼睛跟著文字讀下去。他可以看到螢幕上的矩形光線，反映在她右眼大而黑的虹膜裡，外凸的表面扭曲了影像，把它彎成一個奇異的形狀。

在她讀到第三行的時候，她前額的小肌肉抽搐著。她的眼睛繼續遊走過螢幕，往下，然後跨越——跟著文字的軌跡走。

她開始顫抖。達倫從她手裡拿走玻璃杯，沒遇到抵抗，他把杯子放到書桌上。

眼淚在她眼裡成形。她的嘴唇在顫抖。她在讀描述她自己被謀殺的敘述。

然後，突然之間，震驚抓住了她。她的雙手伸向她的臉，她的身體吸進一大口氣——一種本能反應，要讓肌肉準備好逃命。

但無處可逃。她動不了。

「你是J・T・勒波。」她悄聲說道。

達倫走到她後面，用他的雙臂環抱著她的身體，然後把她舉到空中。

「我應該在孤寂港就了結妳的。」達倫說道。

他開始往後走，她踢著雙腿，雙手抵抗他的緊抱。達倫把她放低到他的髖部，但保持一隻手臂鎖緊在她的腹部周圍。用他空出來的手，他把陽台滑門進一步推開。

她幾乎掙脫了，但他再度控制住她。兩隻手臂包著她的腰部，然後他把她舉高。

達倫朝陽台走了兩步，舉起，扭轉，然後把瑪莎丟到邊緣之外。他看到她墜落時臉上的表情，她手臂大張，她的聲音直到那時才變成一聲尖叫。

他沒有等到她撞上地面。下方的尖叫跟汽車喇叭聲就夠了。

達倫回到裡面，關上他的筆電，放進他的袋子裡。他找到瑪莎的手機，從她放在浴室地板上的皮包裡突出來，然後用它打了封電子郵件給柯爾警長，說她一想到審判就覺得不堪負荷。她無法挺身對抗她丈夫薩爾。這一切太過頭了。他贏了。她感謝他曾爲她做過的一切，並且告訴他，他不該爲她即將要做的事情產生罪惡感。她受夠了。達倫按下傳送，送出電子郵件，然後離開了旅館。

達若結束打字，從他的筆電前站起。他走向陽台門，打開了它們。

現在是瑪麗雅出來喝杯酒的時候了。

63

瑪麗雅聆聽著水落入浴缸時有節奏的翻滾聲，瞪著浴室的鏡子。

她穿著內衣站在鏡子前面，同時小心翼翼地用一張清潔化妝棉擦掉她的妝容。把化妝棉丟進她腳邊的垃圾桶，她望著洗臉盆，想找到那包化妝棉剩下的部分。洗臉盆邊緣看起來非常乾淨整齊，只有她的牙刷、牙膏跟剩下的清潔化妝棉。起初她沒多想，然後她再看了一眼。達若一定是打包了他的牙刷。走向右邊，她盯著垃圾桶，看到她的溼化妝棉躺在達若的拋棄式刮鬍刀旁邊。

他們預計至少要在旅館裡多待一週。

爲什麼達若在打包他的東西？

一幕影像閃過她心頭。護照。保羅的護照。擺在廚房櫥櫃上。現在油漆味很強，幾乎讓她作嘔。然而翻修人員沒來過他們房間，浴室裡沒有任何東西被重新油漆過，可那味道還在她鼻子裡。

瑪麗雅閉上雙眼。然後看見了達若，穿著一身白色塑膠連身衣站著。他的眼睛死氣沉沉。

她突然間膝蓋一軟，她抓住洗手盆好穩住她的身體，設法不要跌倒。

我他媽的出了什麼事？她悄聲說道，雙手緊箝著她的頭部側面，就好像在設法不讓她的頭骨裂開。

然後她又看到了。影像很強烈，很清楚。外面沒有任何噪音分散達若的注意力，把他從廚房引開。她被攻擊的時候，唯一在房間裡的人就是達若。一股極大的、刀戳似的疼痛讓她跪倒在地。她大口喘氣。她抓住在她衣服旁邊地板上的皮包，她拿出她的手機，選出多爾的號碼，然後停住了。達若就在門口，問她是否要酒。她說好，紅酒。她只能這麼做，以便阻止一聲尖叫從她喉嚨裡爆發。

她搖著頭。恐慌開始發作了。她想起那天的保羅，他是企圖要射殺達若。不是她。一直都是達若。她搞砸了，讓一個怪物進入了她的生活。

而保羅對她喊著什麼？有人在打電話。

她一次又一次重複那句話。

不，不是有人在打電話。是有人打電話了。

有人打電話了。有人打電話了。有人打電話了。

她肺裡所有的空氣都跑了。她猛然伸出一隻手臂要穩住自己，幾乎弄掉了手機。

不是有人打電話了。

妳媽打電話了。

她撥號去聽答錄機。遠在孤寂港，屬於她媽媽的答錄機。那是同類機器中第一個讓妳可以遠距聽取留言的款式。她鍵入密碼。聆聽。

妳有一則新訊息。

五分鐘後瑪麗雅掛掉了電話。她從她旁邊的暖房裝置裡拿了毛巾，把毛巾塞進她嘴裡，哭了出來，前後搖擺著，同時她的身體在淚水與羞恥中激烈抽動。

一會後，她把毛巾放下。水沖著她的頸背。她轉過身去，關掉浴缸裡的水龍頭。然後放掉一些水，好讓它不會在浴室裡泛濫成災。

她盯著門。

瑪麗雅知道，另一邊有個殺人凶手。這裡沒有出路。那天晚上，在他們回到房間的時候他密切觀察著她。她突然間覺得非常害怕，而且注意到她的身體劇烈顫抖。

她撥了多爾的手機。沒人接。她留下一個壓低聲音的訊息，才把手機擺回她的皮包裡。她現在抖得太厲害，甚至無法講話。

罪惡感。痛楚。恐懼。

她冤枉了保羅。

瑪麗雅知道她能做的只有一件事，在她心裡這很清楚。她已經受夠這一團糟了。保羅先前拿錢就很愚蠢，瞞著她藏錢也很愚蠢。但沒有人比她更笨了，她心想。她不只是愛上一個殺人凶手，她還在他攻擊過她以後，把他帶回她床上。她感覺嘔吐感從她胃部往上升，她努力把它嚥下去。

我做了什麼？

無路可逃。無路可逃。無路可逃。

她受夠男人了。她的父親，她的丈夫，她的愛人。他們全都傷害她，利用她，然後放任她去死。

她已經受夠痛苦了。她已經受夠這種恐懼。這種罪惡感。這種羞愧。這種人生。

64

達若打開了浴室的門。他看不到瑪麗雅站在浴室裡，她一定是還在浴缸裡。光線被調得很暗。這是個寧靜的場景。他想到他會在書裡如何描述它，然後踏了進去。

「那杯酒……」

他的話語死在他喉嚨裡了。

達若俯視著浴缸。

水裡有一抹淡紅色澤，就像有人倒了一瓶紅墨水在水中。瑪麗雅蒼白的身體躺在浴缸裡，她死掉的眼睛瞪著天花板上幽暗的燈泡。一隻手腕躺在浴缸邊緣，她的手指仍然蜷曲在達若那天早上扔進垃圾桶裡的拋棄式剃刀上。他看到手腕上有個很深的割痕，血漏進浴缸裡了。他彎下腰，看到水中的另一個手腕上有個割傷。

洗澡水被她的血染紅。血沾在剃刀上。她手中的剃刀。她手腕上的割痕。他知道如果他能忍住，就不該擾亂這幅場景。對他的目的來說，這樣效果正好。

他從放在洗手盆旁邊的清潔化妝棉包裡拿出化妝棉，用棉片包裹著他的手指，然後觸碰她的手腕。他改變了他的手指位置好幾次——去感覺脈搏。

沒找到。

她一直害怕著追思儀式。她害怕保羅，還有她可能會做什麼。達若也很焦慮，就怕她看到保羅可能會觸發某種記憶，本來是被淹沒在痛楚與她的腦出血之下。他沒料到會這樣。他拿起她的皮包，拿出她的手機檢查了一下。紀錄顯示最近沒有電話。它沒顯示任何電話紀錄——或許她刪除了，他分辨不出。或許她的手機不會儲存來電紀錄。他打了那封電子郵件給多爾警長，一封告別信，接著把手機擦乾淨，丟到地板上。他轉過身去，走出浴室，手上拿著棉片。

沒有時間可浪費了。達若打包了他的筆電，跟棉片一起放進他的袋子裡，他之後會扔掉，然後在他離開房間時咒罵了一番。

他咬著牙。他的下顎很用力。怒火中燒。

他眞的很喜歡那一幕。描述瑪麗雅讀到她自己的死亡，就在事情發生前一會。那是純粹愉悅的時刻，現在他永遠不會有了。他覺得遭到欺瞞，獵物被搶走了。

那天晚上他必須爲那本書工作。他不能讓那個異例出現在他的草稿裡，那樣會讓他心神不寧，就像有隻壁蝨在咬他的肉。

他必須重寫那整個該死的場景。

她打敗他了。

65

多爾停在離旅館入口幾百呎的地方。這是他能找到最近的停車位了。當然，有代客泊車服務，但多爾討厭付錢給某個孩子幫他停車的主意。

多爾跟洛杉磯合不來。

他自己停他該死的車已經四十年了，他才不會現在才改變這點。

他關掉洛杉磯市警局公用車的引擎，一輛感覺只剩最後一口氣的綠色龐帝雅克。打開駕駛座車門的時候，他頓了一下。關上門，然後藏到方向盤下面。

達若拿出一張停車票給旅館外面的泊車小弟。他手上拿著一個袋子。他站在人行道上，小心翼翼地低著頭，不看任何人的眼睛，讓自己不引人注目。

多爾想要跟他說話，但某種感覺阻止了他。他想看看達若去哪裡，還有他是否要去住別間旅館。知道他可能需要去哪裡找達若會滿好的，免得他跟瑪麗雅談過以後，決定在早上拘捕他。

達若站在人行道上的同時，多爾拿出他的手機。他認爲他開車到這裡來的半路上，手機可能在他口袋裡震動過。這台老公用車沒有手機系統，而多爾不想被道路攝影機拍到他手中拿著手機的畫面，尤其是他人在洛杉磯市警局用車裡的時候，那樣很不好看。

他有一通來自瑪麗雅的未接來電，一則新的語音訊息，還有一封她寫來的電子郵件。他先讀了電子郵件。

那是封自殺遺書。他檢查了未接來電，電子郵件是在電話後大約半小時後送出的。他進入他的語音信箱，把手機壓到他耳朵上，他的另一隻手絞緊方向盤，威脅著要爆發的情緒塞在他的喉嚨使他感到厭膩作嘔。

聽了語音訊息的前十秒後，他把目光鎖定在達若身上。

隔著流水聲，瑪麗雅告訴他，她把所有事情都搞錯了。她在一間旅館浴室裡，達若就在外面。她被困住了。他就是攻擊她的人。她現在想起來了，保羅是無辜的。她的最後懇求不是爲了求救。

「你無法及時趕到我身邊。沒人有辦法。只要抓住這渾球就好。保羅把一切都告訴我了，他在我的答錄機裡留下一則訊息。他說的是實話。勒波必須被制止，達若必須就逮，抓住他，別放他走。」

訊息結束了，多爾開始用拳頭猛砸方向盤。一輛黑色休旅車停在旅館外面，泊車小弟從車裡出來，把鑰匙交給達若。他坐進去，開進車流中。

多爾催動龐蒂雅克的引擎好幾次，它才乾咳著活過來。然後他尾隨達若。他試著打電話給布洛克，她的手機關機。她一定跟保羅在審訊室裡。

天殺的，他就知道，他已經感覺到了。信箱是第一個線索。某人想讓屍體被發現——某人想把瑪麗雅的謀殺案栽贓到保羅頭上。她倖存下來。現在，多爾毫不懷疑她已經死了，而他正在尾隨謀殺她的人。

他待在幾輛車後面，讓休旅車保持在視線範圍內，但又不靠得太近。

多爾接下了瑪麗雅的最後遺願，咬緊牙關不鬆口。

他不會讓達若逍遙法外。他要阻止他。

在那一刻，多爾弄懂了別的事情。他懂得這點，就像他懂得心痛、損失與罪疚感，全都是他太過熟悉的朋友。他知道達若能夠操縱調查，對付保羅。達若很有可能打敗控訴。瑪麗雅給他一個死前證言，但一位好的辯護律師可以把那番話，變成一個有自殺傾向的創傷性腦傷受害者瘋狂的囈語。

在那一刻，他很高興布洛克沒有接他的電話。他不會再試一次了。他不會打電話叫後援。法庭裡不會有給這些受害者的正義。

多爾要阻止達若。

不過他天殺的肯定不會逮捕他。

66

在他離開旅館房間後的兩小時，達若站在他的浴室鏡子前面。洛杉磯的這棟房子並不豪華。這是一棟殖民時代老宅，西班牙式的，兩層樓，三間臥房，加上一個大地下室。在空氣乾淨的早上他可以看到五〇一公路，還有像鬼魂一樣流過晨霧的車流。

現在滿晚了，即將晚上十點。

過去這一小時，有很多事情改變了。達若剃了頭。首先用電動刮鬍刀，然後用剃刀。在追思儀式上他展示的是剛長好的鬍子，短而且精心維護；現在則是山羊鬍，在他小心用染劑跟棉花棒漂染部分以後顯得斑白。他也有了曬得很黑的膚色，這比他原先想像得更困難。以前他總是去找一間做噴霧曬黑處理的美容沙龍，這次他用的是一罐昂貴的ＤＩＹ助曬藥水，要仔細敷用又大費周章，才能在皮膚上均勻地抹開，卻不致在他脖子上或手上留下黑色斑塊。

他回到臥室，穿上運動褲跟Ｔ恤，然後拿起他的筆電到二樓的書房去。他打開筆電，讀了一遍瑪莎的死亡場景。雖然他喜歡這一幕，但他知道必須刪掉。

殺死你的摯愛。所有一流作家不都是這麼說的嗎？

他反白這段文字，正要刪除的時候聽到了一個雜音。

他讓自己徹底不動，仔細聆聽。他的筆電風扇發出輕柔的呼呼聲，沒別的聲響。他還是沒有動彈。他頸背後面的寒毛豎立了起來。就算他聽不到別的聲音，他都知道有別人在屋裡。

迅速又安靜地，他站起身，回到臥室。他從衣櫃的上鎖盒子裡拿出一把裝了消音器的手槍。他檢查武器。它裝滿了子彈，槍膛裡有一輪。他穿上一雙耐吉球鞋，然後走回書房。在樓梯平台上，他再度仔細聆聽，卻什麼都沒聽到。

不重要。他知道有人就在屋裡。

67

多爾注視著達若，把車停在那棟俯瞰高速公路的西班牙式房屋的車庫裡。他這一整天都保持落後達若的休旅車至少三輛車的距離。這趟車程最困難的部分，是跟前車維持一段像樣的距離。

他想洛杉磯市警局的公用車不可能比現在更糟糕了，他已經開始習慣它了。這台龐蒂雅克的煞車需要大幅調整，不是全有就是全無，沒有眞正讓車子慢慢停下來的餘裕。你要不是停車就是不停，就是這樣。

他不太確定他是如何避免發生車禍的，不過他現在在這裡了。

他一直等到大多數屋內的燈光不是關掉就是調暗為止。多爾檢查了他的槍，確定了他有一整排彈夾。然後他下車，走進屋子。這裡似乎沒有任何他看得到的警報器。

牆邊沒有盒子可以告訴潛在的入侵者，這裡有防竊警報器。屋子的角落沒有攝影機。

他把這片地產繞完一圈，就注意到兩個可能的進入點。後門鎖可以撬開，或者他可以從廚房窗戶溜進去。

他選擇後門。這片地產後方沒有燈光。在他跟後門之間，只有一片圍牆跟一個小院子。爬過圍牆不是多爾的強項。這片圍牆是用大約五呎高的木頭鑲板做成的，至少很紮實。多爾用手臂把自己推上去，用一條腿勾住圍牆頂端，把另一條腿甩過去，然後落到地面。一種灼燒式的痛楚穿過兩邊膝蓋往上竄。他低聲咒罵，揉著他的關節，輕手輕腳地穿過院子。

他跪在後門前。停下來。聆聽。

沒有狗或者鄰居，這棟房子或旁邊的房子也都沒有燈光透出。他拉起他的褲腿，摸著他靴子裡的東西。找到了。他抽出隨身帶著的撬鎖工具。在孤寂港有很多夏季度假屋，這些地產在冬季月份空無一人。多爾已經數不清有多少次，他必須設法進入其中一間住宅，好關掉浣熊觸發的警報器。通常屋主在四五小時的車程之外，讓警長撬鎖、關掉警報再重設，並把門關上，他們高興都來不及。

基於這個目的，他變得很合理地擅長使用撬鎖工具。

他檢視著門鎖。這個鎖芯可能有六個筒狀管。他選好撬鎖工具，靠觸覺工作，在兩分鐘之內打開了門。

他把工具放到一邊，手放在他臀邊的槍上，輕輕踏進黑暗的房子裡。他掩上門，但沒有讓門鎖卡上——他可能需要迅速撤退。

隨著每一個輕柔的腳步落下，他膝蓋上的痛楚就嚙咬著他，他咬牙對抗，穿過這棟房子。廚房，客廳跟門廳都沒人。

他瞥向樓上。浴室裡的燈是亮的，另一處燈光從不同的房間裡溢出。他無法分辨是哪個房間，但那是柔和的燈光。或許是一盞檯燈。

他上方有腳步聲。

多爾停下來，屏住呼吸。

他聽到木頭跟老舊滾軸的聲音，一種錯不了的聲音。有人在開一扇老舊的窗戶。他進一步潛行，進入走廊。現在他可以聽到外面的車流聲了，不過是從樓上傳來的。然後是另一個聲響，直接就在走廊上方。有人在屋頂上。

多爾小心翼翼，偷偷爬上樓梯。在他的視線跟樓梯平台切齊的時候，他抽出他的武器。他從欄杆往外瞥，看到一間小書房。一盞檯燈在一張書桌上點亮了。在檯燈旁邊，是一個徹底大開的窗戶。多爾瞇起他的眼睛。

他現在迅速移動，不在乎潛在的噪音了。他走到樓梯平台頂端，走向書房，舉起他的槍跑進去。房間是空的。一張小床擺在他後面。他跑到開著的窗戶旁往外張望。他的槍跟著他的視線移動。

沒有人在屋頂，沒有人在下面的街道上。他跟丟達若了。多爾把槍放回他的槍套裡。他把一隻腳放在窗緣，兩手抓著窗框邊緣。他要爬到屋頂上，看看他是否能有比較好的視野，看到街道跟屋頂的其餘部分。達若要不是早就跑了，就是設法爬到隔壁人家的屋頂上。

在那男人能開口以前，多爾就感覺到他背後有人了。

「我有槍。別動。你是非法入侵者。」那聲音說道。

多爾保持不動，沒有轉身，但他臀邊的葛洛克在召喚他。

「把兩隻腳都放到地板上。舉起你的雙手，放到我看得到的地方，然後保持徹底不動。」那聲音說道。

多爾把腳往下放回去，放開了窗框，動作很緩慢。伸出他空盪盪的雙手，多爾說道：「我是個警官，別開槍。」

「轉身，動作要慢，繼續舉高你的雙手。」那聲音說。

多爾照做，小心不讓他的雙臂滑落哪怕一吋。他看到一個蹲踞在床後面的男人。他的雙臂在床上伸展開來，而多爾看見他手中有把裝了消音器的槍，直接瞄準多爾。起初他根本認不出這個男人。他光頭，而且曬黑了，留著花白的山羊鬍。然後，在他看得更仔細些以後，他看出那熟悉的下顎線條，但洩露眞相的是那雙眼睛。多爾絕對不會忘記那對恐怖的眼睛。

「嗨，達若。」多爾說道：「或者我應該稱呼你勒波？」

「你比我認定的還要聰明得多。我要你跪下來。」

這份知識的重量，就像從天上落下的鐵砧那樣擊中了多爾。就這樣了。最後的時刻。他不覺得害怕。他想要站起來，他該死地確定這點，但他知道這樣只會有一個結果。

「在我跪下來以前，告訴我一件事——你弄壞了信箱，不是嗎？好讓那個郵差發現瑪麗雅的屍體？」

「我本來打算用車子。你懂吧，輾過去。但我擔心會在柱子上留下車子烤漆痕跡，而且那樣我就必須換我的車胎。不管怎麼做都有問題。現在你跪下。」達若說道。

「你今晚殺了瑪麗雅，不是嗎？」多爾說。

「跪下來。」達若說道。

多爾露出微笑。他不是最棒的駕駛，不是他自己單位裡最聰明的人，跑不動，翻越圍牆的時候他媽的差一點搞爆自己的膝蓋，而且他可能應該更早拼湊出全盤眞相。但他有能耐做的一件事，就是射擊。

他花了很多時數訓練。拔槍開火。命中目標。他個人的最佳成績是在三秒內開五槍。

多爾吐氣，伸手拿槍。

多爾的武器還沒離開皮套，他就感覺到第一發子彈。

他沒感覺到第二發。

68

達若把消音器握在手裡，然後用另一隻手把手槍扭下來。

他俯視著多爾的屍體。

這會很麻煩。他把槍放到一邊褲口袋裡，另一手拿著消音器，繞過屍體，然後抓住屍體的腳。他把多爾拖出書房，把他的屍身從樓梯滾下去到達門廳。他跟著下去，跨過多爾毫無生氣的手臂，打開地下室門的門鎖，拖著多爾朝著打開的門那裡去時，他看到地板上的血液拖痕。他能夠輕易清掉它。地板是打光磨亮的木頭，這整棟房子都有一樣的木質地板，樓梯跟樓梯平台也是。他只需要換掉書房的地毯。

在多爾的屍體從陡峭危險的地下室樓梯上摔落時，達若聽到一根骨頭斷裂的脆響。

倒不是說這有什麼重要性。他再度握著靴子拉起多爾，把他拖到樓梯後面去，放到一片有柔軟土壤的區域上。有把鏟子靠在樓梯的後牆。達若著手工作。土壤很容易挪動，很快就堆成一堆。他把槍留在原位，留在多爾的槍套裡，卻拿走了車鑰匙、手機跟錢包。現在達若從軀幹處抬起多爾，轉過身去把他扔進泥土中。幾分鐘後他就會找到多爾的車，把它移到洛杉磯某個比較沒那麼迷人的區域。把鑰匙、手機跟錢包留在車裡，十分鐘內就會不見了。

他一鏟又一鏟地把多爾埋起來，然後撫平土壤，把鏟子靠向牆壁。在早晨他會把水泥灌進那塊區域，灌到剛好足以蓋住墓地。他剛買下這棟房子的時候，那個地下室有的是泥土地板。

慢慢地，隨著時間過去，達若把一些客人移到地下室去。他殺了他們，埋葬他們，並蓋上水泥。現在環顧地下室，他看到剩下的泥土地板已經很少了。在這個五十呎長、三十呎寬的地下室裡，他已經設法把很多屍體埋進地下，也倒了很多水泥上去。他設法估計他在這裡埋了多少人。

多到數不清。

再多一個也沒差。

還有孤寂港的那棟房子。多爾沒有檢查地下室的地板。在孤寂港或者海灣市，任何妨礙到達若的人到頭來都去了地下室。不太多，就半打而已。不像波士頓，他四年前做完了那邊的水泥地板。不過某些其他的房子還有空間：在紐約、奧斯丁、奧蘭多、夏安的房子；他在洛杉磯的第二棟房子；華盛頓特區；鳳凰城；休士頓，現在還有麥地納的新房子。

麥地納的房子有很多空間。那是剛買進的，五百萬，在麥地納算是普通的價格，這裡的居民包括比爾．蓋茲跟傑夫．貝索斯。麥地納是個小而安全的百萬富翁天堂，俯瞰著面對西雅圖的海灣。達若等不及要到那裡安頓下來了。

69

「有別的資訊出現了。我們需要再重複一次，我不在乎你講這個故事多少遍了。你再告訴我一次J．T．勒波的事，要不然就只能請老天幫我，你永遠離不開這間牢房。多爾失蹤了。我沒時間到處瞎摸。」

保羅可以看到布洛克嘴角的唾沫。她差不多就要越過審訊室的桌了，直接扯爛他的喉嚨了。保羅已經被拘留二十四小時，他已經出庭過，並且被控謀殺未遂，正等著被送回孤寂港，這時布洛克踏進拘留區，跟他說她必須跟他談談新資訊。保羅看不出有所保留有何意義，他知道必須合作。

「我會告訴妳。我不希望有別人受到傷害。」保羅說。

他再度告訴她全部的故事。跟先前一樣，沒有遺漏任何細節。

「聽我透露過勒波祕密的人，每個都被殺了。妳必須去拯救瑪麗雅，讓她趕快遠離達若。」

布洛克咬著她的嘴唇。多爾昨晚去見瑪麗雅了。她還是聯絡不到他。

「我們會在哪找到達若？他有哪些其他房產？」布洛克說道。

「我不知道。在孤寂港的房子，他以前在曼哈頓有個地方，不過他賣掉了。說真的，我不知道他在別處有沒有其他房產。」

布洛克站起來，保持沉默，離開了審訊室。

那天早上保羅因爲孤寂港的新指控而被傳訊。喬瑟芬．史奈德這次安排了一位律師，他爲保羅申請保釋。地檢處反對保釋，而那位老法官裁定保釋金額是一千萬。他需要那筆金額的十分之一做保證金。交保也有條件：他不能待在孤寂港——他必須在市鎮範圍外找個住址；他不能聯絡他太太瑪麗雅．庫柏，也不能聯絡任何現行警方調查中的潛在證人或案件關係人——也就是達若．歐克斯。史奈德安排的律師說：「我的客戶會在今天下午交保。保證金會盡快交付法庭。」

在聽證會之後，律師說喬瑟芬果然付了一百萬的保證金，叫他打電話給她。保羅用孤寂港法院拘留區的一台公共電話，打電話給喬瑟芬。

「我幾乎每半小時就打一次。你還好嗎？」

「我沒事。耶穌啊，喬瑟芬，我不知道妳有那種財力。我實在無法表達這對我有多重大的意義。實在很感謝妳把我保出來。唯一的問題是我不能待在這裡，我需要找間旅館。」保羅說道。

「我們馬上就會談到這件事。聽我說，聽到你的聲音眞是太好了。你早該打給我的。從你到開曼群島以後，我就沒聽到你的消息了。」

「我只是需要一點我自己的時間。我很感激妳幫助我。而我實在很不願意要求……」

「別傻了，蜜糖。我在這裡就是爲了這個。你離開的時候，幾個街口外有家西聯電匯。那裡有給你的一千塊，那是旅行用的現金。我在海灣市機場留了張機票給你。抱歉，我擅自決定了。你看，我給你找了個住處，某個你可以休息一陣的地方，好好評估一下形勢。」

「在哪裡？」

「我有個新客戶，他是個重量級人物。前陣子我接下他的工作，他很有錢。我跟他說，我的另一個客戶此刻眞的碰上難關。這個人想幫忙。他去歐洲旅行了，他的房子空了出來。他住在華盛頓州，他說你在那裡可以想待多久就待多久。我派去的律師已經跟法官報告了那個住址，全都安排好了，你可以住下。」

「這眞是太好心了。」

「聽著，那是個美麗的地方。我明天會在那裡跟你會面。我會帶你去那棟房子，然後我會停留幾天，確定你安頓下來。我自己其實相當興奮可以看到那個地方。那是棟大宅，隔著海灣，在西雅圖對面。」

「那個城鎮叫什麼名字？」保羅說。

「麥地納。」喬瑟芬說道。

70

保羅用他從西聯電匯拿到的現金買了些像樣的衣服，然後住進一間海灣市旅館。他計畫要休息，並設法不去想接下來的審判。他的部分交保條件就是不能跟瑪麗雅有任何聯絡，所以他沒有嘗試。反正沒有意義，他這麼想。她在追思儀式上那樣看他以後就沒意義了。他反而打電話到孤寂港警局，給他們他的旅館房間號碼跟旅館名稱——全都是保釋條件的一部分。他們會查核，確定他人在那裡。他們不希望他棄保潛逃。

花了長時間淋浴以後，他用旅館浴袍把自己裹起來，癱倒在床上。他無法打開電視，不想冒看自己出現在新聞上的風險。他反而逐漸陷入夢鄉。

一記敲門聲緩緩地喚醒了他。他起身，檢查了窺視孔，看是誰站在門的另一邊。他嘆了口氣，垂著頭，很不情願地讓布洛克進房。

她一語不發地進入旅館房間。保羅注意到她沒穿制服。黑色牛仔褲、黑色靴子，黑色皮夾克的拉鍊拉到脖子處。

「我已經跟你們警局報備過了。我沒破壞我的保釋條件。」保羅說道。

布洛克用一個嘲弄的眼神盯著他，在房間角落的一張扶手椅上坐下。保羅仍然站著。

「你以為我是怎麼知道你在這裡的？我知道你住進來了，保羅。我們需要談談。」

「也許我的律師應該為此在場。」

「如果你想，儘管打電話給他，我會離開。如果你想談，就只有你跟我。我想這樣是爲你好。」她說道。

保羅用手指順過他的頭髮，嘆了口氣，說道：「就談吧。要談什麼？」

「我駭進多爾警長的手機了。他接到一通來自瑪麗雅的電話。她留下語音訊息，說達若才是J·T·勒波，此後他就不見蹤影。洛杉磯市警局找到他開的公用車，在南區被燒了個精光。不知道那車怎麼會去了那裡。」

「天啊，瑪麗雅還好嗎？」保羅說道。突然間他覺得想吐，他胃裡有個地方抽筋了，而那種感覺開始擴散。

「我想多爾是去追蹤達若了。他沒呼叫後援，他只打電話給我。你聽著，我跟他說過我父親的事。我爸掩護他轄區裡的某些人，一些拿到處索賄的警察。多爾知道我了解那種定律，警察不會告發警察。我想他去追蹤達若了，但他不打算逮捕他歸案。我想他會殺了他。但達若先制服了他。」

她這麼說的時候，臉上的表情很洩氣，是一種失落、失望的表情。她在椅子上垮著肩膀，但她握緊了拳頭。布洛克體內有一股怒火，她幾乎無法控制住。

「瑪麗雅在哪裡？」他說道，這次保羅的聲音破了。他咳了一下，清了清喉嚨。

「就像你說的一樣。每個知道勒波身分的人到頭來都死了。幫助我找到他。這種事必須了結。」

「我會幫忙，但拜託告訴我。瑪麗雅她……」他說不出口。

布洛克的神態改變了，她的眼神變得柔和，雙手放鬆下來。她往後靠進扶手椅裡，輕聲開口。

「我想你應該坐下來聽這件事。」

他坐在床鋪邊緣。

「保羅，瑪麗雅自殺了。」

十四小時後，喬瑟芬在機場入境大門擁抱保羅。這是個很長很溫暖的擁抱，充滿了感情。

「你看起來太瘦了，我必須把你養胖。感謝老天，我已經替我們列好了半打很棒的餐館。來吧，我的車在外面。」

喬瑟芬領著他走進傍晚的陽光中，一輛綠色敞篷車停在靠近出口的地方。保羅把他的袋子放進後車廂裡，然後他們啓程。

他話很少，寧願讓喬瑟芬講話。她沒提起審判、錢，或者保羅現在面對的一長串問題。他對此很感激。

一會以後，他們抵達一個充滿大房子的郊區。某些是傳統建築，還有一些是裝飾藝術風，其他的肯定是工業風。現在光線正在變暗，轉成緋紅的暮色。

「誰會想住在看起來像工廠的房子裡啊？」她嗤笑著說道。

很快她就從大路轉進一條有排殖民時代高大宅邸的街道上。街道盡頭有一棟特別古老而漂亮的房子，座落在比其他房子更後面的地方。花園裡長了棵大橡樹。她把車停在車道上，然後下了車。

保羅從後車廂裡抓出他的袋子，看著喬瑟芬站在屋子前面，欣賞這個地方。這棟房子有經典式的外觀——漆成亮白色的木頭牆壁鑲板，三層台階的磚頭階梯通往一個露台，還有跨越建築物正面的幾個屋頂天窗。前方草坪的一端甚至還有一道尖木樁白籬笆。

一棟夢幻之屋。

「美極了，不是嗎，親愛的？」喬瑟芬說道。

保羅點點頭，露出微笑。這棟老房子禁得起時間的考驗。這裡看起來維持得很好，而且不知怎麼地，在陽光下，看來是個任何人都能快快樂樂的地方。

他跟著喬瑟芬走到前門。她用她的鑰匙打開門，他跟著她進屋。

兩層樓高的入口大廳。右邊是厚重的蜿蜒樓梯，還有充滿光澤的紅杉木欄杆。左邊是一幅老油畫——一個看似被一隻大黑天鵝抓住的女人。

「這不是很美嗎？《麗達與天鵝》。你知道的，來自葉慈的詩？」喬瑟芬說。

保羅點點頭，他不知道。在油畫下面的桌上有新鮮的花朵，它們掩飾掉這間老屋裡的輕微霉味。

就在前方，他看到一組通往廚房的法式落地門，而且毫無疑問，廚房後面就是花園跟泳池。在他右邊，就在樓梯前方，有個凹室，通往一間大客廳。他把注意力轉回喬瑟芬身上。她站在油畫前面，背對著保羅。她透過鼻子吸氣，再緩緩地透過嘴巴吐氣，就好像她正在同時飲下空氣與那幅畫。

保羅瞥向他的肩膀後方，看到前門關上了。保羅呼出一口氣。他已經失去他人生裡所有的好東西，而現在是結束這個故事的時候了，一勞永逸。

他丟下他的袋子，走上前去，從後面抓住喬瑟芬的脖子。他的右手手指鎖住她細長的脖頸。她的嘴巴張開了，在喘著氣。

「你在做什麼？」她說道，聲音裡帶著恐慌。

「他在哪裡？我知道是妳告訴達若我藏在哪裡。我知道的。我已經想了很長一段時間，只有可能是妳。所以他在哪裡？妳的新客戶在哪？勒波在哪？」

一個聲音從客廳裡出聲。這聲音一度很熟悉，然而又陌生。

「把她帶進這裡，保羅。別傷害她。那樣很粗魯。」

保羅猛然轉過身去，繼續讓喬瑟芬擋在他前面。他用一隻手臂環繞著她的喉嚨，讓她保持在近距離內。他往前走。喬瑟芬的作用就是人肉盾牌。

一穿過凹室，保羅就看到一大片開放式的生活空間。綠色皮革沙發組環繞著一張桃花心木桌子，那四張沙發形成一個寬闊的四邊形，桌子位於中央。在面對通往客廳入口的沙發上，坐著一個穿著淡藍色西裝外套，敞開領口白襯衫的男人。他曬黑了。他的頭必定是用電動剃刀刮乾淨了，或者也可能這男人是在幾天前刮掉自己的頭髮，因爲只有一點暗色細毛能算是髮線，而且就只有這樣。那是達若。只是他不是。達若只是另一個身分而已，他變成的身分。坐在沙發上的那個男人現在是勒波。他的姿勢、皮膚、眼睛，全都有了不同的外觀。

「你爲什麼不坐下來呢，保羅？在你幹出某種蠢事以前。」勒波說道。他指向他前方的沙發，就在咖啡桌的對面。保羅注意到有把槍擺在勒波旁邊的沙發上。他的右手朝那裡漫遊，然後輕柔地放在握柄上，食指放在扳機護弓上——準備好拿槍開火。

「我在這裡就好了。」保羅說道。

「我不希望你傷害喬瑟芬，」勒波說：「她一直這麼幫忙。少了她，我就不會找到你。讓她走，我不會開槍。我很高興你來了。我有東西要給你。」

他的眼睛飛快瞄向咖啡桌上的某樣東西。保羅過了一會才瞥向它。那是個裝訂好的原稿，放在一台筆電旁邊。

「保羅，我有很多要感謝你的地方。首先，是留著我的錢。其次，是讓我有了我的最新小說。我想這是我的最佳作品。我希望你讀它。」

「幹你跟你的書。」保羅說。

「放我走。」喬瑟芬說。

「閉嘴。」保羅說道。

他無法讓他凝視的目光離開勒波。這個男人有種野性的特質，保羅發現那有磁鐵般的吸引力，也很嚇人，感覺上就像是跟一隻老虎待在同一個房間裡——那雙大眼算計著如何還有何時出擊。沙發上的男人是個眞正的獵食者。

保羅聽到一聲喀噠。在屋裡的某處，在後方。某種門閂之類的東西。

勒波也聽到了。他的眼睛一閃瞪大，他臉上的嘴唇像被拉開，露出他的牙齒，然後他動了起來，速度快得不可思議。勒波立刻就把槍拿在手中。他站起來，朝著房間另一頭退去，那裡有扇門。

勒波舉起了槍。

現在腳步聲在保羅後面了。靴子在奔跑。從門廳朝他而來。

「警察，放下槍。」布洛克說道，同時她進入房間，手臂伸展成射擊姿勢，手中握著一把葛洛克。

在那一刻，喬瑟芬縮向一邊，用一記反手拳砸向保羅胯下，掙脫他對她的控制。他感覺到那波惱人的痛楚從他的胃部往上傳，吸光了他肺部所有的空氣。

他沒看到接下來發生的事。他倒向地板，兩記槍響響起。布洛克突然就在他旁邊的地板上了，她在一張沙發後面找掩護。在更多子彈朝著他們的頭上方發射、打進他們後方的牆壁時，空氣裡有濃厚的灰泥粉塵氣味。

一輪射擊結束了，布洛克兩腳都縮在她身體下面成蹲姿，她又跳起來，瞄準槍枝，她放出一槍以後被另一輪子彈往後甩。她撞上她背後的牆壁，力道猛烈，然後委頓下來，她的頭無力地滾向一邊。保羅看到她皮夾克上的撕裂痕跡，就好像被一隻野獸給扯開了。槍從她手掌中落下，在她旁邊的地板上著地。

從房間另一頭，保羅聽到一聲呻吟，還有一具身體撞上地板的聲音。布洛克肯定用那一槍擊中勒波了。保羅朝著布洛克的槍爬過去，但有人抓住了他的腳踝，某種沉重的東西擊中他的背。他轉過身去，而喬瑟芬在他上方。她雙手拿著一個沉重的玻璃花瓶，高舉過頭。

她就要把它砸到保羅臉上了。

喬瑟芬拱著背，她的臉在憤怒中扭曲。

接著保羅聽到另一聲砰。他的臉被某種溼答答的東西擊中。他睜開眼睛，看到花瓶往後掉到喬瑟芬的頭後方。她的臉一片空白，而她胸口有個巨大的傷口。她的眼睛往腦後翻，然後她軟倒在他身上；而他看到瑪麗雅，在他視野中取代了喬瑟芬。

她手中有把手槍，指向喬瑟芬本來站著的位置。只是這不可能是瑪麗雅。

瑪麗雅死了。布洛克告訴他，她自殺了。然而她在這裡，穿著藍色牛仔褲，還有一件黑色外套。她的頭髮往後綁緊。她注視著布洛克，然後對著保羅點點頭。

保羅試著坐起身，但他胸口一股灼熱的痛逼得他躺下。他看著自己的胸膛，把手放在那裡，找到了一灘血。打穿喬瑟芬的子彈擊中了他的胸口。

她們在外面後方的時候，瑪麗雅從布洛克那裡拿了手槍。她們搭比保羅更早的班機抵達，租了一輛車，等著他跟喬瑟芬到場。瑪麗雅信任布洛克，她是唯一一個知道她還活著的人，知道她在跟達若同住的旅館房間裡偽裝自殺。

這棟宅邸有很大的花園，她們輕鬆地爬過圍牆。布洛克發現後門是開的，而她們兩人都靜悄悄地溜了進來。保羅冒了大部分的風險。布洛克是個好人，瑪麗雅可以看得出來。多爾死了，她對此很確定。勒波很致命，她必須了結此事。布洛克同意了。

現在對瑪麗雅來說，一切正好到位。

她先前站在通往客廳的入口處，手裡有槍，而且目睹布洛克胸口挨了兩槍。她聽到房間另一頭身體倒下的聲音。勒波被擊中了。她看到保羅爬向槍枝，喬瑟芬用花瓶擊中他的背，然後，在他轉身的時候她爬到他上方。她就要殺死他了，在她把花瓶高舉過頭的時候，瑪麗雅想都沒想就開槍了。

接著保羅看到了她，他看起來狂亂又困惑，難以置信。而她看到他胸口的傷了。子彈完全貫穿喬瑟芬，然後擊中保羅。她無意如此，這是個意外。把她的恐慌與罪惡感放到一旁，她領悟到如果她不移動，她可能就是下一個吃子彈的人。勒波還在房間裡。

她踏進客廳，轉身看到勒波躺在地板上，設法要從房間後面爬出門。地毯上的血又濃又黑。他拋下了他的槍，瑪麗雅這時知道了，布洛克那輪子彈把他打得很慘。

「達若，我的愛。」瑪麗雅說。

勒波停下來，轉過身，他的眼睛恐慌地瞪大了。他的臉完全泡在汗水裡。他的西裝是一團血污。子彈射進他的腹部，死亡中心。

「妳死了，」他說。「我死了嗎？」

他臉上有種愚蠢的表情。恐慌讓他顫抖。瑪麗雅舉起槍，指向他。

「當我在醫院醒來的時候，他們告訴我說我有血管炎。一種隱藏的疾病，意思是血管發炎。據說我把醫生們嚇得半死，因爲他們幾乎測不到脈搏。我知道如果我讓狀況看來像是我已經死了，那樣也會騙過你。我贏了——你這狗娘養的。」

他張嘴想多說些什麼。一種聲東擊西，同時他伸手去拿槍，就在幾呎之外。瑪麗雅扣了三下扳機，奪去了他的話語。第一發子彈打中他的頭，最後兩發打中胸部。

瑪麗雅吐氣，走回保羅身邊，站著俯視他。

他爲了吸氣而喘息著，他的嘴唇上蓋著一層血。她跪下來，抱著他的頭。

「妳還活著……我好高興妳還活著。我很抱歉。」他說。

瑪麗雅親吻了他，告訴他沒事了。一切會沒事的。這一切都不是他的錯。

「不……這是我的錯。拜託……原諒我。」保羅說道。

「我原諒你。」瑪麗雅說道。她握著他的手，直到他吐出最後一口氣，死在她懷裡。

她起身，走向布洛克。她輕柔地觸碰布洛克的臉頰，輕聲對她說話。她胸口沒有血，防彈背心擋住了那些子彈，但在她腦後有撞上牆壁所流出的血。布洛克緩緩醒來。

「事情結束了。」瑪麗雅說。

瑪麗雅幫助布洛克起身，而在她站穩以後，瑪麗雅放手了。她把手槍放進她口袋裡，然後拿起桌上的筆電跟原稿，夾在她手臂下面。

「走吧，」布洛克說：「我會打電話給本地警察，把事情解釋清楚。」

就這樣，瑪麗雅離開了。

71

瑪麗雅調整著筆電。它幾乎從她腿上滑掉了。她啜飲一口鳳梨可樂達，並把它放回她那雙Manolo Blahnik名牌鞋旁邊的沙地上。

她把注意力集中在螢幕上。她的截稿時限快到了。

布洛克掩護了她。在麥地納槍擊案第二天的新聞，全都在講一位勇敢的警官梅麗莎·布洛克追蹤一位違反假釋條例的犯人到麥地納，射殺了他，但那是在他謀殺兩個人以後。一男一女，他們的名字沒有被釋出給媒體。

瑪麗雅回到海灣市一週後，她打電話給紐約那位名叫富樂頓的男人。他在製作勒波書籍的出版社工作。

「富樂頓先生，我是瑪麗雅·庫柏。感謝你在追思儀式上的親切，但我覺得實在很有罪惡感。我必須告訴你眞相。我丈夫，保羅，或者說是J·T·勒波，唔，他留下一份未完成的原稿。我會完成它。我會是你新的J·T·勒波，我很樂意同意一些條件，但就現在來說，請先把這當成我們之間的祕密。」

那通電話後的兩週，瑪麗雅有了五百萬元的出版合約，還有一個律師團隊在追蹤勒波的財產與錢。沒有別人會出面爭取。而瑪麗雅有手段可以把這一切變成她的。

她的新小說會叫做《逆轉後》。她從屋裡拿走原稿的時候，它就已經完成大半了。一個數位副本還在筆電上，她能夠在上面做點小修改。首先，結尾必須重寫。原作者用了假名，像是瑪莎、索爾跟達倫，她把它改回主要角色的眞名。小說開頭的作者註釋她放著沒改。這樣也符合她的目的。除了牽涉在其中的人以外，沒有人會知道什麼是眞的，什麼是虛構的。而他們全都死了，只有她跟布洛克除外。布洛克永遠不會告訴任何人眞正發生的事。

瑪麗雅又啜飲一口她的鳳梨可樂達，抬頭看著巴貝多的明亮藍天，又把眼睛轉回原稿。她就快要寫到結尾了。她讀了一遍她剛剛打下的內容。

瑪麗雅站在通往客廳的入口處，手裡有槍，還目睹布洛克胸口挨了兩槍，她的頭撞上牆壁，然後失去意識，跌落。她聽到房間另一頭身體倒下的聲音。勒波也被擊中了。她看到保羅爬向槍枝，喬瑟芬用花瓶擊中他的背。

喬瑟芬沒有領悟到她處於什麼樣的危險中。瑪麗雅把槍瞄準了喬瑟芬的背，扣下扳機。這一槍立刻阻止了她，而她倒在地板上死亡。

保羅震驚轉身，注視著瑪麗雅大睜的眼睛。她救了他的命。他設法要站起來，而瑪麗雅說道：「別起身，保羅。」

她走進客廳，只看到勒波企圖從房間後面的門爬出去。地毯上的血又濃又黑。他拋下了他的槍，瑪麗雅這時知道了，布洛克那輪子彈把他打得很慘。

「達若，我的愛。」瑪麗雅說道。

勒波停下來，轉過身，他的眼睛恐慌地瞪大了。他的臉完全泡在汗水裡。他的西裝是一團血污。子彈射進他的腹部，死亡中心。他臉上有種愚蠢的表情。恐慌讓他顫抖。

「妳死了，」他說。「我死了嗎？」

「對，」瑪麗雅說：「你現在死了。」

瑪麗雅舉起槍，指向他，對著他的頭，射擊。

她又往他胸口追加兩槍。

她從他旁邊轉身走開，而保羅站在她面前。

「妳還活著。我好高興妳還活著。我很抱歉。」保羅說道。

他站在她面前，他伸出雙手，他臉上充滿了真誠的後悔。他還活著，毫髮無傷，而瑪麗雅那時就知道，她永遠不可能愛他了。

「我也很抱歉，保羅。我很抱歉我竟然遇見過你。」瑪麗雅說著，同時把槍指著他的胸膛，扣了扳機。

保羅倒在地上，死了。

瑪麗雅把她剛讀過的文字段落框選起來，刪除。

她需要捏造出更好的東西。

真相可能太過野蠻了。

致謝

來自作者，史蒂夫・卡瓦納。

有許多人幫助了這本小說，應該爲此得到感謝。這本書的主意來自我太太，Tracy。對此我非常感激，也感謝她的支持、評論與建議，讓這本書活了過來。少了她，我做不到任何事。

我的編輯們，傑出的Francesca Pathak與Christine Kopprasch，讓這本書好上許多，而且逼我發揮到這個故事的極限。感謝Emad、Harriet、Katie與在Orion的所有人。感謝Amy、Bob與Flatiron Books的所有人。感謝Euan與A. M. Heath的所有人表現的支持、智慧與專業代理能力。

感謝Luca Veste閱讀早期草稿，並且鼓勵我繼續寫這本書。

感謝在這一行裡支持我與幫助我的作家們。

感謝James Law與Quentin Bates提供他們在航海方面的協助，幫忙弄沉一艘船。

感謝Chloe與Noah，還有Lolly。感謝我爸。

感謝Marie與Tom。

感謝我的家人與朋友。

感謝全世界各地的賣書人，親手把我的書賣給顧客們。

感謝你們，我的讀者們。

感謝你們所有人。

【Mystery World】MY0033

扭曲

Twisted

作　　者❖史蒂夫・卡瓦納（Steve Cavanagh）
譯　　者❖吳妍儀
美術設計❖高偉哲
內頁排版❖HAMI
總 編 輯❖郭寶秀
責任編輯❖江品萱
行銷企劃❖力宏勳

事業群總經理❖謝至平
發 行 人❖何飛鵬
出　　版❖馬可孛羅文化
台北市南港區昆陽街16號4樓
電話：(886)2-25000888
發　　行❖英屬蓋曼群島商家庭傳媒股份有限公司城邦分公司
台北市南港區昆陽街16號8樓
客服服務專線：(886)2-25007718；25007719
24小時傳真專線：(886)2-25001990；25001991
服務時間：週一至週五9:00～12:00；13:00～17:00
劃撥帳號：19863813　戶名：書虫股份有限公司
讀者服務信箱：service@readingclub.com.tw
香港發行所城邦（香港）出版集團有限公司
香港九龍土瓜灣土瓜灣道86號順聯工業大廈6樓A室
電話：(852)25086231　傳真：(852)25789337
E-mail：hkcite@biznetvigator.com
馬新發行所城邦（馬新）出版集團【Cite (M) Sdn. Bhd.(458372U)】
41, Jalan Radin Anum, Bandar Baru Seri Petaling,
57000 Kuala Lumpur, Malaysia
電話：(603)90563833　傳真：(603)90576622
E-mail：services@cite.my
輸出印刷❖前進彩藝股份有限公司
初版一刷❖2025年01月
定　　價❖460元
定　　價❖322元（電子書）

國家圖書館出版品預行編目(CIP)資料

扭曲 / 史蒂夫.卡瓦納(Steve Cavanagh)著；吳妍儀譯. -- 初版. -- 臺北市：馬可孛羅文化出版：英屬蓋曼群島商家庭傳媒股份有限公司城邦分公司發行, 2025.01
面；　公分. -- (Mystery world ; MY0033)
譯自：Twisted
ISBN 978-626-7520-53-6（平裝）

873.57　　113019153

ISBN：978-626-7520-53-6（平裝）
EISBN：978-626-7520-51-2（EPUB）

城邦讀書花園
www.cite.com.tw